ro
ro
ro

rororo

Mia Morgowski wurde in Hamburg geboren und ist gelernte Graphik-Designerin. Viele Jahre hat sie in verschiedenen Werbeagenturen gearbeitet. 2008 erschien ihr Debütroman «Kein Sex ist auch keine Lösung» (rororo 24838), der es auf die Spiegel-Bestsellerliste schaffte und sich bisher über 150 000-mal verkaufte. Derzeit wird die Geschichte um den Macho Tom verfilmt, und der neue Roman erzählt, wie es mit ihm weitergeht.

www.miamorgowski.de

«Mia Morgowski schuf einen geistreichen, ulkigen Einblick in das Hirn eines Machos. Sehr lesenswert!» (bild.de über «Kein Sex ist auch keine Lösung»)

Mia
Morgowski

AUF DIE GRÖSSE *kommt es an*

Roman

Rowohlt Taschenbuch Verlag

Originalausgabe
Veröffentlicht im Rowohlt Taschenbuch Verlag,
Reinbek bei Hamburg, März 2010

Umschlaggestaltung ZERO Werbeagentur, München
(Abbildung: mlorenz/shutterstock.com)
Foto der Autorin Franca Wrage
Mopskino Christof Tisch
Satz FF Quadraat PostScript (InDesign) bei
Pinkuin Satz und Datentechnik, Berlin
Druck und Bindung CPI – Clausen & Bosse, Leck
Printed in Germany
ISBN 978 3 499 25322 5

«Ein Leben ohne Möpse ist möglich, aber sinnlos.»
(Tom Moreno, frei nach Loriot)

1. Kapitel

«Der ist zu lang!»

«Ist er nicht.»

«Marc, du kannst einen Schokoriegel nicht ‹Rosaviacosmos› nennen. Das kann sich doch kein Schwein merken.»

Ich werde gleich wahnsinnig! Seit zwei Wochen suchen wir jetzt schon einen Namen für diesen blöden Schokoriegel, der in meinen Augen nichts als eine schlechte Kopie der Yogurette ist. Und mein Kollege Marc entpuppt sich als Vollidiot.

«Wieso denn nicht? Rosa-via-Cosmos. Man muss nur mal kurz darüber nachdenken. Rosa wegen der Verpackung und dem Erdbeergeschmack und via Cosmos, weil er extrem leicht schmeckt. So locker und kalorienarm, dass er –»

«Kalorienarm?» Meine Stimme hat jetzt einen schrillen Ton angenommen. «Ich dachte, da wäre Schokolade drin? Wie kann die denn wenig Kalorien haben?»

«Das ist doch egal, Tom. Der Verbraucher ist es gewohnt, belogen zu werden. Der will das geradezu. Die Kunden wären sogar komplett verwirrt, wenn irgendwo mal genau das drin ist, was außen draufsteht.»

«Aber Rosaviacosmos geht trotzdem nicht», erkläre ich genervt. «Wie lange arbeitest du jetzt schon in der Werbebranche, Marc? Sechs Jahre? Acht Jahre? Rosaviacosmos ist Bullshit. Basta!» Heute läuft es aber auch besonders zäh. Brainstorming fällt eindeutig leichter, wenn mehr Kolle-

gen ihre hirnrissigen Ideen zusammentragen. «Der Name des Produkts sollte einen Hinweis auf dessen Inhalt geben. Oder wenigstens eine Eigenschaft widerspiegeln. So wie bei der Yogurette, zum Beispiel.»

«Hä?»

Marc scheint heute auf Krawall gebürstet zu sein. Normalerweise steht er nicht so auf der Leitung. Normalerweise ist es in Agenturen allerdings auch nicht üblich, dass man einen Berater und einen Art Director so ’ne harte Nuss alleine knacken lässt. Ich finde ja, man hätte uns wenigstens noch einen Texter zur Seite stellen können.

«Also», erkläre ich. «Yogurette, das setzt sich zusammen aus Joghurt und ... äh, ... Babette? Leicht, locker und feminin eben. Da will doch jeder mal zugreifen.»

«Ich weiß nicht, Tom. Das hast du doch erfunden.»

Die Tür fliegt auf, und der Chef steckt seinen Kopf herein. «Na Jungs, wie läuft es denn so?»

Rolf Siegelmann, Inhaber und Geschäftsführer der Siegelmann-Werbeagentur, ist wie immer bester Laune. Und wie immer hängt er seinem selbstauferlegten Zeitplan etwa eine Dreiviertelstunde hinterher.

«Wie findest du Rosaviacosmos?», fragt Marc und erntet einen irritierten Blick. Noch bevor mein debiler Kollege etwas hinzufügen kann, ist Rolf auch schon wieder aus der Tür verschwunden.

Ich rolle genervt mit den Augen, werfe Marc zur Inspiration eine Frauenzeitschrift hin und schalte den Fernseher ein.

Volltreffer!

Jemand hat freundlicherweise etwa dreißig Werbespots für Schokoriegel hintereinandergeschnitten, sodass wir uns ohne Unterbrechung von Konkurrenzideen berieseln lassen können.

«Also diese Marie», Marc blättert durch die *Petra* und begutachtet Germanys Next-Beinahe-Topmodel beim Räkeln am Studiostrand, «ist schon 'ne echte Hammerbraut, findste nicht?»

«Die hier ist aber auch nicht schlecht.» Ich zeige auf die Yogurette-Tussi, die jetzt exzessiv den Hula-Reifen schwingt, ohne dabei ihren zuvor verspeisten Schokoriegel zu erbrechen.

«Tja, schade, Tom. Finger weg! Du hast ja 'ne Freundin.»

«Ja und? Deswegen wird man ja wohl mal gucken dürfen.»

«Klingt so, als würdest du zu Hause unterm Pantoffel stehen.» Marc grinst schief und vertieft sich danach wieder in die Zeitschrift.

Wie kommt er denn jetzt da drauf? Ich meine, ich bin immerhin ein Mann. Ein moderner Mann. Einer, der sich nun mal für eine feste Beziehung entschieden hat. Aber diese Tatsache bedeutet doch wohl nicht, dass es von nun an verboten ist, sich mal ein bisschen umzuschauen, oder? Darauf zu verzichten, scheint mir genetisch außerdem gar nicht möglich. Es verzichtet ja auch niemand dauerhaft aufs Essen.

Und dafür, dass ich mir vor einem Jahr nicht mal *vorstellen* konnte, öfter als dreimal mit derselben Frau zu schlafen, ist der Blick auf eine hüftenschwingende Hula-Frau geradezu lächerlich banal.

Mein Vorschlag an das Universum wäre sogar Folgender: Männer bekommen beim Start in eine feste Beziehung so eine Art Zehnerkarte fürs Fremdgehen. (Bei Eheschließungen eventuell ein Zwanziger-Abo.) Eine Art Willkommensgeschenk oder Starter-Kit, wie wir Werber so schön sagen. Dann würde es sicher mehr feste Partnerschaften geben, da man sich psychologisch ja nicht so eingeengt fühlt.

«Tom? Dein Handy klingelt.»

«O ja, danke. Das wird Elisa sein.» Ob ich ihr von meinem bahnbrechenden Einfall berichten sollte? «Hallo?»

«Stör ich dich gerade, Liebster?»

«Na ja, ist schon ganz schön was los hier.» Ich schalte den Ton des Fernsehers aus. «Marc und ich sind mächtig im Stress.»

Marc löst seinen Blick von Marie im Turndress und schneidet eine Grimasse. Ich weiß, was er denkt. Er denkt daran, dass wir heute eigentlich zeitig Feierabend machen wollten, um noch was trinken zu gehen. Aber dabei kann man ja theoretisch auch weiter brainstormen.

«Wir suchen immer noch einen Namen für dieses Joghurt-Ding», füge ich erklärend hinzu.

«Ach, du Armer! Schaffst du es vielleicht trotzdem, heute etwas eher Feierabend zu machen? Ich habe nämlich eine Überraschung.»

«Tja ... also, ich weiß nicht ...» Eine Überraschung? Das kann ja bei Frauen alles Mögliche bedeuten. Ich blicke wieder zu Marc, der sich gerade den tonlosen Werbespot von Ferrero Rocher ansieht, dabei aber definitiv mit gespitzten Ohren meinem Gespräch lauscht. «Äh, heute wird es hier wie gesagt eher länger dauern.»

«Ooooooch, Tom, komm schon. Nur dieses eine Mal. Heute ist doch so ein herrlicher Abend, und da wollte ich gern etwas mit dir unternehmen. Außerdem ...» Ihre Stimme wird jetzt mindestens drei Tonlagen tiefer. «... denk an die Überraschung!»

Uuuhuuhu. Was das wohl ist? Vielleicht hat sie sich endlich das Unterwäsche-Set aus dem Palmers-Prospekt gekauft und brennt darauf, es mir vorzuführen? Mir wird ganz kribbelig.

«Hm. Das klingt ernst», sage ich deshalb in seriösem Tonfall. Zusätzlich mache ich das Keine-Ahnung-was-los-ist-Gesicht und zucke fragend mit den Schultern, damit auch Marc der Ernst der Lage bewusst wird. «Und dabei ist meine Anwesenheit dringend erforderlich, sagst du?»

«Bitte? Natürlich, wie soll ich dich sonst überraschen?»

«Verstehe. Um wie viel Uhr?»

«18 Uhr. Am besten bei meiner Arbeit vor dem Eingang.» Mit diesem Befehl legt Elisa überraschend schnell auf.

«Äh, ja. Also, es ist bestimmt nichts Schlimmes, Süße», führe ich einen imaginären Dialog fort. Man will sich vor seinen Kollegen ja nicht blamieren. «Aber ich verstehe natürlich, dass du nicht allein gehen magst. Kopf hoch, ich regle das schon!»

Als ich auflege, sieht Marc mich fragend an.

«Elisas Oma», erkläre ich schnell. «Sie ist im Krankenhaus. Sieht nicht gut aus. Und du weißt ja: Frauen lassen sich alleine immer so von ihren Emotionen überwältigen. Ich muss da also mit hin. Können wir das Bier auf morgen verschieben?»

Konfuzius sagt: Ein Augenblick der Geduld kann viel Unheil verhüten.

Klingt logisch? Ist es aber nicht!

Denn je länger ich hier in meinem Versteck ausharre und mich in Geduld übe, desto unheilvoller werden meine Gedanken.

Es ist jetzt bereits 18.15 Uhr, und von einer Überraschung ist weit und breit nichts zu sehen. Was ich allerdings sehr gut sehen kann, ist das Spektakel auf der gegenüberliegenden Straßenseite. Dort steht Elisa an unserem verabredeten Treffpunkt und unterhält sich angeregt mit einem mir unbekannten Kerl. Und das Einzige, das mich dabei überrascht, ist dessen Outfit. Der Typ sieht aus, als käme er direkt von

einem Heimatfilm-Casting. Natürlich ein Remake. Ich tippe auf: *Wo der Wildbach rauscht*. Sonnengebräunte Haut, weißes – viel zu weit aufgeknöpftes – Hemd und blonde, auf ungestylt gestylte Haare. Frauen würden sagen: gutaussehend. Ich würde sagen: lächerlich.

Mir scheint – und hier schließt sich der Kreis zum Heimatfilm –, er steht kurz davor, in einem reißenden Strudel körpereigenen Testosterons unterzugehen.

WAS BITTE SCHÖN IST DAS DENN FÜR EINE SABBERNDE ARSCHKRAMPE?

Elisa forciert das Drama, indem sie mädchenhaft mit dem Zopf schaukelt, die Brust rausstreckt und dem Typen ihren Charme entgegensprüht, als gelte es, eine südkolumbianische Bananenplantage vom Borkenkäfer zu befreien. Dazu entblößt sie in regelmäßigen, viel zu kurzen Abständen lachend ihre strahlend weißen Zähne.

Also, wenn das nicht flirten ist, dann weiß ich es auch nicht. Und um mir das anzusehen, habe ich mein Feierabendbier mit Marc sausen lassen? Ich glaube es ja wohl nicht!

Elisa schaut jetzt unvermittelt in meine Richtung, und ich versuche, nun doch ein bisschen konfuzianisches Unheil zu verhüten, indem ich mich schnell ducke und wieder in Deckung gehe. Leider pralle ich dabei gegen Angela Merkel.

In ihrem ausgeblichenen Achtziger-Jahre-Blazer, in dem sie zur letzten Bundestagswahl an eine Pappwand geleimt wurde, sieht sie irgendwie seltsam verloren aus. Wie bestellt und nicht abgeholt.

Genau wie ich.

Von Elisa hierher bestellt und prompt vergessen. Und das wegen eines Typen, der weniger Haare auf der Brust hat als ein peruanischer Nackthund am Arsch.

Aber warum verstecke ich mich eigentlich? Schließlich ist Elisa *meine* Freundin, *ich* bin mit ihr verabredet, und es wird höchste Zeit, dem Typen – lässig, aber bestimmt – klarzumachen, dass er in meinem Revier wildert. Und zwar vergeblich!

In spätestens dreißig Sekunden nämlich wird dieses göttliche Geschöpf da drüben erneut ihre Perlzähne zeigen, und das aus Freude darüber, mich zu sehen. Dann wird sie mich küssen, mir lachend in die Arme sinken und den idiotischen Kerl in seinem Almkostüm in die Wüste schicken. Von mir aus kann er die pappige Merkel dann auch gleich mitnehmen.

So sieht es aus.

Mit neuem Selbstbewusstsein verlasse ich meine Deckung, überquere locker trabend die Straße und schlendere den beiden Turteltäubchen betont lässig entgegen. Auf halber Strecke droht meine Performance allerdings aus dem Ruder zu laufen, da ich mit zwei außerplanmäßigen Begebenheiten konfrontiert werde:

1. Der Wildbach-Gigolo hat doch mehr Haare auf der Brust als ein peruanischer Nackthund am Arsch. Allerdings sind sie blond und somit erst aus der Nähe erkennbar.
2. Wo wir schon mal beim Thema «Hund» sind: In dieser illustren Runde passt einer nicht ins Bild. Einer, der auf den ersten Blick aussieht wie der kleingeschrumpfte Jack Black. Auf den zweiten wie ein aufgeplatzter Airbag, und auf den dritten: wie ein Mops.

Was ist denn das, bitte schön, für ein konspiratives Grüppchen? Und überhaupt: Ich will jetzt, dass die alle gehen und ich meine Überraschung bekomme!

Der Schrumpfhund starrt gelangweilt auf die Turnschuhe des Alm-Gigolos und gibt leise Grunzlaute von sich. Als hätte ein Alien die erstbeste, irdische Gestalt angenommen.

Aber wieso hält dann ausgerechnet Elisa, die eine angeborene Abneigung gegen Science-Fiction und somit auch gegen Außerirdische hegt, das Biest an der Leine? Sehr merkwürdig.

Ich dachte ja ehrlich gesagt, diese Hunderasse gäbe es gar nicht wirklich. Bislang war ich sogar der Annahme, sie wären eigens für Loriots Sketch *Möpse auf dem Mond* erfunden und computeranimiert worden. Aber vielleicht hat Elisa den Hund ja in derselben Requisite aufgetan, wie den Alm-Typen? Dann bleibt zu hoffen, dass sie beide gewissenhaft nach Flöhen abgescannt hat!

Hm, wie hießen denn nochmal die Möpse aus dem Sketch? Müller-Lüdenscheidt? Dr. Klöbner? Ich stiere den Schrumpfhund an, als wäre er mir eine Antwort schuldig.

Elisa dreht sich jetzt endlich in meine Richtung, hat allerdings statt der erwarteten Perlenzahnreihe nur eine Stirnfalte zur Begrüßung übrig. Nicht gerade die Art von Empfang, die einem signalisiert: Liebster! Endlich bist du da! Befreie mich vom Gelaber dieses zwar brillant aussehenden, aber an Peinlichkeit nicht zu überbietenden Jodelschülers!

«Guck doch mal, Elisa.» Mein Nebenbuhler lenkt ihre Aufmerksamkeit wieder auf sich, indem er unverständliche Worte direkt in ihren Ausschnitt raunt. «Sie ist ja jetzt schon ganz verrückt nach dir.»

Was redet der denn nur für einen Scheiß? Und was bildet er sich ein – am helllichten Tage mit gestärktem Hemd, Gigolofrisur und Pornostimme meine Freundin einzulullen?

’ne schöne Überraschung ist das hier!

«Ooooh, ja», säuselt nun auch Elisa. «Bestimmt wird sie sich bei mir wohl fühlen. Ich werde jedenfalls mein Bestes geben.» Mit diesen Worten beugt sie sich verzückt zu dem Schrumpfhund hinunter, und das Hochgebirgsdrama nimmt seinen Lauf: Der Alm-Öhi starrt in den Abgrund von

Elisas Oberweite, und es fehlt nicht mehr viel, dann stürzt er dort ab.

O Mann, geht der mir auf die Eier!

Besser, ich schreite ein, ehe das Ganze hier noch *Liebesgrüße aus der Lederhose*-Niveau erreicht.

«Hi.»

Meine Stimme klingt nicht ganz so tief und fest wie beabsichtigt, aber der Kerl hat's gehört. Widerwillig löst er den Blick von Elisas Busen und sieht mich an, als wäre ich in eine Lebertransplantation hineingeplatzt.

«Wer bist'n du?»

«Pöhlmann.» Jetzt hab ich's wieder: Der Mops hieß Pöhlmann! Tja, mit diesem brillanten Wissen hat der Alm-Fuzzi wohl nicht gerechnet. Ich ehrlich gesagt auch nicht. Und Elisa schon gar nicht, denn sie starrt mich an, als hätte ich gesagt: Ich bin der gesuchte Exhibitionist aus St. Pauli.

Also beeile ich mich, die Sache aufzuklären. «Möpse auf dem Mond. Von Loriot. Einer von denen hieß Pöhlmann.»

Unbeeindruckt wendet sich der Alm-Öhi wieder Elisas Busen zu. «Jedenfalls mag sie es, wenn man ...»

«Möpse auf dem Mond?» Elisa scheint jetzt nicht mehr in der Stimmung für sinnentleertes Busengeglotze. «Sag mal, Tom, tickst du noch ganz richtig? Ist das einer von diesen schweinischen Filmen, die dein Freund Luke dir immer andrehen will?»

Ich will gerade etwas erwidern, als der Wildbach-Gigolo angesichts unserer kleinen Diskussion schadenfroh in seine löchrige Brustbehaarung kichert. Sehr witzig.

> *Konfuzius sagt: Ein Edler sollte in seinen Worten bedächtig, aber umso flinker in seinen Taten sein.*

Tja, was das für meinen speziellen Fall bedeutet, dürfte ja wohl klar sein: Es ist an der Zeit, dem Alm-Öhi mal ordentlich eins auf die Zwölf zu donnern.

Meine Mutter hat mir zu Weihnachten ein Buch mit den Weisheiten des Konfuzius geschenkt. Sie meinte, es könne nicht schaden, einen Ratgeber für jede Lebenslage an der Hand zu haben. Und auch, wenn mich die Tipps bislang noch nicht so richtig überzeugen konnten – der Typ war ohne Zweifel ein Pionier auf dem Gebiet des Sich-etwas-Schönredens.

Allerdings muss ich damit rechnen, dass bei Elisa, die ja offenbar schon Loriot nicht kennt, auch in Sachen Konfuzius eine immense Wissenslücke klafft. Sie wird mich also möglicherweise nicht als edlen Mann flinker Taten begreifen, sondern eher als schnöden, von niederen Emotionen getriebenen Raufbold.

Ich reiße mich deshalb zusammen und sage diesmal mit der gewünscht festen und sehr tiefen Stimme: «Ich bin Tom. Elisas Freund.»

Der Alm-Don-Juan schenkt mir einen Blick, als wolle er sagen: Das war vor zwanzig Minuten, Alter, jetzt gehört sie mir!, entscheidet dann aber, dass ich es nicht wert bin, angesprochen zu werden. Wortlos dreht er sich wieder zu Elisa, packt sie bei den Schultern und drückt ihr links und rechts einen Kuss auf die Wange. Anschließend schiebt er sie auf Armeslänge von sich weg und schaut ihr tief in die Augen. Und das alles, um sie gleich darauf noch einmal komplett an sich zu reißen.

«Passt auf euch auf ...»

PASS DU LIEBER AUF DICH AUF, DU AUSGEKACKTER GERMKNÖDEL!

Pah, soll er sie doch drücken, mir doch egal. Dann schmerzt es ihn nur noch mehr, dass Elisa gleich mit *mir* nach Hause geht und sich auf *meinem* Sofa räkeln wird.

Konfuzius wäre stolz auf meine Selbstbeherrschung.

«Waff!»

Der Schrumpfhund, durch den ich während der Turteltäubchenabschiedszeremonie hindurchgestarrt habe, fühlt sich jetzt offenbar angesprochen. Nervös tritt er von einem Bein aufs andere, stiert mich aus hervortretenden Glubschaugen feindselig an und versucht, mich mit seinem Gekläffe aus der Reserve zu locken.

«Waffwaff! Waffwaff!»

Elisa geht spontan in die Hocke, um den Gnom zu streicheln. Wieder strahlt sie den Alm-Typen an. «Siehst du, sie will sich von dir verabschieden!»

Hä?

Das war wohl eine geheime Unterhaltung unter Aliens, denn ich verstehe kein Wort. Das Einzige, das mir zum Thema Verabschieden spontan einfällt, ist, dass es wirklich an der Zeit ist, diesen Porno-Jodler samt seines Jack-Black-Zwerges zurück auf die Skihütte zu katapultieren.

«Tschüs dann!», sage ich bestimmt und will Elisa schon mit mir zerren, da raunt der Alm-Typ nochmal inbrünstig:

«Ja, ich glaube, ich geh jetzt lieber schnell, bevor das hier noch zu emotional wird …» Also, falls er mich damit meint, hat er recht. Bei mir fehlt nämlich nicht mehr viel und ich polier ihm die Hardy-Krüger-Fresse.

Elisa steht mit dem Hund auf dem Arm auf, nimmt eine seiner Pfoten und wackelt damit in der Luft rum.

«Winkewinke.»

O Mann, ist das peinlich! Das Wort Fremdschämen bekommt eine ganz neue Dimension. Genauso niveauvoll wäre ein Nachmittag mit Richterin Salesch und ihren Komparsen in der Fußgängerzone.

«Tschüs, ihr Süßen!»

Na endlich, der Germknödel trollt sich. Muss ich erwähnen, dass er mich keines Blickes mehr gewürdigt hat?

Dummerweise hat er aber den Jack-Black-Zwerg ver-

 gessen. Wo sollen wir den denn jetzt entsorgen? Fragend schaue ich Elisa an.

Sie versteht sofort, wendet den Hundeklops strahlend in meine Richtung und sagt: «Sieh mal, Mäuschen, da ist dein neues Herrchen. Sag schön Halloooo.» Dabei schwenkt sie nochmal enthusiastisch den Hundebollen.

Falls der Mopsklops überrascht sein sollte, lässt er sich das nicht anmerken. Im Gegensatz zu mir. Ich stehe kurz vor einem doppelten Bypass.

«Sein neues *was?*» Noch besteht Hoffnung, dass ich mich verhört habe.

«Sein neues Herrchen. *Du* bist jetzt sein neues Herrchen, To-hom.» Sie sagt das ganz langsam, so als wäre ich gehörlos und müsste von ihren Lippen ablesen. «Gregor wird beruflich nach Kanada versetzt und kann Melanie nicht mitnehmen. Genau genommen bist du also ihr neues Herrchen.»

«Wer ist denn überhaupt dieser ... *Gregor?*» Ein Mann mit diesem Namen kann doch eigentlich nur Alleinunterhalter sein. Oder Modedesigner. Beides halte ich in seinem Fall allerdings für ausgeschlossen.

«Gregor ist der Chef vom I-Team in meiner neuen Agentur», erklärt Elisa genervt und streichelt dem Mops das speckige Fell.

«I-Team? Ich kenne nur das A-Team. Aber da hätte der Jodelfuzzi definitiv keine Überlebenschance.»

«Informationstechnik, Tom. IT – das ist ein Wortspiel. Statt IT-Team.»

«Oooooh, wie originell.» Ich rolle mit den Augen. «Und weil der Kerl international Karriere macht, hat er uns seinen fetten Hund vererbt?»

Ich will das einfach nicht glauben. Aber offenbar habe ich den Bogen überspannt, denn nun geschieht etwas, das man bei Frauen sehr häufig beobachten kann: Elisas Mimik wechselt in Sekundenschnelle von zuckersüß zu bergziegenbockig.

Oh-oh. Das ist der Sag-jetzt-bloß-nichts-Falsches-Blick, der mir signalisieren soll: Diskussion zwecklos. Und damit hat sie zweifelsohne auch recht.

In meiner kurzen Beziehungszeit habe ich nämlich durchaus schon ein paar Dinge gelernt. Unter anderem, dass es in einer solchen Situation nicht besonders ratsam ist, sich auf das dünne Eis eines spontanen Streitgespräches zu begeben. Kein Mann übersteht das, ohne einzubrechen.

Außerdem kenne ich Elisa inzwischen gut genug, um zu wissen, dass sie die ganze Geschichte hier von langer Hand geplant hat. Vom Telefonat mit der versprochenen Überraschung bis hin zu ihrem tief ausgeschnittenen Kleidchen wurde nichts dem Zufall überlassen. *Ihre* Möpse als Ablenkungsmanöver im Kampf um den kleinen Mops – was für ein perfider Trick. Hinzu kommt, dass sie für die vorangegangene Inszenierung sicher auch einen Plan B für den Streitfall bereithält. Und auch dieser wurde vermutlich bereits seit Tagen geprobt und facettenreich durchgespielt. Ich gehe sogar so weit, zu behaupten, dass es irgendwo eine Stelle geben würde, an der glasige Augen und ein paar Tränen vorgesehen sind.

Aber in die Falle tappe ich nicht. Nicht dieses Mal.

Vielleicht ist es egal, dass Elisa im Winter unsere Wohnung (die eigentlich *meine* Wohnung ist!) auf vierzig Grad heizt, weil sie angeblich sonst erfriert. Es ist vermutlich auch nicht so wichtig, dass ich neuerdings mein Leben nach einem Putzplan ausrichte. Und ich kann mich sicher auch irgendwann damit abfinden, dass Elisa *meine* Tageszeitung auseinanderrupft, bevor ich sie lesen kann. Womit ich mich aber garantiert niemals abfinden kann, ist der Gedanke an

ein gemeinsames Haustier. Geschweige denn an einen speckigen Mops.

Nicht, dass ich keine Tiere mag. Das ist es nicht. Ich liebe sie geradezu. Im Zoo, auf dem Teller oder hinter Nachbars Gartenzaun. Aber nicht in meinem Verantwortungsbereich. Niemals!

Hunde haben ständig Erwartungen. Genau wie Frauen. Am schlimmsten sind dabei die stillschweigend gestellten Erwartungen, die man also eigentlich gar nicht erfüllen kann. Wegen deren Nichterfüllens man aber in jedem Fall bestraft wird. Hunde strafen einen auch. Mit Blicken, Stoßseufzern oder Aus-dem-Maul-Stinken. Bäh!

Ich will keinen Hund. Fertig, aus. Und erst recht keinen, der aussieht wie die Ratte von Paris Hilton. Denn das Ganze ist nicht zuletzt auch eine Frage der Größe.

In den Augen eines normal gearteten Mannes kann man ja wohl erst dann von einem Hund sprechen, wenn das Tier wenigstens eine Schulterhöhe von fünfzig Zentimeter hat. Aber dieser Klops hier ist ja kaum größer als ein Osterhase. Ein Hund für Guido Westerwelle vielleicht, aber doch nicht für mich!

«Sag jetzt nichts, Tom», säuselt Elisa, setzt den Schrumpfhund auf den Boden und greift nach meiner Hand. Als sie mich kurz darauf hinter sich herzieht, sind ihre wippenden Brüste das Einzige, das mich – zumindest auf kurze Sicht – gnädig stimmt.

Moment mal! Eine Kleinigkeit wäre da allerdings schon noch.

«Der Hund heißt Melanie???»

Meine Stimme muss sich überschlagen haben, denn unvermittelt hört Elisa auf zu hüpfen und presst ihren Mund an mein Ohr.

«Du wirst dich an sie gewöhnen. Warte erst, bis wir zu

Hause sind und du völlig ausgepowert und nassgeschwitzt neben mir liegst, nachdem wir –»

Gut, okay. Ich werde die Diskussion um den Vierbeiner so lange hintanstellen, bis wir *das* getan haben. Danach werde ich mir ebenfalls eine überzeugende Strategie zurechtlegen und erneut angreifen. Man muss ja auch nicht immer alles sofort ausdiskutieren.

Elisa und ich wohnen im vierten Stock eines Hamburger Altbaus – eine sportliche Herausforderung an jeden Untrainierten. Für Melanie ist es der Overkill.

Nach der fünften Stufe nimmt Elisa den röchelnden Klops auf den Arm und wirft mir einen bitterbösen Blick zu, da ich mich vor Lachen kaum noch halten kann und mich dabei fast genauso asthmatisch anhöre.

In der Wohnung angekommen, beginnt sie sogleich, dem Tier ein kuscheliges Nest zu bauen. Meines Empfindens nach trödelt sie dabei extra lange, um mich angesichts der versprochenen Schweinereien noch etwas zappeln zu lassen. Aber ich kann warten ...

Als Elisa schließlich wortlos in die Küche kommt, holt sie aus dem Eisfach eine Flasche Schnaps und gießt zwei Gläser ein, von denen sie eins sofort austrinkt. Dann schenkt sie wieder nach und reicht mir ebenfalls ein Glas.

Aha. Der alte Trick. Sie will mich mit Hochprozentigem gefügig machen. Aber ich bin schließlich kein Alkoholiker, der beim Anblick einer Flasche vergisst, dass ihm gerade:

a) eine heiße Nummer versprochen und
b) eine Art Kuckuckskind ins Nest gelegt wurde.

Dennoch kippe ich den Schnaps tapfer hinunter und schenke Elisa den fiesesten Blick, zu dem ich angesichts ihres leicht verrutschten Ausschnitts fähig bin.

Sie füllt die Gläser ein weiteres Mal. Und während ich mir den brennenden Sprit erneut in den Rachen kippe, knöpft sie ihr Kleid auf und streift sich lasziv das Zopfgummi aus den Haaren.

Als ihre langen blonden Locken wirr über die Schultern fallen, steigt mein Hormonspiegel mit dem Blutalkoholspiegel um die Wette. Natürlich ist die Diskussion um den Verbleib des Hundes nur aufgeschoben – so leicht lasse ich mich in meinem eigenen Zuhause nicht um den Finger wickeln. Das wird ein Nachspiel haben, ich schwöre!

Elisa macht einen Schritt auf mich zu, was bei jeder Diskussion das Totschlagargument ist. Ihr Duft (sie riecht nach frischen Brötchen!) bringt mich auch nach einem halben Jahr Beziehung immer noch aus dem Konzept. Und dieses Mal hatte ich noch nicht mal eines.

Langsam fängt sie an, den Reißverschluss meiner Hose zu öffnen. Meine Wut über den Mops lässt spürbar nach. Genau genommen ist er mir in diesem Moment sogar komplett egal. Angeheizt knalle ich das Schnapsglas hinter mir auf den Küchentisch und beginne, Elisa leidenschaftlich zu küssen.

Was ist dagegen schon ein Feierabendbier mit Marc?

Gierig fasse ich sie um die Taille und bugsiere uns ins Schlafzimmer, wo wir kurz darauf unsanft aufs Bett stürzen. Endlich nimmt dieser verkorkste Abend eine glückliche Wendung!

Ich beginne, unter Elisas Kleid nach dem Slip zu fahnden, doch sie ist schneller. Flink richtet sie sich auf, setzt sich auf mich und stützt sich mit den Händen auf meinen Armen ab. Dann lässt sie ihren Unterkörper auf mir kreisen, sodass meine Hormone in den Adern zirkulieren, als wäre ich ein Teilchenbeschleuniger.

Hmmmm .... Ganz langsam beugt sie sich jetzt zu meinem Gesicht herunter, nähert ihren Mund meinem Ohr und bereitet mir so am ganzen Körper Gänsehaut.

Und während ich in Aussicht auf ein paar verruchte Worte schon beinahe aufstöhne, säuselt sie: «Du willst es doch auch, Tom ... Du willst diesen Hund doch auch, nicht wahr? Diesen klitzekleinen, süßen, oberniedlichen, schnuckeligen, putzigen ...»

Ich hatte ja keine Ahnung, wie viele Adjektive dem weiblichen Sprachzentrum zur Verfügung stehen, um einen Hund zu beschreiben – Wahnsinn!

Aber jaaaaa, ich will!!! Ich will Elisa, und vor allem will ich, dass ihr Unterleib niemals aufhört, auf mir zu kreisen. Und der Hund? Egal! Es ist ja schließlich nur ein Hund. Ein sehr kleiner Hund. So klein, dass er kaum auffällt ...

«Jaaaaa!»

2. Kapitel

Als der Wecker am nächsten Morgen klingelt, ist das Bett neben mir bereits leer. Ich mache mir rasch einen Kaffee, verschwinde unter der Dusche und schlinge eilig ein paar Toasts hinunter. Erst als ich etwa eine Dreiviertelstunde später die Wohnung verlassen will, fällt mein Blick auf die kleine Kissenburg, die sich in der Flurecke auftürmt.

Der Schrumpfhund!

Irgendwie hatte ich mir das Viech tatsächlich vorübergehend aus dem Kopf gevögelt. Dummerweise habe ich nur noch diffuse Erinnerungen daran, was ich Elisa gestern alles versprochen habe, nur damit sie ihr Becken weiter auf mir kreisen lässt.

Früher, während meines Single-Daseins, war ich mir sicher, dass man nach sechs Monaten Sex mit ein und derselben Frau so routiniert (um nicht zu sagen: gelangweilt) ist, um derartige Erpressungsversuche einfach gähnend an sich abprallen zu lassen. Ein folgenschwerer Irrtum, wie ich nun feststellen muss.

Na ja, offenbar kümmert Elisa sich um den Köter, dann soll er meinetwegen erst mal bleiben. Vorübergehend natürlich nur – so weit habe ich meine Libido definitiv noch unter Kontrolle. Spätestens bei unserem nächsten Urlaub werde ich ihn in eine Hundepension geben – und einfach dort vergessen.

Uaaa, da fällt mir etwas ein. Leider haben wir gar keinen

gemeinsamen Urlaub, vorerst jedenfalls nicht. Zwar hatten Elisa und ich zwei romantische Wochen zur Erholung geplant, uns bislang allerdings auf kein Reiseziel einigen können. Denn während ich mir wünsche, einfach aufs Geratewohl mit dem Auto Richtung Süden zu düsen, schmiedet Elisa lieber minuziös ausgetüftelte Pläne. Sie würde durchdrehen, wüsste sie um 16 Uhr noch nicht, wo sie um 24 Uhr ihr Haupt bettet. Und dann noch dieses Sauberkeitsding. Eine herabhängende Spinne im Hotelzimmer – und sei sie auch noch so klein –, und das ganze Land bekommt eine lebenslängliche Kollektivschuld aufgebrummt.

«Nie wieder Frankreich, da gibt es so viele Spinnen!»

Stattdessen lieber Wellness. Von einem austauschbaren Hotel ins nächste. Gähn. Dafür muss man doch nicht extra nach Ägypten fliegen.

Bevor wir jedoch mit unserer Diskussion zu einer Einigung kommen konnten, hat das Schicksal in Form meines Chefs entschieden. In der Werbebranche kann man nämlich grundsätzlich keine zuverlässigen Pläne schmieden, da funkt einem immer irgendein Kunde mit einem eiligen Auftrag dazwischen.

In meinem speziellen Fall bedeutet das: In der Agentur Siegelmann gibt es momentan so viel zu tun, dass ich unmöglich weg kann. Denn da ich letztes Jahr durch – nennen wir es mal optimale Kundenbetreuung – einen Riesenetat an Land gezogen habe, ist in der damals so gut wie heruntergewirtschafteten Werbeagentur jetzt wieder die Hölle los. Dazu noch ein paar Artikel in Fachzeitschriften – und der Aufschwung war da.

Mit neuem Image und neuen Kunden sind wir erfolgreich in das Jahr gestartet. Leider machen die meisten Kunden mehr Arbeit, als dass sie Geld bringen, aber man muss sie natürlich trotzdem gewissenhaft betreuen.

So gesehen hat Elisa es besser. Sie arbeitet als freie Graphikerin und springt immer dort ein, wo gerade Not an Mann ist. Ob sie faulenzen oder reich werden will, kann sie täglich neu entscheiden.

Vorerst hat sie sich jedenfalls fürs Faulenzen entschieden. Und zwar ohne mich. Zwei Wochen Kroatien, zusammen mit ihrer Freundin Mashavna – na viel Spaß!

Mashavna heißt eigentlich Yvonne, braucht aber als Osho-Jüngerin natürlich einen klangvolleren Namen. Puh, ich bin heilfroh, dass ich da nicht mitfahre! Diese Naturkost-Trulla hat Elisa doch tatsächlich im letzten Jahr durch feministische Beratertätigkeit (ich nenne es Gehirnwäsche!) eingeredet, ich sei eine miese Partie. Mein inneres Kind sei verwahrlost, war ihre These, und meine soziale Rehabilitation daher aussichtslos. Außerdem befände ich mich im Saturn, was offenbar einem Todesurteil gleichkommt.

Ja, da staunen Sie, nicht?

Ich würde mir an Elisas Stelle in Kroatien lieber ein Einzelzimmer buchen. Man kann ja nie wissen, ob Mashavna nicht vielleicht mitten in der Nacht den Mond anheult, sich einen Nibelungen-Tee aufsetzt und danach – frisch gestärkt – auf ihrem Matcha-Besen um die Hütte braust.

Anstatt nun also gemeinsam in Urlaub zu fahren, muss ich Elisa nächste Woche ziehen lassen und stattdessen mal wieder die Agentur retten. Aber Kroatien hätte mich ohnehin nicht gereizt, schon gar nicht ohne Auto.[1]

Als ich wenig später in meinen alten Alfa steige, freue ich mich wie jeden Morgen, dass er anspringt. Jetzt, da es in der Firma wieder so gut läuft, wurde mir zwar ein Firmenwagen in Aussicht gestellt, aber ich konnte mich bisher einfach für kein Modell entscheiden. Außerdem fahre ich am liebsten mit geöffnetem Verdeck, und ein Cabriolet ist der Agentur natürlich zu teuer.

Und schließlich funktioniert mein Wagen ja noch tadellos, jedenfalls seit ich ihm ein Schicksal als recycelten Rollcontainer angedroht habe. In einem Nagelstudio wohlgemerkt. Zusätzlich habe ich mir und dem Auto, unterstützend sozusagen, im Bürokomplex meiner Agentur einen Platz in der Tiefgarage gegönnt. Sicher ist sicher.

Kurz nach mir kommt auch Rolf mit quietschenden Reifen um die Ecke gebogen. Im Gegensatz zu mir hatte er weder Entscheidungs- noch Finanzierungsschwierigkeiten, als letztes Jahr die Agenturkasse klingelte. Gefühlte zwei Minuten nach der Gehaltsrunde war sein neues Baby bestellt: ein Lotus Super 7. Wobei da ja von neu eigentlich nicht die Rede sein kann – eher im Gegenteil. Das Teil, aus dem er sich in diesem Moment ungelenk herausschält, ist Baujahr 1969.

Wessen Knochen die dreißig bereits überschritten haben, der weiß, wie schwierig man aus einem Wagen, der nur dreißig Zentimeter über dem Boden liegt, wieder hochkommt. Und für Rolf, der bereits die Fünfzig-Marke passiert hat, ist das Aussteigen aus der verkrampften Quetschhaltung ganz offensichtlich eine Herausforderung.

Mut zur Lücke, sage ich da. Ich finde ja nicht nur die Körperhaltung in so einem Liegewagen extrem unsexy, auch die Accessoires: Sturmhaube, Krad-Brille und Fliegerjacke machen aus einem Normalsterblichen schließlich noch lange keinen Dennis Hopper.

«Moin Tom, herrlicher Tag heute, nicht?»

Rolf öffnet seine alberne Retro-Jacke und lockert das Halstuch. Mit einem Grinsen, das er sich nur bei *Den tollkühnen Männern in ihren fliegenden Kisten* abgeschaut haben kann, lässt er die Schutzbrille auf die Sturmhaube ploppen.

Wie kann es nur sein, dass der Typ immer gute Laune hat, auch wenn er sich gerade optisch zum Vollhorst macht? Lebt

er nicht in ständiger Angst, man könne ihn für schwul halten? Nein, wohl nicht. Im Gegenteil. Er hält sich vielmehr für den letzten wahren Playboy. Worauf er diese Annahme stützt, ist mir allerdings ein Rätsel. Zudem vertritt er die ebenso waghalsige These, er würde – dank dieses Autos – zwanzig Jahre jünger wirken. Ob das von Vorteil ist, sei mal dahingestellt. Denn welche junge Frau möchte schon mit Sturmhaube und Taucherbrille über die Straße schrammen? Die stehen doch eher auf diese Luftverpester-Q7.

Aber Rolf ist in seinem Glauben an die sexy Ausstrahlung seines Autos nicht zu erschüttern, und wahrscheinlich rührt daher auch seine fortwährend gute Laune. Mir soll es recht sein. Es gibt schlimmere Chefs mit ausgefalleneren Marotten.

«Moin Rolf, ja, herrlicher Tag.»

«Tom, da wir uns gerade treffen», setzt er an, während wir gemeinsam zum Fahrstuhl gehen und in die Agentur hochfahren. «Es gibt einen neuen Job, von dem ich möchte, dass du ihn betreust. Können wir uns nachher mal zusammensetzen und die Einzelheiten besprechen? Ich muss vorher nur schnell noch ein paar Telefonate führen.»

Normalerweise verheißt es nichts Gutes, wenn Rolf sich «mal zusammensetzen» will. Das letzte Mal, als er etwas Ähnliches zu mir sagte, drückte er mir den Pitch um einen siebenstelligen Werbeetat aufs Auge, der über Gedeih und Verderb der damals maroden Werbeagentur Siegelmann entscheiden sollte. Es galt, den Puddingkonzern Cremand mit einem ausgefuchsten Konzept als Kunden zu gewinnen, wobei die wichtigste Aufgabe darin bestand, ihr jüngstes Produkt auf dem Markt zu etablieren: *Courti&Sahne.* Ein Vanillepudding, wie er durchschnittlicher nicht hätte sein können. Aber genau dafür ist schließlich die Werbung da.

Überraschenderweise entpuppte sich die Marketingleiterin des Cremand-Konzerns, Lydia Cremand, als, sagen wir mal, Ex-Kommilitonin von mir. Vor vielen Jahren genossen wir ein paar vergnügliche Semester, ehe sie – Jahre später und sozusagen als Höhepunkt ihrer Karriere – den Cremand-Erben Urs ehelichte. Das allerdings hat Lydia nicht davon abgehalten, den ersehnten Auftrag nur unter einer klitzekleinen Bedingung an uns zu vergeben: eine feurige Liebesnacht mit mir. Folglich bestand das komplette letzte Jahr für mich aus einer Gratwanderung zwischen fachlicher Beratung und leidenschaftlichem Hüftschwung. Und wer jetzt glaubt, das sei doch geil, Sex gegen Geld, dem sei gesagt: Ist es nicht! Wenn man nämlich Angst haben muss, ein einziges Erektionsproblem könnte eine Million Euro kosten, zehn Arbeitsplätze vernichten und ganz nebenbei noch einen eifersüchtigen Ehemann auf den Plan rufen, dann ist ein derartiger Deal große Scheiße.

Den Etat habe ich mir jedenfalls hart erarbeitet, und der Satz *Wir müssen uns mal zusammensetzen* löst deshalb in mir Angstschweiß aus.

Die Fahrstuhltür geht auf, und Rolf und ich betreten das frischrenovierte Foyer der Agentur. Ein mittelgroßer, eleganter Empfangstresen, der nach dem Geldregen modernisiert wurde, thront in der Mitte. Dahinter, ebenfalls generalüberholt, erstrahlt das Gesicht meines Kollegen Klaus. Er ist unser Mädchen für alles: Empfangsdame, Tippmamsell und Papierschluse. Dabei lässt er selten ein Schwulenklischee aus. Heute steckt er in einem taillierten, weinroten Hemd, auf dessen Rücken kindskopfgroß die Initialen D&G prangen. Dirty and Gay …

«Endlich!», quietscht er. «Lydia Cremand hat schon zweimal angerufen und nach dir gefragt.»

Ich zucke zusammen, aber das «dir» galt zum Glück Rolf.

«Tom, dich wollte sie übrigens auch sprechen.»

Tataraa. So schnell kann ein ganz normaler Morgen zu einem apokalyptischen Albtraum werden.

Lydia hatte mir bei unserem letzten Treffen an Weihnachten versichert, dass unsere «Geschäftsbeziehung» beendet sei und dass sie die Affäre in guter – aber vor allem stiller – Erinnerung behalten würde. Denn logischerweise sollte niemand, schon gar nicht Rolf oder ihr Mann, je auch nur ein Sterbenswörtchen davon erfahren.

Also, was will Lydia jetzt von mir? Seit dem Weihnachtsgeschäft haben wir ein paar kleinere Anzeigenmotive für eine Frühjahrskampagne von *Corti&Sahne* produziert, weil im Frühjahr noch eine Light-Version auf den Markt gekommen ist. Aber damit hatte ich nichts zu tun. Die Kampagne wurde hauptsächlich von Marc umgesetzt, da ich gemeinsam mit Rolf mit Neukundenakquise beschäftigt war. Leider ist keiner dieser neuen Kunden auch nur ansatzweise so finanzstark wie der Cremand-Konzern, deshalb muss Lydia weiterhin hofiert werden.

Kaum bin ich in meinem Büro angekommen, klingelt auch schon das Telefon.

«Hi Tom, ich bin's, Luke.»

Meinen besten Freund schon um kurz nach zehn am Ohr zu haben, bedeutet meist nichts Gutes. Seit Luke aus der Affäre mit meiner Mutter eine Beziehung mit meiner Mutter gemacht hat, bin ich auf alles gefasst. Allerdings verweigere ich mich als Ratgeber in intimen Angelegenheiten. Genauso gut könnte er mich bitten, ihm bei der Samenspende behilflich zu sein – ein absolutes No-Go.

Dabei ist mir natürlich sehr wohl klar, dass Luke nicht anruft, um mit mir über die Bundesligatabelle zu plaudern. Schon gar nicht um diese Uhrzeit.

«Was gibt's? Ist was passiert?»

«Äh ... Was soll denn passiert sein?», flötet er. «Ich wollte nur mal wieder deine Stimme hören.»

Hat das vielleicht schon mal ein Mann gesagt, ohne dass er

a) schwul,
b) todkrank oder
c) Hals-Nasen-Ohren-Arzt ist?

«Aha, verstehe», sage ich trocken. «Wie wäre es dann, wenn du mich heute Abend zu Hause anrufen würdest, dann singe ich dir gern auch noch was vor. Ansonsten möchte ich dich freundlichst darauf hinweisen, dass es Menschen gibt, die um diese Zeit bereits arbeiten müssen!»

Nur selten kann ich mir einen Seitenhieb auf Lukes – nennen wir ihn mal – außergewöhnlichen Lebensstil verkneifen. Er testet Computerspiele und macht den Herstellern Verbesserungsvorschläge. Eine Tätigkeit, die man wohl kaum Arbeit nennen kann. Und da er diesem Hobby vorzugsweise nachts nachgeht, ist mit einem Anruf von ihm vor ein Uhr nachmittags normalerweise nicht zu rechnen. Es sei denn ...

«Na ja», druckst er nun herum, «ein bisschen was ist schon passiert. Genau genommen ist es sogar dringend ... Können wir uns in deiner Mittagspause treffen?»

Was habe ich gesagt, es gibt Probleme. «Meinetwegen», seufze ich. «Um eins im *Maxims?*»

«Super! Bis dann, Tom!»

Kaum hat der Hörer das Telefon berührt, klingelt es schon wieder.

«Tom, ich hab Tessa ... ähm, deine Mutter dran», stottert Klaus. «Bei dir war besetzt, und da bin ich ...»

«Gib schon her», blaffe ich ihn an, wohl wissend, dass er ja eigentlich nichts dafür kann, dass sich meine Mutter wie

ein 68er Kommunenmitglied überall mit Vornamen ansprechen lässt und mich das zu Tode nervt. Außerdem schreit es zum Himmel, dass Mutter und Luke in exakt derselben Minute bei mir anrufen. Und erwähnte ich bereits, dass ich arbeiten muss?

«Ja?», belle ich.

«Schätzchen, ich bin's!», ruft sie entzückt. «Könnten wir beide uns vielleicht heute zum Mittag treffen? Ich habe einen Termin in der Stadt und möchte meinen Großen gern zum Essen ausführen.»

Würden Sie meine Mutter kennen, wüssten Sie, dass dies ein ganz mieser Trick ist, um in meine geliebte Mittagspause hineinzugrätschen. Und in diesem Fall kann man sich ja auch pipileicht ausrechnen, mit welchem Quatsch sie mir in den Ohren liegen wird. Offensichtlich hat sie Stress mit Luke.

«Es tut mir leid, Mutter, aber ich bin bereits zum Mittagessen verabredet. Können wir es eventuell verschieben? Auf …» Aufs nächste Leben?, denke ich. Hmpf. «Auf übermorgen vielleicht?»

«Bist du mit Elisa verabredet? Hat sie sich von dir getrennt? Immerhin fährt sie allein in den Urlaub. Ich glaube …»

Ich will nicht wissen, was sie glaubt, und falle ihr genervt ins Wort. «Mutter, bitte! Mit Elisa ist alles bestens. Wir führen seit sechs Monaten eine Bilderbuchbeziehung. Ich habe mich nur rein zufällig vor zwei Minuten verabredet. Und zwar mit Luke.»

Uuuups, jetzt ist es raus.

«Mit Luke? Aber ich …»

Mutter schweigt kurz, was kein gutes Zeichen ist, und ich kann förmlich sehen, wie sie am anderen Ende des Telefons die Nüstern bläht. Hätte ich bloß die Klappe gehalten.

«Was wollte er denn?»

O nein, darauf falle ich nicht rein! Diesen Tonfall kenne ich. In genau diesem Wir-können-doch-über-alles-reden-Singsang plaudert Verona Pooth auch immer über die Geschäftsgebaren ihres Mannes. Und wo das hinführt, weiß man ja.

«Mama, woher soll ich das wissen. Ich sehe ihn doch erst nachher!» Die Logik von Frauen hat sich mir noch nie erschlossen. Keine Ahnung, wie eine von ihnen es geschafft hat, Kanzlerin zu werden.

«Also, dann bis Mittwoch?», versuche ich sie abzuwürgen und habe jetzt schon keinen Bock, mich über Luke ausfragen zu lassen.

«Äh, gut. Und überleg du dir inzwischen, wo wir hingehen wollen, ja?»

«Mach ich, Mama. Bis dann!»

«Tschüs, mein Großer. Und sag nicht Mama zu mir!»

Harrrr. Als es beim Auflegen erneut klingelt, flippe ich aus.

«Könnt ihr Zecken mich vielleicht mal fünf Minuten in Ruhe lassen», brülle ich in den Hörer und sehe leider zu spät, dass auf dem Display eine unbekannte Nummer angezeigt wird.

«Das hast du aber schön gesagt, Tom.»

Die Stimme kommt mir bekannt vor. Hm ... Nochmal ein kurzer Nummerncheck: München. O Gott! Sprechen und Atmen fällt mir auf einmal sehr schwer.

«Hat es dir die Sprache verschlagen?», säuselt eine weibliche Stimme am anderen Ende. «Erkennst du mich nicht mehr?»

Lydia! Wie könnte ich sie vergessen? Ich bin eigentlich ja auch vorgewarnt worden.

«Lydia! Wie ... äh, wie könnte ich dich vergessen?», stammle ich. «Lange nichts von dir gehört!» Das *Zum Glück* verkneife ich mir. «Wie geht's denn so?»

«Ach, mir geht's prima, aber das wirst du ja bald selbst sehen. Oder hat dein Chef dir noch nichts gesagt?»

Nein, hat er nicht. Mein Chef ist nämlich momentan hauptberuflich damit beschäftigt, in Gartenzwerghöhe über die Straßen zu brausen.

«Äh, dazu gab es leider noch keine Gelegenheit, hier ist viel zu tun», nehme ich meinen pubertierenden Vorgesetzten in Schutz, «und deshalb muss ich jetzt auch gleich wieder weiterarbeiten. Ich sage Rolf Siegelmann, er soll dich zurückrufen.»

Lydia ist zwar eine alte Bekannte, aber in erster Linie ist sie unsere Kundin. Und deshalb stehen Fleiß und Freundlichkeit an oberster Stelle.

«Ich bestehe aber diesmal darauf, wieder von dir persönlich betreut zu werden, Tom. Schließlich war unsere Zusammenarbeit vor einem Jahr äußerst produktiv. Du erinnerst dich vielleicht ...»

Und ob ich das tue. Niemals werde ich vergessen, dass ich tagelang Blut und Wasser geschwitzt habe, um mich nicht dabei erwischen zu lassen, wie ich mir den Etat erschlafe. Bis heute glauben alle, wir hätten ihn unserer außergewöhnlich genialen Kampagne zu verdanken. Und dabei soll es auch bleiben.

«Äh, niemals werde ich das vergessen», gurre ich und habe selten etwas so ehrlich gemeint.

«Ach Tom, du bist ein schlimmer Finger. Wie geht es denn meiner Konkurrentin? Der Frau, wegen der wir unser Tête-à-Tête einstellen mussten? Hat sie dir verziehen? Oder nein, lass mich raten, du hast ihr nichts von uns beiden gesagt, stimmt's?» Sie kichert hinterhältig in den Hörer.

Was ist heute bloß los? Dieser eben noch ganz normale Montag wird langsam, aber sicher zu einer Folge von *Ich weiß, was du letzten Sommer getan hast.*

«Lydia, bitte! Wir wollten das Thema doch nicht wieder anschneiden. Außerdem ...» So ganz unkommentiert kann ich die Sache natürlich nicht stehen lassen. «Elisa und ich waren damals ja noch gar kein Paar. Jedenfalls nicht so richtig.»

Lydia ignoriert meinen Einwand geflissentlich. «Eigentlich wollte ich auch nur kurz sagen, dass wir uns nächste Woche beim Shooting sehen. Du solltest dir etwas Zeit frei halten. Wir haben schließlich einiges zu besprechen, meinst du nicht auch?»

Hä? Ich versteh nur Bahnhof. Weder habe ich eine Ahnung, um was für ein Shooting es geht, noch schnalle ich, was Lydia und ich zu besprechen hätten. Falls sie aber meint, mich wieder erpressen zu können, ist sie diesmal auf dem Holzweg. Denn selbst wenn sie damit droht, alle ihre Puddingtöpfchen eigenhändig zur Konkurrenz zu schleppen, werde ich nicht nochmal mit ihr schlafen!

Ich habe nämlich jetzt eine Beziehung! Jawohl. Und nur damit Rolf weiterhin in seinem Zwergenauto um den Block düsen kann, lasse ich mich doch nicht lebenslang von so einer Puddinghexe erpressen.

«Lydia, ich ...»

«Wir werden kommende Woche genug Gelegenheit zum Reden haben», fällt sie mir ins Wort. «Du musst jetzt keine voreiligen Entscheidungen treffen, Tom. Aber ich habe eine Überraschung für dich und freu mich auf unser Treffen!»

«Also ... ich mich auch», erwidere ich schlapp und frage mich, was es mit dem plötzlichen Überraschungsbedürfnis der Frauen auf sich hat.

Vorsichtig und in Erwartung eines weiteren Anrufes lege ich den Hörer auf.

Nichts.

Irgendwann ist es ja auch mal gut.

Als mir nach längerem Nachdenken immer noch nicht einfällt, wo ich nächste Woche sein werde und worüber Lydia mit mir wohl reden will, gehe ich rüber in Rolfs Büro.

Die Tür steht offen, deshalb trete ich ungefragt ein.

Rolf fläzt sich halb liegend, halb sitzend in seinem Schreibtischstuhl und lässt gerade einige seiner üblichen Verabschiedungsfloskeln am Telefon los. Nebenbei winkt er mich näher und bedeutet mir umständlich, die Tür zu schließen.

Nach dem sechsten Alles-klar-aha-ja-so-machen-wir-es-gut! legt er endlich auf. Seine Augen strahlen.

«Ach Tom, hier läuft es gerade richtig super. Wir sind auf der Überholspur, sag ich dir!»

Na, hoffentlich nicht in deinem Zwergenauto, denke ich und wünsche mir, dass mir endlich auch mal jemand was erklärt.

«Das war gerade Frank Fabjan. Du kennst ihn doch noch, oder? Er hat schon mal Aufnahmen für uns gemacht.» Rolf blickt mich erwartungsvoll über den Rand seiner neuen Brille an.

Mein Chef hat doch tatsächlich eine Generalüberholung durchlaufen. Jetzt trägt er ein Gestell aus violettem, brasilianischem Amaranthholz (hat Klaus gegoogelt!). Definitiv ein modischer Abstieg von dem einst so schlichten randlosen Klassiker.

Hinter den Gläsern rollen seine Augen jetzt hin und her, als wolle er mir mittels Hypnose zu einer Erleuchtung verhelfen.

«Äh ... Frank Fabjan, klar.» Ich tu ihm den Gefallen. «Der Fotograf. Frankie! Sag das doch gleich!»

Ich schwöre, ich höre den Namen zum ersten Mal, habe aber wenig Bock, mir jetzt darüber den Kopf zu zerbrechen.

Genau wie bei Frauen muss man auch bei Chefs wissen, wann es besser ist, nicht nachzufragen.

«Da ist doch damals alles glattgelaufen mit ihm, oder, Tom? Es gab keine Probleme?» Und als würde er ahnen, dass ich nicht den leisesten Schimmer von irgendwelchen Jobs mit diesem Typen habe, wechselt Rolf, wie zu seiner eigenen Beruhigung, schnell das Thema. «Du weißt oder weißt nicht ...» Mit dem Spruch geht er allen schon seit Jahren auf die Nerven! «... dass die Firma Cremand zum Sommer nun auch ein Eis auf den Markt bringen will. Vanille und Schokoladengeschmack. Sozusagen der erfrischende Pudding für den Sommer. Eine ganz leckere Sache, ich hab bereits probiert.»

Schon klar. Mir läuft das Wasser im Mund zusammen.

«Also, Tom, du warst ja bis heute noch mit diesem Schokoriegel beschäftigt ... Gibt es da eigentlich schon etwas Neues?» Die Pause, die er macht, reicht nicht zum Antworten. «Jedenfalls bringe ich dich mal kurz auf den neuesten Stand: Die Verpackung für das Eis ist fertig gestaltet, das haben wir diesmal an eine Firma rausgegeben. Die haben auch den Namen erfunden: *Sündenpool*. Toll, nicht?»

Ich starre ihn unsicher an. Ob er auch noch weitere Überraschungen für mich parat hat?

«Zurzeit befindet sich das Ganze in der Abstimmungsphase beim Kunden», fährt er ungerührt fort. «Sobald alles unter Dach und Fach ist, werden wir die Kampagne dazu fertigstellen. Sprich: Anzeigen und ein bisschen was fürs Internet. Da sind Marc und du dann wieder gefragt.» Er sieht mich streng an. «Wie schon gesagt, gerade hat Frank Fabjan zugesagt, die Fotos zu schießen. Er wird jetzt noch ein Angebot schreiben, dann kann es losgehen. Reine Formsache, seine Preisvorstellungen sind mehr als okay. Sag mal, war der damals auch schon so billig?» Rolf holt kurz Luft

und gibt sich dann selbst die Antwort. «Na ja, egal, Hauptsache, es klappt. Die Zeit wird nämlich langsam knapp. Die hätten mal ein bisschen eher aus den Hufen kommen sollen, die Cremands. Aber jetzt müssen wir das Beste daraus machen. Und deshalb ...» An der Stelle fährt er seinen Arm aus und zeigt mit dem Finger auf mich. «... dreht sich dein Leben ab sofort nur noch um Eis.»

Da haben wir es! Was verlangt er diesmal? Konkurrenzprodukte probieren, bis meine Galle Suizid begeht?

«Marc als Creative-Director wird bei den Aufnahmen natürlich dabei sein. Zusätzlich möchte ich aber, dass du ebenfalls zum Shooting mitfährst. Als Ansprechpartner für Lydia Cremand. Du kennst sie ja bereits. Sie wird ebenfalls vor Ort sein und hat sogar extra nach dir gefragt. Nett, nicht?»

In dieser Pause erwartet er nun zur Abwechslung tatsächlich mal eine Antwort. Vorsichtig weiche ich aus.

«Und wo genau ist *vor Ort*?» Doch hoffentlich nicht in Lydias Garten in einem Münchener Vorort? Dann dürfte das Shooting mindestens zwei Monate dauern, weil man ja in Deutschland nie so recht weiß, wie das Wetter wird.

Bevor Rolf antworten kann, klingelt das Telefon. Er reißt enthusiastisch den Hörer hoch, flötet fröhlich «Siegelmann» und hält dann kurz die Hand vor die Muschel. Zu mir gewandt flüsterte er: «Monte Carlo.»

Ich greife nach dem Stuhl hinter mir. Wow! Das ist doch mal 'ne Ansage. Wahnsinn! Ich fliege nach Monte Carlo! Wie scheißegeil ist das denn? Schnelle Autos, teure Frauen – oder war es umgekehrt? Ich kann es kaum glauben.

Die Sache muss einen Haken haben.

3. Kapitel

«Du fährst nach Monte Carlo?»

Luke, der sich gerade Gyros von der Tageskarte bestellt hat und dazu auch schon das erste Bier ansetzt, glotzt mich entgeistert an. «Zu den ganzen Schickimickitypen, die sich morgens das passende Auto zur Krawatte vorfahren lassen?»

Es klingt, als könne er sich zwischen Neid und Abscheu nicht so recht entscheiden.

«Du musst das mal so sehen», versuche ich ihm den Mund wässrig zu machen. «Sonne, Sommer, Sünde. Und haufenweise Frauen, die sich oben ohne sonnen – wen kümmern da die Typen mit den Krawatten?»

Luke hat sich offenbar entschieden, denn er macht jetzt ein eindeutig neidisches Gesicht. «Braucht ihr nicht noch einen Beleuchter?»

«Bei zehn Stunden Sonnenschein am Tag?»

Schulterzuckend gibt er auf, als uns Julia, meine Favoritin unter der Belegschaft des *Maxims*, das Essen bringt. Für mich gibt es atemfreundliche Spaghetti mit Walnusspesto, denn leider kann ich mir auf Grund von Kundenterminen mittags weder Bier noch Gyros leisten. Lustlos drehe ich mit meiner Gabel in einem Nudelnest herum, als mir plötzlich unser Gespräch vom Vormittag wieder einfällt.

«Was gibt es denn nun so Wichtiges, dass du dir hier in meiner Gegenwart den Knoblauch-Overkill verschaffst?»

Luke sieht sich vorsichtig nach allen Seiten um und beugt

sich dann so dicht zu mir herüber, dass ihm die Pestosauce in die Augen spritzt. Aber er wirkt hochkonzentriert und verzieht keine Miene.

«Bist du eigentlich glücklich mit Elisa?»

Übersprungsartig stopfe ich mir die gehäufte Gabel in den Mund und beiße alle heraushängenden Nudeln einfach ab. «Wiewo?»

«Na ja, weil du doch bis vor kurzem noch der überzeugteste Junggeselle unter dieser Sonne warst und nun schon seit sechs Monaten in einer festen Beziehung steckst.»

Was soll man dazu sagen? Ich beginne, ein neues Nudelnest auf die Gabel zu wickeln, und lasse es ebenso zügig im Mund verschwinden. «Im Juni wärn ef fieben.»

«Eben», sagt Luke triumphierend. «Genau das meine ich. Du weißt vermutlich sogar die Stunde, in der ihr zusammengekommen seid.» Er sieht mich durchdringend an.

«Worauf willst du hinaus?» Gegenfrage – gute Taktik.

«Na ja, ich meine, wird es dir nicht langweilig ...», er blickt sich wieder nach allen Seiten um, ehe er mit gedämpfter Stimme fortfährt, «... immer mit derselben Frau zu schlafen?»

Ich starre ihn mit aus dem Mund hängenden Spaghetti an. «Wiewo?»

«Mann, Tom, jetzt tu doch nicht so. Du weißt genau, was ich meine. Man hat alles schon hundertmal gemacht und weiß genau, wie sie reagiert. Fasst man hier an, sagt sie Aaaaah. Fasst man dort an, stöhnt sie Oooooohjaaa. Drehst du sie um, quiekt sie O mein Gott!» Er macht eine Pause, weil Julia ihm sein zweites Bier bringt.

Mir ist speiübel, schließlich ist die letzte Person, die bei Luke *O mein Gott* gestöhnt hat, vermutlich meine Mutter. (Und damit hat sie ihn anscheinend auch noch zu Tode gelangweilt.) Normalerweise hätte ich jetzt einen erotischen

Film im Kopf, aber in diesem speziellen Fall kann ich nur sagen: Ich will das alles gar nicht wissen!

«Sag jetzt bloß nicht, du hast dir in den letzten Monaten nicht auch schon mal gewünscht, Elisa würde sich in eine ihrer Freundinnen verwandeln oder in ...» Er deutet mit dem Kopf in Richtung Tresen. «In Julia, zum Beispiel.»

Naaaaiiiiin! Natürlich nicht. Ich bin ein treuer Freund in einer aufregenden Beziehung.

Oder?

Also gut, zugegeben, an Julia hab ich schon mal gedacht. Aber da hatten Elisa und ich Streit. Sechs Pilsener hatten mich vollkommen weichgespült, außerdem war Julias Knopf überm Dekolleté abgesprungen, sodass sie den ganzen Abend fast barbusig durch die Bar wippte.

Verlogen schüttele ich den Kopf. «Äh, nein. Habe ich noch nicht.»

«Du lügst.»

Tja, einen guten Kumpel zu haben, das hat auch seine Nachteile. Luke nimmt jetzt einen tiefen Schluck aus dem Bierglas, und ich bezweifle, dass dies erst sein zweites ist, denn er beißt sich an dem Thema fest.

«Und was war mit Jennifer, der Stewardess? Du warst ja noch nicht mal zwei Monate mit Elisa zusammen, als du vorhattest, diese scharfe Saftschubse zu unserem Saunaabend einzuladen.» Er lehnt sich triumphierend zurück.

Mir bleiben die Nudeln im Hals stecken. «Was wird das denn jetzt hier, ein Verhör? Du weißt ganz genau, dass Elisa an besagtem Wochenende mit ihren Arbeitskollegen auf einem Seminar war. Und zu allem Überfluss musste sie sich das Zimmer auch noch mit ihrem Chef teilen.» Ich könnte jetzt noch kotzen, wenn ich an diesen Abend denke. Ich möchte Luke mal in dieser Situation erleben! «Außerdem habe ich Jennifer ja nicht wirklich eingeladen, sondern

 nur vorgeschlagen, es zu tun!» Langsam wird mir das hier zu bunt. «Vielleicht sagst du mir mal, was du tatsächlich willst?»

Luke windet sich noch ein bisschen, dann rückt er mit der Sprache heraus. «Tom, versteh das jetzt bitte nicht falsch. Also, mit deiner Mutter ... äh, das wird mir glaube ich zu fest.»

Wenn ich ihn nicht besser kennen würde, könnte man meinen, er sei ehrlich verzweifelt. Fast so, als würde er die Scheiße, in die er getreten ist, nicht wieder vom Schuh kriegen.

Nun frage ich mich allerdings, was ich mit der ganzen Sache zu tun habe, schließlich ist sie meine Mutter und nicht meine Tochter. Außerdem sind die beiden ja bekanntlich volljährig.

«Also, wenn es nur um den Sex geht ...» O Gott, ich kann nicht glauben, dass ich gerade dabei bin, meinem Freund Sex-Tipps im Umgang mit meiner Mutter zu geben! «Also, es gibt Leute, die behaupten, das würde mit der Zeit sogar besser werden.» Ich bin ja selbst gespannt auf diesen Tag. Aber was tut man nicht alles, um seinen Freund aufzubauen.

«Tom, das ist doch Bullshit.» Luke nimmt einen weiteren Schluck Bier. «Was soll denn da besser werden? Ich meine, wenn du alle Stellungen durch hast und ihr ...»

«Stooopp!», brülle ich und spucke mit Nudelfetzen um mich. «Ich will mir das nicht vorstellen müssen, also halt gefälligst die Klappe!»

Luke sieht jetzt ein bisschen eingeschnappt aus, aber immerhin schweigt er endlich.

«Wenn du so unglücklich mit meiner Mutter bist, dann mach doch Schluss.»

Uuuuups. Mutter würde mich erst enterben und dann meinen Schwanz auf dem Gartengrill rösten, wenn sie wüsste, wie leichtfertig ich über ihr Liebesleben entscheide. Denn zu allem Überfluss sagt Luke nun: «Ja, das ist wohl das Beste.»

Schlechter Atem hin oder her – jetzt brauche ich auch was Alkoholisches!

Nach zwei hochprozentigen Bergpflaumen und einem von Julia spendierten Jägermeister ist Luke zwar schon wieder ganz der Alte, doch nun befinde ich mich im Zustand höchster Alarmbereitschaft. Ich meine, wie weiß man denn eigentlich, ob man noch guten Sex hat? Schließlich fehlen einem in einer festen Beziehung ja die Vergleichsmöglichkeiten. Und diese Zehnerkarte mit den Gutscheinen fürs Fremdgehen wurde ja dummerweise noch nicht eingeführt.

Ich sollte das Thema also unbedingt im Auge behalten!

Als ich am Abend die Haustür aufschließe, kommt mir kläffend der Schrumpfhund entgegen.

«Melli, aus!» Elisa hechtet hinter dem Giftzwerg her, um ihm das platte Schnäuzchen noch platter zu drücken. «Sie ist heute etwas nervös, Tom. Hunde brauchen ja bekanntlich ein bisschen Zeit, um sich einzugewöhnen.»

Ach ja? Das lohnt sich doch gar nicht, denke ich und hoffe inständig, dass mir bald die zündende Idee kommt, wie ich das Biest unauffällig loswerden kann. An ein normales Zusammenleben ist ja gar nicht mehr zu denken.

Das Tier muss weg!

Elisa geht über meine feindliche Haltung geflissentlich hinweg. «Mashavna und ich haben heute übrigens unsere Reiseunterlagen abgeholt. Zwei Wochen Kroatien – ein Traum! Und das Tollste: Hunde bis fünf Kilo dürfen ins Handgepäck.» Sie hebt den Klops vom Boden und drückt ihn an ihr Gesicht. Der Hund ringt nach Luft.

Fast tut er mir ein bisschen leid. Also ... falls hier jemand

an Seelenwanderung glaubt, sollte er sich jetzt fragen, was diese arme Seele in ihrem vorherigen Leben nur so dermaßen falsch gemacht hat, dass sie in dieser hässlichen Mopshülle wiedergeboren wurde.

Elisa kennt die Antwort auf diese Frage offensichtlich, denn sie sagt in einem Tonfall, in dem man eigentlich nur mit Hannibal Lecter kurz vor der Hinrichtung sprechen würde: «Tja, meine Kleine, wir fahren nämlich gaaaanz weit weg.»

Da geht sie hin, meine Chance, den Hund im Urlaubschaos irgendwo in einer Pension zu vergessen. Na ja, dann vielleicht in den Herbstferien.

«Apropos Sonne», werfe ich ein. «Ich fahre nächste Woche auch weg. Zum Shooting.» Irgendetwas sagt mir, dass es keine gute Idee ist, jetzt Monte Carlo zu erwähnen. Und wie auf Kommando verfinstert sich Elisas Miene, obwohl ich Sommer, Sonne, Sünde bislang doch nur gedacht habe.

«Nach Monte Carlo, ich weiß.» Sie setzt den Mops ab und stemmt beide Hände in die Hüften. «Marc hat angerufen und aufs Band gesprochen. Er fragt, ob ihr nicht diese Woche vielleicht mal auf die Sonnenbank gehen wollt.» Sie macht eine kurze Pause. «Damit ihr nicht so käsig ausseht unter den vielen scharfen Bräuten.»

Hmpf. Was für ein Idiot! Der weiß doch ganz genau, dass man Frauen nicht derart aufregen darf. Das war Absicht! Immerhin hätte er mich ja auch gut auf dem Handy anrufen können.

Elisa sieht mich streng an und sagt in nicht minder strengem Tonfall: «Bau keine Scheiße, Tom.» Und als ich noch glaube, mit dieser Warnung glimpflich davongekommen zu sein, und bereits zu einem Liebesschwur ausholen will, hakt sie nach: «Was wird denn geknipst?»

Dingdong! Vorsicht ist die Mutter der Porzellankiste. Jetzt

bloß nicht die Puddingfirma oder den Namen Lydia Cremand erwähnen!

«Ach, irgend so ein Schokoladeneis.»

Mist, das «Ach» hätte ich weglassen sollen. Frauen sind da sehr hellhörig.

«Soso, Schokoladeneis», wiederholt Elisa, und es klingt wie eine Frage.

«Ja. Und Vanilleeis.»

Ohne «Ach» hört sich der Satz gleich viel souveräner an.

Nicht so in Elisas Ohren. «Vanilleeis», sagt sie trocken und macht einen nach wie vor unbefriedigten Gesichtsausdruck.

«Genau. Zwei neue Eissorten, die wie Pudding schmecken und –»

Scheiße! Das Wort Pudding hätte ich nicht sagen dürfen! Den Bogen zu Lydia Cremand kann sogar eine blinde Gürtelrobbe mit Leichtigkeit spannen.

«Wie Pudding???» Elisas Augen blitzen bedrohlich. «Etwa Cremands Pudding? Ich meine, ist das Eis zufällig auch von Cremand?» Ihre Stimme bekommt jetzt einen aggressiven Unterton. «Verdammt, Tom, wird die blöde Kuh etwa auch mitfahren?»

«Äh, welche blöde Kuh genau meinst du?», frage ich, um Zeit zu gewinnen, auch wenn ich mir nicht sicher bin, wofür.

«Du weißt genau, wen ich meine.» Sie sieht mich fordernd an.

Na, viel Zeit war das ja nicht. Frauen können leider nicht nur schneller reden, sondern dabei auch noch denken.

«Äh, nicht so ganz genau.»

«Na, diese Lydia.»

«Lydia? Welche –»

«Sag mir, dass das nicht wahr ist!», unterbricht sie mich.

«Nein, das ist nicht wahr. Na ja, doch ... Ach, Lisa, ich kann ja auch nichts dafür. Rolf möchte, dass ich mitfahre. Und ich kann ihm wohl schlecht sagen, dass meine Freundin eifersüchtig ist.»

«Eifersüchtig?» Elisas Stimme klingt jetzt so gefährlich, dass sich der Mops ängstlich in seine Bettenburg verzieht. «Ich? Auf diese verknöcherte Ziege mit ihren Kuhaugen und den Zwergentitten? Die ist ja damit gestraft genug.»

Nee, schon klar, du bist nicht eifersüchtig, denke ich und starte einen Annäherungsversuch. «Ach Süße, was soll ich denn jetzt machen. Ich hab mir das doch alles nicht ausgesucht.»

Warum können Frauen nur Berufliches und Privates so schlecht trennen? Männer gehen mit so etwas grundsätzlich wesentlich professioneller um.

«Tom, erinnere dich bitte mal, was hier los war, als ich mit meinen Arbeitskollegen zu diesem Seminar reisen musste. Du warst kurz davor, eine einstweilige Verfügung gegen meinen damaligen Chef zu erwirken. Er sollte in einem anderen Zimmer, in einem anderen Hotel, auf einem anderen Planeten schlafen. Das waren deine Worte.»

Was? Das soll ich gesagt haben?

«Na, dann sind wir jetzt ja wohl quitt», erkläre ich lapidar, weil ich mir nicht sicher bin, ob sie das nicht spontan erfunden hat.

Zu meiner grenzenlosen Verwunderung schweigt Elisa. Jedenfalls zunächst. Allein mit Melanie tauscht sie einen verschwörerischen Blick aus und sagt dann mit vor der Brust verschränkten Armen: «Wenn du dich da mal nicht täuschst.»

4. Kapitel

In den nächsten Tagen vermeiden Elisa und ich das Thema «Verreisen». Was mir sehr recht ist, da ich bei der Arbeit genug Baustellen zu bearbeiten habe.

Zunächst müssen zwei grobe Kampagnen-Layouts erstellt, vom Kunden genehmigt und zum Fotografen gemailt werden. Frank Fabjan wird dann nach unseren Vorgaben vor Ort schon mal die Location auswählen und gegebenenfalls anmieten. Das Shooting soll auf einem Schiff stattfinden, möglichst auf einer Yacht. Aber davon wimmelt es in Monte Carlo ja bekanntlich. Ein Selbstgänger also.

Hier im Haus gestalten wir die beiden Kampagnen so weit am Computer, dass wir nach dem Shooting nur noch die echten Fotos ins Layout einbauen müssen. Ein Packshot, sprich die Eisverpackung vor weißem Hintergrund, wird gerade in einem Fotostudio in unmittelbarer Nähe geknipst und soll später rechts unten am Bildrand zu sehen sein. Daneben dann der Claim: *Sünde hat keine Farbe, aber guten Geschmack.*

Gut, was? Ist ja auch von mir!

Bei den Models kann ich nur hoffen, dass Elisa keine weiteren Fragen stellt. Es sind echte Granaten! Eine verkörpert die Vanille, die andere die Schokolade. Aber das würde Elisa sicher auch nicht beruhigen.

Genauso unruhig, wenn auch aus anderem Grund, scheint mein Kollege Marc zu sein. Er hat sich schon mal die Sedcards der beiden Auserwählten an seinen Computer geklebt

und wartet nur darauf, alle Daten persönlich nachmessen zu dürfen. Ansonsten ist er zu nichts mehr zu gebrauchen. Jedenfalls habe ich das Gefühl, dass alle Arbeit mal wieder an mir hängen bleibt.

Und als wäre das nicht schon anstrengend genug, habe ich zwischendrin auch noch dieses unerfreuliche Treffen mit meiner Mutter.

«Bist du eigentlich glücklich mit Elisa?», eröffnet sie das Gespräch bei unserem Mittagessen am Mittwoch.

Hä? Bin ich etwa in eine Zeitschleife geraten? Hatte Luke sein Verhör vorgestern nicht mit denselben Worten begonnen?

«Komm bitte gleich zur Sache», sage ich deshalb genervt und bin wild entschlossen, mir diesmal nicht auf der Nase herumtanzen zu lassen. Wir sitzen im *Maxims* am Fenster und haben jeder eine große Portion Linseneintopf vor uns stehen. «Auf meinem Schreibtisch türmt sich die Arbeit, und euer übersteigertes Interesse an mir und Elisa geht mir langsam auf die Nerven.»

«Wieso? Wer hat sich denn noch nach ihr erkundigt?»

Harrr! Nicht auf die Tour! Nochmal falle ich da nicht drauf rein!

«Mama, bitte, komm zur Sache. Ich fliege in fünf Tagen zum Shooting nach Monte Carlo und habe bis dahin noch eine Menge zu erledigen.»

«Nach Monte Carlo?»

«Mama!»

«Sag nicht Mama zu mir!»

«Dann sag du mir endlich, was du von mir willst!»

Angestrengt guckt sie aus dem Fenster und beobachtet die flanierenden Passanten. Dabei genießt sie es, wenn einige der Männer sich im Vorbeigehen nach ihr umdrehen. Meine

Mutter ist wohl das, was der Alm-Öhi als *kessen Feger* bezeichnen würde. Für ihr Alter sieht sie erstaunlich jung und frisch aus und gerade, als ich überlege, ob da wohl jemand nachgeholfen hat oder ob ihre homöopathischen Hausmittelchen allein für den jugendlichen Teint verantwortlich sind, wendet sie sich wieder mir zu.

«Also dein Freund Luke und ich ...» Sie macht eine Pause und sieht mich eindringlich an. «Also, wir werden uns trennen. Irgendwie läuft es zwischen uns nicht so gut.»

Während Mutter ein Gesicht macht, als müsse sie ihrem Sprössling schonend eröffnen, dass er während einer Massenorgie auf La Gomera gezeugt wurde, verkneife ich mir einen Freudenschrei. Schonung ist hier wirklich gar nicht nötig, denn ich bin, gelinde gesagt, erleichtert. Die ganze Geschichte war mir von Anfang an suspekt.

«Tja ... ich weiß gar nicht, was ich sagen soll.» Bemüht lustlos stochere ich in meinem Essen herum und versuche mich an den letzten traurigen Film zu erinnern, bei dem Elisa unsere Taschentuchvorräte aufgebraucht hat. Als mir endlich ein paar tröstende Worte einfallen, blicke ich hoch und sehe aus den Augenwinkeln Rolf draußen am Café vorbeilaufen.

Er scheint mich ebenfalls entdeckt zu haben, denn er bleibt kurz stehen und winkt mir freundlich zu.

«Oh!», ruft Mutter angetan. «Was für ein attraktiver Mann. Wer war das denn?»

Naaaaiiiiin! Jetzt reicht es mir aber. Sie wird sich nicht gleich den nächsten Kerl krallen. Und schon gar nicht meinen Chef!

«Äh, das? Das war niemand.»

«Ach komm schon, Tom. Sag es mir.»

Da hat der Typ nicht mal sein Zwergenauto dabei und zieht trotzdem alle Blicke auf sich. Wie macht der das nur?

«Das war Rolf Siegelmann, mein Chef. Er ist verheiratet und hat nicht alle Tassen im Schrank. Außerdem fährt er ein Zwergenauto. Ich dachte, ihr kennt euch bereits.»

Mutter sieht mich entrüstet an. «Ich darf dich ja nie von der Arbeit abholen!»

«Jetzt fang doch nicht schon wieder damit an.»

«Ehrlich gesagt dachte ich immer, da steht man mit Anfang dreißig drüber.»

«Wo drüber?»

«Dass man sich für seine Mutter schämt.»

Tut man vermutlich auch. Wenn man eine normale Mutter hat. Aber bei meiner weiß man nie, was sie als Nächstes anstellt – und welchen meiner Freunde und Bekannten sie sich als Nächstes krallt.

«Also, falls er mal eine gute Homöopathin benötigt», fügt sie augenzwinkernd hinzu, «dann darfst du mich gern weiterempfehlen.»

«Das werde ich ganz sicher nicht tun.»

Konfuzius sagt: Wenn über das Grundsätzliche keine Einigkeit besteht, ist es sinnlos, miteinander Pläne zu schmieden.

Dem kann ich ohne Einschränkungen zustimmen. Mutter und ich waren noch nie einer Meinung, schon gar nicht, wenn es um Grundsätzliches geht. Und ein Date mit meinem Chef ist ja wohl eine grundsätzlich schlechte Idee.

Während ich in den nächsten Tagen also entweder von morgens bis abends im Büro schufte oder mich von psychopathischen Halbirren bequatschen lasse, läuft die Reisevorbereitung bei Elisa ganz anders.

Seit geraumer Zeit steht bereits ein Koffer bei uns im Flur, der das Ausmaß eines Aufsitzrasenmähers hat. In unregelmäßigen Abständen lässt Elisa nun ihre Reiseutensilien dort hineinplumpsen. So lange, bis das Ding voll ist.

Ich kenne diese Vorgehensweise bei Frauen: Irgendwann ist ihr Schrank leer und der Koffer nicht mehr verschließbar. Dann vollzieht sich das ganze Spiel rückwärts, bis sie – zwei Stunden vor Abflug – noch einmal den gesamten Koffer komplett neu packen. Dass jedes einzelne Gepäckteil dabei hemmungslos Übergewicht zulegt, wird bis zu dem Zeitpunkt verdrängt, an dem die Dinger über die Türschwelle gehoben werden müssen. Das darf dann der arme Taxifahrer machen. Dessen Leidensweg beginnt bei der von Wimpernklimpern untermauerten Bitte, er möge die Koffermonster nur eben kurz die Treppe herunterschleppen. Aber damit nicht genug. Unten angekommen startet die Dame von Welt einen schwachen Versuch, die Ungetüme selbst in den Kofferraum zu wuchten, scheitert daran kläglich und weckt so den unterdrückten Kavaliersinstinkt im bereits angeschlagenen Fahrer. Mit akutem Bandscheibenvorfall und zusammengebissenen Zähnen macht er sich schließlich mit Blaulicht auf zum Flughafen, wo er ein weiteres Mal gefoltert wird. Denn hier wartet nicht etwa die Erlösung, sondern die dritte Etappe des Triathlons. Kaum angekommen darf er die Biester nämlich erneut aus dem Auto wuchten und wird zu guter Letzt auch noch mit tränengefülltem Blick zum finalen Sprint durch das Terminal angestachelt.

Und jetzt raten Sie mal, wer diese grausame Tortur ertragen muss, wenn besagte Dame einen Freund hat? Na?

Aber dieses Mal bin ich raus aus der Nummer!

Ich werde es nämlich aufgrund meines Arbeitspensums nicht schaffen, Elisa zum Airport zu bringen. Ja, ich werde nicht einmal anwesend sein, wenn sie ihre Kofferorgie startet und das Haus verlässt. Und ich muss auch dieses Mal nicht schon vor Abflug achtzig Euro löhnen, nur damit Madame auch ja jedes ihrer übergewichtigen Luxusköfferchen mitnehmen darf.

Ich kann ihrer Reise somit entspannt entgegensehen. Außerdem bin ich froh, dass mir das Gezeter des Schrumpfhundes erspart bleibt, wenn die Maschine abhebt und die Fliehkraft seinen Mopskörper malträtiert. Zwar hat Elisa ihm für die Reise ein Flugkörbchen mit rosa Schmetterlingsaufdruck gekauft, aber wer weiß, ob das helfen wird.

Ehrlich gesagt bin ich nicht mal eifersüchtig, dass Elisa ohne mich wegfährt. Kein Stück. Zum einen, weil sie ihre durchgeknallte Freundin im Schlepptau hat – Mashavna ist nämlich definitiv genau die Art von Frau, um die Männer einen großen Bogen machen. Und zum anderen fahren die beiden ja nur nach Kroatien.

Hey, Kroatien! Ich meine, das ist doch das Urlaubsland der geringverdienenden Großfamilien, die einmal im Jahr aus dem Kölner Raum anreisen, um mit Dialekt und Bierbauch jedes friedliche Leben im Umkreis ihrer Atemluft auszurotten.(2) Und dann ist da ja auch noch dieser asthmatische Köter, mit dem man sicher nicht besonders gut am Strand chillen kann. Der Klops kommt vermutlich schneller ins Schwitzen als Benno Berghammer beim Erklimmen seines XXL-Möbels.

Elisa wird also gelangweilt auf dem Balkon ihrer spärlich eingerichteten Pension sitzen und abends mit Mashavna an restsozialistischen Cocktail-Imitaten nippen. Höhö.

Am Samstag vor ihrem Abflug besteht Elisa allerdings darauf, dass ich mir wenigsten eineinhalb Stunden zum Abendessen freimache.

Ja, die Romantik, die darf in einer festen Beziehung natürlich nicht zu kurz kommen! Immerhin werden wir uns zwei Wochen nicht sehen. Auch in dieser Hinsicht sind Frauen einmalig. Die spüren den Trennungsschmerz quasi schon, wenn man noch gar nicht getrennt ist!

Ich sage Ihnen jetzt mal, wie wir Männer so etwas angehen: verdrängen. In nicht seltenen Fällen auch: darauf freuen. Denn zwei Wochen alleine verbringen, das bedeutet:

1. Spät nachts betrunken ins Bett fallen können
2. Fußball/Actionfilme/Sexy Clips gucken
3. Computerspiele
4. Durchschlafen (weil kein Spinnenalarm)
5. Ausschlafen

Ein Traum!

Natürlich werde ich Elisa auch vermissen. Aber eben erst, wenn sie wirklich weg ist – und vor allem erst dann, wenn ich obengenannte Liste mindestens drei Tage am Stück ausgekostet habe.

Da ich an diesem Abend später wieder in die Agentur zurückmuss und der Kühlschrank schon seit zwei Wochen nicht mehr ordnungsgemäß aufgefüllt wurde, bestellen wir etwas beim Thailänder. Am Telefon wird mir eine Lieferzeit von einer Dreiviertelstunde prognostiziert, und so verführe ich Elisa schnell zu einem Quickie. (Sonst könnte mir nach einer Woche Ausschlafen, Fernsehen und Computerspielen vielleicht doch etwas fehlen.)

Wer über ein bisschen Beziehungsroutine verfügt, ist bei solchen spontanen Sex-Gelegenheiten klar im Vorteil. Soll heißen: Bevor es losgeht, düst Elisa los, um Besteck und Servietten zu holen. Ich zähle schnell das Geld für den Lieferservice ab und lege es auf die Kommode. Ganz nebenbei entledigen wir uns unserer Kleidung; einer stellt noch das Telefon auf stumm, und der andere öffnet das Bier. Keine fünf Minuten später finden Elisa und ich nackt im Bett zueinander. Perfekt!

Na ja, nicht ganz, denn diesmal kreischt Elisa auf, bevor es zum Äußersten kommt. «Halt!»

Erschreckt lasse ich von ihr ab. «Süße, was ist denn? Hab ich dir weh getan?» Eventuell haben sich ihre Haare wieder in meiner Uhr verklemmt.

«Wir können das nicht tun», sagt sie und blickt mich gequält an.

«Äh, und warum nicht? Ich meine ... Wir haben das doch schon öfter getan, falls du dich erinnerst.» Den letzten Satz hauche ich, während ich meinen Kopf zwischen ihren Brüsten versenke.

«Tom! Nicht!» Sie schiebt mich weg, beugt sich zu meinem Ohr und flüstert: «Der Hund! Melanie soll das nicht mit ansehen müssen.»

Wieso denn nicht?, denke ich und sehe mich nach dem Köter um, der gelangweilt auf dem Teppich liegt.

«Meinst du nicht, der Hund hat das bei dem Alm-Idioten nicht vielleicht auch schon mal gesehen?» Also, ich meine, so, wie der in Elisas Dekolleté geglotzt hat, handelt es sich um einen wahren Schwerenöter. Melanie dürfte umfassend aufgeklärt worden sein.

«Jetzt nenn ihn doch nicht immer den Alm-Idioten. Er heißt Gregor. Und außerdem», Elisa wird jetzt langsam bockig, «weißt du doch gar nichts über ihn.»

«Also gut.» Seufzend stehe ich auf, um den Mops ins Bad zu sperren.

«Zieh die lieber über.» Elisa wedelt mit meiner Unterhose.

Jetzt reicht es mir aber! Hunde laufen doch auch den ganzen Tag mit teilentblößten Geschlechtsteilen herum. Da wird sich doch wohl ausgerechnet ein kleiner Mops, der von der Welt ohnehin nicht viel mehr sieht als Schuhe, Hundebäuche und Hundeschwänze, von meinem Prachtexemplar nicht aus dem Konzept bringen lassen. Es sei denn, er ist bereits altersweitsichtig. Denn so wie sich die Sache gerade verhält, ist im Moment tatsächlich nicht viel zu entdecken.

Ich ziehe mir also was über, schnappe mir die verschlafene Melanie und schleppe sie ins Badezimmer, dem einzigen Raum in der Wohnung, den man ordnungsgemäß verschließen kann. Zur Sicherheit schalte ich auch noch das Radio an, drehe es richtig laut auf und flitze anschließend wieder ins Schlafzimmer.

«Welchen Sender hast du ihr eingestellt?», fragt Elisa, als ich neben ihr ins Bett hüpfe. «Sie hasst die Achtziger. Heute Morgen lief *Tainted Love*, und dabei ist sie komplett durchgedreht.»

«Dann hat sie wohl keinen Geschmack», erkläre ich und streife mir die Unterhose wieder ab. «Auf RSH laufen jedenfalls gerade die Wunschhits.»

«O nein! Da könnte sich doch theoretisch jemand etwas aus den Achtzigern wünschen. Ich finde, du solltest einen anderen Sender einstellen.»

Arrrgh. Mir reißt gleich der Geduldsfaden! Energisch verschließe ich Elisas Lippen mit meinem Mund, und zum Glück für uns beide lässt sie mich gewähren.

Wir kommen schneller zum Höhepunkt, als jemand den Namen des Lieferservices aussprechen könnte, und das ist auch gut so. Denn als es bereits nach zehn Minuten an der Tür klingelt, kann ich dem Boten entspannt und mit Gewinnermiene die Tür öffnen.

Tja, mein Lieber, umsonst beeilt!

Zum Glück hatte ich die Summe ja bereits rausgelegt, da man zwischen Hundegebell und *Beat it* von Michael Jackson kaum noch ein Wort verstehen kann. Der Typ drückt mir zwei Plastiktüten in die Hand, und während ich die Tür hinter ihm schließe, schicke ich auf dem Rückweg ins Schlafzimmer ein Stoßgebet zum Himmel, dass Elisa mit der Jackson-Diskographie nicht allzu vertraut ist. Ansonsten gibt es nämlich wieder Achtziger-Alarm.

Aber Elisa bleibt entspannt. Sie baut uns eine Kissenburg am Kopfende, und wir machen es uns mit den Plastikschalen im Bett gemütlich. Natürlich musste ich vorher den Hund wieder aus seinem Verlies befreien und ihn mit einer Cashew-Nuss für sein RSH-Martyrium entschädigen.

Nun sitzt er sabbernd vorm Bett und starrt mit hervortretenden Glubschaugen angestrengt an uns vorbei, um ja nicht des Bettelns bezichtigt zu werden.

Ich beobachte, wie Elisa Reis und Gemüse vermischt und dann sorgfältig wieder auf die zwei Schälchen verteilt, damit nichts oben herausfällt. Ihre Haare hat sie zu einem improvisierten Dutt gewickelt, und als Antwort auf meinen roten Bademantel trägt sie ihr rötliches Nachthemd. Nicht, dass wir schon zu der Sorte Paar gehören würden, die sich bei Tchibo die gleichen Trainingsanzüge kauft. Aber mittlerweile kennt man die Garderobe des anderen eben in- und auswendig. Von einer Unterwäscheüberraschung fehlt nach wie vor jede Spur.

Seit mehr als sechs Monaten wohnt Elisa nun schon bei mir. So lange war ich noch nie mit einer Frau zusammen. Aber heißt das ... Also, langweile ich mich jetzt vielleicht? Ist unser Sexleben bereits zur Routine geworden?

Nein.

Oder doch? Möglicherweise? Ein bisschen?

Ich horche in mich hinein und denke an Lukes Worte. Gut, klar, für die Nummer eben hätten wir auf der Erotik-Skala vermutlich keinen Punkt bekommen. Und ja, wir haben es in dieser Stellung schon öfter mal gemacht. Aber wir standen ja auch unter Zeitdruck!

Wann hatten wir eigentlich das letzte Mal Sex an einem ungewöhnlichen Ort? Vor sechs Monaten, etwa. In der Küche. Das war allerdings verdammt ungemütlich. Und unter der Dusche? Vielleicht vor vier Monaten. Aber das war für Elisa umweltmäßig nicht in Ordnung. Mmh ... Auto? Balkon? Wald? Flugzeugtoilette?

Fehlanzeige. Aber das kann ja alles theoretisch noch passieren.

«Scheiße!»

Ich drehe mich zu Elisa, die sich gerade etwas Sojasauce auf das Nachthemd gekleckert hat, was sie mit einem leidenschaftslosen «Das Teil muss eh in die Mottenkiste» kommentiert. Okay, vor vier Monaten hätte ich ihr «das Teil» wahrscheinlich spontan vom Leib gerissen und sie nochmal zur Brust genommen. Aber ich muss schließlich gleich los. Und vorher würde ich gern noch eine Kleinigkeit essen.

Harrrr! Hat Luke also doch recht? Sitze ich in der Beziehungsfalle?

Wenn ich es mir recht überlege, habe ich auch schon erschreckend lange nicht mehr von anderen Frauen geträumt. Nicht mal ein erotischer Tagtraum. Hat Elisa mich eventuell verhext, damit ich den Rest meines Lebens nur noch mit ihr schlafe und alle Gedanken an andere Frauen sofort im Keim ersticke? Ich meine, mal ehrlich, wenn ein Mann sechs Monate lang nicht mal mehr mit dem Gedanken spielt, etwas mit einer anderen Frau anzufangen, ist das doch irgendwie krank, oder? Schließlich bin ich ja nicht schwul.

Gut, vielleicht war da die Idee mit dem Saunaabend und der Stewardess. Aber selbst da habe ich ja gekniffen.

Herrje, das hört sich alles nicht gut an. Zusätzlich kommt es mir so vor, als sei ich seit meiner Beziehung mit Elisa in den Augen des weiblichen Geschlechts ein Neutrum. Ich kann mich schon gar nicht mehr erinnern, wann mir das letzte Mal eine Frau zugezwinkert oder gar ihre Telefonnummer zugesteckt hat. Früher kam so was doch ständig vor. Aber Elisa hat mir einfach diesen Besetzt-Stempel aufgedrückt.

Wie konnte das nur passieren? Ich sollte dringend meinen Marktwert testen.

Und ich weiß auch schon, wie: Eine Woche Monte Carlo werden aus mir wieder den machen, der ich einmal war. Den Tom, für den sich die Frauen interessieren, den sie mit Visitenkarten und Anmachsprüchen nur so bombardieren und der es sich dann in Ruhe überlegen wird, ob er nicht einfach mal wieder nur ein Mann ist und –

«Kannst du mir mal die Cashew-Nüsse geben, Tom?»

Elisas siebter Sinn hat ihr offenbar geraten, unauffällig in meine Gedanken zu funken und mich ganz nebenbei zurück auf den Boden der Tatsachen zu holen.

Das Wort Cashew-Nüsse macht mir nämlich schlagartig bewusst, dass mir für Monte Carlo im Grunde genommen der passende Körper fehlt. Dank sechs Monaten Beziehungsspeck bin ich badehosentechnisch nicht gerade ein Matthew McConaughey. Und wegen des mangelnden Bauchmuskel-Sixpacks wird meine größte Sünde in Monte Carlo wohl auch nur darin bestehen, einen Amarenabecher mit Sahne zu verputzen.

«Die Cashew-Nüsse, Tom ...»

«Äh, ja, klar!» Ich schiebe ihr die übrig gebliebenen Nüsse auf den Teller und verschlinge den Rest meines Essens in Windeseile. Denn ein Blick auf die Uhr sagt mir: Ich muss dringend wieder in die Agentur.

Der Abschied wird für Elisa sicher hart. Frauen können da ja sehr emotional werden.

«Sorry, aber die Arbeit ruft», erkläre ich deshalb betont munter und stehe auf. «Übermorgen in der Frühe geht schließlich auch bei uns die Reise los, und bis dahin gibt es noch einiges zu tun.»

Elisa guckt mich mit glasigen Augen an. Oder vielmehr macht es den Anschein, als würde sie an mir vorbeischauen.

«Meinst du, so ein Mops verträgt Cashew-Nüsse überhaupt?» Nicht, dass Melli jetzt stirbt! Sie beugt sich besorgt vor und klopft auf den nun freien Platz neben sich. «Komm her, meine Süße. Ich kraule dir den vollen Bauch.»

Wie bitte? Bekommt der Köter jetzt die Sonderbehandlung, die eigentlich mir zusteht? Schließlich werde *ich* mit dem Shooting und der Kampagne einen goldenen ADC-Nagel[3] an Land ziehen. Die Werbebranche wird Kopf stehen! Haha ... Palmen, Protz und pralle Pos – ich komme!

Schnell hetze ich ins Bad, um mich für die nächste Runde in der Agentur frisch zu machen.

«Duuuu? To-hom?», höre ich Elisa hinter mir herrufen. «Ich muss dir noch etwas sagen.»

Ihr Ton verheißt nichts Gutes, und so ein Ich-muss-dir-etwas-sagen-Ding ist bei Frauen ja geradezu katastrophenverdächtig. Nichts, das ich vor meiner Abreise noch diskutieren möchte, kündigt sich mit diesen Worten an.

Gerade war doch noch alles in Ordnung, was kann denn bitte schön während meines Ganges durch den Flur Weltbewegendes passiert sein? Reicht es denn nicht, dass ich leergevögelt, aber dafür mit vollem Magen nochmal zur Arbeit muss? Eine Problemdiskussion kann ich heute definitiv nicht mehr bewältigen.

«Bitte, Lisa, ich muss jetzt wirklich los. Hat es denn nicht Zeit bis nach deinem Urlaub?»

«Eigentlich nicht.»

«Aber *eigentlich* bedeutet doch, dass es nicht ganz soooo wichtig ist, oder?»

«Mmh, also, wichtig ist es irgendwie schon.»

«Aber nicht soooo richtig doll wichtig, oder?», frage ich über die Schulter, während ich in meine Klamotten steige. «Also, so wichtig, dass man nicht mehr weiterleben könnte, ohne es sofort zu klären?» Ich kämpfe, als ginge es darum,

 den goldenen ADC-Nagel schon jetzt in eine Zementwand zu schlagen.

«Nein», gibt sie dann plötzlich nach, «soooo wichtig ist es auch wieder nicht. Aber schon irgendwie wichtig.»

Arrrgh ... Ich werde gleich verrückt!

Frauen haben immer so eine kryptische Art, Dinge zu formulieren. Gleichzeitig legen sie aber allergrößten Wert darauf, verstanden zu werden. Warum können sie nicht einfach klipp und klar sagen, was sie wollen? Männer tun das schließlich auch – und das, obwohl wir uns sogar ohne Worte verstehen würden.

Ich gebe Ihnen mal ein Beispiel weiblicher Kommunikation:

Elisa sagt: Wollen wir vielleicht am Wochenende ins Theater gehen?	Elisa meint: Ich habe bereits Theaterkarten für uns beide gekauft und bekomme einen Heulkrampf, wenn du nicht mitgehst!

Verstehen Sie, was ich meine? Nach sechs Monaten könnte ich schon ein dickes Lexikon schreiben: Elisa–Deutsch/ Deutsch–Elisa. Das würde bestimmt ein Bestseller!

Elisa sagt: Hier müsste mal wieder aufgeräumt werden.	Elisa meint: Wenn du nicht sofort anfängst staubzusaugen, flippe ich aus!
Elisa sagt: Wollen wir am Wochenende einen Ausflug machen?	Elisa meint: Wenn du das Wort «Bundesliga» auch nur in den Mund nimmst, sprenge ich den Fernseher!
Elisa sagt: Meine Arbeitskollegin hat mir ihre Hochzeitsfotos gezeigt – Mann, hatte die ein furchtbares Kleid an.	Elisa meint: Wann machst du mir endlich einen Antrag?

Als ich ins Schlafzimmer zurückkomme, ist der Kotzmops in Elisas Armen eingeschlafen. Sie schaut verträumt hoch und kommt nochmal aufs Thema zurück: «Also, du würdest es, glaube ich, schon wichtig finden.»

Ich gebe zu, ein wenig neugierig zu sein. Schon allein, weil ihre Stimme so betont harmlos klingt. Aber ich weiß auch, dass ein «Na los, nun sag schon» mich unter Umständen zwei wertvolle Stunden kosten könnte. Einhundertundzwanzig Minuten, in denen ich entweder Tränen trocknen oder zweihundertmal «Nein, ich finde dich nicht zu dick» sagen muss. Schlimmstenfalls darf ich noch schnell eine Kiste Mineralwasser von der Tankstelle holen oder ein Regal andübeln.

Also, soooo neugierig bin ich dann doch nicht.

Normalerweise ist dieser harmlose Tonfall bei Frauen ja auch schon Indiz genug für das Heraneilen einer Katastrophe. Und wenn Elisa harmlos klingt, ist das in etwa so, als wolle Angela Merkel einem weismachen, es bestünde trotz Wirtschaftskrise kein Grund zur Sorge für die Bevölkerung. Dabei muss man im Grunde sofort davon ausgehen, dass der ökonomische Kollaps kurz bevorsteht. Aber für eine nationale Katastrophe innerhalb meiner eigenen vier Wände fehlt mir momentan die Zeit.

«Süße, wenn es nicht soooo wichtig ist, dann werden wir es ein andermal klären, okay? Ich muss jetzt wirklich los.»

Elisa rollt resigniert mit den Augen, verschränkt die Arme vor der Brust und lässt sich wieder in die Kissen fallen. «Wie du willst. Dann wünsche ich dir viel Erfolg – und euch beiden einen guten Flug!»

Na bitte, geht doch. Manchmal muss man als Mann eben ein Machtwort sprechen. Aber wen meinte sie wohl mit «euch beiden»? Mich und Marc? Das ist ja wirklich nett von

ihr. Zumal sie Marc nach seinem Vorschlag mit der Sonnenbank nicht gerade in ihr Herz geschlossen hat.

Tja, so ein bisschen mehr männliche Dominanz tut Elisa offenbar ganz gut.

Abgesehen davon, dass man samstagabends im Büro unbezahlte Überstunden macht, ist das Arbeiten zu dieser Zeit eigentlich recht angenehm. Die Sonne knallt nicht mehr in die Räume, das Telefon schweigt, und die Bierkiste ist bereits ab 19 Uhr freigegeben.

Marc und ich schaffen in den nächsten Stunden auch ganz gut was weg – und zwar nicht nur, was die Arbeit anbelangt. Vor allem haben wir uns nämlich mit der Bierkiste vertraut gemacht. Und natürlich mit den Models.

Der Spruch *Sünde hat keine Farbe – aber guten Geschmack* bezieht sich ja auf die beiden Eissorten Vanille und Schokolade, die in dem neuen Produkt eine «heiße» Verbindung eingehen. Passend hierzu haben wir von einer Agentur diverse Sedcards mit Fotos und Details von diversen Models bekommen. Die ausgewählten Frauen stellen nicht nur die personifizierte Sünde dar, sondern korrespondieren in ihrer Hautfarbe auch noch mit den Eissorten. Ausgewählt und bereits gebucht sind Vivian und Noemi, zwei Anfang-zwanzig-Jährige mit Traummaßen und dem für unsere Zwecke perfekten Äußeren: Vivian ist dunkelhäutig und wirkt dermaßen rassig, dass uns das Eis vermutlich sofort wegschmelzen wird. Die andere, Noemi, verkörpert das genaue Gegenteil. Sie ist eher der Typ kühle Blondine, und ihre Haut sieht aus, als wäre sie aus Milch und Honig gegossen.

Leider haben wir die beiden bislang nicht kennengelernt. Das Casting hat freundlicherweise Rolf übernommen. Angeblich aus Rücksicht auf unser Arbeitspensum. Wie aufopferungsvoll!

Gegen halb drei nachts sind die beiden von Lydia ausgewählten Kampagnenmotive fertiggestellt, und Marc und ich beschließen, endlich Feierabend zu machen und die restlichen Flaschen zu leeren.

«Gib mir nochmal den Stapel mit den Sedcards.» Marc deutet auf das Sideboard hinter meinem Rücken und lehnt sich erschöpft in seinem Schreibtischstuhl zurück.

Ich schnappe mir die Karten, die eigentlich nur ganz normale DIN-A4-Blätter sind, und pfeffere sie ihm über den Tisch zu. «Was willste denn damit?»

Statt einer Antwort steht er auf, geht zum Kopierer und kommt nach einer Weile mit einem Stapel verkleinerter Farbkopien zurück. Mit promillegesteuerter Hand schichtet er sie alle übereinander und schneidet die Fotos der verschiedenen Models aus. Danach legt er zwei Häufchen.

«Hier», sagt Marc und schiebt mir einen der Papierstapel rüber. «Das sind deine Spielkarten. Du musst dir jetzt ein Detail aussuchen und es laut vorlesen. So wie beim Quartett. Hat meine die größere Oberweite oder die höhere Tagesgage, habe ich gewonnen.»

«Und was ist mit Alter und Schuhgröße?», will ich wissen.

«Je jünger, desto besser. Und die Füße –» Marc sieht an sich herunter. «Sollten lieber klein sein.»

Nachts um drei stellt man erfahrungsgemäß nicht allzu große Anforderungen an Spielregeln, deshalb erkläre ich mich sogleich einverstanden.

«Aber erst hol ich uns noch zwei Bier.»

«Ich fange schon mal an.» Marc legt sich den Kartenstapel auf den Schoß. «Alter: 19 Jahre.»

Ich stelle zwei Flaschen vor uns ab und nehme die oberste Karte von meinem Stapel. «Mist. Meine ist schon 22.»

«Ha! Her damit!»

Ich reiche Marc die Karte, und wir prosten uns zu, bevor er weitermacht.

«Körpergröße: 177 cm.»

«Tja, mein Lieber. Diese Runde geht an mich. Meine ist 176! Und kleinere Frauen sind nun mal gelenkiger. Außerdem machen mir zu große Frauen Angst.»

«Mist.» Er schnippst mir die Karte rüber und lallt mich dabei fröhlich an: «So issas mit den Frauen. Du denkst, du hast sie inna Hand und auf einmal –» Er macht die Handbewegung eines Zauberers, der den Zuschauern demonstrieren will, dass das Kaninchen tatsächlich verschwunden ist. «Und auf einmal sinnse wech!»

5. Kapitel

Gegen neun Uhr am nächsten Morgen weckt mich konstantes Handyklingeln. Völlig verkatert sehe ich mich um und begreife, dass dies nicht mein Zuhause ist, sondern Rolfs Büro. Und neben mir liegt auch nicht Elisa, sondern eine Schnapsleiche, die stark an meinen Kollegen Marc erinnert.

Mit geöffnetem Mund liegt er neben der Besuchercouch und schnarcht. Seine Hände halten Carina, den Supertrumpf aus unserem selbstgebastelten Model-Quartett, an die Brust gepresst.

Als unser Niveau so weit gesunken war, dass wir statt Brustumfang und Hüftumfang nur noch «Titttten» und «Unnenrum» lallen konnten, müssen wir auf die Couch gesunken und schließlich über den Models eingeschlafen sein.

Es klingelt immer noch. Auf dem Display sehe ich eine unbekannte Nummer, aber statt das Gespräch wegzudrücken, nehme ich es aus Versehen entgegen.

«Hallo, Herr Moreno? Hier ist Ernst. Elfriede Ernst. Ihre Nachbarin.»

Elfriede Ernst? Is nicht ihr Ernst.

Hat sie sicher schon tausendmal gehört, den Spruch.

«Aha», krächze ich und versuche, mich zu erinnern, ob ich tatsächlich eine Nachbarin habe, und wie die wohl aussieht.

«Also, ich will Sie auch gar nicht lange stören, Herr Moreno. Es ist nur ...» Sie schnappt kurzatmig nach Luft.

Und plötzlich erinnere ich mich wieder, wie Elfriede Ernst aussieht. Sie ist die schmächtige Fünfundsiebzigjährige in der Wohnung neben uns, die allein lebt, einen Fuß nach sich zieht und an feuchten Tagen unter Asthma leidet. Meist grüßt sie freundlich und stellt allen Mietern zu Ostern ein Körbchen mit Schokoladeneiern und zu Weihnachten einen Weckmann vor die Tür. Aber nicht nur das. Hinter der harmlosen Fassade versteckt sich die Else Kling des Hauses. Mit Argusaugen überwacht sie den Reinigungsplan für das Treppenhaus, fungiert als neugierige Paketannahmestelle und verfügt selbstverständlich auch über die Telefonnummern sämtlicher Mieter. «Nur für den Fall, dass mal was ist», erklärt sie jedes Jahr scheinheilig, wenn sie sich, zwecks Aktualisierung ihrer Liste, durchs Haus klingelt.

Denn man kennt das ja: Am liebsten schnüffeln alte Damen in fremden Angelegenheiten herum. Deshalb habe ich mich bei ihrem Angebot, zur Urlaubszeit in meiner Wohnung nach dem Rechten zu sehen, bislang auch taub gestellt.

«Ist etwas passiert?», frage ich mechanisch. «Brauchen Sie Hilfe?» Im Geiste sehe ich sie schon zusammengebrochen unter ihrer Kakteensammlung liegen.

«Nein nein», beeilt sie sich zu sagen. «Ich dachte, *Ihnen* sei eventuell etwas zugestoßen.»

Harrrr, jetzt ist sie vielleicht doch langsam reif fürs Altenheim. Oder spielt sie etwa auf meinen akuten Kopfschmerz an? Nein, davon kann sie ja nun wirklich nichts ahnen.

«Aus Ihrer Wohnung kommen so komische Geräusche. Aber es macht niemand auf!»

Aha. Typischer Fall von seniler Bettflucht. Sitzt Tag und Nacht am Fenster und beobachtet das Treiben der Nachbarn. Aber jetzt setzt sie noch einen obendrauf: «Ihre Frau hat ja schon so früh das Haus verlassen ...»

Für Frau Ernst lässt sich ein Zusammenleben nur dann vor dem lieben Gott rechtfertigen, wenn man ordnungsgemäß verheiratet ist. Deshalb ignoriert sie auch geflissentlich, wenn ich sie korrigiere und Elisa meine Freundin nenne.

«Sind Sie denn sicher, dass die Geräusche aus meiner Wohnung kommen? Vielleicht hat der Mieter unter Ihnen seinen Fernseher laufen?» Ich kann förmlich hören, wie Elfriede Ernst den Kopf schüttelt.

«Nein, Herr Moreno. Das habe ich schon überprüft. Es läuft gerade gar kein Tierfilm.»

«Tierfilm?» Vermutlich wird die alte Dame genau in dieser Stunde wahnsinnig.

«Na ja, weil sich das eindeutig nach einem Hund anhört. Oder besser gesagt, einem Hündchen, dem gerade das Fell über die Ohren gezogen wird.»

Langsam werde ich etwas unruhig. «Äh, und Sie sagen, Elisa ist schon aus dem Haus? Hatte sie einen Koffer dabei?»

«Also, Herr Moreno, ich beschatte ja niemanden!», gibt sie entrüstet zurück. «Aber ja, sie hatte einen Koffer dabei. Einen sehr großen Koffer. Und der Taxifahrer, der kam ganz schön ins Schwitzen, als er ihn in den Kofferraum gewuchtet hat. Mein lieber Mann, der war am Ende. Und wissen Sie ...»

«Hören Sie denn den Hund momentan noch?»

«O ja. Anfangs klang er traurig, aber jetzt scheint er langsam wütend zu werden.»

Genau wie ich.

WENN ES DAS IST, WAS ICH DENKE, DANN WIRD FRAU ERNST BALD ZEUGE EINES BLUTBADS!

«Ich komme, so schnell ich kann. Bin schon auf dem Weg», erkläre ich und lege eilig auf.

Etwas in mir versucht, nicht an das Naheliegende zu den-

ken, sondern der Sache erst mal in Ruhe auf den Grund zu gehen. Ein Mann gerät schließlich nicht sofort in Panik.

Da Marc auch durch kräftiges Schütteln nicht wach zu bekommen ist, beschließe ich, ihn noch ein wenig schlafen zu lassen. Rolf wollte sich heute erst um elf mit uns treffen, so lange soll der Kollege meinetwegen noch seine verdiente Sonntagsruhe haben.

Wie sich zu Hause herausstellt, ist Frau Ernst keinesfalls Opfer einer spontanen Tinnitusattacke geworden, sondern konnte das Geräusch sogar recht zutreffend beschreiben.

Als ich nämlich die Wohnungstür aufschließe und vorsichtig in den Flur trete, hockt dort der Schrumpfhund und jault, als hätte man ihn am Schwanz festgetackert. Offenbar hat er sich in eine Art Trancezustand gewinselt, denn es dauert eine ganze Weile, bis er mich bemerkt. Sofort klappt die Zwergenschnauze zu, und die hervortretenden Glubschaugen bekommen einen schuldbewussten Ausdruck. Als Krönung des Schauspiels erhebt sich der Klops nun und hoppelt auf mich zu, als sei nichts gewesen.

Ich weiche aus, renne schnurstracks den Flur entlang bis zu der Nische, in der gestern Abend noch Elisas Monsterkoffer stand und erstarre.

Die Ecke ist leer.

Mit aufkommender Panik suche ich die komplette Wohnung nach einem Lebenszeichen von ihr ab. Der Hundezwerg empfindet das als Riesenspaß. Fröhlich kläffend verfolgt er mich auf Schritt und Tritt, um dann, zum Finale sozusagen, vor Aufregung in die Küche zu pinkeln.

Noch bevor ich ihn in hohem Bogen wütend aus dem Fenster befördern kann, fällt mein Blick auf einen Zettel von Elisa, dessen Inhalt mich noch viel wütender macht:

Tom, Liebster!
Ich hätte es dir gestern gerne noch gesagt, aber du wolltest ja mal wieder jedem Problem aus dem Weg gehen. Mir war nicht klar, dass Mashavna eine Hundeallergie hat. Ich kann Melanie also nicht mitnehmen. Vielleicht hat deine Mutter ja Zeit, sich die 10 Tage um sie zu kümmern? Ansonsten kannst du sie auch ganz problemlos mit ins Flugzeug nehmen, das Reisekörbchen steht neben der Selterskiste. Sie ist entwurmt und geimpft, der Pass liegt auf deinem Schreibtisch. Aber Achtung: Sie darf nur bis fünf Kilo wiegen, damit du sie als Handgepäck transportieren kannst, gib ihr also keine Schokolade.
Und: Nicht aufregen, Schatz!
Love, Lisa.

Nicht aufregen??? Ich soll mich nicht aufregen?

ICH REGE MICH NICHT AUF, ICH DREHE GLEICH DURCH!

Diese Frau war mir von Anfang an nicht geheuer, aber dass sie mich einmal derart auflaufen lassen würde, hätte ich mir in meinen kühnsten Phantasien nicht ausgemalt. So gemein können nur Frauen sein! Männer suchen das ehrliche Duell im Morgengrauen, aber Frauen? Das darf doch wohl nicht wahr sein. So eine hinterhältige Schlange! Bitte sag mir einer, dass ich träume!

Nein, ich träume nicht. Denn immer, wenn ich auf den Küchenfußboden schaue, sehe ich den Schrumpfhund dort erwartungsvoll neben seinem Pipisee sitzen und weiß: Ich habe ein Riesenscheißproblem!

Wie soll ich den Köter jetzt bitte bis morgen loswerden? Mutter wird sich bedanken, wenn ich versuche, ihr für zehn Tage einen haarigen Fleischklops aufs Auge zu drücken. Keine Chance.

Melanie hat es sich inzwischen auf meiner Jacke bequem

gemacht, die ich vorhin hektisch ausgezogen und auf den Fußboden gepfeffert habe. Sie hat sich friedlich eingekuschelt und sieht zu mir hoch, als wüsste sie genau, dass nur ein 1-a-Bambi-Blick ihr Schicksal als Frühstückswurst abwenden kann.

O Mann, ich bin so sauer, ich könnte ihr den kleinen krakeligen Hals umdrehen! Elisa würde ich hinterher einfach erzählen, der Hund habe vor Sehnsucht nach ihr einen Infarkt bekommen. Immerhin ist das gar nicht so weit hergeholt. Wäre ich bloß nicht nach Hause gefahren! Dann hätte sich die Sache vielleicht längst von selbst erledigt. Der Fettklops wäre irgendwann einfach kollabiert, ich hätte ihn im Vorgarten von Frau Ernst begraben, und alles wäre gut gewesen.

Scheiße!

Wutschnaubend krame ich in der Hosentasche nach meinem Handy und wähle Elisas Nummer. Was hat sie sich nur dabei gedacht? Mashavna hat eine Hundeallergie? Dass ich nicht lache! Wofür soll dann der ganze makrobiotische Kochquatsch gut sein, wenn einen das nicht mal vor Allergien schützt?

Elisas Handy ist ausgeschaltet, was mal wieder typisch ist. Wahrscheinlich hat sie es nun doch mit der Angst bekommen. Verständlich. Ich an ihrer Stelle möchte jetzt auch nicht mit mir reden müssen. Aber mit dieser Haltung hat sie definitiv das Todesurteil des haarigen Klopses besiegelt!

Ich werde mir den Hundehals jetzt mal genau ansehen. Vielleicht ist es leichter, als man denkt, so einen Mini-Stiernacken zu knacken. Wahrscheinlich braucht es nicht viel mehr Kraft, als einen Wischmopp auszudrücken. Knick-Knack und dann ab in einen Pappkarton.

Wär schon gut, wenn das schnell ginge, schließlich muss

ich dringend zurück in die Agentur. Rolf wird bald eintrudeln, und es wäre für meine Karriere sicher nicht förderlich, würde er den bierausdünstenden Womenizer-Marc auf seiner Besuchercouch vorfinden. Mal abgesehen von dem Chaos, das wir angerichtet haben.

Wild entschlossen nähere ich mich der Schrumpfhündin und greife nach ihrem Hals. Sie grunzt mich erfreut an, dreht sich dann unerwartet flink auf den Rücken und reckt mir, in Erwartung einer Extraportion Streicheleinheiten, Bauch und Kehle entgegen.

Günstige Gelegenheit!, würde ich sagen. Doch ich zögere.

Melanie gibt ein ungeduldiges Quieken von sich, da ich immer noch über ihr hocke und meine Hand still auf ihrem Bauch ruht. *Nun leg schon los*, lese ich in ihren Glubschaugen, obwohl sie ja keine Ahnung hat, womit ich gleich loslegen werde …!

Vermutlich halten Sie mich jetzt für ein Monster, aber dies ist eindeutig eine Notlage. Ich kann wohl kaum mit einem Mops beim Foto-Shooting erscheinen, schon gar nicht in Monte Carlo. Das käme ja einer öffentlichen Entmannung gleich, zumal ich nicht über den McConaughey'schen Waschbrettbauch verfüge und dem Tuntenhund somit nichts entgegenzusetzen habe. Mal abgesehen davon, dass ich wegfahre, um zu arbeiten, und nicht, um in Monaco Gassi zu gehen.

Aber für den unwahrscheinlichen Fall, dass ich doch mal ein Päuschen am Pool einlege, wie soll ich mich da bitte schön mit einem Mops im Schlepptau entspannen?

Man stelle sich vor: Ich, auf einem blütenweißen Liegestuhl, mit mindestens zwei nach Kokosmilch und Sünde duftenden Schönheiten im Arm und am Fußende – der Klopsmops?

Verstehen Sie, was ich meine? Schließlich ist in Monte Carlo mit einer Modeldichte zu rechnen, wie sie hierzulande nur in Karl Lagerfelds Poesiealbum vorkommt. Aber nix da: Ich hab einen schwulen Köter am Hals. Na, herzlichen Glückwunsch!

Inzwischen kann ich mir das Fremdgehen nämlich sehr gut vorstellen. Und auf einmal bin ich mir auch ganz sicher, was ich dort, vor Ort, zu tun gedenke. O ja! Ich werde mich mit Frauen umgeben, von deren Erscheinungsbild Elisa nur träumen kann. Jawohl! Sommer, Sonne, Sünde – und ich mittendrin! Nix Amarenabecher! Ich werde durch die Betten hechten ohne die geringsten Schuldgefühle. Elisa? Elisa wer? Ach, das ist doch die verrückte Nuss, die dachte, sie könnte mir einfach ihren Köter aufs Auge drücken und mich damit zur Witzfigur abstempeln.

Ha! Genau das ist es nämlich: Sie hat das Vieh extra hiergelassen, damit ich zum Gespött der Leute werde. Genau. Aber nicht mit mir, meine Liebe, nicht mit mir!

Jetzt herrscht Krieg, und ich werde bis zum Äußersten kämpfen. Zuerst den Hund erlegen und mir dann die Seele aus dem Leib vögeln!

6. Kapitel

Zwei Schnäpse und vier Zigaretten später bin ich noch keinen Schritt weiter. Stand der Dinge ist: Mit leerem Magen und Brummschädel sollte man nicht morden. So etwas hinterlässt Spuren und will sorgfältig geplant werden.

Aber wohin nun mit dem Köter? Ihn hierzulassen, scheint mir unmöglich. Es sei denn, ich habe Bock darauf, Frau Ernst später auch noch den Garaus zu machen, damit sie mich nicht bei der Hausverwaltung anschwärzt. Hab ich aber nicht. Lieber erst mal klein anfangen.

Konfuzius sagt: Zweimal überlegen, das reicht schon.

Tja, zu Konfuzius' Zeiten, da hatte man noch Zeit. In meinem Fall muss einmal überlegen ausreichen, da Rolf sich vermutlich genau in diesem Moment aus seiner Zwergenkiste schält und den Aufzug ins Büro nimmt. Beim ersten Termin des Tages ist er nämlich meist noch pünktlich. Selbst wenn es ein Sonntag ist.

Also schnappe ich mir den Hund, klemme ihn unter den Arm und sitze dreißig Sekunden später in meinem Wagen.

Auto fahren scheint allerdings nicht zu Melanies Lieblingshobbys zu gehören, wie ich an der ersten Kreuzung feststellen muss. Vom Fahrgeräusch eingeschüchtert, beginnt sie, nervös zu schnauben und auf meinen Schoß zu krabbeln.

Hallo? Das geht nun wirklich gar nicht! Was sollen denn die vorbeifahrenden Autofahrer denken?

Aber der Hund ist dumm wie zehn Meter Feldweg, ver-

steht nicht, was ich von ihm will und fängt stattdessen vor Aufregung auch noch an, in meinen Schritt zu sabbern.

Grundgütiger! Das darf doch wohl alles nicht wahr sein!

Schnell schließe ich das Verdeck, damit ich nicht auch noch in Sodomieverdacht gerate, und bete inständig, dass die Hamburger Polizei heute geschlossen am Atomkraftwerk Krümmel oder auf dem Schlagermove gebraucht wird.

Im Parkhaus angekommen sehe ich gerade noch, wie Rolf fröhlich pfeifend im Fahrstuhl verschwindet. Na toll. Der Mann hat sonntags offensichtlich nichts Besseres zu tun, als seine Untergebenen zu quälen. Und wir werden Höllenqualen erleiden müssen, falls Marc es noch nicht geschafft hat, ein bisschen aufzuräumen.

Hat er tatsächlich nicht. Im Gegenteil.

Als ich das Chaos sehe, das sich bereits am Empfang vor mir auftut, lasse ich vor Schreck den Hund fallen. Überall liegen Papierschnipsel, offene Klebetuben, Scheren und aussortierte Model-Kärtchen herum. Dazu noch Bierflaschen, volle Aschenbecher und Marcs Pizzareste, über die sich Melanie sofort hermacht.

Die Krönung des ganzen Durcheinanders ist ein Kunstobjekt, das wir offensichtlich in der Nacht noch geschaffen haben. Ein abgebrochener Zweig von Rolfs mexikanischer Bergpalme thront in der zuvor geleerten Flasche Oldesloer Korn – liebevoll beklebt mit Konfetti aus Klaus' rotem Locher.

Hoppla, daran kann ich mich gar nicht mehr erinnern.

Da kann man nur von Glück sagen, dass Rolf nicht einer dieser Chefs ist, die gleich bei jeder Kleinigkeit aus der Haut fahren. Um ihn aus der Reserve zu locken, muss schon etwas verdammt schief laufen. Und davon kann hier ja nun wirklich nicht die Rede sein. Schließlich haben Marc und ich gestern fast den kompletten Samstag geopfert, um das

Arbeitspensum zu erledigen – auch wenn es hier momentan vielleicht nicht danach aussieht.

Momentan sieht es leider eher so aus, als hätten zwei pubertäre Vollidioten beim Anblick pornographischen Materials die gesamte Büroeinrichtung durch den Reißwolf gedreht und sich nebenbei die Kante gegeben.

Aber einen wie Rolf, den erschüttert das nicht.

«So eine Riesenscheiße!» Als er mich sieht, schreit Rolf sofort los. «Wie kann es sein, dass ich die halbe Nacht zu Hause einen Budgetplan erstelle und mühselig letzte Textkorrekturen ausführe, in dem guten Glauben, hier kümmern sich zwei meiner fähigsten Mitarbeiter um die dazugehörige Kampagne?» Fassungslos schüttelt er den Kopf und fragt sich vermutlich gerade, ob er vielleicht bekifft war, als er uns eingestellt hat. «Aber stattdessen muss ich feststellen –», er macht eine kurze Pause und zieht die zerknitterte Chantal unter einem umgekippten Stuhl hervor, «– dass ihr euch offenbar den ganzen Abend gegenseitig einen gewichst habt!»

Autsch. Das finde ich jetzt aber schon ein bisschen übertrieben.

Selbst Melanie schreckt bei diesen harschen Worten von Marcs Pizzaresten hoch und gibt ein pikiertes «Waff!» von sich. Aber der Schock scheint nur von kurzer Dauer, denn jetzt hat sie die Sedcard von Ronja mit dem Schlafzimmerblick entdeckt und schnüffelt begeistert daran herum. Noch ehe ich reagieren kann, verschwindet das Model in der sabbernden Zwergenschnauze und wird dort von spitzen Zähnen weich gekaut.

Rolf, der bis dahin zugegebenermaßen annehmen konnte, Marc und ich wären vielleicht versaut, aber nicht völlig übergeschnappt, muss nun mit ansehen, wie ich auf Knien versuche, dem Klopsmops die angefressene Karte aus dem

verknautschten Maul zu pulen und dabei abwechselnd im Elisa-Jargon «Melli, nein!» und «Melli, aus!» rufe.

Peinlich, peinlich.

Von dem Spektakel aufgeweckt, kommt nun auch Marc auf die Beine. Mit verquollenen Augen blickt er zuerst in Rolfs erzürntes Gesicht, dann beobachtet er, wie ich auf dem Boden herumkrieche, und schlussendlich bleibt sein Blick an dem zähnefletschenden Köter hängen, der nicht vorhat, mir Ronja kampflos zu überlassen.

Marc gibt ein kurzes Stöhnen von sich und lässt sich mit geschlossenen Augen zurück auf den Boden sinken.

«Schluss jetzt!» Rolf platzt nun endgültig der Kragen. «Ich gehe jetzt in mein Büro. In zehn Minuten ist hier alles aufgeräumt. Und du –» Er deutet auf Marc. «Du hast dir bei drei die Haare gekämmt, ein Kaugummi besorgt und den Boden gesaugt.» Es folgt eine kurze Pause, dann richtet er seinen ganzen Zorn gegen mich. «Außerdem ist dieser Rollbraten hier verschwunden, und die Präsentation liegt auf meinem Schreibtisch. Haben wir uns verstanden?»

Er wirft einen letzten verwirrten Blick auf den Schrumpfhund und verschwindet dann in Richtung seines Büros. Dabei fängt er laut an zu zählen: «Eins ...»

Marc starrt mich fassungslos an. «Wo bin ich? Wer bist du? Und was, bitte schön, ist das?» Er packt Melanie wie ein Kaninchen am Nackenfell, sodass sie, mit den Pfötchen rudernd, versucht, nach Marcs Hand zu schnappen.

«Lass sie los», verteidige ich den Mops, dem ich selbst noch vor einer halben Stunde am liebsten die Luft abdrücken wollte. «Ist halt blöd gelaufen. Eigentlich wollte ich vor Rolf wieder zurück sein, aber wie du siehst –» Ich deute auf den Hund. «– ist mir was dazwischengekommen.»

Marc versteht immer noch nichts, lässt aber erschöpft den Klops auf den Boden plumpsen. So schnell es ihre Speckröllchen zulassen, huscht Melanie zwischen meinen Beinen hindurch und versucht, sich im umgekippten Mülleimer zu verstecken.

Marc kann sich vor Lachen nicht halten.

«Du hättest hier ja vielleicht schon mal ein bisschen aufräumen können», schimpfe ich. «Dann wäre uns der Anschiss nämlich erspart geblieben. Jetzt wird Rolf alles, was wir gestern gemacht haben, in der Luft zerreißen. Herzlichen Dank!»

«Ach, komm schon, Tom. Wenn Rolf unsere Entwürfe ablehnt, dann ja wohl nur, weil er annehmen muss, dass du über Nacht dein Coming-out hattest. Hahaha!» Er schüttelt sich vor Lachen. «Wo hast du bloß dieses vierbeinige Tuntenutensil aufgetrieben? Ausgerechnet einen Mops, Tom! Wenn ich es nicht besser wüsste, würde ich denken: Du und Klaus, ihr seid ein Paar!»

Arrrgh! Mir reicht es jetzt! Und wäre nicht in diesem Moment ein messerscharfes «Zwei ...» aus Rolfs Büro zu uns gedrungen, ich hätte Marc den Hundearsch in den gackernden Hals gerammt.

Aber anscheinend hat Marc trotz der Restpromille noch einen Funken Gespür dafür, dass er gerade mit seinem Leben spielt, denn er hört auf zu lachen und verschwindet, um sich etwas frisch zu machen.

Ich schnappe mir derweil Melanie und sperre sie zusammen mit einer großen Packung Leibniz-Schokokekse [4], die eigentlich zur Kundenbewirtung gedacht sind, auf dem Damenklo ein und hoffe, dass die Räume schalldicht sind. Anschließend räume ich die Bierflaschen weg und stelle die Stühle wieder auf. Dann fege ich provisorisch durch den Raum, entsorge Palmenwedel und Oldesloer Korn und mache mich mit den Ausdrucken von gestern Abend auf den Weg in Rolfs Büro.

Wortlos lege ich die Blätter auf seinen Schreibtisch und lasse mich unaufgefordert auf einem der Besucherstühle nieder.

Rolf mustert mich mit zusammengekniffenen Augen, wendet sich dann abrupt ab und brüllt ohne Vorwarnung: «... Drei!»

Wie auf Kommando erscheint Marc in der Tür, frischgescheitelt und tatsächlich kaugummikauend. Mit zwei Schritten ist er bei uns und lässt sich auf den Stuhl neben mir plumpsen. Fragend blickt er Rolf an und liefert damit das Startzeichen für die nun folgende Predigt.

In den nächsten zehn Minuten müssen wir einen gewaltigen Regen aus Spucke, Schimpfwörtern, angsteinflößenden Drohungen über uns ergehen lassen.

«Ich gebe euch noch eine letzte Chance», krächzt Rolf schließlich mit heiserer Stimme. «Während des Shootings möchte ich auf gar keinen Fall, dass sich irgendjemand aus der Crew – und schon gar nicht die Models – von euch bedrängt oder belästigt fühlt.» Er sieht uns an wie ein Hausarzt, der gleich mit einer Hiobsbotschaft bezüglich unseres Cholesterinwerts rausrücken wird. «Ist das klar?»

Im Cholesterinwert-Szenario hätte er jetzt gesagt: keine Eier, keine Butter und keine Wurst mehr. Doch stattdessen meint er: kein Bier, keine in Kokosmilch eingelegten Models und auch keine auf dem heißen Arsch von knackigen Strandschönheiten gebratenen Spiegeleier.

«Total klar, Chef!» Marc und ich nicken synchron, wie die Kessler-Zwillinge.

Rolf wirkt befriedigt und beginnt, in aller Ruhe durch die Ausdrucke zu blättern, die ich ihm hingelegt habe. Zwischendurch macht er sich hier und da ein paar Notizen.

Nach einer gefühlten Ewigkeit erklärt er, ohne uns anzusehen: «Es scheint, als hättet ihr euch das Saufgelage sogar ein wenig verdient. Das sieht alles ziemlich gut aus. Jetzt bitte schnell die neuen Texte einbauen und dann den ganzen Kram nochmal zu mir. Ich möchte die Seiten später noch an die Cremands faxen.» Er steht auf und scheucht uns aus dem Büro. «In der Zwischenzeit lese ich mir Toms Konzept durch, und wenn alles okay ist, macht ihr für Klaus noch eine Kopie. Er kommt später ohnehin hierher, um die Booklets zu binden. Besser, wir archivieren alles ordentlich. Ach ja, und für die Kundin natürlich ebenfalls ein Exemplar vorbereiten.»

Marc und ich tauschen einen unsicheren Blick aus. Ob es das war? Bei Rolf weiß man nie genau, ob ihm nicht zu guter Letzt doch noch etwas einfällt. Und da pfeift er uns auch schon zurück.

«Also nochmal zum Ablauf», fährt er streng fort. «Morgen früh gegen 7 Uhr geht euer Flieger. Marc, du bekommst nachher von mir noch die Unterlagen. Ihr werdet ungefähr zwei Stunden unterwegs sein und am Flughafen von Frank Fabjan in Empfang genommen. Er kommt übrigens aus der Gegend, was ganz praktisch ist, allein wegen der Sprache. Frank ist schon seit zwei Tagen vor Ort und hat bereits ein ... Wie sagte er noch? Ein cooles Schiff klargemacht.»

Ich rolle genervt die Augen. Dieser Knipser geht mir jetzt schon auf die Nerven.

«Und noch etwas.» Rolf setzt erneut die Hausarztmiene auf. «Ich sag es ein letztes Mal: Wenn ihr da unten die Sau rauslasst und die Kundin sich in irgendeiner Weise beschwert, dann fliegt ihr hier achtkantig raus. Capito?»

«Ganz klar, Chef.» Die Kessler-Zwillinge nicken wie zwei Heavy-Metal-Fans auf dem Konzert ihrer Lieblingsband.

«Lydia Cremand kommt übrigens am selben Abend dort an», ergänzt Rolf. «Tom, du kümmerst dich persönlich um sie. Und jetzt an die Arbeit!»

Während Marc sich gleich an seinen Computer setzt und die überarbeiteten Texte ins Layout einpflegt, eile ich zum Damenklo, um den tobenden Hund zu befreien. Dass der sich überhaupt noch bewegen kann, ist mir allerdings ein Rätsel. Denn die Packung Schokokekse ist leer, und das bedeutet wohl, dass er sein Gewicht einmal in Schokolade aufgefressen hat.

Na ja, egal. Jetzt kann ich mir vermutlich in den nächsten Tagen das Gassigehen sparen, da der Klops – verstopft bis unter die zerknautschte Kinnlade – irgendwann einfach platzen wird.

Ach du Scheiße! Wie Schuppen fällt es mir von den Augen: In den nächsten Tagen werde ich ohnehin nicht mit dem Hund Gassi gehen können, weil ich in Monte Carlo bin. Und das bedeutet: Ich habe noch genau fünfzehn Stunden, um Melanie loszuwerden und meinen Koffer zu packen!

Auf dem Heimweg beschließe ich, es zunächst mal bei meiner Mutter zu versuchen. Vielleicht schlummert in ihr ja doch ein heimlicher Hundewunsch.

Ich düse also zu ihrer Praxis, wo sie sich sonntags erfahrungsgemäß der liegengebliebenen Buchhaltung annimmt.

Außer zwei Behandlungsräumen, einer kleinen Küche und dem Empfangsbereich gibt es hier noch einen großen, leeren Raum, den sich regelmäßig freiberufliche Yogalehrer für ihre Unterrichtsstunden mieten. Und damit das Ganze auch schön indisch rüberkommt, stehen an der Stirnseite des Raums kleine Schüsseln mit original fernöstlichen Gewürzen auf dem Boden.

Leider kann von entspannter Atmosphäre momentan nicht die Rede sein, denn als sich der Hund an ihr vorbei durch den Türspalt quetscht und Kurs auf die wohlriechenden Kräuter nimmt, gerät Mutter sofort in Panik.

«Tom!», kreischt sie und hätte mir daraufhin beinahe die Haustür an die Stirn geschlagen. «Ruf sofort diesen Hund zurück. Wenn der etwas umkippt ... Weißt du, was das für eine Schweinerei gibt?»

Ich kann es mir in etwa vorstellen. Muss ich aber gar nicht, denn bei Erreichen des Yogaraums kann ich es mir auch einfach ansehen.

Melanie, die aufgrund ihrer eingedrückten Schnauze offenbar nicht über ein so ausgeprägtes Riechorgan verfügt, wie man es Hunden gemeinhin nachsagt, arbeitet sich gerade von Schüssel zu Schüssel vor. Und jedes Mal, wenn sie ihre zerknautschte Nase in eins dieser Gewürzhäufchen taucht, kippt die Schale um.

Die Schnelligkeit, mit der sie in diesem Raum Chaos verbreitet, ist angesichts ihrer Leibesfülle geradezu erstaunlich. Eventuell sind ihr die starken Düfte ins Gehirn gestiegen und haben dort unverhofft Energien freigesetzt.

Eins ist jedenfalls klar: Im Raum riecht es jetzt verwirrender als in einem indischen Puff, und der Mops steht eindeutig unter Drogen, denn er dreht sich minutenlang auf den Hinterbeinen. Bis er ohnmächtig zusammenbricht.

Nachdem ich zum zweiten Mal an diesem Tag einen Boden gefegt und anschließend auch noch gefeudelt habe, traue ich mich nicht mehr, meine Mutter um Asyl für Melanie zu bitten. Auf ihre Frage, was ich denn eigentlich von ihr wollte, beantworte ich deshalb nur mit einem undeutlichen Nuscheln. Lieber mache ich mich vom Acker, ehe sie weitere Fragen stellen kann – oder mir am Ende noch eine Rechnung für die Gewürze ausstellt.

«Hast du komplett den Verstand verloren?», mache ich den Mops im Auto zur Schnecke. «Das war *die* Chance auf ein paar entspannte Tage. Yoga und Meditation *for free*, und für dich außerdem die Chance zu einer homöopathischen

Behandlung deines Mundgeruchs. Du verkackst aber auch alles!»

Wütend nehme ich die nächsten zehn Kurven besonders rasant.

«Offenbar ist dir entfallen», schimpfe ich weiter, «dass ich in ein paar Stunden verreise und dir leider den Hals umdrehen muss, falls ich keine Pflegeeltern für dich finde. Also reiß dich gefälligst ein bisschen zusammen! Und überhaupt –» Angewidert hebe ich Melanies Vorderpfoten an und begutachte die Strecke vom Hals bis zum Bauch. «Du siehst aus, als wärst du Opfer eines Batikkurses für Anfänger geworden.»

Noch während der Fahrt versuche ich, mit einem Taschentuch die beigebraune Schattierung abzuwischen, die zum Bauch hin in ein sattes Safrangelb übergeht. Dieser Köter versaut mir noch mein ganzes Auto!

Wohin also mit dem Mops?

Nächster Kandidat: Luke.

Erst einmal versuche ich es mit einem Trick am Telefon: «Sag mal, Luke, kann eine gute Bekannte von mir vielleicht ein paar Tage bei dir übernachten? Ich würde Melanie normalerweise bei mir wohnen lassen, aber ich muss ja morgen schon nach Monte Carlo, und sie ist nicht so gerne allein.»

Luke scheint nicht abgeneigt, jedenfalls bis zu dem Moment, als ich mit dem Schrumpfhund im Arm vor seiner Haustür stehe.

«Das ist doch nicht etwa *deine gute Bekannte Melanie*, oder?»

«Do-och. Wieso?»

«Weil das ein Hund ist.»

«Ich weiß.»

«Von einem Hund hast du nichts gesagt.»

«Hab ich nicht?»

«Nein.»

«Ich hab gedacht, wenn du sie erst mal siehst, dann verliebst du dich in sie.»

«In einen Hund?»

Du hast dich doch auch in meine Mutter verliebt, denke ich, behalte den Vorwurf aber lieber für mich.

Grrrmpf. Ich sehe schon: Auch hier habe ich keine Chance. Jetzt bleibt mir nur noch, es in einer Hundepension zu versuchen. Oder ich werfe Melanie einfach in die Babyklappe.

Zu Hause angekommen wälze ich sogleich das Telefonbuch und finde tatsächlich eine ansprechende Adresse.

Nächster Versuch: Hundepension.

«*Wau und Mau Tierpension*. Sie sprechen mit Ursula Adebar. Was kann ich für Sie tun?»

Oooops, der Klapperstorch – am Telefon, wie lustig!

«Guten Tag, Tom Moreno hier, ich habe da ein Problem.»

Ursula Adebar zeigt sich erstaunlich interessiert und kompetent. Ein paar Fragen hat sie allerdings noch.

«Ist Ihr kleiner Schatz denn auch geimpft?»

«Mein kleiner – was? Äh, ach so. Ja, natürlich!» So hatte Elisa es mir zumindest aufgeschrieben. «Er ist entwurmt und geimpft, mein kleiner Liebling.»

«Gut», lobt Frau Adebar. «Auch gegen Zwingerhusten?»

«Äh ... Swinger- was? Eigentlich wollten wir keine Babys.»

«Zwingerhusten. Das ist eine Infektionskrankheit.»

«Aber ... unser kleiner Schatz lebt doch nicht in einem Zwinger!» Triumphierend blicke ich zu Melanie und strecke ihr die Zunge raus. *Noch nicht*, füge ich in Gedanken hinzu.

Frau Adebar seufzt und klärt mich auf. «Das heißt ja auch nur so. Das hat mit Zwingerhaltung eigentlich gar nichts zu tun.»

«Ach so.» Ich raschele schnell mit Elisas Brief, als würde

ich in einem Impfpass blättern, und jauchze dann auf. «Aaaah, ja hier, jetzt sehe ich den Stempel. Zwingerhusten – klar doch. Ist eingetragen!»

Frau Adebar schweigt kurz, und ich befürchte schon, dass sie mich jetzt nach dem lateinischen Fachausdruck fragen wird, doch sie hat andere Sorgen.

«Also, verstehen Sie das jetzt bitte nicht falsch, Herr Moreno, aber wir haben einen sehr guten Ruf zu verlieren. Deshalb ... Also, ich meine, falls da zwischen den Hunden mal was vorfällt, müsste ich wissen, ob ...»

Ich kann ihr nicht folgen. «Was soll denn da vorfallen?»

Frau Adebar windet sich wie eine Nacktschnecke bei der Paarung. «Na ja, Sie wissen schon ... Wenn die mal piepen.»

Hä? Bitte was? Das sind doch keine Vögel ...

Oh!

«Sie meinen ...»

«Genau!», fällt mir Frau Adebar erleichtert ins Wort. «Wenn die mal ... schnackseln. Also, haben Sie Ihren kleinen Liebling von einem eingetragenen Züchter? Dann hätte ich gern den vollen Namen des Hundes.»

O Mann, das wird mir jetzt echt zu blöd. Melanie soll doch nur eine Woche unter Aufsicht essen und kacken. Dafür braucht man doch keinen Adelstitel!

Unsicher sehe ich mich um. Und gerade als ich nach einem Blick auf das HSV-Fanmagazin *Melanie Zé Roberto vom grünen Grunde* sagen will, meldet Frau Adebar sich nochmal mit einem Vorschlag.

«Am besten, Sie bringen Ihren kleinen Liebling mal einen Tag probeweise her. Dann kann er sich schon mal an die neue Umgebung gewöhnen, und ich sehe mir die Unterlagen an. Falls alles in Ordnung ist und der Hund sich gut eingewöhnt, üben wir das Ganze nächste Woche noch einmal. Tiere sind da ja so empfindlich. Aber nach einer ausführlichen Eingewöhnungsphase dürfte während Ihres Urlaubs alles glattlaufen. Wann soll es denn losgehen?»

Ich blicke auf die Uhr. «In elf Stunden.»

Tja, das ging Frau Adebar dann doch entschieden zu schnell, und ich musste mir noch eine Standpauke über den verantwortungsvollen Umgang mit Lebewesen im Allgemeinen und Rassehunden im Besonderen anhören. Irgendwann habe ich dann einfach aufgelegt.

Anschließend bin ich noch vergeblich bei Frau Ernst sowie dem Typen vom Zeitungskiosk gegenüber vorstellig geworden. Doch selbst die Frau vom Callcenter, die gerade anrief, um meinen Handyvertrag zu optimieren, wollte mir nicht weiterhelfen.

Alles vergeblich.

Hier meine zwei verbleibenden Möglichkeiten:

1. umbringen (den Hund)
2. mitnehmen (auch den Hund).

Ich entscheide mich für 1, denn das erscheint mir schneller und effizienter. Allerdings ist das Biest von den vielen Keksen inzwischen dermaßen müde, dass es einfach nicht aufwachen will. Und einen schlafenden Hund umzubringen, das wäre doch irgendwie pietätlos. Einen Konkurrenten muss man schließlich in einem fairen Kampf besiegen – noch dazu, wenn es sich dabei genau genommen um eine Frau handelt.

Nachdem ich Melanie den ganzen Abend abwechselnd gepikt, gebissen, gekitzelt, gekrault und erschreckt habe, sie aber außer einem lauten Grunzen keinerlei Reaktion gezeigt hat, ist die Sache irgendwann klar: Sie muss mit.

7. Kapitel

Als ich um 7.20 Uhr mit Melanie am Flughafen eintreffe, sieht Marc mich an, als hätte ich Barack Obama im Arm.

«Ich weiß, ich bin spät dran», übergehe ich seinen fragenden Ausdruck geflissentlich, «aber ich war die halbe Nacht auf den Beinen. Also spar dir jeden weiteren Kommentar.»

Irgendwann nach zwölf fiel mir nämlich ein, dass ich erstens gar kein Flugticket für den Köter habe und er zweitens ja auch nur fünf Kilo wiegen darf.

Das erste Problem konnte ich durch einen Anruf bei Jennifer, der Stewardess, klären. (Ja, genau, die, die ich neulich im Suff zu unserem Männersaunaabend einladen wollte.)

Erst wollte sie sich nicht so recht erinnern, dass sie mir vor etwas über einem Jahr auf einem Inlandsflug mit eindeutigen Anspielungen ihre Visitenkarte zugesteckt hatte. Doch irgendwann fiel der Groschen. Vermutlich war sie beleidigt, weil ich mich nie bei ihr gemeldet habe. Frauen sind ja bekanntlich so was von nachtragend. Dagegen hat selbst ein Elefant das Gedächtnis einer Netzstrumpfhose.

Als ich dann aber mit tränenerstickter Stimme den Hund erwähnte und dass dieser sonst elendig verhungern würde, falls ich gezwungen wäre, ihn allein zu Hause zurückzulassen, schmolz ihr Herz. Gegen 1 Uhr war ich im Besitz eines virtuellen Flugscheins für Melanie und konnte damit beginnen, sie auszuwiegen.

Nächste Panikattacke: sechs Komma fünf Kilo!

Hätte ich ihr bloß die beschissenen Leibnizkekse nicht gegeben!

Gegen 2.10 Uhr habe ich mich dann dazu durchgerungen, bei Frau Ernst zu klingeln und sie nach einem Abführmittel zu fragen. Alte Damen haben ja bekanntlich den Stuhlgang eines vertrockneten nordamerikanischen Lamas, deshalb kann man davon ausgehen, dass sie diesbezüglich medizinische Unterstützung in der Hausapotheke parat haben.

Im Türspalt erblickte ich zunächst eine Flasche CS-Gas, entsichert und geladen, dahinter Frau Ernst in Spitzenhäubchen und Morgenmantel. Fast machte es den Eindruck, sie habe ihr Leben lang darauf gewartet, dass jemand mal spät nachts mit den Worten «Frau Ernst, es ist ernst ...» an ihrer Tür klingelt.

Zwar war ihr die Erwähnung des Abführmittels zunächst etwas peinlich, aber als ich mir mit schmerzverzerrtem Gesicht den Bauch hielt, sank ihre Schamgrenze. In einem Anflug von nachbarlicher Hilfsbereitschaft stapfte sie los und drückte mir wenig später eine Tafel Abführschokolade in die Hand.

«Aber nur ein halbes Täfelchen», setzte sie zu einem ermüdenden Vortrag über die Risiken und Nebenwirkungen bei der Einnahme an, «das dürfte bei Ihrer Statur genügen!»

Na ja, jetzt wissen Sie jedenfalls, warum ich so spät dran bin. Melanie hat nämlich nach dem gierigen Verschlingen eines ganzen Täfelchens den Rest der Nacht in den von Frau Ernst betreuten Vorgarten gekackt.

Völlig übermüdet stehe ich nun also hier am Schalter, mit einem leergeschissenen, buntgefärbten Hund in einer rosafarbenen Schmetterlingsreisetasche und brenne darauf, in Monte Carlo die Bekanntschaft von Paris Hilton zu machen. Vielleicht kann sie mir ja ein paar Tipps geben, wie man Hunden die Haare blondiert.

«Das ist jetzt nicht dein Ernst, oder?» Marc starrt abwechselnd den Hund, mich und die Dame am Schalter an. Die wiederum steht nicht auf Marc, wohl aber auf Melanie.

«Ja, wer bist du denn, du kleine Maus?!»

Tja, die *kleine Maus* wiegt immer noch fünf Komma sieben Kilo, aber die Dame vom Bodenpersonal hat Mitleid. «Vermutlich würden Sie beide kein Auge zumachen, wenn ich Ihren kleinen Schatz jetzt hier in Quarantäne nehmen würde, bis Sie wieder heimkehren, oder?»

NEIN, DU SUMPFKUH, VÖLLIG FALSCH! OHNE DEN KÖTER HÄTTE ICH MIT SICHERHEIT DIE GEILSTE ZEIT MEINES LEBENS!

«O nein, tun Sie uns das bitte nicht an!» Marc umschlingt mich wie den Bräutigam auf einer Schwulenhochzeit und läuft zur Höchstform auf. «Sie können es doch mit meinem Gepäck verrechnen. Mein Koffer ist ja soooo leicht.» Mit seinen Händen malt er große Kreise in die Luft.

Ich könnte ihm auf der Stelle das Hirn wegpusten, wenn ich nicht annehmen müsste, dass mir da bereits jemand zuvorgekommen ist.

«Das kriegen wir schon hin», erklärt die Boden-Tussi und zwinkert uns verschwörerisch zu. «Ich will doch Ihre kleine Familie nicht auseinanderreißen ...»

Muss ich noch mehr sagen? Mir kommen vor Wut fast die Tränen. Marc strafe ich schon mal ab mit einem Blick der Marke Dir-reiße-ich-später-die-Brusthaare-einzeln-raus.

«So, da hätten wir es», erklärt die Hundeliebhaberin freudig, «zweimal Hamburg–Dubrovnik. Einmal der Mittelplatz und einmal –»

«Hä? Moment mal!», rufe ich. «Wieso Dubrovnik? Wir haben doch –»

Marc schnappt sich die Tickets, nickt der Frau gequält zu und zieht mich am Ärmel vom Schalter weg.

«Lass das, du Idiot.» Ich versuche, ihn abzuschütteln. «Wir müssen das klarstellen, wir wollen nicht nach Dubrovnik. Wir wollen nach Monte Carlo!»

In Marcs Gesicht macht sich Bedauern breit. «Nee, Tom. Wir wollen tatsächlich nach Dubrovnik. Das war wohl ein Versprecher von Rolf. Als er mir gestern Nachmittag im Büro die Reiseunterlagen gab, hat er behauptet, von Monte Carlo sei nie die Rede gewesen. Nur von Montenegro.»

Ich. Verstehe. Nichts.

«Ja, aber ... Warum fliegen wir dann nach Dubrovnik?» Meine Stimme überschlägt sich fast. «Hallo? Mark? Dubrov-nik. Das ist Jugoslawien, oder wie das auch immer jetzt heißt! Da herrscht noch Krieg!»

Vor meinem geistigen Auge sehe ich das Balkanrestaurant mit den ausgeblichenen Fransengardinen, das an der Kreuzung liegt, an der ich morgens regelmäßig bei Rot halten muss. Ich denke außerdem an bierbäuchige, rotgesichtige, herzinfarktgefährdete Urlauber, die den lieben langen Tag Cevapcici und Pommes in sich hineinstopfen und das Ganze dann mit einem selbstgebrannten Kartoffelschnaps durchspülen.

Was ich nicht sehe, ist Paris Hilton.

Auch keine Models. Geschweige denn Sommer, Sonne, Sünde.

«Das kann doch nicht wahr sein.» Ein letztes Mal bäume ich mich noch auf. Doch Marc schiebt mich bereits vor sich her in Richtung Gate. «Das geht doch nicht, ich meine ... Wo, bitte schön, ist denn bloß nochmal Montenegro? Gab es da nicht so einen Film mit Heinz Rühmann? Das Haus in Monte- ... Ach, nee», seufze ich. «Das war Montevideo.»

Marc kennt mich besser, als ich denke, denn er bereitet meiner geographischen Irrfahrt nun gönnerhaft ein Ende.

«Wir fliegen bis Dubrovnik, wo uns dieser Frank Fabjan

mit einem Wagen abholt. Von dort aus fahren wir über die Grenze nach Montenegro[5], und dann noch zirka eine halbe Stunde bis zum Ziel. Dubrovnik ist einfach der nahegelegenste Flughafen.»

Dubrovnik. Mietwagen. Frank Fabjan.

Plötzlich kann ich gut verstehen, warum Melanie vorhin nicht in die Tasche wollte. «Vermutlich essen sie dort, wo wir jetzt hinfahren, Hunde wie dich zum Frühstück», sage ich zum Mops, der daraufhin geräuschvoll pupst.

Ob ich den Hund überhaupt mit über die Grenze nehmen darf? Ich meine, eine Hundepension scheint mir jetzt sogar noch recht fair im Gegensatz zu der Möglichkeit, Melanie in einem Land, dessen Sprache sie nicht spricht, direkt an der Grenze zur Urlauberhölle auszusetzen.

Und das müsste ich schlimmstenfalls tun, denn Rolf würde wohl kaum Verständnis dafür aufbringen, dass ich unseren lukrativsten Kunden wegen des Klopsmops nicht persönlich betreuen kann.

O Mann, auf einmal habe ich überhaupt keinen Bock mehr auf diese Reise.

Konfuzius sagt: Die Freude ist überall. Es gilt nur, sie zu entdecken.

Ach ja? Ich weiß gar nicht, wo ich mit der Suche beginnen soll. Wie ein Schlafwandler folge ich Marc durch die Kontrolle, lasse mich und den Hund auf Waffen abscannen und vertue meine letzte Chance, Melanie einfach in der Abflughalle stehen zu lassen und somit vielleicht wenigstens Bombenalarm auszulösen. Dann könnten wir heute nicht mehr abfliegen, und ich hätte noch einen Tag mehr Zeit, sie artgerecht zu entsorgen.

Doch schon wenig später düse ich mit zirka achthundertfünfzig Sachen und einem Mops im Handgepäck der Hölle entgegen. Alle, die an Reinkarnation glauben, können schon mal davon ausgehen, dass ich in meinem nächsten Leben als perfektionierte Version von Cristiano Ronaldo wiedergeboren werde. Oder meinetwegen auch von Bill Gates.

Während des Fluges wird Melanie plötzlich aktiv und will auf den Schoß. Ich dachte, das Thema hätten wir im Auto ausdiskutiert! Inzwischen muss ich ja zusätzlich Angst haben, sie könnte mir in den Schritt kacken. Entsetzliche Vorstellung!

Um sie ruhigzustellen, ordere ich ein Putensandwich, das sie sogleich gierig verschlingt. Anschließend erstarrt sie zu altbekannter Trägheit. Allzu oft werde ich den Trick leider nicht mehr anwenden können, ich habe nämlich dummerweise die Abführschokolade zu Hause vergessen.

Während Melanie mit Marc um die Wette schnarcht, versuche ich, mir mit Konfuziussprüchen unser Reiseziel schönzureden. Vielleicht ist es ja gar nicht so schlecht in Montenegro, schließlich handelt es sich um ein südliches Reiseland direkt an der Adria. Das behauptet jedenfalls der Airline-Prospekt und zeigt Bilder von weißen Stränden und blauem Meer. Und wo Sommer und Sonne vorherrschen, da kann die Sünde ja nicht weit sein. Oder?

Wir landen bei strahlendem Sonnenschein, und ich bin ein kleines bisschen versöhnt, denn auf den ersten Blick sind weder Souflaki-Meile noch fette Touristen in Frotteeshorts zu entdecken. Stattdessen erblicke ich Berge und Bäume, die mir vorgaukeln wollen, ich sei in der Toskana. Auch die Häuser kenne ich von italienischen Postkarten. Allerdings wollte ich ja gar nicht in die Toskana, sondern in die Stadt der langbeinigen, jetonschwingenden Glamourgirls, und die gibt es hier mit Sicherheit nicht. Das *Casino Royal* aus dem gleichnamigen James-Bond-Film hat es hier schließlich auch nie gegeben. War alles ein einziger Fake.

Wir schnappen uns das Gepäck vom Band und schaffen es ohne Schwierigkeiten durch die Passkontrolle. Kurz hinter dem Ausgang fühle ich mich schlagartig in meine Pubertät zurückversetzt. Damals wurde ich mit anderen pickelgesichtigen Teenagern auf Sprachreise nach Birmingham geschickt, wo uns ein fähnchenschwingendes Gute-Laune-Team in Empfang nahm und lustig plappernd zu den jeweiligen Gastfamilien chauffierte. Mit sechzehn fand ich es ziemlich cool, dass jemand meinen Namen dick und fett auf einem Schild vor sich hertrug. Heute finde ich es peinlich.

Sehr peinlich sogar.

So peinlich, dass ich anfange, an eine Verschwörungstheorie zu glauben. Hinzu kommt, dass ich mit rosa Mopstäschchen in Sachen Coolness höchstwahrscheinlich ohnehin nicht in einem Atemzug mit Hugh Jackman genannt werde.

Ich habe Melanie so gut es geht in ihrer Tasche versteckt und bete nun zum Himmel, dass der garantiert schwule Knipser mich nicht gleich in seinen Verein aufnehmen will. Schließlich gibt es wohl kaum ein tuntigeres Accessoire als die klassische Schrumpfhunddeko.

«Hey!» Marc steuert zielstrebig einen Typen an, der sich wie ein amerikanischer Demonstrant an ein selbstgemaltes Schild klammert, auf dem «Siegelmann-Werbeagentur» steht. «Du bist bestimmt Frank.»

Was für eine detektivische Meisterleistung …

«Richtig. Dann müsst ihr Marc und Tom sein. Herzlich willkommen!»

Noch so ein Riesenschlaumeier! Der Typ ist mir mit seinen blondierten Haaren auf Anhieb unsympathisch. Hat irgendwie Ähnlichkeit mit Bastian Schweinsteiger – und der spielt definitiv für den falschen Verein.

Während ich versuche, den zappelnden Mops in der Tasche versteckt zu halten, macht Marc einen auf Kumpel.

«Genau. Ich bin Marc», sagt er und streckt die Hand aus. «Und das dort», er deutet mit dem Kopf in meine Richtung, «sind Tom und Melanie.»

Idiot! Spätestens jetzt hätte wohl auch der erfrorene Ötzi bemerkt, dass ich eine peinliche rosa Tasche mit mir herumtrage, aus der es merkwürdig stinkt.

«Hi!», sage ich, bemüht um einen lässigen Tonfall. «Es ist nicht ganz so, wie du denkst ...»

Arrrrgh! Was rede ich denn da? Den Satz wollte ich zwar immer schon mal anwenden, allerdings in einem völlig anderen Zusammenhang. Aber das Leben ist nun mal kein Wunschkonzert.

Frank Fabjan glotzt mich und die Tasche schweinimäßig an und beschließt vermutlich insgeheim, wichtige Dinge von nun an nur noch mit Marc zu besprechen.

«Äh, ja ... Also, wollen wir gleich los?», fragt er in Marcs Richtung und ignoriert mich dabei auch schon. Dann wendet er sich doch nochmal an mich. «Sag mal, was stinkt denn hier so?»

Hä? Wieso fragt er *mich* das?

So würdevoll es jemandem möglich ist, den die Aura einer mobilen Stinkbombe umgibt, nehme ich mein restliches Gepäck und schreite in Richtung Ausgang. Im Vorbeigehen werfe ich den beiden ein autoritäres «Wir werden als Erstes mal einen Grünstreifen aufsuchen» zu und stelle damit ganz nebenbei klar, dass hier ohne meine Einwilligung gar nichts läuft.

In mir brodelt es. Wie konnte Elisa mir das antun? Sobald ich wieder zu Hause bin, werde ich sie gemeinsam mit dem Stinktier achtkantig aus meiner Wohnung schmeißen. Genug ist genug! Es ist jedenfalls typisch, dass sich die Schrumpfhundrabenmutter immer noch nicht bei mir gemeldet hat. Feiges Huhn! Den Trip hier hat sie mir ordent-

lich vermasselt. Noch nie habe ich so wenig Lust zu einem Außenshooting gehabt wie dieses Mal.

Während Marc schon mal unsere Koffer in den Wagen seines neuen Freundes hievt, hole ich Melanie unauffällig aus ihrer Tasche und halte ihr eine kurze Standpauke. Als ich sie dann endlich auf den Grünstreifen zwischen den Parkplätzen setze, guckt sie mich aus ihren großen Glubschaugen verdutzt an. Ob sie verstanden hat, dass wir uns schlappe zweitausend Kilometer südlich ihres heimischen Körbchens befinden und dass auf Furzen in den nächsten Tagen die Todesstrafe steht?

Nein, vermutlich schnallt sie das alles nicht. Denn aus dem Biologieunterricht erinnere ich noch ganz gut, dass die Augen eines Lebewesens im Inneren des Kopfes einen etwa ebenso großen Raum einnehmen wie außerhalb. Da kann man sich ja pipileicht ausrechnen, wie viel Platz Melanie noch fürs Gehirn bleibt.

Aber Instinkte sind offenbar international, denn sie weiß genau, was nun von ihr erwartet wird. Brav hockt sie sich hin, macht einen See und guckt mich danach beifallheischend an.

«Wenn die Damen dann fertig sind, kann es ja losgehen!», witzelt der Fotograf und hat sich damit auf meiner Beliebtheitsskala den hintersten Platz gesichert.

Konfuzius sagt: Vergib deinen Feinden, aber vergiss niemals ihre Namen.

Gut, okay, das war nicht von Konfuzius. Den Spruch sollte er aber unbedingt in sein Repertoire aufnehmen.

Etwa fünfzehn Minuten später erreichen wir die Grenze zwischen Kroatien und Montenegro. Melanie und ich sitzen hinten und begutachten die Landschaft. Mit sabberndem Maul hängt sie am Fenster und macht vor Aufregung wahrscheinlich gleich wieder Pipi. Ich fürchte, wir denken das Gleiche: Schön grün hier.

Kurz vor der Passkontrolle setze ich sie wieder in die Tasche und stopfe das Ganze hinter den Beifahrersitz. Sicher ist sicher. Wer weiß schon, ob man hier als Hund wie bei der *Wau und Mau Tierpension* von Frau Adebar nicht adelige Wurzeln vorweisen muss.

Alles läuft prima, bis der Grenzbeamte die Passfotos mit unseren Originalgesichtern vergleicht. Denn genau in dem Augenblick, als er sich zu mir ins Fenster beugt, pupst der verdammte Köter und verbreitet eine atomare Stinkwelle.

Na super!

Da ich nicht noch mehr Stress ertragen kann und auch keine Verzögerung wegen einer eventuellen Gepäckdurchsuchung verursachen möchte, tue ich das Undenkbare. Ich wachse über mich selbst hinaus, lächle den Beamten schuldbewusst an und zucke mit den Schultern. So, als wäre ich der Übeltäter.

Der Kerl hält kurz inne und wirft mir einen Blick der Marke *Furzen ist in diesem Land nicht erlaubt* zu. Doch gerade, als ich schon befürchte, nun direkt wieder abgeschoben zu werden, besinnt er sich eines Besseren. Kommentarlos reicht er die Ausweise durchs Fenster und winkt uns durch.

Ohne mich zu beachten, frönen Marc und Frank ihrer neuen Männerfreundschaft. Schon bald stoßen sie auf ein gemeinsames Hobby: Frauen.

«Die Models sind übrigens schon angekommen», erklärt der Knipser. «Mann, ich sag dir, da schlägst du lang hin.»

«Ja, geil. Also, diese Vivian finde ich super. Mit ihrer dunklen Haut ... Der Hammer!»

Ich würde jetzt gern zum Besten geben, dass Marc ja bereits vor zwei Tagen lang hingeschlagen ist – und zwar auf dem Agenturfußboden. Mit mehr Models auf der Brust,

als Frank in seinem Leben je knipsen wird, aber ich halte meine Klappe. Ich bin ein Aussätziger mit einem furzenden Schrumpfhund, und niemand scheint sich dafür zu interessieren, was ich zu sagen habe. Also halte ich schon mal Ausschau nach langbeinigen, silikonbestückten Schönheiten, die gelangweilt an einer Wasserflasche nippen und nur darauf warten, dass sie jemand zu einem Drink einlädt. Doch alles, was ich sehe, sind alte Frauen mit schwarzen Kleidern, die Brot oder Wäsche vor sich hertragen. Und gelangweilt sehen die schon mal gar nicht aus.

Wir fahren durch Orte, die vor allem eines gemeinsam haben: Sie sind unfertig. Überall wird gebaut. Und dort, wo gerade nicht gebaut wird, scheint die Hälfte vergessen worden zu sein.

«Um schneller ans Ziel zu kommen, sollten wir die Fähre nehmen», sagt Frank in einer Lautstärke, die mir signalisiert, dass ich ausnahmsweise auch angesprochen bin. «Ist nur 'ne kurze Überfahrt, erspart uns allerdings das Geschlängel um die Berge.»

«Aha. Und brauche ich dafür ein Visum?», belle ich schlechtgelaunt zurück, meine aber eigentlich: Das ist mir so was von scheißegal!

Frank und Marc tauschen einen vielsagenden Blick aus, dann verlangsamt Frank die Fahrt, biegt um eine Kurve und erklärt: «Hier ist es schon.»

Ich finde ja, Fähre ist nicht das richtige Wort für diesen Abwrackkahn, der vermutlich nix kann, außer Luft und Wasser verpesten.

Frank kauft schnell unsere Tickets, und keine zehn Minuten später parken wir auf dem Boot, das uns ans andere Ufer schippern soll. Der Hund schläft zum Glück, und so traue ich mich ebenfalls aus dem Auto und stelle mich zu Frank und Marc an die Reling. Mit uns sind noch ein paar andere

Männer aus ihren mehr oder weniger zerbeulten Wagen gestiegen. Sie unterhalten sich lautstark in einer Sprache, die nur aus Konsonanten zu bestehen scheint.

«Wenn wir angelegt haben, dauert es nicht mehr lange, und wir sind da», klugscheißert Frank weiter, und Marc hängt an seinen Lippen.

«Und wir sind dann wo?», will ich wissen und zünde mir vorsichtshalber zur Beruhigung schon mal eine Zigarette an. «In Albanien?»

Was als Scherz gedacht war, ist offensichtlich gar nicht so weit hergeholt, denn Frank sagt mit ernster Stimme: «Nein. Albanien ist noch etwa siebzig Kilometer südlich die Küste entlang. Wir fahren nur bis Budva.»

«Aha.» Genauso gut hätte er sagen können: Wir fahren nur bis Fwangongo. Oder: Wenn wir angelegt haben, steigen wir um in die Mondfähre. Das hätte mich auch nicht weiter überrascht.

Genervt krabbele ich wieder ins Auto und beobachte die beiden Jungs von dort aus. Franks Ehrgeiz scheint geweckt, denn er zückt jetzt eine Straßenkarte, fährt mit dem Finger ein Stück ab und erklärt Marc vermutlich die geographische Entwicklung der Gegend seit der Steinzeit.

Mein Kollege nickt wissend und glotzt abwechselnd profimäßig interessiert Karte und Knipser an.

Ich fasse es nicht! Merkt der idiotische Fotograf denn gar nicht, dass das Ganze nur Show ist? Marc ist Graphiker, das sagt doch wohl alles. Denn die können ja bekanntlich vieles, nur keine Karten lesen.

Oh, jetzt tut sich was. Offenbar hat Marc begriffen, wo wir uns befinden, denn Frank faltet zufrieden den Plan zusammen, und die beiden nicken sich wissend zu.

Ich könnte kotzen.

Zwanzig Minuten später legt der Kahn an. Wir setzen die

 Fahrt fort und erreichen etwa eine halbe Stunde später unserem Zielort Budva.

Frank parkt den Wagen vor einem nagelneuen Luxushotel, so einem eckigen, schwarzen Klotz, der aussieht, als würde hier die russische Agentenelite in den Disziplinen Sonnenbaden, Cocktailschlürfen und Poolbekanntschaftensammeln ausgebildet.

Links von uns liegt, nach Franks Aussage, die Altstadt, die erst vor ein paar Jahren zum Touristenmagneten aufgemöbelt wurde. In unserem Rücken gibt es noch ein weiteres Hotel. Ein sehr eigenwilliges Konstrukt, wie ich finde. Vermutlich hat es seine besten Zeiten hinter sich, könnte aber früher durchaus mal das erste Haus am Platz gewesen sein. Inzwischen stellt man sich eine Urlaubsunterkunft allerdings irgendwie anders vor. Mit meinem Glück wird Frank sich jetzt gleich umdrehen und Kurs auf diese Hütte nehmen, da braucht man sich nichts vorzumachen.

Doch wir steuern tatsächlich das nagelneue schwarze Luxushotel an! Wie geil ist das denn? Das Teil hat einen Pool, der im ersten Stock liegt und aussieht, als würde er ins Meer hinausragen. Wahnsinn! Auch die Rezeption ist edel gestaltet und wirkt ganz neu – ich kann kaum glauben, dass Rolf es so gut mit uns gemeint hat. Zugegeben, manches sieht vielleicht so aus, als würde es nicht allzu lange halten. Der Mann hinter dem Empfangstresen zum Beispiel.

Dem werde ich außerdem gleich meinen Koffer zwischen die Nüsse rammen, wenn der mich weiter so degradiert. Laut Aussage von Frank (jetzt bin ich auch noch auf den Spacken angewiesen, weil hier niemand zugibt, Englisch zu verstehen) kann mir der Empfangstrollo angeblich nur ein Zimmer ohne Meer- und demzufolge auch ohne Poolblick bieten.

Das geht natürlich gar nicht!

Seit zehn Minuten diskutiert Frank jetzt schon mit dem Idioten, und es scheint noch kein Ende in Sicht. Hunde haben offensichtlich keinen Zutritt zu Poolblickzimmern.

Und anstatt mich mal wieder über Melanie zu ärgern, rege ich mich nun zur Abwechslung über dieses hundebesitzerfeindliche Verhalten auf.

Harrr. Nicht mal beschimpfen kann ich den Portier, der würde mich ja nicht verstehen. Jetzt schleudert er einen Schwall Konsonanten in Franks Richtung.

«Tom, es wird nichts nützen», erklärt der Knipser und wendet sich zu mir. «Entweder du verzichtest auf den Hund oder auf den Meerblick. Ist doch eigentlich ganz einfach.»

RIECH MAL MEINE HAND! RIECHT NACH FRIEDHOF, NICHT WAHR?

Frank und der Portier tauschen noch ein paar Konsonanten aus, dann rückt der Kerl mit drei Magnetkarten raus, und wir steigen in den Fahrstuhl.

Im fünften Stock angekommen, biegen Frank und Mark nach links ab. Melanie und ich trotten nach rechts zu den Zimmern zweiter Klasse.

«Weißt du, was das für unser weiteres Verhältnis bedeutet, Glubschauge?», schnauze ich sie an, kaum dass die Tür hinter uns ins Schloss gefallen ist. «Du kannst mich mal. Ich bin stocksauer und bereue sehr, dich nicht an einer der Raststätten ausgesetzt zu haben.»

Ich kann mich zwar nicht erinnern, überhaupt eine Raststätte gesehen zu haben, aber Melanie dürfte das mit ihrem Schrumpfhirn ohnehin nicht kapiert haben. Sie scheint überhaupt nichts zu kapieren, denn sie dreht sich fröhlich im Kreis und kläfft, was das Zeug hält.

«Waff! Waffaffaff! Waff!»

«Hör sofort auf damit!», herrsche ich sie an. «Deinetwegen sind wir schon auf der beschissenen Nordseite gelandet.

Wenn du jetzt auch noch Krach machst oder hier rumfurzt, verbannen die uns mit Sicherheit in den Keller!»

Die Drohung scheint zu wirken. Melanie gibt noch ein kurzes Schnaufen von sich, dreht sich ein letztes Mal um die eigene Achse und hopst dann aufs Bett.

Also gut. Wenn ich den Pool schon nicht sehen kann, werde ich ihn eben zum Schwimmen aufsuchen. Für heute ist, außer einem gemeinsamen Abendessen mit Lydia, ja auch kein weiteres Programm vorgesehen. Aber ehrlich gesagt, reicht mir das auch. Wer weiß, was die wieder im Schilde führt. Bei Lydia muss man auf alles gefasst sein, und ihr Wunsch, mit mir noch etwas zu besprechen, macht die Sache auch nicht besser. Was könnte das nur sein? Uuuhuhuh – lieber nicht drüber nachdenken!

Auf jeden Fall sollte ich aber einen entspannten und coolen Eindruck machen, deshalb ist Schwimmen jetzt genau das Richtige.

Ich stöbere in meinem Koffer nach der Badehose, schnappe mir ein Hotelbadelaken und habe gerade die Zimmertür hinter mir geschlossen, als drinnen ein ohrenbetäubendes Gekläffe losgeht.

Das darf doch nicht wahr sein! Ich ziehe die Karte durch den Schlitz, stoße die Tür auf und baue mich drohend vor dem Mops auf. Doch Melanie ist verstummt, sitzt mitten im Flur und hechelt mich unschuldig an wie ein Osterlamm.

Ich versuche, nicht auszuflippen, sie nicht vom Balkon zu schmeißen und auch nicht den Fernseher nach ihr zu werfen. Stattdessen blicke ich sie ernst an und sage streng: «Nein! Pfui!»

Ist doch alles nur eine Frage der Erziehung. Hunde brauchen eine starke Hand; sie müssen wissen, wer das Alphatier ist. Von nun an herrschen hier andere Sitten! Nach einem letzten drohenden Blick schließe ich die Tür hinter mir.

«Waff! Waff-waff. WAAAAFF!»

Ich lasse die Karte durch den Spalt schnellen und stoße die Tür wieder auf. Melanie freut sich ein Loch in den Bauch, springt begeistert an meinem Hosenbein hoch und hechelt wie verrückt.

Hat sich dieser Alm-Fuzzi denn überhaupt nicht mit Erziehungsfragen auseinandergesetzt?

Wütend stampfe ich mit dem Fuß auf. Melanie scheint tatsächlich schwer beeindruckt, denn sie macht einen erschreckten Satz ins Badezimmer und hält für ein paar Sekunden die Schnauze.

Aha! Das ist also der Trick.

Doch als die Schrecksekunde nachlässt, wandelt ihr Hirn die Information *Achtung, Ärger!* in: *Ein Spiel!* um.

«Waff!» Angriffsbereit hopst sie wieder auf mich zu.

Jetzt reicht es mir endgültig. Ich schnappe mir den Hund, stopfe ihn in die Tasche, die den Hotelgästen als Strandtasche bereitgelegt wurde, quetsche Handtuch und Zigarettenschachtel dazu und mache mich auf, zum Pool.

Frank und Marc fläzen sich bereits angeberhaft auf ihren Liegen. Vor ihnen stehen zwei Frauen, die mir irgendwie bekannt vorkommen. Ja, genau! Es sind die beiden Hasen aus unserem Modelquartett: Noemi und Vivian.

Wow! In natura sehen die ja noch viel geiler aus. Wahnsinn!

Marc sabbert bereits auf sein Badelaken und klopft verheißungsvoll auf die Stelle, an der kurz zuvor noch seine Käsemauken lagerten.

Schnell schnappe ich mir ebenfalls einen Liegestuhl und manövriere mich zielsicher in die Nähe des Quartetts. Doch genau in dem Moment, als das Schokoladeneis-Model ihren Knackpo auf Marcs Liege platziert und ich meinem Stuhl

nur noch den richtigen Dreh zur Sonne geben will, fällt mir der Hund aus dem Beutel.

«Waff!»

Und was dann geschieht, haut mich fast um: Wie auf Knopfdruck stürzen Schokoladen- und Vanilleeis auf mich zu, und zum ersten Mal, seit der Alm-Gigolo mir das Vieh angehext hat, könnte ich ihn küssen. Also, den Hund. Na ja, meinetwegen auch den Alm-Typen. Aber nur ganz kurz.

Ungefragt setzen sich die beiden Schönheiten links und rechts von mir auf die Liege und verhätscheln das Hündchen, das ich geschickterweise blitzschnell auf meinem Schoß drapiert habe. Von den rückwärtigen Liegen muss es nun so aussehen, als bestaunten die beiden meinen Schwanz.

Uiiii! Bei dem Gedanken bekomme ich sofort eine Erektion. Hoffentlich bleibt der Hund hier liegen – und vor allem pupst er hoffentlich nicht, sonst könnte das ein peinliches Ende für mich nehmen.

«Oooooch, der ist ja toll!», quietscht die Dunkelhäutige entzückt.

«Ja, und ganz schön dick!»

«Kann der sich überhaupt noch bewegen?»

«Bestimmt. Wenn der steht, sieht er garantiert noch besser aus.»

«Ich weiß nicht. Ein bisschen größer als die anderen seiner Art ist der aber schon, oder?»

«Ja, das finde ich auch. Darf ich ihn mal anfassen?»

Ich hoffe inständig, dass die Leute auf den hinteren Liegen diesen Dialog auch *hören* können. So was erlebt man schließlich nicht alle Tage.

«Natürlich könnt ihr ihn anfassen», sage ich mit Gönnermiene, verschränke die Arme hinter dem Kopf und lehne mich genüsslich zurück. Ich kann nicht anders, ich muss diese Frauen anglotzen. Wie schafft man es nur, eine so knackige Haut und so Wahnsinnsmöpse zu haben?

Wenn nur die Hundebesitzerin das sehen könnte! Elisa würde den Mops sofort ins Tierheim geben. Aber ich bin fertig mit ihr. Ich bin frei. Vögelfrei sozusagen!

Und während die beiden Models in meinem Schoß herumfummeln, blicke ich provokativ zu den Jungs und denke: Diese Runde geht ja wohl an mich!

8. Kapitel

Gegen 20 Uhr sitzen Frank, Marc und ich im Restaurant *Porto* und warten auf Lydia, die heimliche Chefin des Cremand-Konzerns – von der mal wieder meine Karriere abhängt.

Bleibt nur zu hoffen, dass sie ihren Mann nicht mitgebracht hat. Der Typ ist nämlich nicht nur eine echte Spaßbremse, nein, ich habe auch noch Grund zu der Annahme, dass er nicht zurechnungsfähig ist. Wie ich darauf komme? Nun, als seine Frau letztes Jahr auf recht unkonventionellem Weg darüber entschieden hat, wer von den drei pitchenden Agenturen den Werbeetat von fast einer Million Euro erhalten soll, hat er sich blind und taub gestellt. Ich meine, dass die eigene Frau fremdgeht, so etwas kann einem geschlechtsreifen Mann doch nun wirklich nicht entgehen, oder? Geschweige denn egal sein!

Also ich würde es jedenfalls sofort bemerken, wenn Elisa neue Aufträge an Land zieht, weil sie mit einem Kunden oder gar ihrem Chef schläft. Um das nicht zu bemerken, muss man ja wohl komplett verblödet sein. Oder eben unzurechnungsfähig.

Aber wer weiß, ob Urs Cremand in seinem kranken Hirn nicht doch insgeheim Rachepläne schmiedet.

«Wo ist denn deine kleine Freundin?», will Frank jetzt wissen. «Genießt sie den Ausblick aus eurem Zimmer? Oder hat sie etwa Migräne?»

Tatsächlich ist Letzteres nicht auszuschließen, denke

ich, während die beiden in brüllendes Gelächter verfallen. Denn als ich Melanie das letzte Mal gesehen habe, ging es ihr gar nicht gut. Um sie ruhigzustellen, habe ich ihr einen Betäubungscocktail aus Rescue-Tropfen, Johanniskraut-Kapseln und einem Teelöffel Wick-Medinait angerührt. Wie zu erwarten war, verschlang sie sofort alles gierig, gab dann ein vollgefressenes Brummen von sich (das vermutlich bedeuten sollte: «Ab morgen fange ich mit der Diät an») und legte ihren Sumo-Körper auf dem Badvorleger ab. Ein Anflug schlechten Gewissens ließ mich noch kurz nach ihrem Puls tasten, aber er ging ruhig und kräftig.

«Nein, sie macht ihren Schönheitsschlaf», erkläre ich und strafe Marc mit einem finsteren Blick. Auf welcher Seite steht das Kollegenschwein eigentlich? «Morgen sieht sie dann sicher noch niedlicher aus. Die Frauen werden uns anhimmeln!»

Ha! So kriegst du mich nicht, du Grützkopf. In Gedanken mache ich mir eine Notiz, im nächstgelegenen Supermarkt eine Wochenration Hundefutter zu erstehen. Der Schrumpfhund könnte mir schließlich noch nützlich sein.

«Guten Abend, die Herren!» Das süßliche Säuseln stammt von Lydia. Sie ist zu uns an den Tisch getreten und blickt auffordernd in die Runde. «Ich hoffe, Sie warten noch nicht allzu lange? Aber in meinem Zustand braucht man schon mal etwas länger ...»

Sie streckt erst Marc und dann Frank die Hand entgegen, ehe sie mir zur Begrüßung ein Küsschen auf jede Wange drückt. Das heißt, sie versucht, mich zu küssen, wird aber von einem überdimensionalen Bauch abgebremst.

Du meine Güte! Lydia sieht aus, als hätte sie ein gigantisches Einmachglas verschluckt!

«Achter Monat», kommentiert sie meinen überraschten Blick auf ihre Kugel. «Es sind also noch vier Wochen.»

Na, hoffentlich hat sich da keiner verrechnet.

Mit ähnlich plumpen Bewegungen wie Melanie lässt sie sich auf einem Stuhl nieder. «Haben Sie schon bestellt?»

«Nein, wir haben natürlich auf Sie gewartet, gnädige Frau», drängt sich der Möchtegernfotograf in den Vordergrund. «Haben Sie vielleicht schon einen Getränkewunsch?»

HAST DU VIELLEICHT SCHON EINEN WUNSCH, WELCHES ORGAN ICH DIR ZUERST RAUSREISSEN SOLL?

Was spielt der sich denn jetzt so auf?

Aber Lydia ist bereits vertieft in die Speisekarte, und seine Worte prallen an ihr ab, wie normalerweise meine Ermahnung an Elisa, sie möge die gelesene Zeitung ordentlich wieder zusammenfalten.

«Also, ich versteh hier ehrlich gesagt nur Bahnhof.» Mit gespielter Hilflosigkeit schaut Lydia aus der Karte auf. «Kann das vielleicht mal jemand übersetzen?»

«Na klar, was möchten Sie denn wissen?», fragt Frank und rutscht mit seinem Stuhl näher an sie heran.

Nein, bitte nicht ... Wird dieser Schwachkopf von nun an jeden Tag für uns den Übersetzer spielen? Dann werde ich einfach von heute an ausschließlich Cevapcici essen, das kann ich nämlich selbst bestellen.

«Also ich würde Ihnen die 28 empfehlen, das ist ...»

Ich will es gar nicht wissen und schalte auf Durchzug. Die Spargelfresse muss es ja echt verdammt nötig haben, so wie der hier an einer Schwangeren rumbaggert.

Wi-der-lich!

Unauffällig mustere ich Lydia. Seit unserem letzten Treffen hat sie mutmaßlich zehn Kilo zugenommen, sieht aber ansonsten aus wie das blühende Leben. Sie wirkt gelassen und zufrieden, und ihr Teint ist so gebräunt, als wäre sie bereits seit sechs Wochen an der Adria. Da habe ich Schwangere auch schon mal anders erlebt.

Mein Kumpel Vince zum Beispiel. Der war letztes Jahr schwanger. Jedenfalls kam mir das so vor. Denn von dem Moment an, als seine Frau Susanne die Drei-Monats-Marke passierte, bestand auch Vinces Leben nur noch aus Atemkursen, Schreimeditation, Ultraschallfotos und Hebammen-Casting. Die beiden befanden sich über Monate in einem Ausnahmezustand, der sich mit kaum etwas vergleichen lässt, der aber deutliche Spuren hinterließ: Stresspickel, dunkle Augenränder und bei beiden zehn Kilo Gewichtszunahme. Also kein Vergleich zu Lydia, die von der Aura einer Wellness-Wolke umgeben wird.

«Ach, lassen Sie mal, Herr Fabjan, ich nehme nur einen Salat. Es wird schwer genug, die angesammelten Pfunde wieder loszuwerden.»

Ha! Siehste, mein Lieber: nix mit 28. Die kannst du dir jetzt selber in den Schlund schieben.

Als könnte sie Gedanken lesen, grinst Lydia mich nun schief an. Eventuell kann sie auch tatsächlich Gedanken lesen, bei der Frau weiß man nie so genau.

«Also, wenn ich mir einen Kommentar dazu erlauben darf», wirft der Knipser ein. «Sie sehen großartig aus, Frau Cremand. Ich kann nicht glauben, dass Sie nach der Geburt auch nur ein Gramm zu viel auf den Hüften haben werden.»

UND ICH KANN NICHT GLAUBEN, DASS DU SO EINEN SCHEISS LABERST! Lydia ist für dich nicht nur so unerreichbar wie ein mittlerer IQ, sondern sie ist dazu auch noch deine momentane Brötchengeberin. Ein Hüsteln von ihr, und du kannst dich samt deiner Knipskiste wieder in den Flieger setzen, um in Dortmund-Nord Imbissbuden abzulichten.

Aber statt ihn ins Ruhrgebiet zu husten, legt Lydia nun, sichtlich gebauchpinselt, den Kopf in den Nacken, wirft

ihre Haare zurück und sagt mit klimperndem Augenaufschlag: «Vielen Dank, Herr Fabjan.»

Harrr. So sind sie, die Frauen! Auch wenn sie noch so schlau sind, sind sie irgendwie blöd.

«Sie könnten ohne Probleme selbst Modell stehen für Ihren Werbespot», legt der Knipser doch tatsächlich noch nach.

So, jetzt reicht's! Merkt der denn gar nicht, wie plump das ist?

Wenigstens rollt jetzt auch Marc mit den Augen. «Momentan wäre das sicher etwas unpassend», erklärt er, «und außerdem viel zu anstrengend für Sie. Aber keine Sorge –» Er guckt nun zuversichtlich wie ein Orthopäde, der mal kurz klarstellen will: Den Meniskus können wir retten. «Wenn nichts Gravierendes dazwischenkommt, sind wir in drei Tagen fertig. Die Fotos können Sie natürlich jeden Abend auf dem Laptop begutachten und gegebenenfalls auch noch Änderungswünsche äußern.»

Neu gelernt auf dieser Reise: Ein Schleimer kommt selten allein.

In bewährter Orthopädenmanier lehnt Marc sich lässig im Stuhl zurück. «Alles in allem sind wir Ende der Woche fertig, und Sie können zufrieden wieder in Ihr gemachtes Nest heimkehren.»

«Das klingt wirklich gut», schmunzelt Lydia, die sich anscheinend höchst angemessen behandelt fühlt. «Wie ich dem Zeitplan entnehmen konnte, schauen wir uns morgen gemeinsam die Location an, weisen die Models ein und machen eine Stellprobe, oder?» Sie fixiert Knipser-Frank mit zusammengekniffenen Augen, lässt ihn aber nicht zu Wort kommen, sondern richtet ihren Blick plötzlich auf mich. «Ist das Eis eigentlich angekommen?»

«Äh ...»

Gute Frage. Frank, die Knalltüte, sollte sich doch darum kümmern. Falls er das nicht getan hat, können wir jedenfalls alle einpacken.

Normalerweise fährt man bei so einem Außen-Shooting ja nicht wirklich mit Eiscreme in die Wüste, um dann dort in aller Seelenruhe ein paar Bilder zu knipsen. Meistens werden stattdessen Dummys verwendet, Imitationen aus geeignetem Material, die in mühevoller Kleinarbeit lackiert, besprüht und lasiert werden. Soll man das Produkt aber wie bei unserem Shooting tatsächlich essen können, dann wird doch das Original verwendet. Und da wir ja keine Wüstensafari planen, sondern auf einer Luxusyacht mit vermutlich großräumigem Gefrierschrank shooten, spricht auch nichts dagegen.

Bereits vor zwei Wochen hatte Rolf durch den Cremand-Konzern einige Kartons von *Sündenpool* hierher schicken lassen. Angeblich soll das Eis im Kühlhaus von Franks Schwager lagern, der hier vor Ort einen Supermarkt betreibt.

«Und die Yacht?», fragt Lydia gleich hinterher.

Tja, die Yacht. Nächste gute Frage. Auch darum hat sich ja unser Starfotograf gekümmert.

«Alles paletti.» Frank tut so, als sei es das Normalste auf der Welt, wenn ein reicher Yachtbesitzer seine schwimmende Eigentumswohnung an ausländische Werbeteams vermietet. Also ich persönlich wäre als Besitzer eines Bootes ja lieber nach Monte Carlo geschippert, als hier an der Discount-Adria vor Anker zu gehen. Aber zum Glück ticken manche Leute eben anders.

«Kennt man eigentlich den Besitzer?» Marc hofft offenbar auf eine Teestunde mit Nick Heidfeld oder Jürgen Klinsmann. Aber Frank winkt ab.

«Ja, äh ... Also, nein. Ich meine, *ich* kenne ihn natürlich.»

Und nach einer Weile fügt er hinzu: «Es ist ein albanischer … äh, Landwirt, der nicht genannt werden möchte.»

Ein. Albanischer. Landwirt. Mit. Einer. Luxusyacht.

Schon klar. Davon hört man in den Nachrichten ja ständig. Ob Rolf klar ist, was er uns für einen Vollidioten aufs Auge gedrückt hat?

«Ich bin sicher, morgen wird Ihre Neugierde befriedigt», erkläre ich schnell und nicke Lydia zuversichtlich zu. Dann winke ich den Kellner heran, bevor sie noch weitere kompromittierende Fragen stellt.

Als ich nach Cevapcici (selbst geordert) und drei Flaschen einheimischen Biers (selbst getrunken) ein paar Stunden später die Tür zu meinem Zimmer aufschließe, bin ich nicht nur angetrunken, sondern vor allem erleichtert. Auch wenn ich immer noch nicht weiß, was Lydia eigentlich im Schilde führt, entpuppte sich der Abend als weniger schwierig als zunächst befürchtet. Der Alkohol hat mich sogar vorübergehend meine vierbeinige Mitbewohnerin vergessen lassen.

Auf dem Zimmer ist es totenstill. Kein Hecheln, kein Hopsen, nicht mal ein Grunzen ist zu hören. Ach du Scheiße, sie wird doch wohl nicht …

Panisch laufe ich ins Bad.

Nichts.

Aber so ein Fettklops kann sich doch nicht in Luft auflösen. Nach kurzer Suche finde ich Melanie hinter dem Bett. Wie erlegtes Wild hat sie alle viere von sich gestreckt und gibt keinen Mucks von sich. Ein schneller Griff an die Kehle zeigt zwar Atemaktivität, ansonsten aber reagiert sie auf gar nichts. Es sieht so aus, als hätte sie bis zum Schluss versucht, aufs Bett zu springen, und wäre dann nach ihrem letzten Versuch ins Delirium gefallen.

Auch gut, so bleibt mir wenigstens der obligatorische

Spaziergang erspart. Vermutlich ist ihre Blase ohnehin noch gelähmt.

Ich schnappe mir noch ein Getränk aus der Minibar und mein Laptop. Immerhin verfügt mein Zimmer über kabellosen Internetzugang. Kaum zu glauben. Und die Verbindung scheint sogar ziemlich flott zu sein.

Binnen kürzester Zeit habe ich meine Nachrichten selektiert und muss feststellen, dass Elisa auch auf diesem Wege nichts von sich hat hören lassen.

Na, die hat vielleicht Nerven!

Vielleicht auf dem Handy? Nein, auch nichts.

Sie müsste doch eigentlich längst mit Mashavna bei Yogitee und Dinkelkuchen zusammensitzen, sich furchtbar langweilen und mich tierisch vermissen.

Wie kann sie mich nur mit diesem gestörten Hund zurücklassen und dann nichts von sich hören lassen? Ich hätte schließlich auch eine Hundeallergie haben können. Aber das interessiert sie offensichtlich überhaupt nicht. Pah!

Auch mich juckt es mittlerweile nicht mehr, wie es ihr geht. Kein Stück. Man könnte sagen, es interessiert mich genauso wenig, wie der Waschbrettbauch von McConaughey. Gähn!

Aber wenn ihr nun womöglich etwas passiert ist? Vielleicht hatte sie ja einen Flugzeugabsturz, liegt im Krankenhaus und kann ihre Finger nicht mehr bewegen. Oder sie wurde entführt und kommt nicht an ihr Handy.

Nein, unwahrscheinlich.

Also, wenn Elisa so schamlos ihre Interessen durchsetzt, kann ich das auch. Ich werde aus diesem Trip einfach das Beste machen – einen Rachefeldzug! Denn wie schon gesagt: Ich bin frei ...

Apropos Sex: Neben der üblichen Werbemail-Flut ent-

decke ich jetzt auch noch eine Nachricht von Luke. Betreff: Geile Turbohasen.

```
von: Luke@gameover.de
an: tom.moreno@siegelmann.de
Betreff: Geile Turbohasen
```

Na, Alter, alles easy in Monte Carlo? Was Brauchbares dabei? Melde dich, ich langweile mich!

Ach ja. Der denkt ja, ich sei in Monte Carlo ... Hm, sollte ich die Sache aufklären? Oder lieber noch warten, bis ich wieder zu Hause bin? Meinetwegen kann er ruhig noch ein bisschen neidisch an seinem Rechner sitzen und sich ärgern, dass er den falschen Job hat. Höhö!

```
von: tom.moreno@siegelmann.de
an: Luke@gameover.de
Betreff: Re: Geile Turbohasen
```

Na, Kumpel – immer noch Langeweile im Bett? Hier kämst du voll auf deine Kosten: Sonne und Weiber satt! Coole Autos, heiße Kisten (du verstehst!?!) und Gelegenheiten in Hülle und Fülle. Also mal sehen, wie es um meinen Marktwert steht. Wenn ich mich nur entscheiden könnte, welche von den Früchten ich zuerst pflücken soll ... Hahaha! Mach's gut, Alter!

Konfuzius sagt: Essen und Beischlaf sind die beiden großen Begierden des Mannes.

Ach Konfuzius, mein Held!

9. Kapitel

Zu einer Uhrzeit, zu der der Tag das Wort «Morgen» noch nicht verdient, werde ich durch aufgeregtes Hecheln und Jaulen geweckt. Offenbar ist die kleine Schrumpfhundblase jetzt zum Bersten voll.

Besser, ich stehe mal auf, um Melanie ein Stündchen in der Badewanne zu parken, damit sie nach Herzenslust pinkeln und ich noch ein wenig schlafen kann. Doch sie entwischt mir und flüchtet sich auf den Balkon. Als ich ihr nacheile, sehe ich eine attraktive schwarzhaarige Frau im Sportdress die Straße Richtung Strand entlangtraben.

Holla! Hier ist sie ja schon, meine erste Chance, Rache an Elisa zu nehmen!

Auf einmal bin ich hellwach. Lange Beine, eine Wahnsinnstaille, lockige Haare und ein Turnhöschen, wie ich es so knapp noch nie gesehen habe. Mehr lässt sich aus dem fünften Stock auf die Schnelle leider nicht erkennen, aber ich finde das alles bereits sehr verheißungsvoll.

«Bingo!», entfährt es mir so laut, dass dem Hund vor Schreck die Zwergenblase platzt und er einen See unter sich macht.

«Spinnst du?», schnauze ich Melanie an. Sie sollte es doch zu würdigen wissen, vor allen anderen Hunden den Strand beschnüffeln und bepinkeln zu können. Aber nein, sie pisst jetzt schon los!

Melanie guckt etwas verschämt, freut sich aber über die

unverhoffte Aufmerksamkeit und antwortet mit einem auffordernden «Waff».

Schnell werfe ich ein Handtuch über das Malheur auf dem Balkon, springe in meine Jeans, ziehe ein T-Shirt über und schnappe mir die Hundeleine. Dann geht es mit dem inkontinenten Hund unterm Arm ab durchs Treppenhaus nach draußen.

Kurz vor Erreichen der Kaimauer setze ich Melanie ab und halte Ausschau nach der Turnschönheit. Doch von ihr fehlt jede Spur. So ein Mist. Wo kann sie denn nur hin sein? Viel ist hier ja noch nicht los.

Ich gehe ein paar Stufen zum Strand hinunter und schaue aufs Meer. Die Wellen brechen sich an einer Art Festung, die wohl zur Altstadt von Budva gehört und majestätisch in das dunkelblaue Meer ragt. Kurz vor dem imposanten Gebäude baut ein Mann gerade die ersten Liegestühle seiner Strandbar auf.

Melanie beobachtet das Spektakel und hopst nach einem Moment des Zögerns ebenfalls die Stiege zum Strand hinunter, um Kurs auf das Meer zu nehmen. Wer allerdings Beine wie ein Biedermeier-Tischchen hat, kommt im Sand nicht gut voran. Das hätte ich ihr gleich sagen können. Bei jedem Schritt versinkt sie bis zur zerknautschten Schnauze im Sand. Ein paarmal versucht sie heldenhaft, sich wieder herauszuwühlen, gräbt sich aber dadurch nur noch tiefer ein. Japsende Geräusche und ein gequältes «Waff» sollen mir wohl signalisieren: «Ich will auf den Arm!» Doch ich muss hier jetzt erst mal eine andere Baustelle bedienen.

Ist das dort hinter dem letzten Liegestuhl nicht die gesuchte Sportschönheit? Aber wieso liegt sie da so merkwürdig verknotet auf dem Boden? Und vor allem: Warum atmet sie so schwer? Klingt irgendwie nach einer spontanen Steißgeburt.

Das muss wohl Yoga sein. Uhuuuu, ich mag da gar nicht hinsehen.

«Waffwaffwaffwaffwaff!» Melanie robbt jetzt wie eine notgelandete Boeing 737 vorwärts und gibt dabei ähnlich schabende Geräusche von sich.

Gut gemacht! Jetzt ist es mit der Yogakonzentration natürlich dahin, und die Strandschönheit dreht sich fragend zu uns um. Erst schaut sie etwas genervt, dann entdeckt sie den Hund und eilt auf ihn zu.

«Zdravo, mala kuco, kako se zoveš?»

Hä? Ich verstehe keinen Pieps, bin aber hochmotiviert, dies zu ändern. Ich nehme Melanie hoch, halte sie auf meinem Arm und drücke mein Gesicht gegen ihres. So, wie ich es bei Elisa gesehen habe.

«Joj, kako si slatka! Dođi! Pa dođi meni!»

Bahnhof???

Selbst im Holländischen hat man ja noch den Hauch einer Ahnung, um was es gerade geht, aber diese Sprache scheint mir ein hoffnungsloser Fall zu sein.

«Ich bin Melanie», sage ich deshalb mit verstellter Stimme und winke mit einer Mopspfote. Dann füge ich in meinem männlichen Originalton hinzu: «Und ich bin Tom.» Dazu strecke ich ihr auffordernd meine Hand entgegen.

Leider versteht die Strandschönheit offenbar ebenso wenig wie ich zuvor von ihrem Konsonantengebrabbel, denn sie greift nach Melanies Pfote und spricht mir nach: «To-om.»

Was für ein Elend!

Die denkt doch nicht wirklich, der Hund hieße Tom und ich Melanie?! Damit sind meine Pläne wohl vorerst hinfällig, jedenfalls, was diese Dame anbelangt. Denn nur, weil ich für die nächsten vier Tage frei und ungebunden bin, heißt das ja noch lange nicht, dass ich beim Flirten unkritisch

sein werde. Im Gegenteil: Wenn ich mir schon fremdes Gestöhne anhöre, dann will ich es doch auch wenigstens verstehen können. Alles andere wäre ja wie ein chinesischer Film mit kurdischen Untertiteln.

Die Strandschönheit lässt jetzt einen weiteren Schwall Konsonanten los, und obwohl ich keine Ahnung habe, was sie mir sagen möchte, bin ich froh, dass der Knipser nicht hier ist, um mir mit seinen Übersetzungskünsten die Tour zu vermasseln. Denn auch wenn ich die Nixe nicht haben will, soll er sie deshalb noch lange nicht bekommen!

«Zdravo, mala kuco, kako se zoveš?»

So müssen sich Hunde fühlen, wenn Herrchen auf sie einredet. Insbesondere dann, wenn ihr Gehirn, wie bei Melanie, in Gewicht und Größe einer Weihenstephaner Felderbse gleicht. Andererseits wäre es in diesem Moment aber auch ganz praktisch, in der Haut eines niedlichen Vierbeiners zu stecken. Dann müsste ich jetzt nämlich einfach nur mit dem Schwanz wedeln, und alles wäre geklärt.

Irgendwann hört die Strandmaus wieder auf zu reden, dehnt ihre kilometerlangen Beine und macht sich bereit für den nächsten Sprint.

Um nicht wie ein Idiot sitzengelassen zu werden, hebe ich schnell Melanies Pfote, bewege sie hin und her und leite unseren Abschied ein.

«Winkewinke.»

Uuuuups. Habe ich das wirklich gesagt? Peinlich, peinlich. Bitte vergessen Sie es ganz schnell wieder.

Besser, ich mache mich jetzt vom Acker, bevor hier noch zufällig ein konsonantenspeiender Schwulenhasser vorbeischlendert.

Als ich wieder festen Boden unter den Füßen habe, setze ich Melanie ab und klopfe ihr den Sand aus dem Pelz. Leider hat sie immer noch diese Batikflecken an Hals und Bauch.

Ich hatte ja insgeheim gehofft, Sonne und Sandkörner würden das Fell etwas ausbleichen, aber da tut sich bislang nichts. Auch sonst sieht sie ganz schön mitgenommen aus. Hitze und Strand sind halt nichts für Hunde, die die Atemwege eines holsteinischen Buchfinken haben.

Als ich aus meiner gebückten Haltung wieder hochkomme, steht plötzlich Aristoteles Onassis vor mir.

Kein Scheiß!

Der behaarte Mann lässt sich wie ein orientalischer Teppichhändler auf die Knie fallen, nimmt Melanie hoch, als wäre sie eine gestohlen geglaubte Keramik aus der Ming-Dynastie und drückt seine Nase in ihr Fell.

Hab ich irgendwas verpasst? Darf man in diesem Land vielleicht nur gemeldet sein, wenn einem offiziell Schwachsinnigkeit attestiert wurde?

Langsam macht mir das Angst.

Nachdem Melanie einmal mit allen Konsonanten und Krachlauten bedacht wurde, zu denen der menschliche Rachen offenbar fähig ist, richtet Onassis sich neugierig auf.

«Sie komme aus Deutschland, nicht warrr?»

Ob er das nun mir oder dem Hund angesehen hat, weiß ich nicht, aber ich nicke wahrheitsgetreu und antworte mit einer unglaublich originellen Gegenfrage.

«Und Sie?»

Offenbar war das sehr komisch, denn der Typ wirft jetzt den Kopf in den Nacken und lacht laut los. Vielleicht ist es auch nur ein weiterer Ausdruck seiner Schwachsinnigkeit. Doch was er dann sagt, klingt zunächst gar nicht sooo blöd – jedenfalls wenn man mal von dem Akzent absieht, der verdächtig nach russischer Mafia klingt

«Mein lieberrr Frrreund! Ich bin aus Russsssland.»

Ich hab es ja geahnt.

«Und was tun Sie hier?»

Er macht eine kurze Pause und tätschelt Melanie den Kopf. «Das ist laaange Geschichte. Komme mich besuchen, dann errrzähle ich sie dirrr! Mein Schiff, die *Natasha*, liegt in Kotorrr. Aber biiette, biiette brrring meine kleine Prrrinzessin mit!»

Mein lieber Scholli! Was ich morgens vor dem Frühstück hier schon erlebe – dagegen ist ein nächtlicher Junggesellenabschied auf der Reeperbahn ein Scheißdreck.

Offenbar merkt der Russe jetzt selbst, dass er ein bisschen schräg rüberkommt, denn es folgt noch eine Erklärung.

«Meine Familie hat immerrr Hunde gehabt. Ich liiiebe Hunde.»

Tja, Mensch, wär mir gar nicht so aufgefallen.

«Also ... Ich weiß nicht, ob ich das schaffe», erkläre ich. «Zeitlich, meine ich. Ich bin nämlich Werber, und wir wollen hier was shooten. Also, knipsen. Äh ... Fotografieren.» Ich mache zum besseren Verständnis eine passende Handbewegung.

«Oh, grrroße Geschäft! Und auch wenn sich das nicht so anhörrrt, ich sprrreche gut Deutsch. Verstehe alles. Meine errrste Frau warrr aus Amerrrika.»

Nee, ist klar. Da spricht man ja auch typischerweise Deutsch.

Und, als wäre ich eine geographische Niete, fügt er noch eine weitere Erklärung hinzu. «Amerrrika – das liegt an Norrrdsee.»

Okay, ich *bin* eine geographische Niete.

«Äh, und ich komme aus Hamburg. Das liegt – im weitesten Sinne – auch an der Nordsee.» Das kann man doch schon mal so pauschal sagen, oder? Ich meine, wenn man sich etwa fünf Länder weiter unten auf der Landkarte befindet, dann verändern sich die Relationen eben ein wenig.

«Ooooh, ich kenne Hamburrrg. Sehrrr schöne Stadt. Also, ich frrreue mich, wenn du und kleine Prrrinzessin mich besucht. Mich und mein wunderrrbares Schiff …»

Gerade will sich der Russe umdrehen, um in Richtung Altstadt zu marschieren, da scheint ihm noch etwas einzufallen. Mit festem Griff packt er mich am Arm und starrt mir mit irrem Blick in die Augen. «Hast du Hund von Zuchterrr?»

Aua! Was ist denn jetzt los? Warum sind denn neuerdings alle so scharf auf einen Hund mit Stammbaum?

Ob der Kerl vielleicht insgeheim von der Gesundheitsbehörde ist und mir gleich eine saftige Geldbuße aufbrummt, weil ich einen nichtadeligen Hund ins Land eingeführt habe?

«Äh, ja klar!», sage ich irritiert. Und in Gedenken an Melanies Verdauungsproblem füge ich noch hinzu: «Sie heißt eigentlich *Melanie vom wehenden Winde.*»

Das Gesicht des Russen hellt sich auf, und er lockert seinen Griff. «Das habe ich mirrrr schon gedacht.»

Mit diesen kryptischen Worten schlägt er mir freundschaftlich die Schulter zu Brei und wirft Melanie im Gehen noch einen Handkuss zu.

Unmittelbar drängen sich mir folgende Fragen auf:

1. Was mache ich hier eigentlich?
2. Wo ist die versteckte Kamera?
3. Hat der Alm-Idiot den Hund eventuell einer einflussreichen russischen Oligarchenfamilie entwendet und mich somit auf der internationalen Liste der meistgesuchten Personen ganz nach oben katapultiert?
4. Habe ich jetzt eine Schultereckgelenksprengung?

Zurück im Hotel checke ich mein Handy und kann es nicht fassen: Noch immer keine Nachricht von Elisa. Ich scheiße

auf Konfuzius und den ganzen Quatsch um Gut und Böse und will ihr gerade eine gepfefferte SMS schreiben, als mir klar wird, dass ich in fünf Minuten schon mit den anderen in der Lobby verabredet bin. Und ich habe noch nicht einmal gefrühstückt!

Ob es moralisch vertretbar ist, den Schrumpfhund den ganzen Tag im Bad einzusperren? Ich meine, nur um einem weiteren Anfall von Inkontinenz vorzubeugen?

Hm, wahrscheinlich sieht ein Wellness-Tag für Hunde dann doch irgendwie anders aus.

Schweren Herzens stopfe ich die verdatterte Melanie also wieder in die Strandtasche und mache mich auf zur Rezeption im Erdgeschoss.

Marc und Frank lümmeln sich bereits im hippen Empfangsbereich und kommentieren die an der Glasfront vorbeiflanierenden Touristen.

«Jetzt guck dir mal den Idioten an», mault Frank. «Wie schafft man es bitte schön, mit *der* Fresse so eine Frau abzukriegen?»

«Vielleicht labert er ja nicht so eine Scheiße wie du», erkläre ich.

Frank hat offenbar nicht mit einer Antwort gerechnet, denn er dreht sich verschreckt zu mir um. «Ach, sieh mal an. Der Mann mit dem Tuntenhündchen. Habt ihr wohl geruht?»

Ich beschließe, ihm so bald es geht, eine Portion Hundescheiße auf seinen Autositz zu legen, da sehe ich aus dem Augenwinkel, dass sich mir in diesem Moment eine andere Rachemöglichkeit bietet: Draußen spaziert gerade die sexy Strandmaus vorbei. Als sie auf unserer Höhe ist, winke ich ihr lässig zu, woraufhin sie fröhlich zurückwinkt.

«Oh, ich habe bestens geruht», erkläre ich, «und hatte heute Morgen auch schon ein Date.»

Höhö!

Marc und Frank blicken mich jetzt an, als würden sie in diesem Moment anfangen darüber nachzudenken, sich den Hund heute Nachmittag auszuleihen. Aber das wird teuer, meine Lieben!

«Guten Morgen, die Herren. Gut geschlafen?» Lydia erscheint auf der Bildfläche und grüßt huldvoll in die Runde. Sie sieht aus, wie aus einem Agatha-Christie-Film entsprungen: riesiger Sonnenhut, enorme Sonnenbrille und ein wehendes Sommerkleid. Dazu eine überdimensionale Handtasche, die sie sofort fallen lässt, als sie Melanie entdeckt.

«Huch! Ja, wer bist du denn, du kleine Maus?»

Herrje, Lydia also auch!

Zum Glück hat sie so etwas letztes Jahr nicht zu meinem Schwanz gesagt, dann hätte ich den Etat nämlich mit Sicherheit nicht bekommen.

«Bei Tom klappt es wohl mit den Frauen nicht mehr so, deshalb ist er jetzt auf den Hund gekommen», feixt Frank. «Oder sagen wir besser: aufs Hündchen.»

Am liebsten würde er sich über seinen eigenen Witz kaputtlachen, aber seine Schadenfreude bleibt ihm im Halse stecken. Lydia drückt ihm nämlich ihre riesige Kelly-Bag in den Arm und grabscht gierig nach Melanie.

«Ja, du bist ja eine Feine! So ein süßer Spatz», quietscht sie mit der glockenklaren Stimme eines kleinen Mädchens.

Ich werfe einen spöttischen Blick auf Frank, der mit Lydias Handtasche über dem Arm schwuchteliger aussieht, als ich es mit einem Dutzend Möpse im Frisörsalon tun würde. Auch dieser Punkt geht an mich!

«Ich glaube, wir sollten mal langsam los.» Wenigstens Marcs Hirn funktioniert noch einwandfrei. «Schließlich haben wir einen Termin, oder, Frank?»

«Äh, ja, stimmt», antwortet der Knipser, stemmt Lydias Handtasche hoch und marschiert Richtung Parkplatz.

Gemeinsam quetschen wir uns in Franks Auto und fahren los. Lydia und Melanie sitzen vorn und genießen eine Weile schweigend die Aussicht, bis Lydia es nicht mehr aushält und wissen will: «Wie lange fahren wir denn noch? Und wo genau liegt diese Yacht?»

Ach ja, der albanische Landwirt. Jetzt bin ich ja mal gespannt.

«Ja.» Erstaunlich kurze Antwort für den Knipser. Und dann noch voll am Thema vorbei, würde ich sagen.

Auch Lydia wundert sich und startet einen neuen Versuch: «Wohin, sagten Sie, fahren wir?»

Ich habe mich ja gestern schon insgeheim gefragt, warum Frank so ein Geheimnis um unseren Ausflug macht, dachte aber, er würde spätestens jetzt mit der Prahlerei beginnen. Doch weit gefehlt. Er schweigt weiter beharrlich.

Marc mischt sich ein. «Hallo? Herr Fabjan? Das wird doch hier wohl keine Entführung?»

Knipser-Frank – oder sollte ich lieber sagen Schwitzer-Frank? –, der bislang mit konzentrierter Miene durch die Ortschaften getuckert ist und auf dessen Stirn sich seit der letzten Kurve eine stetig wachsende Schweißperlenproduktion bemerkbar macht, tut nun überrascht.

«Oh, 'tschuldigung, ich war gerade in Gedanken. Wir sind gleich da.» Und nach einem kurzen Moment des Schweigens fügt er hinzu: «In Bijela.»

Wie wir ja wissen, bin ich kein Experte in Geographie, und auch Marc hat sich offensichtlich blind auf Frank verlassen. Aber als wir in eine Seitenstraße abbiegen und Kurs auf einen stillgelegten Marinehafen nehmen, kommt uns die Sache dann doch irgendwie komisch vor. Wir werfen uns heimlich einen fragenden Blick zu, gefolgt von ratlosem Kopfschütteln. Nur gut, dass Lydia verträumt mit dem Hund kuschelt.

Hier stimmt doch etwas nicht. Nur dummerweise hatte sich keiner von uns um die Location gekümmert oder gar ein Foto angefordert, was aber, genau genommen, irgendwie Rolfs Schuld ist. Er hat schließlich diesen Knipskalli ausgesucht und ihm blind vertraut.

«Da sind wir», sagt nun der Mann unseres Misstrauens und deutet auf einen baufälligen Kahn, der trostlos im Hafenbecken vor sich hindümpelt.

«*Wo* sind wir?», fragt Lydia, die kurz von Melanie aufblickt, den Hafen begutachtet und anschließend weiter mit dem Hund kuschelt. «Eine Verschnaufpause? Jetzt schon?»

Schön wär's. Marc und mir ist sofort klar, was hier gerade passiert. Die Frage ist nur, welche Taktik wir jetzt einschlagen sollen. Über Frank herfallen und ihn für alles verantwortlich machen? Aber wie soll das gehen, ohne nicht gleichzeitig die Agentur als unprofessionell dastehen zu lassen? Rolf reißt mir bestimmt den Kopf ab, wenn er von dem Desaster hier erfährt. Also doch lieber so tun, als wäre Franks Location ernst gemeint, und das Beste draus machen?

«Was tun wir denn hier?», will Lydia berechtigterweise wissen, als Frank schon seine Ausrüstung aus dem Wagen holt.

«Ja, was machen wir denn hier?», wiederholt Marc und sieht mich dabei fragend an.

«Tja, was genau machen wir eigentlich hier, Frank?»

Vielleicht können wir Lydia dazu bewegen, sich den trostlosen Kahn zumindest einmal anzusehen. Wobei es allerdings bei einer Inspektion vom Kai aus bliebe, da sie ihre Kugel wohl kaum über die marode Treppe auf das noch marodere Schiff bugsieren wird.

Dummerweise gibt es hier weit und breit aber auch kein

 Schiff, das wesentlich vertrauenswürdiger aussieht als dieser Schrottkahn. Von einer Yacht ganz zu schweigen. Die Stimmung droht zu kippen.

Während die Jungs tapfer hinüberklettern, um das Ding aus der Nähe zu begutachten, bleibe ich mit Lydia an Land und mache mich schon mal auf ein Donnerwetter größeren Ausmaßes gefasst.

Lydia reibt sich wie zur Beruhigung den Bauch und sagt in schnippischem Tonfall: «Kannst du mir bitte mal erklären, warum wir uns diesen Haufen Schrott ansehen, Tom? Das soll doch wohl ein Witz sein, oder? Ich möchte jetzt auf der Stelle die Yacht sehen!»

Ich will etwas erwidern, komme aber zum Glück nicht dazu, denn in diesem Moment versucht Marc mit seinem Handy ein Foto von dem Kahn zu machen und übt dabei gefährlichen Druck auf die marode Reling aus.

«Stopp!», brülle ich aus Leibeskräften. «Alle wieder herkommen!»

Dann wende ich mich wieder Lydia zu und sage wie in Trance: «Natürlich. Die Yacht. Geht gleich los ...»

Marc und der Knipser nähern sich mit langen Gesichtern.

«Also, wenn wir mit der Perspektive etwas spielen», versucht Frank seine Schnapsidee zu rechtfertigen, «und nur die Models im Vordergrund scharf stellen, könnte man diesen maroden Hintergrund kunstvoll in Szene setzen. Das würde echt voll geil aussehen!»

Voll geil, schon klar.

«Nein danke», erklärt Lydia mit Grabesstimme und stapft bereits zurück zum Wagen. «Ich hoffe, Sie haben noch einen besseren Vorschlag, Herr Mo-re-no?»

Was sich wie eine Frage anhört, ist definitiv ein Ultimatum.

«Falls dem nämlich nicht so sein sollte», steht unausgesprochen dahinter, «reiße ich euch in Stücke, kündige den Etat und verlange Schadenersatz für den Verdienstausfall und die Erstattung der Reisekosten.»

«Ich ... äh», setze ich an, ohne auch nur den Funken einer guten Idee zu haben. «Nun, ich würde sagen, die Idee mit dem abgerockten Hintergrund, das wäre natürlich schon ganz großes Kino.»

Der Knipser kann nicht glauben, dass ich ihm den Rücken stärke – und ich ehrlich gesagt auch nicht.

DAS KANNST DU STINKENDE HOHLBRATZE NIE WIEDERGUTMACHEN.

Der unerwartete Rückenwind scheint ihn zu beflügeln. Sofort kämpft Frank weiter für seinen Schrottkahn. «Also, ich finde, das ist wirklich eine ungewöhnliche Location. Man muss doch auch mal was wagen. Also verstehen Sie mich nicht falsch, aber ...»

Unter normalen Umständen müsste ihm jetzt mal jemand die Fresse polieren. Aber der Einzige, der dafür in Frage kommt, ist gerade schweißtreibend auf der Suche nach einem Geistesblitz.

«Aber», falle ich ihm todesmutig ins Wort, «wir haben selbstverständlich auch noch einen Plan B.»

Marc hebt überrascht eine Augenbraue. «Tom! Bist du irre?», zischt er. «Was für einen Plan B denn?»

Ich übergehe ihn und klatsche auffordernd in die Hände. «Los, los! Alle Mann einsteigen!»

Zu meinem grenzenlosen Erstaunen folgt Lydia meinem Befehl als Erste. Das müssen wohl die Hormone sein. Ohne ein weiteres Wort schnappt sie sich den Schrumpfhund und steigt schmollend in den Wagen. Der Knipser folgt ihr.

«Was machen wir denn jetzt?» Marcs Stimme klingt trotz des Flüstertons mächtig gestresst. «Scheiße, wenn ich geahnt hätte, was der für einen Wrackdampfer ausgesucht

hat –» Weiter schafft er es nicht, denn gleich darauf dämmert ihm die nächste Katastrophe. «Hoffentlich hat der beim Fotografieren mehr Talent.»

Das hoffe ich allerdings auch.

«Also los, jetzt sag schon», drängt Marc, «was sollen wir jetzt tun? Du kennst dich hier doch auch nicht aus. Immerhin wusstest du vor vierundzwanzig Stunden noch nicht mal, wo Montenegro überhaupt liegt.»

Das weiß ich auch eigentlich immer noch nicht so genau.

«Rolf wird uns den Schädel spalten, wenn wir das Shooting verkacken ...» Marcs Stimme wird immer hysterischer. «Tom! Der Plan. Wie ist der Plan?!?»

«Es gibt keinen.»

«Wie, es gibt keinen? Was soll das heißen?»

«Ich weiß es auch nicht so genau, aber ...»

«Aber?» Marcs Blutdruck bewegt sich bereits im dreistelligen Bereich. «Du hast doch eben noch gesagt, wir ... äh, also *du* hättest noch eine Alternative.»

«Nicht wirklich», murmele ich, als ich Marc ins Auto schiebe.

Der Knipser, der den Kampf um die ganz große Kunst inzwischen aufgegeben hat, startet den Motor und steuert auf die Hauptstraße zu. An der Kreuzung bleibt er abwartend stehen.

«Nach Kotor», gebe ich die knappe Anweisung, ohne auch nur ansatzweise zu wissen, wo das genau ist.

Der Knipser offenbar schon. Er nickt und fährt los. Falls man seinen Angaben noch Glauben schenken darf, haben wir etwa eine Dreiviertelstunde Fahrt vor uns. Aber er würde inzwischen vermutlich eher seinen kleinen Finger opfern, als nochmal öffentlich einen Spruch zu riskieren.

Während der Fahrt herrscht eisiges Schweigen.

Marc versucht, mich mit Blicken zu hypnotisieren, um mir

auf diesem Weg eine Antwort zu entlocken, aber ich ignoriere ihn geflissentlich. Schließlich ist mein vermeintlicher Plan eigentlich nur eine leise Hoffnung. Aber die stirbt ja bekanntlich zuletzt.

Vierzig Schweigeminuten später informiert uns Frank: «Hinter der nächsten Kurve sieht man schon die Bucht von Kotor.» Er wirft einen skeptischen Blick in den Rückspiegel. «Also, wo genau soll ich jetzt hinfahren?»

ICH HAB NICHT DEN LEISESTEN SCHIMMER, DU VOLLHONK.

«Äh, am besten erst mal irgendwo parken», stottere ich, «damit man uns nicht aus dieser ollen Karre aussteigen sieht. Wir haben es in Kotor immerhin mit Millionären zu tun. Da fällt so ein Schrottauto unangenehm auf.»

Ich werde nicht eher aufhören, auf diesem Typen herumzuhacken, bis sein Ego auf die Größe des Klopshundhirns geschrumpft ist!

Lydia steigt als Erste aus dem Auto und stolziert kurz darauf mit dem Mops die Promenade entlang, als wäre sie hier zu Hause.

Wir folgen ihr in kurzem Abstand. Dabei drücke ich Frank wieder Lydias Tasche in den Arm, was so viel bedeuten soll wie: Ich sage, was zu tun ist, du hältst das Maul. Ich: Boss – du: Taschenträger.

Aber obwohl der Knipser artig die Kelly-Bag entgegennimmt, denkt er nicht daran, das Maul zu halten. Stattdessen muss er jetzt unbedingt den Yachthafen kommentieren.

«Hey cool!» Er schirmt sich mit einer Hand die Augen ab. «Hier liegen so viele geile Boote, da können wir uns ja einfach eines aussuchen, auf dem wir shooten!»

Kann den bitte mal jemand ausschalten?

«Schon klar, du Vollpfosten.» Marc schüttelt den Kopf.

«Wir spazieren da jetzt auf irgendein Schiff, stellen uns vor und fragen, ob wir den Millionenkahn mal kurz zwei Tage ausleihen dürfen. Wirklich 'ne Superidee.» Er blickt mich an, als erwarte er erstens Beifall und zweitens, dass ich nun endlich mit Plan B rausrücke. «Also, Tom? Was machen wir jetzt?»

Kann der auch mal was anderes fragen?

Langsam bekomme ich feuchte Hände.

Wir schlendern ziellos die Promenade entlang, und ich muss schon sagen: Kotor ist wirklich hübsch. Unter normalen Umständen könnte man hier sicher einen hammermäßig romantischen Urlaub verleben. Die Altstadt ist wie in Budva von einer Mauer umgeben, und auch hier gibt es eine Festung. Diesmal allerdings auf einem Felsen, der sich von hinten schützend an die Stadt schmiegt.

Vor dem Eingang zur Altstadt haben Händler einen kleinen Markt aufgebaut, auf dem gerade ordentlich gehandelt und gefeilscht wird. Gegenüber des Marktes liegt die Bucht mit dem Hafen, und dort ankern wirklich ein paar Wahnsinnsgeschosse, mein lieber Schwan! Sogar ein Kreuzfahrtschiff hat vor der Bucht festgemacht und befördert seine Passagiere in kleineren Booten zum Festland. Wahnsinn!

Während ich die Umgebung in mich aufsauge, wird ganz langsam aus dem Hauch einer Idee ein tollkühner Plan. Vielleicht sind das Shooting und damit auch mein Job und mein Leben ja doch noch zu retten.

«Wie sieht denn unsere Yacht aus?», will Lydia wissen, ohne dabei ihren Blick vom Hafen zu wenden. «Ich hoffe, sie ist so schick wie die blaue dort vorn.» Sie zeigt auf eine Motoryacht mit Sonnendeck, für die ich vermutlich zwischen dreißig und vierzig Jahre arbeiten müsste.

Nun, die Bezeichnung *unsere* Yacht ist vielleicht ein klitzekleines bisschen übertrieben, schließlich ist dies hier ein recht spontaner Plan. Ich kann nur hoffen, dass der Russe nicht geblufft hat – und sich nicht bereits auf dem Rückweg nach Sibirien befindet.

«Die da, die ist auch toll!» Lydia ist nicht mehr zu bremsen. Außerdem scheint sie größenwahnsinnig geworden zu sein, denn sie deutet jetzt auf ein Schiff, für das ich vermutlich vier komplette Leben lang sparen müsste – vorausgesetzt, ich verzichte auf so luxuriöse Hobbys wie Essen und Trinken. (Von der Freizeitgestaltung mal ganz abgesehen. Sonst könnte es auch gut und gerne fünf Leben dauern.)

Die Yacht ist schätzungsweise vierzig Meter lang, hat drei Decks und sieht irgendwie aus wie ein Raumschiff. Höchstwahrscheinlich verbringt der Eigentümer die Wintermonate regelmäßig im All.

Auch Marc und Frank steht der Mund offen. Ihr Urteil ist einvernehmlich: «Geiles Geschoss!»

Am Bug des Schiffs prangt ein merkwürdiger Schriftzug, den ich nicht entziffern kann.

«Frank, was steht dort vorn an der Seite? Übersetz mal!» Zu irgendetwas muss man den Kerl ja gebrauchen können.

«Ich komme aus Kroatien. Wir benutzen eher selten kyrillische Buchstaben.»

Jaja, schon klar, red dich nur raus – Moment mal. Kyrillisch? Also quasi Russisch?!

Auf dem Deck steht ein rundlicher Kerl in Badehose und telefoniert. Ich kann mein Glück kaum fassen – es ist Aristoteles Onassis! Mein Russe!

Na, jetzt bin ich ja mal gespannt, was die drei gleich sagen werden.

«Iiiiiiiii», jammert Lydia, die den haarigen Mann nun ebenfalls entdeckt hat. «Wie furchtbar, der Typ hat ja einen Wald auf dem Rücken! Uuuuhuuu!»

Zum Glück sind die Jungs da nicht so empfindlich. Ihre

Münder stehen immer noch bewundernd offen, einzig ihre Augen scannen jede Einzelheit ab.

«Hier ist es.» Mit gönnerhafter Schiffseignergeste deute ich auf den Luxuskahn. «Das ist die *Natasha*. Hier werden wir shooten.»

10. Kapitel

Die Reihenfolge der am meisten überraschten Personen im Hafen von Kotor sieht folgendermaßen aus:

1. Ich
2. Frank (verliert gerade den Inländer-Bonus)
3. Marc (verliert seinen Glauben)
4. Melanie (verliert die Geduld).

Lydia gibt nur ein kurzes «Oh!» von sich.

In meinem Kopf überschlagen sich die Gedanken. Der Typ auf dem Boot ist ohne Zweifel mein russischer Bekannter vom morgendlichen Spaziergang. Aber wie zum Henker soll ich diesem wildfremden Kerl – mit dem ich im Übrigen nicht mal die Liebe zu meinem Hund teile – davon überzeugen, dass wir sein Schiff für drei Tage brauchen? Und zwar am besten ohne ihn!

Ich meine, es grenzt ja schon an ein Wunder, dass ich überhaupt von ihm eingeladen wurde (und wer weiß, wie das mit den Einladungen in der russischen Kultur so gemeint ist). Aber jetzt noch Bedingungen stellen? Ich weiß nicht. Sicher hat er sich einen beschaulichen Nachmittag irgendwie anders vorgestellt.

Uhuhuu. Plötzlich kommt mir unsere Begegnung am Vormittag ganz schön spooky vor. Und säße mir nicht Lydia im Nacken, würde ich am liebsten darauf verzichten, den Kerl näher kennenzulernen. Andererseits ist das Schiff schon ein

echter Hammer. Und ich habe ja, wie gesagt, auch eigentlich keine Wahl.

Auf jeden Fall muss ich den Russen erst einmal unter vier Augen sprechen, sonst baut der Knipser wieder irgendeine Scheiße.

«Ihr wartet hier», befehle ich chefmäßig. «Wir kommen anscheinend gerade etwas ungelegen. Ich kläre das.»

Der alte Trick: Forsches Auftreten und zackige Kommandos täuschen immer noch am besten darüber hinweg, dass der Anführer nicht weiß, was er tut. Aber immerhin: Die anderen scheinen zu glauben, ich hätte die Sache im Griff. Na ja, bis auf Marc vielleicht.

Eilig reiße ich der nach wie vor verblüfften Lydia die Hundeleine aus der Hand, klemme mir den Klopsmops unter den Arm und stapfe die Gangway zur *Natasha* hoch.

Mein russischer Hoffnungsträger blickt mir einen Moment feindlich entgegen, dann hebt er langsam die Hand. Leider nicht zum Gruß, sondern um einmal laut mit den Fingern zu schnippen.

Sekunden später erscheinen aus dem Nichts zwei dunkelgekleidete Männer mit finstereren Gesichtern und, wie es scheint, noch finstereren Absichten. Ein kurzes russisches Kommando vom Bootseigner, und die beiden bewegen sich auf mich zu.

Hab ich mich vielleicht doch vertan, und der Typ ist gar nicht das Aristoteles-Onassis-Double vom Vormittag, sondern ein international gesuchter Mafiaboss?

Ich kneife nochmal die Augen zusammen und blinzele gegen die Sonne. Nein, ich bin mir ganz sicher. Also, ziemlich sicher ... Ich möchte sagen: so gut wie sicher. Vielleicht ist dies aber auch das Ende von Tom Moreno. Dann sollte ich mich wohl schnell entscheiden, auf welche Art, beziehungsweise von wem, ich hingerichtet werden möchte: von Rolf, von Lydia oder von einem professionellen Auftragskiller. Die Mafiosi sehen jedenfalls aus, als hätten sie ihr Hobby zum Beruf gemacht; sie dürften also einiges an Erfahrung vorweisen können.

Deshalb bleibe ich tapfer stehen und wähle den Profi-Tod. Schließlich möchte man hinterher ja auch tot sein und nicht bloß stümperhaft entstellt (Rolf) oder entmannt werden (Lydia).

Konfuzius sagt: Wohin du auch gehst, gehe mit deinem ganzen Herzen.

Na, dann mal los!

Ein letztes Mal drehe ich mich zu den anderen um, die fröhlich winkend am Kai stehen und von meinem bevorstehenden Ende nichts ahnen.

Um den Killertypen zu zeigen, dass ich nicht unbewaffnet in diesen Kampf gehe, zücke ich mit entschlossener Miene den Mops. Das heißt vielmehr halte ich ihn mir schützend vors Gesicht.

Tatsächlich bleiben die beiden Bodyguards überrascht stehen und ziehen synchron die Augenbrauen hoch. Ooooh – kein gutes Zeichen! Bestimmt kommt das in der internationalen Mafiageheimsprache einem Todesurteil gleich.

Schon setzen sich die beiden Killer wieder in Bewegung. Und gerade als ich noch überlege, ob ich vom Kai aus wohl noch einigermaßen cool aussehe, fängt der Russe lautstark an zu lachen.

«Ah, meine Prrrinzessin!», freut er sich. «Was furrr eine Uberrraschung! Und da ist ja auch mein jungerrr Frrreund!»

Ich werde Melanie ein Denkmal aus Hundeknochen setzen. Onassis hat mich erkannt! Jetzt scheint es doch ziemlich unwahrscheinlich, dass man mir noch eine Kugel zwischen den Augen versenken wird.

Bleibt nur noch diese andere dumme Sache zu klären.

Der Russe reißt mir den Mops aus den Händen, drückt ihn an sein Gesicht und gibt ein paar russische Wonnelaute von sich, die ich zum Glück nicht verstehe. Dann setzt er Melanie vorsichtig ab und schlägt mir ein weiteres Mal freundschaftlich auf die gesplitterten Schulterblätter.

Puh! Falls ich in Zukunft öfter mit ihm zu tun haben sollte, muss ich mal nachsehen, ob meine Auslandsunfallversicherung noch gültig ist.

Kurz bevor ich zu Boden gehe, schnappt mich der Kerl am Arm und drückt mir links und rechts einen Kuss auf die Wange.

«Dimitri!», ruft er. «Ich bin Dimitri!»

Durch die Wucht seines Begrüßungsrituals vollführe ich eine Neunzig-Grad-Drehung und sehe nun, wie Marc und Frank gerade vor Überraschung fast die Augen aus dem Kopf fallen. Augenblicklich verschwinden meine Schmerzen. Tja, meine Lieben, man muss eben die richtigen Leute kennen!

Aber noch ist die Kuh nicht vom Eis. Noch hat mein neuer russischer Freund nämlich keine Ahnung, welch tollkühnes Anliegen mich zu ihm führt.

Als ich in einem Moment der Entspannung den Blick über das Deck schweifen lasse, wird mir schlagartig klar, wofür man hier ein paar harte Jungs zum Aufpassen braucht. Der Boden ist mit Holzdielen ausgelegt, die mit dem Pitch-pine-Schrott in meiner Wohnung nichts, aber auch gar nichts gemeinsam haben. Das Holz ist so ebenmäßig und hell, dass man mit dem Krim-Sekt nicht kleckern sollte. Bei starkem Seegang empfehle ich daher Wodka.

Ich schaue mich weiter um und entdecke zwei lederbezogene Sitzmöbel und eine schicke, weiße Leiter, die direkt ins Wasser führt. Sehr elegant! Das mittlere Deck kann ich von hier leider nicht einsehen, aber ganz oben auf dem Sonnendeck sieht es ebenfalls sehr einladend aus. Da könnte man glatt eine Orgie mit neunundneunzig Jungfrauen ...

«Guten Tag», höre ich plötzlich hinter mir eine mir bekannte Stimme säuseln. «Ich bin Lydia Cremand, die Kundin sozusagen.» Sie streckt dem überraschten Russen zur Begrüßung die Hand entgegen und lächelt entwaffnend. «Wir sind außerordentlich erfreut, dass Sie uns auf Ihrem wundervollen Schiff so freundlich aufnehmen.»

Hä? Hatte ich vielleicht schon das Kommando zum Entern gegeben?

Nach Lydia kommen nun auch Marc und der Knipser an Bord gewankt und starten eine allgemeine Vorstellungsrunde. Hilfe! Was machen die denn auf einmal alle hier? Das ist ein Männerding. Eine Sache zwischen Dimitri und mir! Haben die noch nie was von der sensiblen russischen Seele gehört?

«Tolle Kiste», bemerkt Marc, und ich weiß nicht genau, ob er das Schiff oder den Hintern einer Badenixe auf dem Nachbarboot meint, die sich in diesem Moment lasziv gegen die Reling presst.

«Danke schöööön.» Für den Russen steht offenbar fest, was mein Kollege gemeint hat, und wir alle nicken zur Bekräftigung.

Der Knipser wittert bereits seine nächste Chance, sich künstlerisch zu verwirklichen. «Also, da oben in der Leder-Lounge – das ist doch Leder, oder? –, da sollten wir auf jeden Fall ein Bild stellen. Und dann noch eines am Steuer vielleicht. Und ... jaaaa, wie geil ... auch noch eins dort am Badesteg.»

Muss ich noch mehr sagen? Der Typ weiß doch ganz genau, dass es ein Layout gibt, an das er sich gefälligst zu halten hat. Dieses Anton-Corbijn-Ding kann er gern beim nächsten Kunden abziehen.

Eine Schweißperle rinnt mir die Stirn hinunter, die Uhr tickt. Ich muss das hier klären, bevor Lydia oder der Knipser uns ins Verderben quasseln.

Harrrr. Langsam wünschte ich, man hätte mich vorhin einfach erschossen. Wie fange ich denn jetzt nur an? Und wo sind eigentlich die bösen Jungs hin? Entweder haben sie einen neuen Einsatz, oder sie lümmeln sich auf der Ledercouch. (Natürlich ist das Leder, du blöde Furzgurke!) Auf jeden Fall sind die Kerle nicht zu sehen, und ich kann mich ungestört ihrem Chef widmen. Falls der eine normale Unterhaltung überhaupt zustande kriegt. Wer garantiert mir, dass er nicht doch schwachsinnig ist? Ganz geheuer ist mir sein Verhalten jedenfalls nicht. Gerade wirbelt er Melanie durch die Luft, als wäre sie ein Spielzeug, nur um sie anschließend zu küssen und zu herzen.

Lydia ist schon ganz eifersüchtig. Es fehlt nicht mehr viel, und sie vermasselt den Plan, bevor ich ihn zu Ende gedacht habe.

Also: Was ich brauche, ist ein wirklich wichtiges Anliegen. Eines, das Dimitri geradezu zwingt, mich an einen Ort zu bringen, wo wir ungestört sind.

Aber was erscheint einem stinkreichen Russen wohl interessant? Immerhin dürfte der sein Boot – mal so ganz vorurteilsfrei bemerkt – mit Schutzgelderpressung, illegaler Prostitution und Menschenhandel finanziert haben. Was kann ihn da noch aus der Reserve locken? Es muss etwas sein, das ihn neugierig macht. Etwas, das ihm wichtig ist.

Eine brisante, internationale Sache!

Ich setze ein Pokerface auf, beuge mich zu seinem Ohr, damit die anderen mich nicht hören können, und flüstere freundlich, aber mit Nachdruck: «Könnten Sie mir bitte zeigen, wo hier die Toilette ist?»

Gut, unter die Top Ten der coolsten Sprüche schaffe ich es

damit vielleicht nicht, aber immerhin schenkt Dimitri mir jetzt kurz seine Aufmerksamkeit. Er wirft mir einen Blick der Marke *Von diesem Geheimcode habe ich ja noch nie etwas gehört* zu. Dann bin ich wieder Luft für ihn.

Hallo? Was, wenn ich wirklich dringend aufs Klo müsste? Das kann er doch nicht einfach so übergehen!

Doch, kann er anscheinend schon. Er tätschelt schon wieder an Melanie herum und schlägt Lydia vor: «Meine Liebe, wenn es furrr Sie nicht zu anstrrrengend ist, dann besuchen Sie mit Hund doch Sonnendeck.» Er deutet auf Melanie, die vermutlich bald an einer Aufmerksamkeitsüberdosis ersticken wird. «Dorrrt wirrrd man Ihnen auch ein paarrr Errrfrrrischungen rrreichen. Währrrenddessen zeige ich Ihrrrem Mann ...» Jetzt deutet er auf mich. «... das unterrre Deck.» Aufmunternd nickt er in Richtung Treppe und signalisiert auch Marc und Frank, nach oben zu gehen.

Ich bin nicht ihr Mann!, will ich gerade einwenden, als etwas sehr Merkwürdiges geschieht: Lydia legt den Kopf schief, streicht sich mit liebevoller Geste über den Kugelbauch und strahlt mich an, als wären wir tatsächlich ein Paar!

Was soll denn *die* Nummer?

Doch bevor ich etwas sagen kann, dreht sie sich um, ergreift freudestrahlend das Geländer und zieht ihren Walkörper die Stufen hoch. Melanie hopst fröhlich hinter ihr her.

Ich bin dermaßen verwirrt, dass ich beinahe die Treppe hinunterstürze, als Dimitri mich unter Deck schiebt. Und während wir zahlreiche Türen, Bullaugen und Schiffsaccessoires passieren, kommt mir ein schrecklicher Gedanke. Was ist, wenn ...? Könnte es etwa ...?

Schnell fange ich an zu rechnen: Lydia und ich ... Also, ich meine, unsere Mini-Affäre im letzten Jahr, das war im

 Oktober. Wenn da nun, sagen wir mal, irgendetwas schiefgelaufen sein sollte. Falls sie ... äh, falls wir ... Also, das wäre dann jetzt genau acht Monate her und ...

Quatsch! Reiner Zufall.

Allerdings hat sie mal erwähnt, mit ihrem Mann liefe es nicht so gut. Erst recht nicht im Bett. Wenn ich es mir genau überlege, lief da angeblich gar nichts.

Aber ... Wie kann sie dann schwanger geworden sein?

Na ja, eine männermordende Frau wie Lydia hatte bestimmt auch noch andere Männer.

Im Oktober? War sie da nicht sehr beschäftigt?

«Hier ist es.» Dimitri reißt mich aus meinen Gedanken und drängt mich in einen gekachelten Raum, der so groß ist, dass ich die Toilette auf Anhieb gar nicht entdecke.

Huch! Ob das eine Falle ist? Sind wir doch in die Fänge der russischen Mafia geraten? Hätte ich mal bloß besser aufgepasst und mir den Fluchtweg eingeprägt!

Unsicher sehe ich mich um und bleibe einen Moment irritiert vor einem gigantischen Klo stehen.

Was mache ich hier eigentlich? Ich muss doch gar nicht. Ich habe lediglich einen ungestörten Moment für ein Gespräch unter Männern gesucht. Nur, wie soll ich jetzt am geschicktesten das Thema auf mein Problem lenken? Lange wird Dimitri vermutlich nicht mehr tatenlos mit mir vor der Klotür herumlungern, deshalb darf ich jetzt nicht wählerisch in Bezug auf meine Ideen sein.

Allerdings ist das hier auch eine Frage der interkulturellen Kommunikation. Der Russe an sich ist ja ein schwieriger Zeitgenosse.[(6)] Aber der Russe an sich ist auch ein sentimentaler Zeitgenosse. Das weiß man ja spätestens seit Dr. Schiwago und der melancholischen Filmmusik.

Ha! Ich hab's!

Urplötzlich mache ich ein Gesicht, als hätte man mir

gerade mitgeteilt, dass meine gesamte, fünfzehnköpfige Familie einem Ritualmord zum Opfer gefallen ist. Dazu halte ich mich kraftlos am Türrahmen fest und senke die Augenlider.

Dimitri bemerkt dummerweise nichts, da seine ganze Aufmerksamkeit jetzt einer flackernden Glühlampe gilt und er sich beim Anfassen kurz die Finger verbrennt.

Also erhöhe ich den Druck und lasse noch einen gequälten Stoßseufzer vom Stapel, der mindestens einen Oskar in der Kategorie Beste Nebenrolle verdient hätte. Und während ich noch überlege, ob ich jetzt vielleicht zusätzlich noch einen Magendurchbruch simulieren soll, dreht Dimitri sich besorgt zu mir um.

«Mein Frrreund, was bedrrruckt deine Seele?»

Oh, Gott sei Dank, er geht darauf ein. Mein schauspielerisches Können hatte sich hiermit nämlich auch schon weitestgehend erschöpft. In der Schauspiel AG an der Schule hat mich meine Lehrerin, Frau Schröder-Reubesberg, sogar nur mit einem «Teilgenommen» benotet. Sie fand meine Darstellung des *Buchenblattes im Wandel der Jahreszeiten* einfach nicht kreativ genug. Bei ihr wäre ich mit der Magennummer vermutlich ganz schön baden gegangen.

«Ach, Dimitri, es ist nur ...»

Vielleicht ist die Geschichte, die ich ihm jetzt auftische, nicht gerade Golden-Globe-verdächtig. Aber immerhin kauft er mir ab, dass der blöde Vollhonk von Fotograf bei der Location-Suche versagt hat und dass Lydia (die *nicht* meine Frau ist!) ihren Etat abziehen wird, falls die Fotoproduktion nichts wird. Na ja, und dass ich dann meinen Job verliere und meine Wohnung nicht mehr halten kann. Dass es in Hamburg so gut wie keinen Wohnraum gibt, in dem Hundehaltung erlaubt ist, und ich Melanie somit ins Tierheim geben müsste. Aber immerhin könne ich sie ja

dort regelmäßig besuchen ... Und ich glaube, das hat ihn geknackt. Der Hund im Tierheim. Lebendig begraben, sozusagen. Das war zu viel für ihn. So etwas tut man ja selbst in Mafiakreisen nur den ganz üblen Verrätern an.

Dass Dimitri einen Narren an dem Hund gefressen hat, ist zwar einerseits meine Rettung, andererseits geht mir sein Getue um Melanie bereits am Nachmittag mächtig auf die Nerven.

Wir sitzen entspannt auf dem Sonnendeck und werden mit allerlei Erfrischungen verwöhnt, als der Russe plötzlich seine beiden affenartigen Leibwächter herbeiklatscht. Offenbar sind sie auch dafür angestellt, ihrem Boss jeden Wunsch von den Augen abzulesen. Jetzt sollen sie nämlich dem Hund, der ja eigentlich *mein* Hund ist, ein adäquates Plätzchen zum Ausruhen schaffen.

Erst wird ein ausrangierter Karton apportiert, dann ein besticktes Sofakissen und zu guter Letzt ein riesiger Knochen, von dem ich gar nicht so genau wissen will, woher er stammt. Und während der Hund nun zufrieden kauend und mit dem Gesichtsausdruck von Ludwig XIV. auf einem dunkelblauen Samtpolster ruht, streichelt Dimitri ihm fortwährend durchs Fell. Nachdenklich begutachtet er dabei die Gewürzflecken des Indien-Malheurs.

«In Moskau sind momentan alle ganz verrrruckt nach diesen Hunden», klärt er uns auf, ohne dabei den Blick von Melanie zu wenden.

Ach wirklich? Die spinnen doch, die Russen. Trotzdem mache ich im Geiste drei Kreuze, dass der Alm-Idiot sich unter den vielen Hunderassen ausgerechnet für dieses verunglückte Exemplar entschieden hat.

«Diese Färrrbung habe ich allerrrrdings noch nicht gesehen. Errr sieht fast aus wie ein Chagoi.»

Tja, hätte ich eine ungefähre Ahnung davon, was ein Chagoi ist, fiele mir mit Sicherheit auch ein geeigneter Kommentar ein. Die Jungs kämen dann aus dem Staunen gar nicht mehr raus.

Dummerweise könnte ein Chagoi alles Mögliche sein:

1. Japanische Vorspeise mit Glibberpilzen und viel Glutamat
2. Bengalisches Tischfeuerwerk
3. Ganzjahresreifen

«Ach wirklich?», quietscht nun Lydia stolz und strahlt dabei in die Runde, als sei Melanie ihr Erstgeborenes. Allerdings kenne ich sie zu gut und weiß: Sie hat ebenfalls keine Ahnung. Aber die Blöße will sie sich natürlich nicht geben.

Verständlich, zumal es außerordentlich lustig ist, dem unterbelichteten Knipser dabei zuzusehen, wie er mit offenem Mund zwischen Lydia, Dimitri und mir hin- und herschaut.

Ich beschließe, einfach mal die Probe aufs Exempel zu machen und sage mit Nachdruck: «Sie ist ein Chagoi!»

Man könnte sagen: Plötzlich liegt eine gewisse Spannung in der Luft.

Marc, der vermutlich ahnt, dass hier etwas nicht stimmt, hält den Atem an und blickt angestrengt aufs Meer. Lydia, die gerade im Begriff war, eine Sonnenbrille aus ihrer XXL-Tasche zu fingern und diese aufzusetzen, lässt erschrocken die Hände sinken. Der Knipser hat passend zum Mund nun auch noch die Augen weit aufgerissen.

O Gottogott. Wissen am Ende doch alle außer mir, was ein Chagoi ist? Habe ich, ohne es zu ahnen, vielleicht gesagt: Sie ist ein Alien? Oder: Sie ist ein venezolanischer Zitronenpudding?

Fragend blicke ich zu Dimitri, der daraufhin den Mund

verzieht und anerkennend nickt. «Donnerrrwetterrr!» Andächtig lässt er seine Hand durch Melanies Fell gleiten. «Herrrzlichen Gluckwunsch, mein Frrreund. Darrrauf sollten wirrr anstoßen!»

Sogleich erscheint einer seiner affenartig behaarten Leibwächter und stellt ungefragt eine Flasche Wodka auf den Tisch. Außerdem zaubert er noch ein paar Gläser hervor, die auf Grund ihrer Größe eher für Rhabarbersaftschorle geeignet wären als für Hochprozentiges. Aber andere Länder, andere Sitten.

«Nastrovje!» Dimitri reißt sein Glas hoch und hat es in Windeseile geleert.

«Nastrovje!» Wir tun es ihm gleich. Einzig Lydia nippt weiterhin an ihrem stillen Wasser.

Also, ich würde mal sagen: Chagoi steht in jedem Fall *nicht* für venezolanischen Zitronenpudding, so viel steht fest. Am besten, ich google das mal, wenn ich zurück im Hotel bin.

Nach dem dritten Wodka scheint das Thema Melanie ausgestanden. Dimitri zeigt sich von seiner besten Seite. Er organisiert telefonisch die Lieferung von unserem Eis, das bislang noch tiefgekühlt im Supermarkt der Knipserfamilie lagert. Am Abend soll es auf die Yacht gebracht und dort in einem der Eisschränke untergebracht werden.

Hört sich an, als wäre das Schlimmste überstanden. Jetzt kann eigentlich nichts mehr schiefgehen. Von nun an können wir uns voll und ganz auf das Shooting konzentrieren, und wer hätte gedacht, dass wir noch eine so geile Location auftreiben würden?

Rolf wird vielleicht Augen machen!

Ich blicke zu Lydia, um zu checken, ob auch bei ihr die Lage entspannt ist. Als sich unsere Blicke zufällig treffen, legt sie schon wieder den Kopf so seltsam schief und schenkt mir ein Lächeln, das ich nicht zu deuten vermag, das mir aber schlagartig meine kleine Rechenaufgabe von vorhin wieder ins Gedächtnis ruft. Wie zur Untermalung lehnt sie sich versonnen in ihrem Stuhl zurück und streichelt liebevoll ihren Bauch.

Kann es denn wirklich sein, dass ich der Vater von Lydias Kind bin? Hätte sie dann im letzten halben Jahr nicht mal etwas angedeutet? So ein beiläufiges *Übrigens Tom, du wirst Vater*? Oder macht man das heutzutage nicht mehr?

Da müsste ich wohl mal bei Vince nachfragen, wie das bei ihm war, als Susanne ihre Schwangerschaft verkündet hat. Andererseits sind die beiden ja verheiratet, und die Situation ist somit nicht vergleichbar.

Aber was sollen dann diese komischen Andeutungen von Lydia? Kann sie mich nicht ganz direkt darauf ansprechen? Frisch von der Leber weg, sozusagen. So, wie Männer so etwas angehen würden. Offen und unverschlüsselt. Sachlich. Mit festem Blick und noch festerer Stimme.

Harrr. Die macht mich noch ganz verrückt!

Zum Glück schlägt Dimitri jetzt vor, dass wir die Fotoausrüstung und was wir sonst noch für das Shooting benötigen, schon mal aus dem Auto holen und an Bord des Schiffes bringen, sodass ich erst einmal abgelenkt bin.

Lydia bekommt ein frisches Mineralwasser und eine Zeitschrift in die Hand gedrückt, und wir Jungs machen uns an die Arbeit.

Nachdem alles im Bauch des Schiffs verstaut ist, lässt Dimitri uns noch eine kleine Führung durch seinen schwimmenden Palast zuteilwerden.

Was für eine Tour! Nicht nur, weil das Schiff insgesamt drei Sonnendecks und zwei Cockpits hat, sondern weil uns auf jedem dieser Decks einer der Halbaffen mit gefüllten Wodkagläsern erwartet. Würde man in Museen ähnlich

 fürstlich bewirtet werden, würde ich bestimmt öfter mal einen in Kultur machen.

Und apropos Museum: Die Ausstattung der Yacht haut einen schlichtweg um. Nicht, dass ich Experte in Sachen Yachteinrichtung wäre, aber hier hat einer mit Geld nur so um sich geworfen. Neben Dimitris Schlafgemach gibt es noch drei weitere Gästesuiten, ein Wohnzimmer mit angrenzendem Essbereich, eine Bibliothek, eine Bar und einen enormen Ankleideraum – der sicher jede Frau vor Neid erblassen lässt. Dort lagert nun unsere Ausrüstung.

Als wir nach einer Dreiviertelstunde hammermäßig beeindruckt und lautstark singend zurück auf dem Sonnendeck eintreffen, hat sich Lydias Laune dramatisch verfinstert.

«Können wir jetzt endlich wieder zurück ins Hotel?», empfängt sie uns mit vorwurfsvoller Miene und Chefinnengehabe. «Ich muss mich dringend ausruhen. Außerdem habt ihr ja offensichtlich genug gespielt.»

Neidische Kuh. Nur weil sie nicht mitfeiern kann, sollen wir auch keinen Spaß haben. Typisch!

Aber egal. Es liegen ja noch mindestens zwei Tage auf diesem Luxuskahn vor uns, da wird schon noch was gehen! Hehe.

Eventuell war das etwas zu früh gejubelt, denn als wir wenig später von Bord gehen, nimmt Dimitri mich noch einmal zur Seite.

«Mein Frrreund», zischt er und sieht mich dabei an, als hätte er eigentlich *Mein Todfeind* sagen wollen, «wirrr mussen rrreden. Du weißt schon ...» Er bohrt mir seinen Zeigefinger in die Brust. «Uberrr Hund.»

Hä? Was gibt es denn da bitte schön zu bereden?

«Was meinsudenn?», lalle ich irritiert.

Dimitri macht eine kurze Pause, schließt die Augen und atmet einmal geräuschvoll ein und aus.

Nicht nur, dass sich mittlerweile alles um mich herum dreht, jetzt verkrampft sich auch noch mein Magen. Und zwar aus Angst, Dimitri könnte mir gleich wieder die Schulter zertrümmern oder den Arm zerquetschen.

Doch er öffnet die Augen und lacht mich harmlos an. «Ach, rrreden wirrr morrrgen oder uberrrmorrrgen!»

Und gerade, als ich erleichtert anfange, mich wieder etwas zu entspannen, kommt sie angesaust, seine Bärenpranke. Als wäre ich ein zähes Schweineschnitzel, prasselt sie auf mich nieder und bringt mich fast aus dem Gleichgewicht.

Auaaaaa! Was soll denn das? Also, das mit dem Hund, meine ich. Ist Dimitri vielleicht doch von der Züchterfahndung, und ich werde wegen nicht artgerechter Haltung eines Chois oder Choigas, oder wie das nochmal hieß, zu lebenslanger Isolationshaft verurteilt – wohlgemerkt, ohne zu wissen, was das überhaupt ist, so ein Choi.

Harrr, ich bin betrunken und sollte besser zusehen, dass die anderen mich nicht an Bord zurücklassen. Eilig torkele ich die Gangway herunter und winke Dimitri zum Abschied tapfer zu.

Kaum bin ich unten angekommen, stemmt Lydia die Arme in die Hüften und schnaubt mich an: «Können Sie mir mal bitte erklären, wie wir eigentlich zum Hotel zurückkommen sollen, Herr Moreno? Sie sind ja alle dermaßen benebelt, da möchte man nicht mal bei Tempo 30 auf schnurgerader Strecke mitfahren.» Sie macht eine dramatische Pause und greift sich an den Bauch. «Bei den Bergstrecken hier kann man sich auch gleich das Leben nehmen.»

«Alllso, ich kannoch fahn!», mischt sich der Knipser ein und erntet dafür nur einen mitleidigen Blick.

Marc hält ihm die flache Hand hin, um den Autoschlüssel in Empfang zu nehmen. «Neeee, lassas ma lieber mich machn.»

«Wennnn hier eina fährt», schalte ich mich jetzt ein, «dann binnas jawohl ich!»

Lydia tippt sich an die Stirn und entreißt dem Knipser den Autoschlüssel. «Ich fahre!», erklärt sie und zieht Melanie gewaltsam hinter sich her. «Und jetzt dalli dalli. Ich will heute noch ankommen!»

Mit diesen Worten stapft sie zum Auto, und wir folgen ihr im Gänsemarsch, das heißt, eigentlich stützen wir uns mehr gegenseitig. Im Wodkarausch frage ich mich, ob es wirklich so viel sicherer ist, sich von einer Hochschwangeren kutschieren zu lassen, die kaum das Lenkrad greifen kann und auch nur sporadisch an die Bremspedale kommt?

Aber Lydia ist wild entschlossen. Sie drückt mir den Schrumpfhund in den Schoß, lässt den Motor aufheulen und rattert los. Und während Marc und der Knipser auf der hinteren Bank bald nur noch seliges Schnarchen von sich geben, beschließe ich, Lydia bezüglich der Schwangerschaft mal auf den Zahn zu fühlen.

«Sachma Lydie», beginne ich und werfe sicherheitshalber noch einen kurzen Kontrollblick auf meine Kollegen, die sich zum Rauschausschlafen mittlerweile eng aneinandergekuschelt haben. Keine Frage: Die kriegen nichts mehr mit.

«Alssso, ich mussss dich ma was fragen ... Äh, was wollllte ichn eigentlich nochma wissen?» Mist. Jetzt habe ich schon den Faden verloren. Gerade lag mir so eine geniale Formulierung auf den Lippen. «Alsodasss Kind, ne –»

Weiter komme ich nicht, denn Lydia unterbricht mich harsch. «Tom, halt bitte die Klappe, ich muss mich auf die Kurven konzentrieren.»

Eingeschnappt verstumme ich für zwei Bergpässe und setze wenig später wieder an. «Ich willja auch ganich lange drumrumreden, ich willjjja nur wissen ...»

«Tom! Was habe ich gesagt? Klappe halten! Manchmal muss man die Dinge akzeptieren, wie sie sind.»

Okay. Jetzt ist es sonnenklar: Das Kind ist von mir, aber sie will nicht darüber sprechen.

Ach. Du. Scheiße.

Ich werde Vater!

Vater – ich? Das kann doch eigentlich gar nicht sein! Ich bin doch gar kein Kindertyp und finde die auch überhaupt nicht niedlich. Kein Stück. Eher würde ich mir eine Schrumpfhundezucht zulegen. Oder einen rosa Kühlschrank. Einen Suzuki Samurai oder College-Schuhe. Aber doch niemals ein Baby! Schöner Mist. Wie konnte das nur passieren?

NA, WIE SCHON!

Himmel – was wohl Elisa dazu sagen wird?

Vermutlich würde sie wenig Verständnis dafür aufbringen, stünde ich plötzlich mit einem fremden Baby vor ihr.

Äh ... sagte ich gerade, sie hätte *wenig Verständnis*? Das war wohl ein klitzekleines bisschen untertrieben. Sie würde meine Eier zum Frühstück verspeisen, meine Panini-Alben-Sammlung flambieren und mich sofort verlassen. Für immer. Da gibt es keine zwei Meinungen, in solchen Dingen versteht Elisa keinen Spaß.

Andererseits: Müsste sie denn überhaupt davon erfahren? Lydia hatte ja offenbar nicht einmal vor, es *mir* zu sagen – und das sicher aus gutem Grund: Sollte nämlich in der Familie Cremand durchsickern, dass das Kind nicht von Ehemann Urs ist, könnte es mit dem Erbe Schwierigkeiten geben. Dann droht ihr wahrscheinlich die Scheidung!

O Gott! Nicht, dass Lydia plötzlich mit Sack und Pack vor meiner Haustür steht und ich dann noch für das Kind sorgen muss!!! Uuuuhuhu!

Aber nein, so weit würde Lydia es nicht kommen lassen.

 Dafür hat sie ein viel zu privilegiertes Leben in der Cremand-Familie.

Hm, ob die Kuh damit vom Eis ist?

Erschöpft schließe ich die Augen und hoffe, dass Lydia uns sicher ins Hotel kutschiert. Aber irgendwie ist da noch etwas ... Etwas, dass mich nicht zur Ruhe kommen lässt. Eine Weile grübele ich erfolglos, dann fällt es mir ein: Es ist dieses Lächeln, das Lydia mir vorhin geschenkt hat. Da lag etwas Unheilvolles in ihrem Gesichtsausdruck. Etwas, dessen Bedeutung ich mir momentan noch nicht ausmalen kann, dessen Auswirkung aber in jedem Fall horrormäßige Konsequenzen für mich haben wird.

Lydia wäre schließlich nicht Lydia, hätte sie nicht noch irgendwo einen Trumpf im Ärmel.

Vielleicht sollte ich Elisa also besser vorwarnen, dass ich aus Versehen eine Andere geschwängert habe? Eventuell hat sie ja doch einen Funken Verständnis dafür.

NIE IM LEBEN HAT SIE DAS. SIE WIRD MIR JEDES SACKHAAR EINZELN AUSREISSEN!!!

O Mann, im Gegensatz zu meinen momentanen Sorgen scheint mir der Ärger mit dem Schrumpfhund völlig banal. Lächerlich geradezu. Ein Mops als Haustier – wo ist das Problem?

Und was ich auch überhaupt nicht mehr nachvollziehen kann: Wie konnte ich nur jemals annehmen, Beziehungsroutine sei etwas Schlechtes? Was für eine abwegige Idee! Wie bin ich da nur jemals drauf gekommen? Jetzt würde ich meinen linken Arm für einen beschaulichen Lebensabend mit Elisa geben, fernab von Lydia und dem ganzen Kinderquatsch.

Harrr! In meinem Kopf dreht sich jetzt alles noch viel schneller. Das kommt nicht mehr nur vom Wodka.

Was soll ich denn jetzt machen? Was heckt Lydia aus?

Ob ich Elisa nach einer Erklärung für das Verhalten ihrer Geschlechtsgenossin fragen sollte? Und Lydia nach einem Rat für den Umgang mit Elisa?

Völliger Schwachsinn, ich glaube, ich werde gerade wahnsinnig.

Eine Dreiviertelstunde später stecke ich immer noch tief im Schlamassel – diesmal allerdings in meinem Hotelzimmer. Melanie macht es sich auf dem Bett bequem und streckt mir ganz selbstverständlich ihren schwabbeligen Bauch entgegen.

Elisa müsste mir eigentlich zu ewigem Dank verpflichtet sein, dass ich mich so aufopferungsvoll um den Schrumpfhund kümmere und ihn nicht schon längst in der Adria versenkt habe. Ob ich Melanie vielleicht als Faustpfand benutzen kann?

Auch unwahrscheinlich. Doch weitere gute Ideen habe ich leider auch nicht. Allerdings verspüre ich auf einmal den dringenden Wunsch, Elisas Stimme zu hören. Bestimmt klärt sich dann alles.

Es klingelt vier Mal, dann meldet Elisa sich mit einem lachenden «Hallo?». Gleich darauf quiekt sie los: «Nein, nicht. Hilfe, lass mich los! Nein!»

O Gott! Was ist da los? Wird sie gerade überfallen oder gefoltert? Ich muss sofort die Botschaft verständigen! Und Guido Westerwelle.

Offenbar hat Elisa den Hörer nicht mehr am Ohr. Es raschelt, und dann kreischt jemand auf.

«Hör mal kurz auf, Alex», höre ich Elisa japsen. «Ich muss ans Telefon.» Und dann spricht sie wieder ins Handy. «Hallo? Tom?»

WER. IST. ALEX???

«Hallllo?», hauche ich kraftlos ins Telefon und stelle fest,

 dass meine Zunge immer noch nicht so richtig funktioniert. «Ich wollde nurma deine Sschtimme hörn.» In Gedanken füge ich noch hinzu: Ich hab nämlich eine Andere geschwängert, und du wirst sicher nicht mehr allzu lange mit mir reden.

Sie kichert. «Ach, Tom, wir haben hier so lustige Leute kennengelernt. Du glaubst ja gar nicht, was wir für einen Spaß haben!»

Nein, das glaube ich tatsächlich nicht. *Ich* habe nämlich gerade gar keinen Spaß. Nullkommanix. Nicht die Bohne. Njet, wie Dimitri sagen würde.

«Elisa, ichvermisssedich!»

Mist, *das* wollte ich eigentlich nicht sagen.

«Tom?» Kicherkicherkicher. «Ist irgendwas mit dir, du klingst so komisch?»

Ich? Komisch? Die Frau würde noch aus dem All spüren, wenn ich ein Geheimnis hätte. Völlig ausgeschlossen, dauerhaft ein Kind vor ihr zu verheimlichen.

«Nee, alles sssupa.» Von Kleinigkeiten mal abgesehen.

«Bist du sauer, wegen Melanie?»

BIST DU SAUER, WEGEN MEINER VATERSCHAFT?

«Nnn bissssschn», lalle ich. Ein bisschen? Hallo, geht's noch? Dagegen war eine Tonne Limettensaft 'n Scheißdreck.

«Ach, Gott sei Dank. Ich mochte mich gar nicht bei dir melden.»

«Hicks.»

«Wie läuft es denn so bei euch?»

«Subba! Wie am Schnüüürchn!»

«Ach, das musst du mal in Ruhe erzählen, aber jetzt ist es gerade schlecht. Wir wollen mit Alex und seinen Kumpels in eine Strandbar. Ein bisschen abhängen, mit Livemusik und so. Die drängeln schon.»

Livemusik? Strandbar? Alex und seine Kumpels?

Ich kotze gleich.

«Dann sachst du denen ebn, dasss dein Freund am Abbarat is und dasss die sich nochn bissschen gedullen müssn. Bassssta!»

«Tom, du bist ja betrunken. Lass uns morgen nochmal sprechen, ja?»

«Nee, morgen issssschlecht. Da bin ich auf na Yacht mipm Russsn und zwei Models.»

«Aber doch nicht den ganzen Tag und die ganze Nacht!»

«Doch, sehr wohln ganzn Tach!»

«Ja dann eben übermorgen.»

«Da binnich auch n ganzn Tach aufa Yacht. Mipm Russsn und zwei Models un ...»

«Tom? Ich muss jetzt los. Meld dich einfach, wenn du wieder nüchtern bist und ihr mit der Russendisko durch seid, ja? Ciao!»

11. Kapitel

Naaaiiiiiin! Das soll aufhören! Sofort!

Schweißgebadet setze ich mich im Bett auf und starre den Schrumpfhund an, der mit teilnahmsvollem Blick neben mir auf dem Bett liegt und fragend die Stirn in Falten legt.

Es ist 20 Uhr, und ich habe kurz geträumt, wie Elisa von Ich-bin-ja-so-witzig-Alex und seinen Kumpels angebaggert wird. Die stehen nämlich unter Garantie alle nur auf Elisa, machen sich aber zur Tarnung auch an die ökige Mashavna ran. Und wahrscheinlich lässt sich Elisa später in der Hitze der Nacht am Strand von Alex einlullen und ...

Was soll ich bloß machen? Meine Tage mit Elisa sind gezählt. Im Grunde genommen wäre sogar schon Schluss, wüsste sie zu diesem Zeitpunkt bereits, was ich weiß.

«Und deshalb», sage ich laut, um meine Zunge zu testen, und sehe Melanie fest an, «gibt es jetzt auch keinen Grund, warum ich dich noch länger mit mir herumschleppen sollte.»

Beinahe erwarte ich, dass sie gleich «Logisch, kann ich absolut nachvollziehen» sagt. Aber es bleibt still.

Na ja, so gut wie.

Sie robbt jetzt hoch in Richtung Kopfende, gibt unspezifische Grunzlaute von sich und will mir freudig das Gesicht ablecken.

Ob der Rinderknochen in Wodka mariniert war? Den Russen ist ja so einiges zuzutrauen.

«Schluss damit, du Knödel!», schimpfe ich und werfe Melanie einen giftigen Blick zu. «Wir gehen jetzt raus, und dann kannst du dir da ein neues Zuhause suchen. Im Bauch eines Piranhas!»

Als ich sie aus dem Bett scheuche, kann ich förmlich hören, wie sie innerlich aufstöhnt. Vermutlich würde sie lieber eine weitere Packung Leibnizkekse verdrücken, als sich heute nochmal zu erheben. Aber es hilft nichts, ihr Schicksal ist besiegelt.

«Wenn dich ein Piranha am Stück verschluckt, wird es vermutlich nicht mal weh tun», verspreche ich ihr und ernte einen skeptischen Blick.

Nach kurzem Zögern fügt sie sich jedoch in ihr Schicksal und lässt sich bereitwillig an die Leine legen.

Unten im Foyer sehe ich unsere beiden Models, Vivian und Noemi, wie sie sich zum Abschied zuwinken und sich dann in entgegengesetzte Richtungen auf den Weg machen. Ob die noch Pläne für den Abend haben?

«Hallo, was für ein Zufall!» Schoko-Vivian steuert direkt auf mich zu. Als sie den Hund entdeckt, beugt sie sich freudestrahlend zu ihm hinunter. «Hallo, kleine Maus! Du wolltest wohl gerade nochmal mit deinem Herrchen Gassi gehen, nicht wahr?»

Das sollte wahrscheinlich eine an mich gerichtete Frage sein. Oder glauben manche Menschen wirklich, von einem Dreißig-Zentimeter-Jack-Black-Zwerg mit nanopartikelgroßem Hirn eine adäquate Antwort zu erhalten? Und außerdem: Gassi gehen würde ich unser Vorhaben nicht unbedingt nennen.

«Na ja ...», sage ich unentschlossen, werde aber sogleich unterbrochen.

«Ach, wie schön! Darf ich euch begleiten?» Vivian sieht

mich bittend an, und ich frage mich insgeheim, warum Frauen nur so einen Riesenspaß dabei empfinden, mit Hunden oder Kindern spazieren zu gehen.

Tja, wie komme ich jetzt aus der Nummer wieder raus? Ich kann ihr ja wohl schlecht meine wahren Absichten verraten, sonst ruft sie mit Sicherheit den Tierschutzverein.

«Also, wollen wir?» Das Schokoladeneis kann es anscheinend kaum abwarten. Ungeduldig schnappt sie sich die Leine und marschiert auch schon los.

Kaum haben wir das Hotel verlassen, packt Vivian mich warnend am Arm. «Du musst gut auf die kleine Dame aufpassen, hier im Süden haben die Menschen ein eigenartiges Verhältnis zu Tieren. Wenn du sie verlierst, wird sie ein einsamer und hungernder Streuner.»

Wie, bitte schön, soll ich denn einen Hund verlieren, der am Ende dieser Leine baumelt? Wahrscheinlicher ist, dass ich heute Abend etwas anderes verliere, nämlich meinen Verstand. Außerdem würden dem Schrumpfhund ein paar Tage Nulldiät mal ganz gut tun. Ich sage aber nichts dazu, weil ich keine Lust auf eine Diskussion habe. Und weil Vivians Hand auf meinem Arm ein wohliges Gefühl erzeugt. So ein bisschen körperliche Nähe ist doch sehr tröstlich – und kann ja manchmal wahre Wunder bewirken.

Wir biegen links in eine Seitenstraße, in deren Mitte sich ein breiter, baumbewachsener Grünstreifen befindet. Melanie tätigt bereits im ersten Gebüsch wichtige Geschäfte und gibt uns deutlich zu verstehen, dass sie dabei nicht gestört werden möchte.

Verlegen treten wir ein Stück zur Seite.

«Woran denkst du?», will Vivian wissen.

Kann es tatsächlich sein, dass es immer noch Frauen gibt, die keine Ahnung haben, wie unbeliebt diese Frage bei Männern ist?

«Ans Kinderkriegen», antworte ich wahrheitsgetreu und hoffe, dass sie nicht weiter nachfragt.

Vivian kichert frivol. Eventuell hat sie die Sache in den falschen Hals bekommen, gerade schlingt sie mir nämlich ihren Arm um meine Taille und flüstert mir ins Ohr: «Komm, wir gehen noch in der Strandbar was trinken. Und danach», sie lässt ihre Hand an meinem Rücken entlanggleiten, «sehen wir weiter ...»

Die Produktion von Stresshormonen, die seit ein paar Stunden in meinem Körper auf Hochtouren läuft, legt plötzlich eine Vollbremsung hin. Stattdessen wird nun Testosteron durch die Adern gepumpt.

«Los!», befiehlt Vivian und zieht mich und Melanie auffordernd mit sich.

Artig folge ich ihr, und keine zwei Minuten später steuern wir die Strandbar an, wo es Vivian mühelos gelingt, zwei Plätze direkt am Wasser zu organisieren. Es sind nicht mehr viele Gäste da. Der Kellner zündet für uns eine neue Kerze an und richtet ein paar freundlich klingende Worte an den Mops.

Offenbar ist Melanie der montenegrinischen Sprache mächtig, denn sie grunzt den Kerl freundlich an und lässt sich anschließend neben dem Tisch damenhaft auf den Hintern plumpsen.

Die untergehende Sonne sieht aus, als balanciere sie auf dem Horizont und könne sich nicht entscheiden, ob sie nach links oder rechts kullern soll. Wenn Vivian jetzt Elisa wäre und der Schrumpfhund sich in Luft auflösen würde, dann könnte dies der perfekte Abend sein. Zwei, drei gemeinsame Bierchen trinken, händchenhaltend nach Hause gehen, soliden Beziehungssex haben und morgen in aller Ruhe mit dem Strandlaken zum Sonnenbaden.

Scheiß auf Luke und seine Theorien. Routine ist doch geil,

und im Grunde genommen gerade bei uns Männern außerordentlich beliebt.

Elisa weiß zum Beispiel, dass sie kein Valentinstagsgeschenk bekommt, dass ich nach dem Sex keine Kraft mehr zum Kuscheln habe und dass sie ausschweifende Discoabende besser mit Freundinnen plant und mich in Ruhe Fernsehen gucken lässt. Sie weiß auch, dass ich kein Freund von Experimenten bin, vor allem dann nicht, wenn es um das Besuchen von Konzerten unbekannter Künstler oder die Akzeptanz anderer Lebensformen geht, wie zum Beispiel der ihrer makrobiotischen Freundin Mashavna. Und Elisa liebt mich trotzdem.

BIS SIE VON DEM KIND ERFÄHRT!

Ich versuche mich abzulenken und beobachte Vivian, wie sie aufs Meer starrt. Dabei überlege ich, ob sie wohl hübscher ist als Elisa. Vielleicht. Vielleicht auch nicht. Irgendwie ja. Eventuell nur ungewohnt. Und sicher würde ich irgendwann in diesem rassigen, glutäugigen Gesicht nicht mehr nur die pure Leidenschaft und den verheißungsvollen Sex sehen, sondern den schnöden Vorwurf, endlich mal den Geschirrspüler leer zu räumen.

Vivian dreht sich zu mir um. Momentan ist noch nichts vom Geschirrspüler in ihrem Blick. Momentan ist da nur verheißungsvoller Sex.

Der Wind trägt mir ihren Duft entgegen, und nach dem zweiten Bier kann ich mir sogar ganz gut vorstellen, mit Vivian das Konzert eines unbekannten Künstlers zu besuchen oder bei einer Vernissage makrobiotische Kostbarkeiten zu essen.

«Und woran denkst du jetzt?»

Ach manno. Nicht schon wieder!

«An Umeboshe-Pflaumen.»

Elisas Freundin Mashavna schwört auf diese Biester und

hätte mich letztes Jahr beinahe damit vergiftet. Offenbar kennt Vivian die Teufelsdinger nicht, oder sie denkt bei Pflaumen grundsätzlich an was Versautes. Jedenfalls blitzt sie mich nun verführerisch an und sagt: «Na dann – komm mal mit!» Auffordernd hält sie mir die Hand hin.

Was denn, jetzt schon? Ich zögere.

Vivian schnalzt mit der Zunge. «Los!»

Melanie springt gehorsam auf und ist sofort Feuer und Flamme. Nur dass sie diesmal gar nicht gemeint war.

Ach, was soll's. Im Grunde genommen bin ich ja wohl wieder Single, oder was meinen Sie?

Beherzt ergreife ich Vivians Hand und stehe auf. Sofort legt sie sich wieder meinen Arm um ihre Taille und will losmarschieren.

«Halt!», rufe ich.

Also nicht, dass Sie jetzt denken, ich komme zur Vernunft. Ich suche lediglich in meiner Hosentasche nach einem Geldschein, den ich unter das Windlicht klemmen kann. Eventuell möchte man hier ja nochmal herkommen. Dann gebe ich Vivians Drängen nach.

Man muss schließlich auch mal loslassen können.

Wir gehen etwa hundert Meter über den Sand, bis der Strand felsig wird und es anfängt, nach modrigen Steinen zu riechen. Hier wird es langsam richtig duster. Doch Vivian klemmt sich den Hund unter den Arm und klettert behände über die Felsbrocken.

«Wo willst du denn hin?», ächze ich. «Ich bin nicht besonders scharf darauf, morgen mit gebrochenem Fuß am Set zu erscheinen.»

«Vertrau mir.»

Schon klar. Das letzte Mal, dass eine Frau diese Worte zu mir gesagt hat, ist mir mit achtzig Stundenkilometern ein Porsche 911 in die Beifahrertür gerauscht. Gut, die Dame

 war siebenundachtzig Jahre alt und litt am grauen Star. Aber woher sollte ich wissen, dass der Satz «Rechts ist frei, vertrau mir» in Sachen Glaubwürdigkeit nur von Stevie Wonder hätte getoppt werden können?

Vivian klettert noch ein Stück höher, hangelt sich dann etwas nach links und schließlich an den Felsen wieder hinunter.

Im Licht des Mondes kann ich jetzt unter uns eine kleine Bucht erkennen, die vom Ufer aus nicht einsehbar ist. Und während ich noch ungeschickt meinen Weg über den Steinwall suche, beginnt Vivian damit, sich auszuziehen. Offenbar hegt sie nicht den leisesten Zweifel daran, dass ich den Felswall lebend passiere.

Als ich wieder festen Boden unter den Füßen habe, ist sie bereits komplett nackt – und ich komplett außer Atem. Einerseits, weil mich die Klettertour geschafft hat, andererseits, weil ich seit über einem halben Jahr außer Elisa keine Frau mehr nackt gesehen habe.

«Waff!», macht der Schrumpfhund, während ich auf die beiden zustolpere. «Waffwaff!»

Entweder ist ihm die Dunkelheit oder die nackte Frau unheimlich, man weiß es nicht.

Vivian redet Melanie gut zu und setzt sie auf ihren spärlichen Klamottenhaufen. Dann reißt sie auch mir mein T-Shirt vom Leib, wickelt sie es dem Hund um den Hals und scheint ihn dadurch erst mal zufriedenzustellen. Glücklich grunzend blickt er zwischen uns hin und her und rollt sich dann zu einer Wurst zusammen, um in aller Ruhe an den Klamotten zu knabbern.

Vivian schmiegt sich an mich und beginnt meinen Hals zu küssen.

Moment mal! Was machen wir denn jetzt mit dem Hund? Der darf das doch nicht sehen! Ich meine, ich hatte durchaus schon Sex am Strand. Ich hatte auch durchaus schon Sex mit Frauen, die ich kürzer kannte, als Vivian. Ich hatte allerdings noch nie Sex, während ich von einem Mops dabei beobachtet wurde.

Nicht mal mit Elisa!

Das bringt mich irgendwie aus dem Konzept. «Ich ... äh», stottere ich.

«Hey!» Vivian fasst mir entschlossen ans Kinn und dreht meinen Kopf zu sich. «Stehst du etwa nicht auf Zuschauer? Der Hund kann es doch niemandem weitererzählen.»

Konfuzius sagt: Wer kleine Widrigkeiten nicht erträgt, verdirbt sich damit große Pläne.

Also, ich muss schon sagen: Der Typ hatte es faustdick hinter den Ohren. Aber vermutlich behält er wie so oft recht, und ich sollte mich entspannen und an etwas Schönes denken.

Wo wir allerdings meines Erachtens nach auf keinen Fall zueinanderfinden sollten, ist auf dem sandigen Boden. Zwei, drei Sandkörner am falschen Platz, und die ganze Nummer mündet schnell in einem Getriebeschaden. Alles schon da gewesen.

Vivian scheint ähnliche Erfahrungen gemacht zu haben, denn sie drückt mich mit Schwung gegen die Felswand, dass ich aufstöhne.

Sofort ist der Schrumpfhund alarmiert. Hechelnd hopst Melanie auf uns zu und springt an Vivians Waden hoch – so gut das im Sand eben geht.

«Au!», schimpft sie und bedeutet mir durch Anwinkeln eines Beins, dass ich sie hochheben soll.

Kleine neugierige Zwischenfrage in die Runde: Hat das schon mal jemand gemacht? Ja?

Chapeau!

Seit ich letztes Jahr mit einem kippelnden Schreibtisch-

stuhl zusammengebrochen bin, habe ich nämlich ein latentes Rückenleiden. Beim Sex mit Elisa hat das nie gestört. Zugegeben, an einer Felswand haben wir es nie probiert. Aber wir hatten auch nicht ausschließlich Blümchensex!

Vivians Druck auf meine Hüfte wird jetzt stärker, sie krallt sich an meiner Schulter fest und fordert: «Los, mach schon. Heb mich hoch!»

In der Dunkelheit höre ich den Schrumpfhund erst seufzen und dann vorwurfsvoll grunzen. Ohne hinzusehen weiß ich, dass er jetzt dieses bockige Gesicht macht. Gleichzeitig höre ich Elisas Stimme, die mich ermahnt, Melanie keine Sexszenen ansehen zu lassen.

«Vivian, ich ...» Irgendwie bin ich jetzt nicht mehr in Stimmung. Eventuell war ich es vorher auch schon nicht, aber jetzt wird es mir schlagartig bewusst. «Also, ich glaube, es ist ... Also, wäre es nicht besser, wenn ...»

«Wenn was?» Ihr Tonfall klingt jetzt mehr nach afroamerikanischem Drillmaster als nach süßem Schokomodel.

«Ich, also ... Ich kann das irgendwie nicht.»

«Verstehe.» Ohne eine weitere Erklärung von mir abzuwarten, stößt sie sich von mir weg und dreht sich um. Dann beginnt sie damit, auf dem Boden nach ihrem Kleid zu tasten.

«Ich kann dir das erklären. Es ist ...»

«Musst du nicht. Ich habe auch so verstanden.»

Also das wage ich zu bezweifeln, schließlich ist die ganze Geschichte sehr komplex, und Frauen können sich ja meist nur in einfache Sachverhalte reindenken. Aber ich halte vorsichtshalber meine Klappe. Wo keine Erklärung eingefordert wird, lässt ein Mann sie auch gerne weg. So einfach ist das.

Na ja, vielleicht nicht ganz. Denn während wir unsere Klamotten wieder anziehen und wortlos über die Klippen zur

Strandbar zurückklettern, fällt mir das Shooting morgen früh ein.

Mist! Vielleicht sollte ich doch mal langsam etwas Nettes sagen. So was wie: *Es lag nicht an dir.* Oder: *Du bist wahnsinnig attraktiv, aber ...* Oder auch: *Ich hatte einen harten Tag.*

In der Bar ist noch ein wenig Betrieb. Leise Musik schrammelt aus alten Lautsprechern und bringt die restlichen Gäste auf Kuschelkurs.

Ich setze Melanie vor mir auf den Boden. Als ich meinen schmerzenden Rücken mühevoll wieder aufgerichtet habe, will ich gerade zu einer Erklärung ansetzen, da kommt Vivian mir zuvor.

«Gute Nacht.»

Klingt irgendwie neutral, oder? Klingt jedenfalls nicht so, als wäre sie sauer. Auch nicht, als hätte sie vor, noch irgendetwas mit mir zu besprechen.

Ich versuche also, das Ganze ebenso gelassen zu betrachten und mache einen auf cool: «Ja, bis morgen!» Dann warte ich noch einen Moment, um ihr einen gewissen Vorsprung zu lassen, ehe ich ebenfalls zum Hotel zurückschlendere.

Auf dem Zimmer bin ich dann wenig später wieder vollends nüchtern. Was war denn das bloß für eine idiotische Aktion? Seit wann bin ich so ein absoluter Vollprofi darin, mich auf der nach unten offenen Fettnäpfchenskala noch tiefer zu wühlen?

Ich kann von Glück sagen, wenn Vivian sich nicht unter Vorspiegelung falscher Tatsachen bei Lydia über mich beschwert. Dann bin ich nicht nur endgültig meine Freundin, sondern auch noch meinen Job los!

Um mich abzulenken, schalte ich mein Laptop ein. Wäre doch gelacht, wenn ich nicht ein paar aufmunternde E-Mails bekommen hätte. Stimmt sogar. Na ja, jedenfalls fast.

Von folgenden Personen habe ich eine Nachricht bekommen:

1. Mutter (Betreff: Urlaub)
2. Luke (Betreff: Geile Turbohasen)
3. Rolf (Betreff: Was ist da los?)

Also ... zuerst mal die Mail, die am unverfänglichsten klingt.

von: Luke@gameover.de

an: tom.moreno@siegelmann.de

Betreff: Re: Re: Geile Turbohasen

Mensch, Alter, wie ich dich beneide. Schick mir mal ein paar Fotos von den süßen Schnecken aus Monte Carlo zur Aufheiterung!

Hm, vielleicht sollte ich Luke doch beizeiten beichten, dass ich nicht in Monte Carlo bin, sonst wird er mir das nie verzeihen.

Aber jetzt habe ich irgendwie keine Lust darauf. Noch weniger Lust habe ich allerdings, die E-Mail meiner Mutter zu lesen oder gar die von Rolf. Morgen ist ja auch noch ein Tag ...

12. Kapitel

Am nächsten Morgen treffe ich Marc, Frank und Lydia beim Frühstück im Hotelrestaurant. Die beiden Models frühstücken offensichtlich nur ein Glas Wasser auf ihrem Zimmer. Aber auf ein Treffen mit Vivian bin ich ohnehin nicht besonders scharf.

Lydia dagegen scheint bester Laune, da es nun endlich vorangeht. Vielleicht liegt es aber auch daran, dass sie sich offenbar von ihren guten Diätvorsätzen verabschiedet hat: Ein halbes Pfund Weißbrot mit Butter und Marmelade, ein Berg Rührei und irgendein fetttriefendes Blätterteiggebäck, das wie Burek aussieht und Lydias Angaben zufolge auch ähnlich schmeckt, werden von ihr reuelos vertilgt.

Marc und der Knipser starten ähnlich heißhungrig in den Tag, nur ich fühle mich nicht so besonders. Eventuell ist mir die Kletterei gestern Abend auf den Magen geschlagen, oder ich habe eine Wodka-Allergie. Möglicherweise ist es auch einfach nur Schlafmangel. Melanie hat in der vergangenen Nacht nämlich ein Schnarchspektakel veranstaltet, dass ich stündlich mit einer Beschwerde seitens der Nachbarn gerechnet habe. Aber anscheinend wohnen auf der Nordseite nur Aussätzige und Schwerhörige. Zum Glück. Mir wäre nämlich nicht mehr viel eingefallen, was ich gegen die Sägerei hätte unternehmen können. Pfeifen, Erschrecken und meditatives Hin- und Herrollen haben das Gegrunze jedenfalls nicht eindämmen können. Vermutlich verträgt

der Hund die Seeluft nicht. Oder die vielen Konsonanten, die auf ihn einprasseln. Auf jeden Fall sollte ich seinen Qualen ein schnelles Ende bereiten und ihn bei der erstbesten Windböe unauffällig über Bord stoßen.

Ich habe also keinen nennenswerten Appetit und nippe deshalb nur an einem schwarzen Kaffee, was die Lage aber auch nicht gerade verbessert. Im Gegenteil. So überraschend gut das hier mit dem Internet auch klappt, beim Kaffee fehlt irgendwie noch ein bisschen der Feinschliff. Der ist nur etwas für Menschen, deren Magenwände mit ausreichend Isolierschicht verkleidet sind. Allen anderen Urlaubern rate ich dringend, das Sortiment ihrer Reiseapotheke um eine Packung Rennie zu erweitern.

«Gucken Sie mal, was ich gestern gekauft habe.» Nach längerem Wühlen in ihrer überdimensionalen Handtasche hält Lydia uns ein pinkfarbenes Stück Plastik hin. «Ein wahrer Glücksfall, dass es so etwas hier gibt.» Triumphierend blickt sie in die Runde. «Raten Sie mal, was das ist, Herr Fabjan!»

«Eine aufblasbare Gummiente für den Kleinen?» Knipser-Frank, der sich gerade ein riesiges Stück Weißbrot in den Schlund schiebt, scheint Erfahrung mit Kindern zu haben.

«Fast», freut sich die werdende Mutter und schaut uns feierlich an. «Eine Schwimmweste für Hunde!»

Na, bravo. Und ich dachte, es wäre ein Riesenkondom, damit dir so ein Unglück nicht nochmal passiert.

«Na ja, nicht wirklich für Hunde», fügt Lydia erklärend hinzu, «sie ist eigentlich für kleine Kinder gedacht. Aber ich glaube, das passt schon.»

Hat sie mir meinen Killerinstinkt etwa angesehen?

«Und ich dachte immer, Fett schwimmt ohnehin oben. Haha!» Marc bleibt das Lachen im Hals stecken, als ihn Lydias vorwurfsvoller Blick trifft. Hoffentlich nimmt er sich das für den Rest der Reise zu Herzen. Wenn es um den Hund geht, ist mit Lydia nicht zu spaßen.

«Herr Mo-re-no! Hallo!» Jetzt richtet sich ihr Unmut gegen mich. «Könnten Sie sich bitte mal kurz am Gespräch beteiligen? Haben Sie den Models eingeschärft, dass sie pünktlich sein sollen? Wir müssen heute so viel wie möglich schaffen, schließlich haben wir nicht ewig Zeit.» Wie zur Erklärung streicht sie sich über den Kugelbauch.

«Ist ja auch 'ne Kostenfrage», klugscheißert der Knipser und meint damit vermutlich in erster Linie sein Honorar, das nur für zwei Tage kalkuliert war.

«Ganz genau», lobt die Chefin den Geldgeilen und nickt ihm überflüssigerweise auch noch bestätigend zu. «Zeit ist Geld.»

Klippschule, erste Lektion: Sag dem Lehrer, was er hören möchte, und schon hast du im Mündlichen eine Eins. Mann, wie ich diese Mitschüler damals gehasst habe!

«Immerhin haben wir ja auch schon einen halben Tag durch die Location-Suche verloren», stelle ich mal kurz klar. *Weil du nämlich so ein Riesenvollversager bist*, füge ich in Gedanken hinzu. «Aber so wie ich Herrn Fabjan kenne, hängt er das sicher honorarfrei hintendran, nicht wahr?»

Na, was sagst du jetzt, du Sacknase?

«Äh... Ist doch Ehrensache!»

Uaaaa! Am besten, ich versenke ihn nach getaner Arbeit gleich zusammen mit dem Hund im Meer.

«Also, um nochmal auf deine ... äh, Ihre Frage zurückzukommen», wende ich mich an Lydia. «Ja, die Models wissen Bescheid. Aber da ich die beiden hier nirgends entdecken kann, nehme ich an, dass sie Kalorien einsparen und erst nach dem Frühstück zu uns stoßen.» Jedenfalls hoffe ich das. Nicht, dass Vivian doch sauer auf mich ist und noch in der Nacht die Flucht ergriffen hat.

Aber meine Sorge ist unberechtigt. Beim Verlassen des Frühstücksraums sehen wir Schokoladen- und Vanilleeis-Model munter plaudernd in der Lobby sitzen.

Plötzlich beschleicht mich das ungute Gefühl, Vivian könnte gerade offenherzig über die Ereignisse unseres Strandfiaskos plappern.

Grrrr. Dass Frauen aber auch nichts für sich behalten können, furchtbar! Alles, aber auch wirklich alles muss erzählt, erklärt, auseinandergenommen, interpretiert und analysiert werden. Und stets benutzen sie dabei diese kryptischen Geheimcodes.

Code 1: Aber bitte, erzähl das nicht weiter.	Bedeutet: Du darfst es allen erzählen, nur nicht der Person, über die ich jetzt reden werde.
Code 2: Was ich dir jetzt sage, darfst du unter keinen Umständen weitererzählen.	Bedeutet: Du darfst es deinem Freund, deiner besten Freundin, deiner Mutter und allen, die die betreffende Person nicht kennen, erzählen.
Code 3: Aber wie immer: top secret!	Bedeutet: Wenn du das weitererzählst, vergiss nicht zu erwähnen, dass es nicht weitererzählt werden darf.

Zu sechst quetschen wir uns wenig später in das Auto des Knipsers, und ich muss sagen: Ich bin froh, dass die beiden Models und ich nicht gefrühstückt haben, sonst müssten wir aus Platzmangel vermutlich mit geöffneten Türen fahren. Einzig die beiden dicken Frauen (Lydia und Melanie) haben ausreichend Platz und machen es sich auf dem Beifahrersitz gemütlich. Beim nächsten Mal sollte bei der Auswahl des Fotografen auf jeden Fall auch dessen Wagengröße ein Kriterium sein.

Zum Glück werden wir unterwegs nicht angehalten, und

Melanie pupst auch nicht, sonst wären wir vermutlich alle kollabiert. Wir erreichen Kotor vielmehr ohne weitere Zwischenfälle und sind beim Aussteigen zunächst verwundert, wie angenehm kühl es hier noch ist. Durch die umliegenden Berge heizt sich die Luft offensichtlich erst auf, wenn die Sonne es komplett über die Felsgipfel geschafft hat. Noch ist es daher etwas diesig, aber der Hafen erstrahlt bereits in filmreifem Glanz.

Große und kleine Schiffe liegen friedlich nebeneinander, doch um diese Uhrzeit spielt sich das Leben nicht im Hafen ab, sondern auf der gegenüberliegenden Seite vor dem Eingang zur Altstadt. Hier haben die Händler wieder ihre Marktstände aufgebaut und bieten den einheimischen Restaurantbesitzern frische Lebensmittel für den zu erwartenden Touristenansturm feil.

An Deck der Yacht erblicke ich Dimitri, der uns fröhlich zuwinkt. Wobei er genau genommen eigentlich nur Lydia winkt, vermutlich, weil sie den Hundeklops im Arm hält.

Bei dem Knipser lassen sich minimale Lernerfolge verzeichnen. Er trägt gewohnheitsgemäß Lydias Handtasche und versucht nicht einmal, sie mir oder Marc unterzujubeln. Schnell schieße ich von hinten ein Handyfoto – wer weiß, wofür man das mal gebrauchen kann.

Gemeinsam gehen wir an Bord, um erst einmal unsere Sachen zu sortieren.

Wieder bin ich schwer beeindruckt von der luxuriösen Ausstattung und frage mich insgeheim, womit Dimitri wohl sein Geld verdient. Ob er vielleicht Menschen schmuggelt? Oder irgendwo eine Bordellkette betreibt? Jedenfalls scheint seine Anwesenheit beim Geldverdienen nicht zwingend erforderlich, das kann ja auch nicht jeder von sich behaupten.

Uuuups, da fällt mir ein: Wir haben ja noch gar nicht über

Geld gesprochen. Mist! Hoffentlich stellt er uns am Ende der beiden Tage nicht eine sechsstellige Summe in Rechnung. Dann hätten wir nämlich auch genauso gut Franks Abwrackkahn renovieren können.

Besser, ich hake später nochmal nach, sicher ist sicher. Außerdem könnte ich bei der Gelegenheit ja mal so ganz nebenbei fragen, was er eigentlich *genau* beruflich macht. Oder ist es eher unwahrscheinlich, diese Frage zu überleben, wenn man sie einem Russen stellt?

An Bord laufen die Vorbereitungen inzwischen auf Hochtouren. Die Mädels ziehen sich im Bad um, tragen ihr Makeup auf und werden dabei tatkräftig von Lydia unterstützt. Zwar sah das Angebot der Agentur auch einen Stylisten vor, der wurde jedoch von Kontrollfreak Lydia kurzerhand wieder herausgestrichen. Lieber verbringt sie eigenhändig den Tag zwischen Puderquaste und Haarbürste, als den Job an jemand anderen abzutreten. Typisch Frau. Die wollen sich einfach in nichts reinreden lassen.

Frank schleppt derweil aus der Gästekabine Stative und Reflektoren aufs Sonnendeck, justiert seine Kamera und wedelt hektisch mit dem Belichtungsmesser. Noemi, die als Erste an der Reihe ist, räkelt sich bereits verführerisch auf einer dunklen Liege aus Polyrattan. Als Dummy für das Eis hält sie sich noch ein Handy vor den Mund. Bis das Original der Sonne ausgesetzt wird, muss alles genau ausgemessen und die Lichtverhältnisse exakt bestimmt sein. Dabei ist es wichtig, Noemi so zu drehen, dass sie nicht gegen die Sonne anblinzeln muss. Erst wenn alle äußeren Umstände stimmen, wird das *Sündenpool*-Eis aus der Gefriertruhe geholt und – zackzack – geknipst.

Zum Glück ist das Zeug in kleinen Schälchen verpackt und läuft einem nicht gleich die Hände herunter.

Während Noemi sich weiterhin unaufhörlich räkelt, zeigt

Dimitri mir den Weg zur Kombüse und dem darin befindlichen überdimensionalen Kühlschrank mit ebenso gigantischem Gefrierfach. Ich komme aus dem Staunen gar nicht mehr raus.

«Tja, da drinnen kann man schon mal das ein oder andere unterbringen, was?», frage ich scherzhaft.

«Korrrekt! Dorrrt hebe ich verrrstorrrbene Verrrwandtschaft auf. Aberrr bitte – sag den anderrren nichts davon. Hahaha!»

Ich finde das überhaupt nicht witzig und wäre vor Schreck beinahe gegen die Schiffsglocke gelaufen. Unsicher starre ich den Gefrierschrank an. Na ja, also möglich wäre das. Man müsste die Leichen nicht mal zerstückeln ...

Schnell stapfe ich wieder die Treppe zum Sonnendeck hoch, wo die anderen immer noch damit beschäftigt sind, Noemi beim Herumliegen zuzusehen. Etwas hilflos stelle ich mich neben Vivian und frage mich, ob sie möglicherweise erwartet, dass ich eine Kleinigkeit zum gestrigen Abend sage. Nur was?

Frauen sind da ja erfahrungsgemäß recht empfindlich. Außerdem sollte möglichst keiner von den anderen etwas mitbekommen. Schon gar nicht, dass ich beim Model-Bumsen einem voyeuristischen Mops zum Opfer gefallen bin.

Nach langem Hin-und-her-Überlegen fällt mir endlich etwas Schlaues ein.

«Na?»

Vivian guckt mich an, als hätte sie mehr erwartet. «Na!»

Tja. Und schon stagniert das Gespräch. Viel mehr Unverfängliches habe ich jetzt leider nicht mehr auf Lager. Erschwerend kommt hinzu, dass Lydia nicht weit von uns sitzt. Mit Argusaugen beobachtet sie die Vorbereitungen und gibt in unregelmäßigen Abständen zu allem, was sich vor und hinter ihr abspielt, Kommentare ab. Hin und wieder

schweift ihr Blick durch die Runde, um sich zu vergewissern, dass wir alle ihrer Meinung sind.

Plötzlich stößt sie einen spitzen Schrei aus und klingt dabei wie Model-Mutter Heidi Klum, die eine Kandidatin mit ungewaschenen Füßen entdeckt hat.

«Was ist das denn?», quiekt sie und starrt direkt neben mir zu Boden.

Ich folge ihrem Blick und sehe, wie sich von Vivians Unterschenkel ein brauner Schleim zu einem Rinnsal formt und in Richtung Füße tropft. Ohne Zweifel Make-up.

Ist Vivian in Wirklichkeit vielleicht gar nicht dunkler Hautfarbe, sondern wälzt sich nach dem Aufstehen regelmäßig in Camouflage-Matsch?

Ich bin verwirrt. Aber dann hätte ich nach dem gestrigen Abend eigentlich wie ein geschecktes Bergschaf aussehen müssen, immerhin hatten wir ja ausreichend Körperkontakt. Unauffällig schaue ich an mir herunter und lande dann wieder bei Vivians Beinen. Jetzt sehe ich auch, was sie zu verdecken versucht hat: Ihre Waden sind komplett zerkratzt. Etwa so, als wäre sie heute Morgen durch ein Rosenbeet gejoggt. Aber wer macht das schon freiwillig?

Doch dann dämmert es mir langsam, und auch Melanie scheint ein schlechtes Gewissen zu bekommen, denn sie erhebt sich grunzend und watschelt zielstrebig zu einem geschützten Plätzchen unter Lydias Stuhl.

Feigling!

Hilfesuchend blickt Vivian jetzt in meine Richtung, aber auch hierzu fällt mir leider nichts Dolles ein. Manchmal muss es allerdings auch gar nicht so doll sein, wie der Knipser uns jetzt belehrt: «Ach, darüber machen wir uns Gedanken, wenn Vivian an der Reihe ist.» Dann fügt er noch lapidar hinzu: «Ansonsten gibt es ja noch die Bildbearbeitung.»

KLUGSCHEISSER!

Da hätte ich natürlich auch selbst drauf kommen können. Oder wenigstens Marc, immerhin ist er hier der Graphiker. Aber er hat von der ganzen Sache leider gar nichts mitbekommen, da er wie hypnotisiert Noemis schneeweißen Körper anglotzt.

Auch in der folgenden Stunde starren wir mehr (Marc) oder weniger (ich) konzentriert auf die Mädels, halten Geräte oder Reflektoren und vergleichen die Perspektive mit den Layouts. Dabei bemerken wir gar nicht, dass das Schiff inzwischen abgelegt und den Hafen verlassen hat.

«Aaaaah! Ist so herrrliche Aussicht, nicht wahrrr?» Dimitri sieht aus wie Flavio Briatore in Geberlaune. Mit ausgebreiteten Armen bleibt er auf der Treppe zum Cockpit stehen und prahlt, als wäre auch das Wetter sein Verdienst.

«Habt ihrrr schon einmal etwas so Schönes gesehen? Trrraumhaftes Land! Wenn wirrr schmale Stelle dorrrt vorrrn passierrrt haben, können wirrr bald malerrrischen Fischerrrort ansteuerrrn. Wie wärrre das als Kulisse?»

«Super!» Lydia reibt sich tatendurstig die Hände. «Das ist einfach alles Wahnsinn!»

Hätte sie an dieser Stelle auch nur den Hauch einer Ahnung gehabt, wie wahnsinnig der Tag tatsächlich noch werden würde – ihr wäre das Lächeln im Halse stecken geblieben. Aber so bleibt die Stimmung vorerst gut.

Bis Vivian an der Reihe ist.

Da der strahlend blaue Himmel dem Knipser immer noch nicht strahlend blau genug ist, um mit dem eigentlichen Shooting loszulegen, beschließen wir, schon mal die Einstellungen mit Vivian vorzunehmen und dann später auch mit ihr zu beginnen. Allerdings hinken wir bereits jetzt mit unserem Zeitplan hinterher, denn niemand möchte wirklich in der Mittagshitze unter freiem Himmel herumspazieren. Aber bei Außen-Shootings muss man nun mal flexibel sein.

Für Vivian hatten wir uns zwei Szenen ausgedacht: eine kontrastreiche auf der weißen Leder-Liegelandschaft, die andere auf einer gelben Luftmatratze im Meer treibend. Dabei soll sie dann genüsslich ihre Eiscreme löffeln und ein wenig improvisieren.

An und für sich eine gute Idee, erfordert aber einen Fotografen mit 'ner ruhigen Hand. Der Knipser soll nämlich in einem Schlauchboot neben der Badenixe paddeln und von dort aus so fotografieren, dass die Luxusyacht majestätisch hinter Vivian in den Himmel ragt. Keine leichte Aufgabe, aber Rolf hält Frank ja für absolut prädestiniert für diesen Job.

Doch nur weil jemand am Meer aufgewachsen ist, macht ihn das noch nicht zu einem Jacques-Yves Cousteau, denke ich, als der Knipser ungelenk in unser mitgebrachtes Schlauchboot krabbelt.

Langsam fange ich an zu bezweifeln, dass die Bilder, die Rolf gesehen hat, tatsächlich alle von Frank stammen. Das hier sieht nämlich gar nicht gut aus. Von jemandem, *der schon haufenweise tolle Fotos am Meer gemacht hat*, erwarte ich irgendwie mehr Grandezza.

Eine Sekunde lang hat es den Anschein, als wolle uns der Knipser noch etwas mitteilen, bevor er ins Boot steigt, doch er entscheidet sich um und lässt sich schließlich kommentarlos hineinplumpsen. Keine gute Idee, jedenfalls, wenn man mehr als eine norwegische Kuckuckshummel wiegt.

Das Boot schwankt hin und her, beginnt zu kippeln, schaukelt wie verrückt, und ich befürchte das Schlimmste. Als der Knipser schließlich hilfesuchend die Hand nach mir ausstreckt, reiße ich blitzschnell die Kamera an mich, um wenigstens die teure Ausrüstung zu retten.

Leider versetze ich ihm damit den Todesstoß.

Er verliert das Gleichgewicht, macht ein paar hektische

Bewegungen und wird kurz darauf von dem instabilen Bötchen einfach ausgekippt.

Ich stehe auf dem untersten Steg der Yacht und kann mich vor Lachen kaum auf den Beinen halten. Wie geil ist das denn? Da gehen ja meine kühnsten Träume in Erfüllung, ohne dass ich allzu viel dazu beitragen musste. Herrlich!

Vivian paddelt auf ihrer Luftmatratze in Richtung Schlauchboot und greift nach dem Seil, damit das Boot nicht aufs Meer hinaustreibt. Von Frank fehlt jede Spur.

Sehr witzig! Ich blicke zu Marc hoch und schneide eine Grimasse.

Lydias Bauch erscheint in Sichtweite, danach ihr Kopf, und kurz darauf brüllt sie: «Auf was warten Sie, Herr Moreno? Los! Rein da! Los! Wir brauchen den Mann noch!»

Wofür denn?, denke ich. Wir haben doch die Kamera ...

Ich zögere. Immerhin habe ich mein Lieblings-T-Shirt an. Ein Geschenk von Elisa mit dem Aufdruck *Cannes – muss aber nicht.*

«Der ertrinkt! Ich glaube, der ertrinkt!»

Erst als auch Noemi hysterisch kreischt, ziehe ich widerwillig das Shirt über den Kopf, streife die Jeans ab und springe ins Wasser.

Das darf ja wohl nicht wahr sein! Jetzt muss ich dem Knipskalli auch noch das Leben retten! Als hätte ich seinetwegen nicht schon genug durchgemacht in den letzten Tagen. Wenigstens ist das Wasser nicht so kalt wie die Nordsee im Hochsommer.

Neben mir steigen plötzlich Blasen auf wie von einem lauernden Schwarm Piranhas. Zwei Sekunden später gluckert Frank an die Oberfläche und schlägt wild um sich. Nur mit Mühe gelingt es mir, den panischen Fotografen unter den Achseln zu greifen – ich sage nur: Baywatch! Gleich darauf bekomme ich zum Glück auch schon die Leiter zu fassen.

Ich drehe den aufgebrachten Knipser in meine Richtung und klemme ihn zwischen meinem Körper und der Leiter ein, sodass ich eine Hand loslassen kann.

Mit der Rechten hole ich nun aus, sammle all meine Wut über die schwulen Kommentare der letzten Tage und schlage ihm voll eines in die Fresse.

13. Kapitel

«Tom!», kreischt Lydia und fasst sich gleich darauf an den Bauch. Von Noemi gestützt wankt sie zurück zu ihrem Liegestuhl und damit außer Sichtweite.

«Okay, jetzt kannste nochmal zuschlagen.» Marc grinst mich von oben auffordernd an.

Eigentlich wollte ich den hysterischen Knipser ja nur zur Vernunft bringen, aber – klar! Gute Gelegenheit, sich mal auszusprechen ... Ein Blick auf den Kerl sagt mir allerdings, dass der für heute genug hat. Kurz vorm Heulen und mit blutender Nase klammert er sich an der Leiter fest und sammelt seine Kräfte. Nach einer Weile klettert er vorsichtig an Deck, hüllt sich in ein Handtuch, das Marc ihm schadenfroh reicht, und starrt mich hasserfüllt an.

«Das zahle ich dir heim!»

Wie bitte? Ich habe dir das Leben gerettet, du abgesoffene Weißwurst!

Genervt steige ich an Bord und helfe auch Vivian aus dem Wasser. «Warum hast du uns nicht vorher gesagt, dass du nicht schwimmen kannst, Franki, dann hätten wir dir 'ne Gummiweste umgehängt. Wie dem fetten Hund.»

Hahaha! Marc und ich klopfen uns gegenseitig auf die Schulter.

«Kinder, Kinder», sagt Model-Mutter Lydia, «ich glaube, auf den Schreck haben wir uns eine kleine Pause verdient. Möchte jemand ein Eis? Herr Moreno, Sie wissen doch, wo

Dimitri die Kisten verstaut hat, also gehen Sie bitte und holen uns ... Moment», sie zählt erhobene Zeigefinger, «fünf Becher Schokoladeneis.»

Einmal Sklave – immer Sklave, denke ich auf dem Weg unter Deck und frage mich, ob Lydia zu Hause wohl auch alle herumkommandiert. Wie anstrengend! Kein Wunder, dass ihr Mann keinen mehr hochkriegt.

Marc ist mir unauffällig gefolgt. «Sag mal, Tom, glaubst du, Frank packt das? Ich meine, die Fotos ... Also, irgendwie habe ich ein ungutes Gefühl. Schließlich war der auch so günstig bei seinem Honorar. Vielleicht hätten wir Rolf einfach nicht so blind vertrauen dürfen, der wird ja dieses Jahr immerhin schon sechsundfünfzig, und da –»

«Sechsundfunfzig ist doch kein Alterrrr!» Dimitri hat uns belauscht und tut so, als fühle er sich auf den Schlips getreten. «Ich werrrde dieses Jahr achtundfunfzig und bin topfit!»

«Natürlich ist das kein Alter», antworten Marc und ich wie aus der Pistole geschossen.

«Es ist nur», füge ich erklärend hinzu, «unser Chef ist etwas ...»

«Gaga», ergänzt Marc.

Ich falle fast über die Kombüsenschwelle, aber Dimitri scheint es zu gefallen. «Gaga. Soso. Was bedeutet Gaga?»

Und so jemand hat mal an der Nordsee gelebt!

«Äh, gaga bedeutet genial», sage ich, weil oben eine wichtige Kundin sitzt, die vielleicht besser nicht spitzkriegen sollte, dass wir unseren Chef für gaga halten. «Also genau genommen, Dimitri, ist gaga die Abkürzung für: ganz außergewöhnlich geniale Arbeitsweise. Und wie allgemein bekannt ist ...», ich mache eine Pause, in der ich Marc nicht ansehen darf, damit ich nicht sofort laut lospruste, «... geniale Menschen sind manchmal etwas schusselig.»

O Mann, Rolf würde mir sofort den Jahresurlaub streichen, wenn er mich hören könnte.

«Aaaah!», sagt Dimitri erleuchtet. «Das sollte ich mirrr merrrken.»

Besser nicht. Fast tut es mir ein bisschen leid, unseren sprachbegabten Gastgeber so hinters Licht zu führen, doch weiter komme ich mit meinem Mitleid nicht, denn als ich zwei Sekunden später den Gefrierschrank öffne, bietet sich mir ein Bild des Grauens.

Nein, es ist nicht die zerstückelte Mutter von Dimitri, die ich dort erblicke. Auch befindet sich dort kein Zwischenlager der Organmafia. Aber eben auch kein Eis.

Nichts.

Bis auf ein paar Eiswürfel ist das Ding komplett leer.

Gut, werden Sie nun sagen, das kenne ich von zu Hause. Man denkt, da wäre noch ein Rest Eis, aber irgendeiner hat es heimlich aufgegessen. Wir reden hier aber nicht von *einem* Cornetto-Nuss, wir reden hier von vier Kartons Eis mit jeweils zehn Bechern Inhalt!

Das lässt sich irgendwie nur schlecht mit einer Heißhungerattacke von Dimitri erklären, oder? Der müsste dann nämlich über Nacht sechs Liter in Fett gelösten Zucker zu sich genommen haben. Von der schwerverdaulichen Packung mal ganz abgesehen.

Verunsichert schaue ich ihn noch einmal abwägend an. Hm. Könnte vielleicht doch sein, da er in diesem Moment bis über beide Ohren rot anläuft und ein ehrlich betroffenes Gesicht macht.

Marc hinkt der Story offenbar etwas hinterher, denn er fragt jetzt ausgerechnet mich: «Wurde das Zeug umgelagert? Gibt es noch eine andere Küche?»

Klar. Der Hang zur Zweitküche. Ist vor allem unter reichen Russen sicher weit verbreitet.

Fragend ziehe ich die Augenbrauen hoch und blicke Dimitri an, der daraufhin noch etwas rötlicher und noch etwas betroffener wirkt.

Plötzlich schlägt er mit der flachen Hand gegen die Wand und brüllt irgendwas auf Russisch. Nur Sekunden später erscheinen seine beiden affenartigen Bodyguards, mit denen er gleich darauf wild gestikulierend nach draußen verschwindet.

Was geht denn hier ab? Sollte Dimitri ein professioneller Mundräuber sein, der sich regelmäßig am Proviant ahnungsloser Gäste vergreift und sich deswegen von zwei Halbaffen beschützen lässt?

«Was kann nur passiert sein?», jammert Marc beunruhigt. «Holt der jetzt das Eis, oder was?»

«Wohl kaum.» Vielleicht muss man direkt in Dimitris lodernde Augen geblickt haben, um zu wissen, dass er genau das sicher nicht tun wird.

«Wie, wohl kaum? Wo ist denn dann der Scheiß?»

«Keine Ahnung.»

«Wie, keine Ahnung?»

«Ja, ich weiß es halt nicht!»

«Wie, du weißt es nicht? Wer weiß es denn dann? Er?» Marc macht eine Kopfbewegung zu der Tür, hinter der man Dimitri zetern hört.

«Ich glaube nicht. Und sag jetzt bitte nicht: Wie, du glaubst nicht ...»

Marc sagt es tatsächlich nicht, sondern lässt sich stattdessen auf einen herumstehenden Hocker plumpsen.

Ich seufze. Ohne Eis kein Shooting, ohne Shooting keine glückliche Kundin, ohne glückliche Kundin kein glücklicher Rolf, keine Agentur, kein Job, kein gar nichts.

Draußen wird das russische Geschrei immer lauter. Vielleicht gestehen die beiden russischen Bodyguards gerade ihren pathologischen Naschzwang. Oder der Wodka war alle, und sie mussten sich anderweitig zu einem Vollrausch verhelfen.

Mit einem Mal fliegt die Tür wieder auf, und die beiden Halbaffen treten ein. Dicht gefolgt von Dimitri, dessen Auftreten nicht furchteinflößender sein könnte, trüge er ein Körbchen mit Molotow-Cocktails unter dem Arm.

Ich sag's ja: Jetzt werden die beiden Halbaffen gleich ein Geständnis ablegen, ein Kullertränchen vergießen und berichten, dass sie wegen ihrer Fressattacken schon jahrelang vergeblich in Alpaka-Therapie sind. Falls es die Viecher hier überhaupt gibt.

«Rrrrussisch, rrrrussisch, rrrrussisch!», bellt Dimitri seine Untergebenen an und wendet sich dann uns zu. Sein Blick gefällt mir gar nicht.

«Hä?», fragt Marc und spricht mir damit aus der Seele.

«Meine Frrreunde ...» Dimitris Stimme hat jetzt so einen irren Unterton. «Ich glaube, ich muss etwas erklärrren.»

Das glaube ich allerdings auch!

«Als ich heute Morrrgen auf Schiff kam, war vorrrdere Luke aufgebrrrochen. Ich habe soforrrt komplettes Schiff durrrchsucht, ob etwas fehlt. Aberrr nix hat gefehlt. In Gefrrriertrrruhe habe ich natürrrlich nicht nachgesehen.»

Natürlich nicht.

«Äh, ist das denn schon öfter vorgekommen?», will Hilfssheriff Marc wissen, und seine Stimme überschlägt sich dabei fast.

Offenbar hat er aber ins Schwarze getroffen. «Na ja ... also ...» Dimitri windet sich unruhig. «In Verrrgangenheit kam es ein paarrr Mal vorrr, deshalb habe ich ja auch die beiden Kerrrle hierrr.» Er schubst den weniger behaarten Halbaffen leicht nach vorn. «Rrrrussisch! Rrrrussisch!»

Es folgt ein kurzer, aber scharfer Konsonantenaustausch.

«Sie sagen, es warrr Falle. Eine Frrrau stand am Ufer und rrrief um Hilfe. Jemand sei eingeklemmt, und sie brrräuchte zwei starrrke Männer.» Dabei guckt Dimitri uns an, als wolle er hinzufügen: Von intelligent hat sie nichts gesagt.

Man muss kein Hellseher sein, um sich vorstellen zu können, wie diese Frau unsere beiden Halbaffen um den Finger gewickelt hat.

«Rrrrussischrrrrussisch!!!», donnert Dimitri weiter, und ich bin ehrlich froh, dass er sein Molotow-Cocktail-Körbchen zu Hause gelassen hat. Mit seiner Selbstbeherrschung scheint es nämlich bald vorbei zu sein.

«Aber warum stehlen die ausgerechnet unser Eis?», quengelt Marc und gibt sich gleich darauf selbst die Antwort: «Es waren Zigeuner, richtig?»

Und ich dachte, als Lehrerkind wäre er frei von Vorurteilen aufgewachsen ...

«Paperrrlapapp», entrüstet sich nun auch Dimitri, «Zigeuner hätten auch Kleidung mitgenommen.»(7)

Na, das ist ja herrlich hier.

«Und was ist also Ihrer Meinung nach passiert?», will ich jetzt wissen.

Dimitri druckst herum, schaut auf den Boden und murmelt etwas, das wie «Grrroßes Missverrrständnis» klingt.

Ich verstehe nur noch Bahnhof und bin gespannt, wer das *grrrroße Missverrrständnis* gleich Lydia erklären wird, deren Stimme bereits durch die Gänge schrillt. «Herr Mo-re-no! Wo bleiben Sie denn? Wir haben nicht den ganzen Tag Zeit!»

Ich blicke panisch in die Runde und versuche zu checken, wer von den hier Anwesenden wohl bei einer Frühgeburt helfen könnte, sollte es hier gleich zum Äußersten kommen. Aber schon fliegt die Tür auf und Lydias enormer Bauch erscheint im Rahmen.

Es erstaunt mich ja immer wieder, was Frauen für einen – offenbar angeborenen – Instinkt haben für alles, das man versucht, vor ihnen geheim zu halten. Bei Elisa zum Beispiel klingeln bereits die Alarmglocken, wenn selbst mir noch nicht klar ist, dass ich im Begriff bin, etwas vor ihr zu verheimlichen.

Erste Anzeichen für Elisa, an eine Verschwörung zu glauben, sind unter anderem:

1. Ich vergreife mich im Tonfall und bin «zu nett».
2. Ich stimme einem ihrer Pläne zu, ohne daran herumzumäkeln.
3. Ich beschwere mich eine Woche nicht über den überquellenden Schuhschrank.
4. Ich schaue freiwillig mit ihr die Verleihung des deutschen Filmpreises.

Ähnlich scheint auch Lydia zu ticken. Sie sieht uns im Halbkreis um den geöffneten Gefrierschrank stehen und sagt sofort: «Scheiße.»

Marc springt unaufgefordert von seinem Hocker, schiebt ihn Lydia unter den Po und murmelt beschwörend: «Das ist alles gar nicht so schlimm, wie es auf den ersten Blick aussieht.»

Ach ja? Na, da bin ja mal gespannt, wie Marc dem Supergau hier noch etwas Positives abgewinnen will. Ich finde nämlich, die Sache verhält sich genau andersherum: Es ist alles noch viel schlimmer, als es aussieht: Wir sind mit einer Hochschwangeren auf noch höherer See, unser Gastgeber hat entweder seine letzte Lieferpizza nicht bezahlt, oder seine Beschützer gehören den anonymen Schokoholikern an.

Nicht zu vergessen: kein Eis – kein Shooting – keine ...

«Aua!» Lydia hält sich mit schmerzverzerrtem Gesicht

und rollenden Augen den Bauch, was mir langsam auf die Nerven geht. Das ist doch alles nur Show!

Andererseits bin ich natürlich kein Experte in Sachen Kinderkriegen und möchte mich da jetzt auch nicht zu weit aus dem Fenster lehnen. Besser, ich versuche mich zu erinnern, ob jemals im Tatort, während eines Fußballländerspiels oder bei der Oliver-Geissen-Show ein Baby zur Welt gebracht wurde oder ob dort zumindest mal erwähnt wurde, was in einem solchen Fall zu tun ist. Das wäre überhaupt ein Spitzenthema für die vielen Werbepausen: Erste Hilfe in allen Lebenslagen. Eventuell in Kooperation mit einem führenden Modehaus. So nach dem Motto: Unser mutiger Ersthelfer wurde eingekleidet von Armani. Aber bitte den Anzug hinterher nur chemisch reinigen lassen. Blutflecken niemals selbst entfernen, das zerstört das Gewebe!

Dimitri hat offenbar auch keine Ahnung von erster Hilfe, denn er macht sich einfach aus dem Staub. «Ich lasse Schiff soforrrt wenden», ist das Letzte, was wir von ihm hören.

Schon klar. Lass uns ruhig mit den Halbaffen alleine. Die haben bestimmt eine 1-a-Rettungssanitäter-Ausbildung.

Doch Lydia denkt nicht daran, sich durch eine spontane Geburt vom Thema ablenken zu lassen.

«Also, was genau ist hier passiert», wettert sie, «und was soll nur halb so schlimm sein, Herr Moreno?»

Warum bitte schön wendet sich ihr Zorn wieder nur gegen mich? Zum ersten Teil der Frage kann ich mich – wenn auch ungern – zumindest ansatzweise äußern. Aber die zweite Frage darf dann gern mein Kollege übernehmen.

«Nun, äh ...»

«Dies ist der Eisschrank, in der laut Dimitri gestern das Eis eingelagert wurde», springt Marc dankenswerterweise ein. «Und jetzt ...» Er zieht die Schultern hoch. «... ist es weg.»

«Wie, jetzt ist es weg?»

Herrje, jetzt bringt Lydia auch die Echonummer. Was kann man denn daran nicht verstehen?

«Na ja, weg eben», sage ich gereizt.

«Sie wollen damit sagen, es gibt kein Eis mehr, Herr Moreno?» Lydias Stimme schraubt sich in den für mein Gehör anstrengenden Bereich. «Keinen einzigen, verdammten Becher? Das bedeutet dann wohl, dass wir jetzt umkehren, die Models nach Hause schicken und das Shooting abblasen, da ich nämlich keine Zeit mehr habe, hier auf eine neue Lieferung zu warten.»

Sie verstummt, aber es ist zu spät. In meinen Ohren fiept es gleichmäßig weiter. Im Geiste bringe ich den Satz zu Ende: kein Auftrag, kein glücklicher Rolf, keine Agentur, kein gar nichts.

«Das bedeutet …», wirft Dimitri ein, der sich unbemerkt wieder angeschlichen hat. «Wirrr mussen imprrrovisieren!»

Lydia dreht sich misstrauisch zu unserem Gastgeber um und macht eine auffordernde Geste. «Ach ja? Wie denn?»

«Na ja … Also gesterrrn, nachdem Lieferrrung kam, bin ich von Borrrd und –» Er macht eine Pause, da ihm die Ausführung offenbar ein wenig unangenehm ist. «Also … da habe ich mirrr klitzekleines Eis genehmigt.» Wie zur Erklärung legt er Daumen und Zeigefinger zu einem Kreis zusammen und nickt bekräftigend. «Klitzeklein.»

Lydia macht eine wegwerfende Geste. «Weiter!», fordert sie im Tonfall eines korrupten Vernehmungsbeamten.

«Na ja, es warrr ja mehrrr als genug da von sußem Zeugs.» Wieder so eine nervenaufreibende Pause. «Deshalb ich habe von jederrr Sorrrte auch nurrr eine klitzekleine Becherrr genommen.»

Also doch die Nummer mit dem Naschzwang.

«Ja, und weiter?», drängelt Marc.

«Und einem Frrreund, der gerrade vorrrbeikam, habe ich auch eins ... ah, also zwei gegeben.»

Gut. Das macht vier. Jetzt bin ich aber mal gespannt, wie viele Besucher er noch beköstigt hat.

«Dann sind wirrr damit in Altstadt gegangen.»

«Hä? Womit?» Ich habe irgendwie den Faden verloren.

«Na, mit vierrr klitzekleinen Eisbecherrrn.» Dimitri macht große Augen und blickt erwartungsvoll in die Runde. Als er merkt, dass wir mit seiner Geschichte nichts anfangen können, fährt er fort: «Wirrr haben leerrre Verrrpackungen in Mull geworrrfen.»

Wahnsinn. Das nenne ich umweltbewusst. Den Kindern ein Vorbild!

UND WAS HAT DAS JETZT MIT UNSEREM VERDAMMTEN PROBLEM ZU TUN???

«Ja, und?» Auch Lydia steht kurz davor, die Nerven zu verlieren.

«Also, bestimmt sind Mulleimerrr noch nicht geleerrrt, deshalb wirrr mussen nurrr diese Verrrpackungen wiederrr herrraussuchen, auswaschen und ferrrtig!»

«Aber ... Aber die sind doch ... Die sind doch leer!?!»

Lydia hat's noch nicht kapiert. Gut, zugegeben, zuerst dachte ich auch, der Eiskonsum hätte eventuell Dimitris Hirn eingefroren. Doch seine umständliche Geschichte könnte uns tatsächlich den Arsch retten.

Nur Lydia scheint das noch nicht begriffen zu haben. Aber ich sag es ja immer: Kunden sind Kunden, und Schnaps ist Schnaps. Kunden verstehen grundsätzlich nichts. Aber vielleicht fehlt Lydia auch einfach nur das Fälschergen, das in manchen Kulturen offenbar angeboren ist. So anscheinend auch in der russischen.

«Wirrr befullen Dingerrr neu! Das kann Marrrija, meine Haushälterrrin, machen.» Wenn er könnte, würde Dimitri sich jetzt selbst auf die Schulter klopfen. «Marrrija ist hervorrragende Kochin und macht beste Krrrempita in ganz Jugoslawien!»

«Krempita?», fragt Marc.

«Jugoslawien?», fragt Lydia.

«Russisch?», fragen die Halbaffen.

Ich sage vorsichtshalber nichts.

«Krrempita ist hierrr Spezialität», fährt Dimitri mit seinem politisch inkorrekten landeskundlichen Vortrag fort. «Hat ähnliche Konsistenz wie Pudding und sieht auf Foto sicherrr aus wie Eis. Todsicherrr!»

Todsicher ist eine Vokabel, die ich in diesem Zusammenhang lieber nicht benutzen würde. Wie nennt man das noch: *selffulfilling prophecy?*

«Hört sich ja wirklich toll an», bricht es wenig begeistert aus Marc heraus. «Hat vielleicht noch jemand so 'ne Spitzenidee?»

Aus der Ferne erklingt jetzt asthmatisches Röcheln, gefolgt von einem hysterischen «Waffwaffwaff».

Lydia springt sofort auf. Na ja, jedenfalls so etwas Ähnliches. Also, sie bekommt irgendwie Schlagseite, kippt nach vorn und wird gerade noch rechtzeitig von den beiden Halbaffen aufgefangen. Anscheinend kann man die also doch zu etwas gebrauchen.

«Herr Moreno!»

Was wie ein Pistolenschuss klingt, sind vermutlich die letzten Worte, die Lydia je an mich richten wird. Jedenfalls wenn ich das Ruder nicht rumgerissen bekomme.

«Ich würde Sie gern kurz allein sprechen.» Lydia macht eine Kopfbewegung Richtung Tür und schwankt auch bereits drauf zu.

Ich biete ihr meinen Arm, den sie bockig ablehnt. Kein gutes Zeichen. Ihre Hormone sind ganz offensichtlich kom-

plett außer Kontrolle geraten, denn kaum sind wir aus der Kombüse, keift sie auch schon los.

«Ich glaube es ja wohl nicht! Ich denke, hier ist alles super vorbereitet, wir haben die beste Location, die sich in diesem Land finden lässt, die Models sind Profis und nicht vom Brombeerpflücken rekrutiert und in drei, vielleicht vier Tagen kann ich wieder nach München. Wenn ich nämlich jetzt Nachschub von zu Hause ordern muss, dann ist dir ja wohl klar, dass das erstens zu lange dauert und zweitens –» Sie macht eine kurze Pause, denn Melanie erscheint oben an der Treppe und jault sich die Augen aus ihrem runzeligen Gesicht. Im Nu wechselt Lydia in den Mutter-Beimer-Modus und ruft in zuckersüßem Tonfall die Stufen hinauf: «Ich komme ja gleich, süße Maus!» Dann kühlt sie ihre Tonlage um fünfzehn Grad herunter. «Und zweitens dein popeliges Hiwi-Gehalt sprengt!»

Autsch.

Na ja, jetzt weiß ich zumindest, dass sie nicht vorhat, mich nach der Geburt finanziell auszubeuten.

Als echter Glücksfall – falls man in dieser Situation überhaupt von Glück sprechen kann – entpuppt sich die Tatsache, dass Lydia nach diesen Worten tatsächlich auf dem Absatz kehrtmacht und in Richtung Treppe wankt. So kann ich mich wenigstens nicht in Wort oder Ton vergreifen. Mir liegt nämlich so einiges auf der Zunge, unter anderem, dass das hier ja wohl nicht alles meine Schuld ist, und dass man mit dem Vater seines Kindes gefälligst etwas freundlicher umgehen sollte!

Gut, vielleicht trage ich eine nanoteilchengroße Mitschuld an Vivians zerkratzten Beinen, aber genau genommen geht das ja wohl eher auf Melanies Kappe.

Konfuzius sagt: Der Edle ist ruhig und gelassen, der Gemeine ist immer in Sorgen und Aufregung.

Und *die* Gemeine offenbar auch.

Harrr. Hätte ich mich bloß um alles persönlich gekümmert! Aber ich werde ab jetzt das Kommando übernehmen und allen zeigen, wie reibungslos so eine Sache laufen kann!

Hinter mir geht leise die Tür zur Kombüse auf.

«Ist sie weg?» Dimitri steckt seinen Kopf hinaus. Und als ich nicke, fügt er kopfschüttelnd hinzu: «Hat sich ganz schon aufgerrregt. Wie Furrrie. Nix gut, für ihrrrem Zustand!»

Nix gut, auch für meinen Zustand!

«Mein Frrreund, Schiff hat berrreits gewendet. In etwa halbe Stunde sind wirrr wiederrr am Hafen. Bestimmt finden wirrr Becherrr, und Marrrija ...» Er macht schon wieder dieses schwärmerische Gesicht. «... beste Köchin unter sudlicherrr Sonne, weiß bereits Bescheid. Währrrend ihrrr heute Abend meine Gäste seid, werrrden Becherrr neu befullt und – schnippschnapp – morrrgen frrruh konnen wirrr weiterrrknipsen!»

Ich sag's ja: Jetzt, da ich mich um alles kümmere, läuft es wie am Schnürchen. Nur oben an Deck ist die Stimmung noch nicht ganz so super.

Lydia sitzt schmollend mit Melanie im Schatten und hat sich hinter einer Tageszeitung mit kyrillischen Buchstaben verschanzt. Signal an die Umwelt: Ich bin so genervt, dass ich notfalls auch das Tagebuch von Johannes B. Kerner auf Esperanto lesen würde – Hauptsache, ihr lasst mich alle in Ruhe!

In meiner neuen Rolle als Top-Organisator trommele ich erst einmal das Team zusammen und erkläre die Lage.

«Wenn wir gleich anlegen, klappern sofort alle die Mülleimer der Umgebung nach leeren *Sündenpool*-Packungen ab.»

Täusche ich mich, oder hat Lydia kurz über ihre Zeitung

gespäht? Soll sie ruhig merken, dass hier von nun an ein anderer Wind weht.

«Und was ist, wenn da inzwischen neuer Müll draufliegt?», will Noemi mit angeekeltem Gesicht wissen.

Da sie ja keine Schuld an unserer Misere hat, greife ich noch etwas tiefer in die Autoritätskiste. «Marc und Frank erledigen das dann schon.»

Ha! Jetzt hat Lydia definitiv geblinzelt. Erwartungsvoll schaue ich in die Gesichter meiner Untergebenen.

«Äh, ich helfe natürlich gerne mit bei der Suche», erklärt Frank schnell. «Ehrensache!»

Na bitte! Geht doch, du alte Schleimschabe!

14. Kapitel

Also, man kann den Montenegrinern vielleicht einiges vorwerfen (gescheiterte WM-Quali zum Beispiel) – vorschnelles Entleeren ihrer Mülltonnen gehört jedenfalls nicht dazu.[8]

Als wir eine Dreiviertelstunde später unter der Leitung des Skippers, der den kurzatmigen Mops an der Leine führt, die Altstadt ansteuern, geben wir sicher ein schräges Bild ab. Doch der Auftritt lohnt sich. Dimitri deutet auf einen übervollen Mülleimer und sagt: «Hierrrr ist es. Hierrr ist ersterrr Eisbecherrr begrrraben.»

Tja, begraben scheint mir der richtige Ausdruck. Der Abfallberg sieht nicht nur unappetitlich aus, sondern riecht auch wie ein abgehalfterter Staatszirkus.

Zweites Problem: Man kann hier nicht einfach im Müll wühlen, ohne dass eine vorbeischlendernde Touristentraube einen dabei digitalisiert. Unzählige Kameras vor dicken und noch dickeren Bäuchen warten nur darauf, einen Schnappschuss von einem, der hier durchs soziale Netz gerauscht ist, machen zu können.

Aber es hilft nichts, wir müssen da durch. Beziehungsweise da rein. Und zwar mit der Hand.

Meine neue autoritäre Rolle verlangt es, dass ich als Erster die Hand in der Tonne versenke. Das behauptet zumindest Marc, der feixend auf den Mülleimer zeigt.

Immerhin konnten wir an Bord noch ein paar ausran-

gierte Gummihandschuhe auftreiben, mit denen zwar vermutlich schon mal jemand erwürgt worden ist, aber für Empfindlichkeiten haben wir jetzt keine Zeit. Dimitri hält mir freundlicherweise auch noch Müllsack und Kehrschaufel vors Gesicht.

Unglaublich, was millionenschwere Schiffseigner so alles an Bord haben. Der Plastiksack ist zum Glück neu, sonst hätte ich mir ernsthaft vorstellen können, darin auf einen vergessenen Unterarm oder eine ausrangierte Milz zu stoßen.

Mit gespielt gleichgültiger Miene (man bedenke die fotografierenden Touris!) beginne ich, Müllstückchen für Müllstückchen von der Tonne in den Sack umzuschichten. Je tiefer man gräbt, umso unschöner wird es, aber das ist bei manchen Politikerkarrieren ja auch nicht anders.

Plötzlich schreit Vivian hinter zugehaltener Nase auf. «Da! Da ist einer!»

Sie deutet auf eine Stelle, an der zwischen Papiertaschentüchern, einer Cola-Flasche und einem angebissenen Stück Pizza noch die Buchstaben «*... enpool*» zu lesen sind.

Vorsichtig wühle ich weiter und erwische tatsächlich den gesuchten Becher. Bingo! Gleich daneben liegt auch schon der zweite.

Ich versuche, aus meiner gebückten Haltung einen Blick auf Lydias Gesicht zu werfen, aber sie hat sich komplett hinter ihrer riesigen Sonnenbrille verschanzt und verzieht ansonsten keine Miene.

Kurz stochere ich noch nach den Deckeln, die leider ein wenig zerknickt sind. Vermutlich werden wir sie aber ohnehin nicht brauchen.

«Okay, weiter.» Ich bin wild entschlossen, meine neue Rolle mit der nötigen Verbissenheit anzugehen. «Wo ist der nächste Mülleimer?»

Dimitri räuspert sich und nimmt Melanie auf den Arm. «Also, ich glaube, wirrr sind dorrrt entlanggegangen.» Er deutet in eine schattige, enge Gasse. «Oder vielleicht war es doch eine Straße weiter.»

Na bravo, da können wir ja froh sein, dass er überhaupt den richtigen Hafen angesteuert hat.

«Ich warrr verrrtieft in Gesprrräch», entschuldigt er sich schulterzuckend. «Ich bin aberrr sicherrr, dass es eine Gasse dorrrt vorrrn warrr.»

«Also hier entlang?», frage ich mit dem nettesten Tonfall, der mir noch zur Verfügung steht und zeige Richtung Ortskern.

«Nein.» Dimitri schüttelt den Kopf. «Warrr doch hierrr entlang.»

Was wie eine Tatsache klingt, ist eigentlich eine Frage. Ich kenne doch meinen Russen!

«Vielleicht hier rechts?» Frank deutet auf einen unscheinbaren Weg, der hinter einem kleinen Supermarkt abzweigt.

«Also, ich für meinen Teil werde mich mal etwas hinsetzen und hier warten.» Lydia deutet auf eine Bank im Halbschatten. «Das dauert mir sonst zu lange.»

Mit diesen Worten hakt sie sich bei Vivian und Noemi unter, die reichlich erleichtert aussehen, dass sie die Müllsafari vorzeitig beenden dürfen. Gemeinsam steuern die drei den ruhigen Sitzplatz an.

Im Gehen wirft Lydia Dimitri noch einen abwägenden Blick zu. Vermutlich überlegt sie insgeheim, ob sie Melanie wirklich in der Obhut eines Mannes lassen kann, der sich nur schwer erinnert, was er vor nicht mal vierundzwanzig Stunden getan hat.

«Also, wo müssen wir denn nun hin?», bohre ich ebenfalls nach, um die Sache möglichst schnell zu Ende zu bringen.

«Welche Gasse ist es? Bitte versuchen Sie doch, sich zu erinnern.»

«Habe ich schon», sagt Dimitri bockig und biegt allen voran in eine ziemlich heruntergekommene Gasse ein. Kurz darauf bleibt er stehen und zeigt auf einen Mülleimer, der von einem Pulk wilder Hunde und Katzen belagert wird.

«Ja, genau! Hierrr warrr es! Ich errrinnerrre mich wiederrr ganz genau.»

Harrr, mir bleibt aber auch nichts erspart. Ehrlich gesagt, bin ich nicht so versessen darauf, mich mit fünf ausgehungerten Aristocats um eine Portion Restmüll zu streiten.

«Ksch!», mache ich zaghaft. Und dann etwas energischer: «Kschkschksch! Weg! Loslos!» Die Katzen sind tatsächlich schwer beeindruckt, huschen behände auf die angrenzende Mauer und schauen von dort aus neugierig zu, wie nun zwei Hunde – eine Riesendogge und eine Art geschrumpfte Giraffe – zähnefletschend ihren Schatz verteidigen.

Plötzlich fällt mir der Schrumpfhund ein.

Melanie! Das ist die Gelegenheit, sie für einen guten Zweck zu opfern.

Ich drehe mich zu Dimitri, um mir den Mops zu greifen, da zieht er den Hund plötzlich weg und ruft: «Njet!»

Ich tue so, als hätte ich nichts gehört und grabsche erneut nach dem Schrumpfhund. «Geben Sie her, ich –»

«Njet! Nein!»

Wie bitte? Das ist ja wohl immer noch *mein* Hund! Und wenn *ich* beschließe, ihn zu opfern, dann ist das ganz allein *meine* Entscheidung. Da gibt es keine zwei Meinungen.

Erneut strecke ich meine Hände aus.

«Russischrussisch!»

Harrr. Offenbar gibt es doch eine zweite Meinung, allerdings verstehe ich sie nicht. Fragend und ein bisschen verärgert blicke ich den Russen an.

«Kannst du nicht auslieferrrn einen Chagoi solch grrroßer Gefahrrr!»

Ach Mist! Dieses Chagoi-Ding hatte ich schon wieder komplett vergessen. Dummerweise habe ich es gestern Abend auch nicht mehr geschafft, das Thema zu googeln und kann deshalb jetzt nicht optimal reagieren. Ich versuche es also mit Vernunft.

«Dimitri, bitte! Erstens ist es *mein* Hund, und zweitens wird ihm schon nichts geschehen. Also her damit.»

Langsam, als wolle ich ihm eine geladene Pistole abnehmen, strecke ich meine Arme aus.

Aber Dimitri ist noch nicht überzeugt. Blitzschnell dreht er sich weg und stampft wie ein eingeschnapptes Kind mit dem Fuß auf.

«Njet. Ich kann nicht zulassen!»

Langsam platzt mir der Kragen. Außerdem geht es mir jetzt ums Prinzip. «Nun vergessen Sie doch mal diesen ganzen Chagoi-Quatsch. Das ist ein ganz normaler Mops. Ohne vergoldetes Halsband und ohne adeligen Stammbaum. Die gibt es in Deutschland an jeder Straßenecke. Der ist überhaupt nicht besonders.»

Außer vielleicht besonders blöd.

«Du lugst!»

«Nein, tu ich nicht. Er ist lediglich in einen Farbtopf gefallen und hat seitdem diese eigenartige Farbe. Weiter nichts.»

So, jetzt ist es raus.

Dimitri sieht mich an, als hätte ich behauptet, Wodka, Perestroika und Kasatschok seien eigentlich deutsche Erfindungen und Russland gäbe es ohnehin nur auf dem Papier.

«Ich glaube dirrr kein Worrrt!»

Na, super. Wer einmal lügt, dem glaubt man nicht.

Möglichkeiten, wie ich aus dieser Nummer wieder rauskomme:

1. Den Russen k. o. schlagen. (Ich müsste dann auch nicht mehr im Müll graben, um den Eisbecher zu suchen. Unser Shooting wäre nach dieser Aktion nämlich definitiv gestorben.)
2. Todesmutig auf die hungrige Meute zustürzen und mich für den bisher schwierigsten Auftrag der Agentur Siegelmann zerfleischen lassen. (Dann klappt es sicher auch mit der Gehaltserhöhung.)
3. In meinem Konfuzius-Buch nach einem schlauen Spruch suchen. (Und den Rest meines Lebens als einsamer Eremit auf einer der vielen vorgelagerten Inseln fristen.)

Ich beuge mich zu Dimitri und flüstere in einem Tonfall, der klarmachen soll, dass dies mein letztes Angebot ist: «Dem Hund wird nichts geschehen, dafür sorge ich.»

Ich weiß zwar noch nicht, wie, aber vielleicht verjagt Melanie die Straßenköter ja mit ihrem Gefurze. Sicherheitshalber schiebe ich für Dimitri noch ein Totschlagargument hinterher. «Wenn ich ihn jetzt sofort bekomme, schenke ich ihn dir.»

Dimitris Miene wechselt von aggressiv auf ungläubig.

«Allerdings», erkläre ich und hebe drohend den Zeigefinger, «erst am Tag meiner Abreise. So lange muss der Deal unter uns bleiben!»

Augenblicklich verfinstert sich Dimitris Miene wieder.

Meinetwegen könnte er den Köter ja schneller haben, als er Kosakenzipfel sagen kann. Aber aus zwei Gründen geht das nicht.

Erstens würde Dimitri vermutlich noch heute Abend bemerken, dass es sich bei Melanie tatsächlich nicht um die exklusive Chagoi-Art handelt, sondern um einen schnöden Hamburger Wind-und-Wetter-Mops. Und zweitens scheint

Lydia ebenfalls scharf auf den Klops zu sein. (Und dass ich Melanie stattdessen lieber in russische Gefangenschaft geben würde, wäre für sie unter Umständen ein Grund, die Zusammenarbeit mit der Siegelmann-Werbeagentur noch während dieser Reise zu beenden.)

Darauf sollte ich es also nicht unbedingt ankommen lassen. Deshalb am besten erst einmal Zeit gewinnen. Manches regelt sich ja bekanntlich von selbst.

«Ich gehe davon aus, dass dein Worrrt das eines Mannes ist», sagt Dimitri immer noch zögernd und reicht mir die Hand. Leider lässt er dabei den Hund los, der herunterplumpst und wie ein gepökelter Eisbeinknochen unsanft auf dem Boden aufschlägt.

«Waff!»

«Natürlich!», antworte ich Dimitri und schlage ein. Zum Glück ist so ein Mops ja gut gepolstert, denke ich und will ihn mir schnappen, aber da hat Melanie die Sache bereits selbst in die Hand genommen.

Von naiver Freude getrieben, watschelt sie auf die Riesendogge zu und präsentiert ihr uncharmant das Hinterteil.

Eventuell hat der Riesenhund Probleme mit der Galle, oder er rechnet sich gerade Melanies Body-Mass-Index aus und überschlägt ihre Körperfettwerte. Jedenfalls scheint ihm der Appetit vergangen zu sein, denn er macht keinerlei Anstalten, sie mit Haut und Haaren zu verschlingen.

Pah! Die Straßenköter von heute sind auch nicht mehr das, was sie mal waren. Stürzten sie sich einst noch auf alles, was blutig und warm war, wickeln sie sich inzwischen lieber einen Döner aus dem Papier. Tse!

Noch immer will sich die blöde Dogge nicht mit dem Schrumpfhund im Bauch aus dem Staub machen. Stattdessen beugt sie jetzt neugierig den Kopf hinunter und veranlasst dadurch Melanie, die kleine Schlampe, ein weiteres

keckes «Waff!» auszustoßen und vor der Elefantenhundschnauze mit dem fetten Hinterteil zu wackeln. Dann tippelt sie ein paar Schritte vorwärts. Und nun entpuppt sich der Riesenhund endlich doch noch als würdiger Vertreter seines Geschlechts, denn so ein herausgestrecktes Hinterteil – und sei es auch noch so schwabbelig – entgeht keinem männlichen Auge.

Sofort setzt er sich in Gang, um hinter Melanie herzuzuckeln, die sich langsam vom Mülleimer entfernt.

Der Zugang ist endlich frei.

Falls der Elefantenhund unterwegs nicht plötzlich seine Vorliebe für Wespentaillen entdeckt und seinen Irrtum bemerkt, kann es losgehen.

In Windeseile entdecke ich tatsächlich beide Verpackungen, inklusive Deckel. Auch die sind etwas zerknickt, aber mit ein wenig Haarspray und Fettcreme dürften sie bald wieder in neuem Glanz erstrahlen.

Als ich Marc und den Knipser um die Ecke biegen sehe, halte ich den Fund wie eine Siegestrophäe in die Luft. Sie klatschen Beifall. Nur Dimitri sieht aus, als würde er gleich seine Leibgarde zusammentrommeln, um mich massakrieren zu lassen.

«Wo ist Hund?!»

Äh ... Tja, gute Frage.

«Wo? Ist? Hund?»

Ich zucke mit den Schultern. «Kein Grund zur Aufregung, er kommt sicher gleich wieder.»

Doch Dimitri lässt sich nicht beruhigen. «Woisthund?»

Langsam klingt es wie: «Du bist tot!»

Mir wird ein bisschen mulmig. Ohne Melanie können wir die Eisbecher noch so hübsch herrichten, der Zutritt zur Yacht würde uns definitiv verwehrt werden.

«Also gut, ich sehe mal nach ihr», sage ich so zuversichtlich, wie ein vielbeschäftigter Mann klingen kann, der in einer fremden Stadt einen dummen dicken Hund sucht.

Marc scheint nun ebenfalls alarmiert. «Wir sollten uns aufteilen», flüstert er, weil er ahnt, dass das hier gleich zu einem Riesenproblem werden könnte.

«Frank!», rufe ich im Befehlston und streife mir bereits die Handschuhe ab, «du gehst dort vorn nach rechts. Marc nach links. Und Dimitri wartet hier, falls Melanie wider Erwartend alleine zurückfindet.»

Eigentlich bin ich viel zu selten autoritär. Frauen mögen das ja bekanntlich. Deshalb mache ich im Drillmaster-Ton weiter, auch wenn weit und breit kein weibliches Wesen zu sehen ist. «Also, Männer», ich klatsche energisch in die Hände und erklimme so den Gipfel männlich-autoritären Verhaltens, «los geht's!»

Alle traben brav los, bis auf Dimitri, der besorgt die Stirn in Falten legt und an einer Hauswand Schatten sucht.

Ich dagegen stürme los – und zwar in den nächstgelegenen Süßigkeitenladen. Frei nach dem Motto: Mit Speck fängt man Mäuse, kaufe ich eine große Tafel Milka-Schokolade. Eingewickelt in das gute alte Stanniolpapier. Das Rascheln kennt Melanie sicher von ihrem Vorbesitzer, dem Alm-Typen mit dem Luis-Trenker-Gedenkdress.

Obwohl Hunde ja angeblich über ein ausgeprägtes Riechorgan verfügen, glaube ich, dass damit nur Tiere gemeint sind, die auch über eine ausgeprägte Schnauze verfügen. Melanie ist in der Hinsicht eher etwas minderbemittelt. Sie kriegt ja schon schlecht Luft, selbst wenn sie mal nicht gefurzt hat. Wie soll sie da noch ein Stück Schokolade erschnüffeln können?

Auf der Straße reiße ich deshalb die Verpackung auf, knistere lautstark mit dem Silberpapier und stoße ein lautes «Mmmmmmmhhh!» aus.

Ein vorbeischlenderndes Liebespaar blickt irritiert zurück und beschleunigt daraufhin seinen Schritt. Aber mir ist jetzt nichts mehr peinlich. Ich habe eine Mission zu erfüllen, auch wenn ich mich dabei bis aufs Blut blamiere.

«Mmmmmmhhhh, daaas schmeckt gut!» Meine Tonlage wird jetzt etwas schriller.

«Mmmmmmhhhhh!!!!!!!!!». Irgendwo geht eine Tür auf, ein Arm erscheint und zieht ein spielendes Kind ins Haus.

«Mmmmmmhhhh!» Habe ich Melanie vielleicht falsch eingeschätzt? Lässt sie sich eventuell lieber von einem Elefantenhund bespringen, als sich ein Stückchen Alpenmilchschokolade zu sichern?

«Waff!»

O lieber Gott, ich bin gerettet! Hinter der nächsten Biegung, da muss sie sein!

Ich stoße ein weiteres exzessives «Mmmmmmmh!» aus und raschele mit dem Papier, als gelte es, einen Büffelfurz zu übertönen.

Doch als ich um die Ecke biege, bietet sich mir ein grauenhafter Anblick. Der Christopher-Street-Day in New York könnte nicht farbenfroher vonstattengehen, als der Straßenköterauflauf, der sich hier zusammengefunden hat.

Ich komme mir vor wie der Rattenfänger von Montenegro.

Unzählige Hunde in allen Formen und Farben blicken erwartungsvoll auf die Schokolade in meiner Hand. O nein!

Aus Angst, sie könnten gleich wie ein Heuschreckenschwarm über mich herfallen, beginne ich, die Riegel durchzubrechen und in kleine Brocken zu zerteilen.

Aber jeder nur eins!

Immer mehr Hunde biegen jetzt um die Ecke. Und obwohl mir der Angstschweiß inzwischen in die Augen läuft, erkenne ich unter den Nachzüglern auch den Elefantenhund. Und da, gleich nach ihm, biegt auch eine asthmatisch schnaufende Melanie um die Ecke.

Es ist, als wüssten die Hunde, dass heute jeder nur ein Stück Schokolade abbekommen kann, und so stellen sie sich brav in eine Schlange und warten, bis sie an der Reihe sind. Also, ich muss schon sagen, es geht hier doch wesentlich gesitteter zu als beim Vorverkauf für ein Tokio-Hotel-Konzert.

Dummerweise steht der Schrumpfhund ganz hinten in der Schlange, sodass ich gezwungen bin, erst die übrigen Streuner zu füttern, ehe ich Melanie erreiche. Zur Strafe für ihr Ausreißen spendiere ich ihr Stückchen dem überraschten Nachbarhund und reiße sie hoch.

«So, Freundchen, du bist leider auf Diät gesetzt. Du hast nämlich ab sofort ein neues Herrchen, und bei dem sollst du doch weiterhin einen guten Eindruck machen.»

15. Kapitel

Nachdem ich dem ungeduldig wartenden Dimitri den Mops in die Hand gedrückt habe, trommele ich die anderen zusammen und blase zum Abmarsch. Hier können wir ohnehin nichts mehr ausrichten, unser Schicksal liegt jetzt in den Händen dieser ominösen Köchin. Hoffentlich bekommt sie eine gute Eisfälschung hin, sonst darf ich mich in drei Tagen beim Arbeitsamt in die Schlange stellen.

Und ich kann nur hoffen, dass Dimitri sich auch an unsere Abmachung hält.

Zurück im Hotel checke ich als Erstes meine E-Mails.

Neben einer Mail von Luke, der sich offenbar turbohasentechnisch immer noch nicht ganz ausgequatscht hat, sind auch drei (!) weitere Mails von Rolf eingegangen. Unser Ausflug scheint ihm schlaflose Nächte zu bereiten, denn jetzt versucht er es mit der Ich-nerv-dich-so-lange-bis-du-mir-antwortest-Taktik, die ich schon von anderen Einsätzen kenne. Und, wie immer, kommt er mit der Masche bei mir durch.

von: r.siegelmann@siegelmann.de

an: tom.moreno@siegelmann.de

Betreff: Wichtig!

Tom! Seit zwei Tagen höre ich nichts von dir.

Was ist bei euch los?

Folgendes:

1. Ich will einen detaillierten Lagebericht.
2. Und vor allem will ich endlich die ersten Bilder sehen.
3. Melde dich, sonst massakrier ich dich!

Gruß, Rolf

Na, da ist aber einer nervös ... Wenn der wüsste, dass ich die Aktion heute unter Einsatz meines Lebens (zugegeben, auch unter Einsatz des Hundelebens) gerettet habe, würde er aber anders mit mir umspringen. So viel Frechheit muss bestraft werden. Meinetwegen kann er ruhig noch eine weitere schlaflose Nacht verbringen.

So, mal sehen, was Luke will.

von: Luke@gameover.de

an: tom.moreno@siegelmann.de

Betreff: Re: Re: Re: Geile Turbohasen

Tom, du coole Sau!
Wie geil ist das denn! Ich finde, du solltest deinen besten Kumpel an deinem Glück teilhaben lassen. Ich buche den nächsten Flieger und komme zu dir. Dann lassen wir es richtig krachen!
Also: Schick mir deine Adresse, und wir sehen uns spätestens morgen!

Hilfe! Das geht natürlich nicht. Hoffentlich ist er noch nicht losgeflogen, in Monte Carlo kann er nämlich lange nach mir suchen. Luke braucht jedenfalls dringender als Rolf eine Antwort.

O nein, da fällt mir ein: Ich habe ja die Mail von meiner Mutter noch gar nicht gelesen. Bei der muss man leider immer mit dem Schlimmsten rechnen.

von: tessamoreno@holybody.com

an: tom.moreno@siegelmann.de

Betreff: Urlaub

Mein Großer,

seit du von Monte Carlo gesprochen hast, lässt mich der Gedanke an Urlaub nicht mehr los.

Und weißt du was? Ich komme dich besuchen! Bitte buche mir ein Hotel in deiner Nähe, du kennst dich ja sicher inzwischen ein bisschen aus.

Ich werde dich auch garantiert nicht stören beim Arbeiten, versprochen. Eventuell können wir aber morgen Abend gemeinsam Abendessen gehen – na, was sagst du?

Kuss, Tessa.

Haha. Guter Witz.

Sie wird mich nicht stören ... Dass ich nicht lache. Eine der ganz großen Stärken meiner Mutter: mich nicht zu stören.

Tja, Mama, dann mal viel Spaß in Monte Carlo!

Wie können die sich einfach alle selbst einladen? Ich kann es nicht fassen. Ich meine, die wissen doch, dass ich zum Arbeiten hergeflogen bin. Wie kann es dann zu dieser Reisewelle kommen?

Gut, eventuell erwähnte ich mal kurz Sommer, Sonne und Sünde, aber war das eine Einladung?

Nein!

Am liebsten würde ich den Rechner wieder runterfahren und mich tot stellen. Aber das wäre – zumindest, was Luke anbelangt – wohl etwas unfair.

Ich muss das Schlimmste verhindern.

an: Luke@gameover.de

von: tom.moreno@siegelmann.de

Betreff: Nix mit Hasen!

Kumpel, bleib, wo du bist. Hier läuft auch schon ohne dich alles schief. Bin gar nicht in Monte Carlo, bin in Montenegro. Habe außerdem den Scheißköter an der Backe. Kundin ist hochschwanger und hochsensibel. Fotograf ist 'ne talentfreie Flachbirne und hat 'ne Kack-Location fürs Shooting besorgt. Das Eis wurde gestern gestohlen, aber ein reicher (weil vermutlich krimineller) Russe wird uns heute Abend mit Hilfe seiner kroatischen Haushälterin den Arsch retten. Hoffentlich. Wenn's schiefgeht, wandere ich nach Albanien aus.
Also besser, du kommst hier nicht vorbei.
Ich melde mich, sobald ich zu Hause bin (oder in Albanien).
Tom

PS: Das Kind ist übrigens von mir.
PPS: Mit Elisa ist demzufolge Schluss.
PPS: Die Frauen hier sind trotzdem super (wenn auch nicht französisch ... also, Französinnen, meine ich).

Um mir Arbeit zu ersparen, kopiere ich den Text (natürlich ohne die PS) und klicke in der Nachricht meiner Mutter auf «antworten«. Dann füge ich die Zeilen ein, ersetze «Kumpel» durch «Mutter» und sende beide Mails los.

Gerade, als ich schon im Begriff bin, den Computer herunterzufahren, kommt noch eine Nachricht. Sie ist von Elisa!

Mein Herz macht einen Sprung, und das Blut schießt mir durch die Adern. Wusste ich es doch: Sie vermisst mich! Kann es ohne mich bestimmt gar nicht mehr aushalten.

Eilig klicke ich auf die Mail, doch was ich darin finde, hätte ich lieber niemals gesehen. Niemals. Denn wie heißt es so schön: kleine Torte statt vieler Worte? Ach nee, ich meinte: Ein Bild sagt mehr als tausend Worte. Dieses jedenfalls.

Es zeigt Elisa, wie sie jauchzend auf einer aufgeblasenen Riesenbanane durchs azurblaue Meer reitet (was an sich ja noch nicht schlimm ist). Allerdings wird sie dabei umringt von schätzungsweise vier sonnengebräunten Italo-Spacken (das eine könnte auch ein Felsen sein), die entweder spielerisch an Elisas Beinen ziehen oder sich damit begnügen, sie anzuschmachten. Zum Glück stecken die Kerle kopfabwärts im Wasser, denn was bei denen im Hüftbereich vor sich geht, möchte ich lieber nicht sehen. Widerlich.

Wie kann sie mir nur ein solches Foto schicken?

Vielleicht sollte ich Lydia um ein digitales Ultraschallfoto bitten, dann könnte ich mich bei Elisa mit einer ähnlichen Geschmacklosigkeit revanchieren!

Ich vergrößere das Bild und suche ihren Körper auf Knutschflecken ab. Ha! Auf dem rechten Arm entdecke ich etwas! Das scheint mir ... Moment mal, ist das etwa eine Telefonnummer?

Sofort zoome ich weiter ran und stelle fest: Nein, es ist nur ein Pflanzenhalm. Also nehme ich die Typen genauer unter die Lupe: Dreitagebart, glutschwarze Augen, muskulöse Schulterpartie. Geht es noch ein bisschen klischeehafter? Normalerweise steht Elisa überhaupt nicht auf solche Ramazottis. Und wo, bitte schön, ist Nibelungen-Mashavna, wegen der ich den Hundeklops an der Backe habe? Nirgends zu sehen. Ob sie das Foto geschossen hat? Oder gibt es etwa noch einen weiteren Kerl?

Harrr. Nachdem ich das Foto wieder auf normale Größe gebeamt habe, entdecke ich darunter schließlich doch noch einen Gruß:

```
Ich hoffe, in Monte Carlo gibt's auch solche
Hammerbananen :-)
Love, Lisa.
```

Wie bitte?

Fassungslos starre ich auf die Zeilen, die ich wieder und wieder lese. Dabei versuche ich herauszufinden, wie sie das gemeint haben könnte. Hammerbananen. Vielleicht bin ich ja auch nur zu versaut für diese Welt, aber wenn man es nicht zweideutig meint, wie meint man es denn dann? Sie glaubt doch wohl nicht allen Ernstes, dass ich Spaß daran hätte, mich auf so einem Ding zum Gummibananentünnes zu machen? Nicht mal (oder gerade dann nicht), wenn eine Horde Latinas mich umringen würde, denen trotz des affigen Spektakels das Wasser im Mund zusammenliefe, möchte ich mich derartigem Kinderkram hingeben!

Dabei fällt mir ein: Elisa lebt ja auch noch in dem Irrglauben, ich sei in Monte Carlo. Und nicht in ihrer unmittelbaren Nachbarschaft. Eigentlich ein Katzensprung. Ich könnte einfach mal schnell vorbeifahren, diesen Nullcheckern auf den Zahn fühlen und ihnen gegebenenfalls gleich die Dreitagebartfresse einhämmern.

Nein, genau das will Elisa vermutlich bezwecken. Dass ich eifersüchtig werde und mich zum Vollhorst mache. Aber den Gefallen tue ich ihr nicht!

Sie wird mich ohnehin hassen, wenn sie von dem Kind erfährt. Wieso da vorher noch eine Schlägerei anzetteln?

Uaaaa! Fast fehlt mir der Schrumpfhund, der bei solchen Gelegenheiten immer besorgt zu mir aufblickt und ein sehr,

sehr ernstes Jack-Black-Gesicht macht. Aber Lydia hatte wohl Angst, ich könnte ihn wieder in der Altstadt streunern lassen und hat ihn deshalb auf ihrem Zimmer in Sicherheit gebracht. Wo war ich stehengeblieben?

ELISA WIRD MICH HASSEN, WENN SIE VON DEM KIND ERFÄHRT.

Ja-a! Ist ja schon gut.

Ich glaube, ich brauche mal ein kleines Päuschen. Gab ja viel zu regeln heute, da wird mir eine Auszeit am Pool mal ganz gut tun. Bisschen Faulenzen, 'ne Runde schwimmen und – ja, genau! Ganz nebenbei die Frauen im Hotel abchecken. Was Elisa kann, kann ich schon lange!

In der Hoffnung auf ein bisschen weibliche Ablenkung schnappe ich mir eine strategisch günstig gelegene Liege (zwischen Pool-Bar und dem Weg zur Toilette – den zwei wichtigsten Anlaufpunkten im Leben einer urlaubenden Frau) und breite mein Badelaken darauf aus. Kaum habe ich mich hingelegt, beginnen allerdings schon wieder die Probleme.

Problem Nummer 1: Die Liege ist nicht richtig eingestellt.

Ich bin mir aber nicht sicher, ob ich den Mechanismus auf Anhieb verstehe oder ob es vielleicht gar keine Möglichkeit zur Lehnenoptimierung gibt und ich mich deshalb entweder unverrichteter Dinge wieder hinlegen muss (erbärmlich peinlich) oder gar fremde Hilfe benötige (ausgeschlossen). Also bleibe ich stocksteif sitzen, während ich über Problem zwei nachdenke.

Problem Nummer 2: Ich sollte mich eincremen.

Das wohl unmännlichste Verhalten, das man in der Öffentlichkeit an den Tag legen kann. (Außer vielleicht, mit einem Schrumpfhund zu verreisen. Mein Image ist also ohnehin schon angekratzt.) Nachdem ich aber einige Jahre (in denen ich froh war, den sonnenölschwingenden Händen meiner Mutter entronnen zu sein) unbekümmert die Sonnenbrand-Farbskala abgearbeitet habe, bin ich inzwischen etwas vorsichtiger. Schließlich will ich nicht an Hautkrebs sterben, bevor ich ein Kind gezeugt habe.

Harrr, blöder Vergleich. Dann könnte es das diesen Sommer ja schon gewesen sein.

Problem Nummer 3: Ohne den dummen Hundeklops bin ich anscheinend unsichtbar. Weit und breit ist keine Schönheit in Sicht, die es sich ungefragt auf meinem Liegestuhl gemütlich macht und mir freiwillig alle Körperpartien einschmiert.

Uneingecremt, unbeachtet und unbequem bleibe ich also eine Weile sitzen und stelle fest, dass ich mich so irgendwie nicht entspannen kann. Ich glaube, ich hab 'ne Pechsträhne.

Als ich mich hektisch nach rechts werfe, um eine Badenixe anzuglotzen, die ich aus den Augenwinkeln irrtümlicherweise für Elisa halte, hakt sich durch die ruckartige Bewegung die Lehne meiner Liege aus ihrer Arretierung. Es gibt ein Mordsgetöse, und ich werde flach nach hinten katapultiert.

Nun ja, das *unbeachtet* kann ich jetzt zumindest aus meiner Aufzählung streichen.

Genervt drehe ich mich auf den Bauch und versuche, mich zu erinnern, was mein Freund Vince mir über die stressabbauende Wirkung des Meditationskurses erzählt hat, den er seit der Geburt seines ersten Kindes besucht: Schreimeditation nach der Methode von Hideaki Hotaka nannte sich das, glaube ich. Sobald ich wieder zu Hause bin, werde ich mich ebenfalls dort anmelden.

«Hallo?»

Offenbar ist dieser Meditationskurs bereits entspannend, wenn man nur an ihn denkt. Jedenfalls muss ich wohl kurz eingenickt sein.

Ich blicke hoch und blinzele gegen die Sonne in Noemis fragende Augen. Sofort bin ich wieder hellwach.

«Ja?»

«Ich störe ja nur ungern, aber ...» Sie macht eine Pause und sieht mich plötzlich überrascht an. «Hey – wo ist denn dein Hund?»

Määäp. Der Hund. Ob mich in diesem Leben wohl nochmal irgendjemand um meiner selbst willen ansprechen wird?

«Zur Lymphdrainage.»

Zum Scherzen scheint Noemi nicht gekommen zu sein, denn sie verzieht spöttisch das blasse Gesicht.

«Ich wollte dir eigentlich nur dringend etwas sagen.»

Was kann das sein? Schnell gehe ich in Gedanken die Möglichkeiten ihrer Aussagen durch:

1. Ich will ein Kind von dir, weil du so niedlich mit dem Klopshund umgehst.
2. Endlich mal ein Mann, der selbstbewusst genug ist, sich in der Öffentlichkeit mit einem hässlichen, fetten Hund zu zeigen. Das lässt dich unglaublich männlich wirken!
3. Kannst du dich vielleicht auch mal um meine Möpse kümmern?

«Du musst aus der Sonne», erklärt sie. «Hast schon einen fiesen Sonnenbrand auf dem Rücken.» Ihr mitleidiger Blick gleitet über meine Kehrseite. «Am besten, du machst dir gleich eine Quarkpackung.»

Schon klar, 'ne Quarkpackung. So ein Bullshit. Damit ich mein extrem unmännliches Verhalten fortsetzen kann und mich durch die Cleopatra-Behandlung endgültig ins sexuelle Abseits katapultiere?

«Tja, hättest du zufällig eine Packung zur Hand?»

Vielleicht bietet sie mir ja eine Behandlung auf ihrem Zimmer an. Das wäre doch eine willkommene Wiedergutmachung für meine Pechsträhne. So eine ganz private Massage, nur ich und Noemi, deren Haut so rein und hell ist, dass sie sich vermutlich kaum von der weißen Bettwäsche abhebt. Und der Romantikkillerhund ist weit weg. Es kann uns also niemand stören. Perfekt!

«Nun, ein bisschen Creme könnte vielleicht fürs Erste helfen.» Noemi zaubert aus ihrer Strandtasche eine Tube Sonnencreme und hält sie mir unter die Nase. «Mit dem Duft indonesischer Kokospalmen. Darf ich?»

Ich bin unentschlossen. Nicht, weil das erwartete Angebot der privaten Quarkverkostung ausgeblieben ist, sondern wegen der indonesischen Kokospalmen. Klingt irgendwie schwul. Aber so eine kleine Rückenmassage hat noch keinen das Ufer wechseln lassen, oder?

Auf mein Nicken hin fängt sie unverzüglich an, das Zeug auf meinem Rücken zu verstreichen.

«Wer hat dich denn so übel zugerichtet?»

O nein! Vivians Fingernagelkerben! Kann es denn wirklich sein, dass sie ihre Klappe gehalten hat? Vielleicht hat Vivian ja auch gar nicht geschnallt, dass unsere Aktion an Melanie gescheitert ist, sondern gibt sich selbst die Schuld? Frauen denken ja immer gleich, sie wären nicht attraktiv genug ...

«Äh ... also, das war ... ein Missverständnis.»

Noemi scheint sich mit der Erklärung zufriedenzugeben und drückt noch ein bisschen mehr kalte Creme zwischen meine Schulterblätter.

Komplett verkrampft kralle ich mich an der Liegestuhllehne fest, während sie mit zarter Hand meinen Rücken

massiert. Nicht nur, dass ich bereits einen leisen Schmerz bei dieser butterweichen Behandlung spüre, es fühlt sich auch noch ausgesprochen falsch an. Sex mit einer Fremden – gut und schön, aber eincremen ist eindeutig Elisas Domäne. Zwar kann ich mich nicht erinnern, dass Elisa mich jemals eingecremt hätte, trotzdem hat die Geste etwas Vertrautes. Etwas, das man eigentlich nur mit einem Menschen teilt, dem man besonders nahesteht.

Aber diesen Menschen gibt es in meinem Leben bald nicht mehr.

«Wenn der Sonnenbrand erst weg ist, wirst du einen wunderbar braunen Rücken bekommen», säuselt Noemi und pustet mir dabei ihren Atem in den Nacken.

Das fühlt sich jetzt gar nicht mehr vertraut an. Das fühlt sich toll an, und ich bekomme eine Erektion. Vielleicht irgendwie unpassend, hier am Pool. Allerdings kann ich momentan auch nicht aufstehen, um mit Noemi auf dem Hotelzimmer zu verschwinden. Die Lage muss sich erst wieder etwas entspannen.

Um mich abzulenken, denke ich der Reihe nach an die nächste Steuererklärung, an meine Mutter und an die verkackte Champions League. Aber es nützt nichts.

«Gut gegen Sonnenbrand wäre auch eine neumondbeschienene Schlammpackung aus den mittleren Anden», erklärt Noemi und hilft mir dadurch unfreiwillig zur sofortigen Erschlaffung. Denn nacheinander fallen mir jetzt Nibelungen-Mashavna, Hammerbananen-Alex und Elisas Gekicher ein, als sie von ihrem bevorstehenden Ausflug in die Strandbar berichtete. Sofort lassen meine Laune sowie alle anderen Körperfunktionen rapide nach.

«Äh, ich fürchte, eine Woche auf dem Bauch schlafen, wird ausreichen müssen», gebe ich entsprechend unekstatisch zurück.

Auf einmal fühlt es sich an, als würde Noemi mit jeder ihrer cremenden Handbewegungen Stück für Stück meine zuvor mühevoll verdrängten Probleme wieder freischaufeln. Ich drehe mich auf den Rücken.

«Ich werde Vater», sage ich unvermittelt, und Noemi lässt erschreckt die Massagehand sinken. Kurz wartet sie, ob ich vielleicht einen Witz gemacht habe, dann schwindet auch ihre gute Laune.

«Dann solltest du dich, verdammt nochmal, nicht von einer fremden Frau einölen lassen!» Sie zuckt zurück, sucht nach dem Cremedeckel und schraubt ihn energisch auf die Tube.

«Ihr Männer habt ja wirklich nicht den kleinsten Funken Anstand und Moralgefühl im Leib, schäm dich! Und dann entschuldigt ihr immer alles mit eurem ...», sie ringt nach Worten und starrt auf die Stelle meiner Badehose, an der sie meinen Schwanz vermutet, der sich aber zum Glück wieder unauffällig verhält, «... mit eurem kleinen Freund.»

Das ist eine Bezeichnung, von der ich zwar schon mal gehört habe, die ich aber weder schätze noch selbst benutze. Denn erstens sind wir keine Freunde (das käme mir beim Sex auch irgendwie komisch vor: ich, mein Freund und Elisa? Was soll das denn sein? Ein Dreier?). Und zweitens ist er nicht klein! Kein Mann würde *klein* als die charakteristische Bezeichnung seines Penis angeben.

«Es ist nicht so, wie du denkst», sage ich nun schon zum zweiten Mal in dieser Woche, und der Satz wird dadurch auch nicht besser.

«Ach ja? Wie ist es denn dann?», braust Noemi auf, als hätte ich in Frage gestellt, dass neumondbeschienener Schlamm aus den mittleren Anden heilende Wirkung hat.

Eine Diskussion, bei der ich vermutlich wenigstens ein bisschen hätte punkten können. Sex und Moral im 21. Jahr-

hundert, das Thema, auf das Noemi offenbar gerade hinauswill, ist, gelinde gesagt, ein schwarzes Loch für mich.

«Es ist –» Ich mache eine Pause, da ich es selbst nicht genau weiß. «Nun, es ist kompliziert.»

Offenbar habe ich die Worte mit dem nötigen Nachdruck von mir gegeben, denn Noemi sieht mich kritisch von der Seite an und scheint zu überlegen, ob ich noch eine Chance verdient habe. Aber wenn sie mir jetzt mit Saturnschwingungen, Nahtoderlebnissen oder Aurafotos kommt, werde ich sie einfach wortlos in den Pool schubsen.

«Ist es wegen der Tussi, die dir den Rücken zerkratzt hat?»

Hä?

«Ich weiß sehr wohl, wie Fingernagelspuren aussehen.»

«Aber …» Hoffentlich kann sie nicht auch noch Finger*abdrücke* erkennen.

«Tja, bei so einem kleinen Urlaubsflirt kann schnell mal jemand verletzt werden», spöttelt sie, und ich bin mir nicht sicher, ob sie meinen Rücken oder die vermeintlich Betrogene meint.

Mit diesen zweideutigen Worten wirft sie die Sonnencreme in ihr Strandtäschchen und beugt sich nochmal ein wenig zu mir herunter. Mit gedämpfter Stimme erklärt sie: «Also, Vivian ist übrigens auch so ein Ding passiert. Mit 'nem Typen, der sie erst in die hinterletzte Strandbucht gezerrt und dann keinen hochgekriegt hat. Ist doch irre, oder?»

Noemi richtet sich wieder auf und sieht mich durchdringend an. «Aber erzähl das bitte nicht weiter.»

Aufgepasst: Code 1!

Aber in diesem Fall hätte er gar nicht notgetan, denn diese Geschichte werde ich definitiv nicht weitererzählen.

16. Kapitel

Am Abend wartet in der Lobby gleich die nächste Überraschung.

Lydia scheint als Einzige ihre Zeit sinnvoll genutzt und am Nachmittag ein bisschen Kraft getankt zu haben. Sie sieht so wach aus, dass es schwer werden dürfte, sie von der gefälschten Eiscreme zu überzeugen.

«Herr Moreno?»

Komisch, kaum hat sie mich erblickt, wandelt sich ihr Gesichtsausdruck blitzschnell von entspannt zu verspannt. Hoffentlich treffe ich bald mal wieder auf eine Frau, der es umgekehrt ergeht.

«Kann ich Sie mal kurz unter vier Augen sprechen?» Sie deutet auf einen imaginären Platz, etwas weiter weg von Marc und Frank, die sich gelangweilt in den Sesseln fläzen. Vor ihnen liegt – alle viere von sich gestreckt – der Mops, den man von hier aus fast mit einer Jagdhüttentrophäe verwechseln könnte. Bei Lydias harschem Tonfall öffnet er kurz ein Auge, um die Lage zu checken. Als ihm alles harmlos vorkommt, fällt er sofort wieder in komaartige Starre.

Im Gegensatz zu mir. In meinem Körper ist mal wieder alles in heller Aufregung. Was soll das denn jetzt werden? Anschiss, Teil zwei?

«Ich wollte nur, dass Folgendes klar ist», zischt Lydia mir in der Nähe des Eingangs zu. «Wenn heute Abend etwas schiefläuft, dann steht morgen die Heimreise an. Für alle,

und zwar ohne dass hier irgendwer irgendein Honorar bekommt. Haben wir uns verstanden?»

War ja nicht so schwer. Dass Frauen einen aber auch immer wie ein kleines Kind behandeln müssen!

«Aaaah, da ist ja meine grrroße neue Familie. Russischrussischrussisch!»

Freudestrahlend schwebt der Russe durch die Drehtür und erweckt mit seiner kräftigen, dunklen Stimme sogar den Jagdhüttenflokati wieder zum Leben. Offenbar steht Melanie auf Brummis, oder sie hat Dimitri bereits als Herrchen akzeptiert. Denn sie erhebt sich nun schwerfällig und tapst wie ferngesteuert auf ihn zu.

«Und meine kleine Lady ist auch da. Russischrussischrussisch!» Er reißt den Hundeklops hoch, drückt ihn gegen sein Gesicht und zwinkert mir verschwörerisch zu.

«Können wirrr? Seid ihrrr berrreit für Krrrempita-Abenteuerrr?»

Also, wenn ich ehrlich sein soll: So, wie er jetzt da steht – mit dem Mops im Gesicht, einem pinkfarbenen Fred-Perry-Polo-Shirt, das sich über dem Bauch leicht wölbt, einer formlosen Bermudashorts und nigelnagelneuen High-Tech-Turnschuhen, die selbst Dirk Bach zum Sieg über 200-m-Hürden verhelfen würden – habe ich nur noch wenig Hoffnung, dass er eine Haushälterin beschäftigt, die überhaupt weiß, was Eiscreme ist. Und nach *Abenteuern* steht mir der Sinn erst recht nicht.

«Zum Gluck parrrke ich dirrrekt vorrr Turrr, so müssen unserrre beiden Damen nicht weit laufen.»

Er strahlt Lydia an, ohne sich im Geringsten von ihrem mürrischen Gesichtsausdruck einschüchtern zu lassen. Dann stolziert er zum Parkplatz, direkt auf einen champagnerfarbenen Porsche Cayenne zu.

Beim Anblick der protzigen Familienkutsche (es ist Platz

für drei Ehefrauen und fünf Geliebte!) geraten Marc und der Knipser mal wieder ins Schwärmen, und ich bete im Stillen, dass Dimitri seine Köchin mit ebenso viel Geschmack ausgesucht hat!

Er scheint Neid gewohnt zu sein, denn er klemmt sich unbeirrt hinters Steuer, drückt Lydia, die auf dem Beifahrersitz noch mit dem Anschnallgurt kämpft, den Hundeklops ins Gesicht und startet den Motor.

Hinten haben wir zwar im Vergleich zum Knipserauto genug Platz, doch schon in der ersten Kurve deutet sich an, was in der dritten zur Gewissheit wird: Dies ist ein Himmelfahrtskommando!

Die Straße ist so kurvenreich, dagegen ist eine Achterbahnfahrt auf dem Hamburger Dom ein Scheißdreck. Und während wir in halsbrecherischem Tempo über die Dritte-Welt-Autobahn dieser Bergregion düsen, bin ich komplett damit beschäftigt, meinem Schöpfer die abwegigsten Dinge zu versprechen, wenn er mich nur lebend unser Ziel erreichen lässt:

1. Ich werde Rolf die Wahrheit sagen, wenn er mich das nächste Mal fragt, wie er in seinem Auto aussieht.
2. Ich werde Werbeprospekte künftig vor dem Recyclen von der Plastikfolie trennen.
3. Ich werde nie wieder mit einer Frau schlafen, für die ich nicht wenigstens große Sympathie empfinde.
4. Ich werde Luca Toni nie wieder einen debilen Wichsfisch nennen.

Mein Mageninhalt gibt bald darauf Pfötchen. Auch bei den Jungs scheint es mit der Selbstbeherrschung nicht mehr weit her zu sein. Der Knipser sieht jedenfalls aus, als hätte er zu hohen und zu niedrigen Blutdruck gleichzeitig, und bei Marc muss man befürchten, dass er Dimitri spätestens

in der nächsten Kurve von hinten aufs Polo-Shirt kotzen wird.

Gerade als ich überlege, ob ich dem Universum als Opfergabe wohl auch noch Alkoholverzicht und ehrenamtliche Mitarbeit im Seniorenheim anbieten sollte, biegt unser russischer Schumacher von der Straße des Todes ab und fährt auf ein höher gelegenes Grundstück zu.

Beim Anblick des Anwesens bin ich erleichtert und enttäuscht zugleich. Erleichtert, dass wir die Todesfahrt überlebt haben. Enttäuscht, weil uns kein kilometerlanges Rollen über knirschenden Kies erwartet, kein pompöses Tor mit Gegensprechanlage und erst recht keine zähnefletschenden Dobermänner. Nur eine Art Vorgarten, in dem ein winziges Auto parkt, das aussieht wie das Vorvorgängermodell vom Fiat 500.

Dimitri stellt den Cayenne daneben ab, steigt aus und streicht der Rostlaube liebevoll übers Dach. «Das ist Marrrijas Wagen, beste Auto weit und brrreit.»

Tja, jetzt habe ich eine ungefähre Vorstellung davon, was er mit «Marija macht die beste Krrrempita in ganz Jugoslawien» gemeint hat.

Aber offenbar ist unser russischer Freund leicht zu begeistern, denn während er den Garten durchquert, schwärmt er weiter von dem Auto, als sei es ein afrikanischer Rohdiamant: «Es ist ein Zastava 750. Ein *Fica*. Ein sehrrr zuverrrlässiges Gefährrrt.»

Ich versteh nur Bahnhof. Zahlt Dimitri seiner Haushälterin so ein schlankes Gehalt, dass sie sich nur diese Konservenbüchse leisten kann? Oder hofft er vielleicht, dass hier demnächst auch die Abwrackprämie eingeführt wird? Fast macht es ja den Eindruck, als wolle er die Autos tauschen.

Der Mann wird mir immer unheimlicher.

Als Kontrast zu der abgerockten Spritschleuder erhebt

sich hinter einer Pergola aus Kiwi-Bäumen das Anwesen des Russen. Und das erweckt ganz und gar nicht den Anschein, als sei der Eigentümer auf Geld vom Staat angewiesen.

«Hierrr entlangspazierrrt, meine Lieben. Du auch, kleine Prrrinzessin.»

Melanie, die vor Aufregung mal schnell an die Füße einer Sandsteinstatue gepinkelt hat, folgt Dimitri mit einer Selbstverständlichkeit, als wäre sie am Set vom Denver Clan groß geworden. Dass sie zuletzt in einem fahrstuhllosen Altbau auf einer Deckenburg als Körbchen gehaust hat, überspielt sie mühelos. Eine oscarreife Vorstellung, wirklich.

Das Anwesen wird immer größer, je dichter wir darauf zugehen. Es ist ein aus hellem, unebenem Stein gemauertes Haus in typisch südländischem Stil. Eine Mischung aus schlicht und pompös, wie ich sie vorher noch nicht gesehen habe. Pompös, weil mir das Ding inzwischen riesig vorkommt, und schlicht, weil es keine aufwändigen Verzierungen oder Intarsien gibt. Das Dach ist mit sienafarbenen Ziegeln gedeckt, die Fensterläden sind grün, und das Meer im Hintergrund leuchtet hellblau. Frauen würden sagen: traumhaft. Ich würde sagen: kitschig. Auch der Garten scheint riesig zu sein, und ich kann mir prima vorstellen, wie Elisa hier den lieben langen Tag damit vertrödeln würde, im Garten Blumen zu züchten. Blumen, deren Namen sie nach der ersten Blüte wieder vergessen hätte.

«Habt ihr die Verpackungen?», fragt Lydia streng und versucht, so auszusehen, als sei dieses Haus das Mindeste, das man ihr für eine Abendeinladung bieten müsste.

«Jo!» Marc schwenkt seine Fahrradkuriertasche. «Sind sicher verstaut.»

Sekunden vor unserem Erreichen der Eingangstür wird diese aufgerissen und eine vollschlanke dunkelhaarige Frau, Typ Sophia Loren, steht im Türrahmen. Sie strahlt uns an.

«Aaaah, dobro veče! Gute Abend, ich bin Marrrija.» Sie eilt auf uns zu, breitet die Arme aus und reißt als Erstes Lydia an sich. «Dobro došli, herrrzlich willkommen! Kommst du herrrein schnell und errrholst du dich von anstrrrengenden Fahrrrt. Der Rrruski immer viel zu schnell!» Tadelnd wirft sie Dimitri einen Blick zu.

Lydia, die unsere rasante Fahrt ebenfalls nicht ohne Nebenwirkungen überstanden hat, scheint sich unter Marijas mütterlichem Geduze langsam zu entspannen. Sie ringt sich ein schiefes Lächeln ab. «Ja, ein bisschen flott war die Fahrt schon.»

Wir betreten das Haus; allen voran Melanie, die auf den hochglänzenden Fliesen im Eingangsbereich ungeschickt hin- und herglitscht und dabei empört vor sich hin knurrt.

«Scheiße, ist das geil hier!», knurrt jetzt auch der Knipser und richtet sich vermutlich gerade im Geiste sein Atelier hier ein.

Tja, mein Lieber, du hättest deine Ausbildung mal bei Helmut Newton machen sollen und nicht im Fotostudio Biggi, dann wärt ihr jetzt vielleicht Nachbarn, du und Dimitri.

«So, bitte hierrr entlang.» Dimitri deutet mit ausgestrecktem Arm in einen riesigen Wohnraum, der in eine ebenso große Terrasse übergeht.

Wahnsinn, das Teil kommt mir auf Anhieb gigantischer vor als meine komplette Wohnung. Vor allem aber sonniger. Und – Elisas Kochkünste in allen Ehren – der Tisch ist um einiges reichhaltiger gedeckt als zu Hause.

Ob Dimitri und Marija sich auf Grund ihres serbisch-russischen Sprachkauderwelsch eventuell missverstanden haben? Vielleicht ist Marija irrtümlich von einer Busladung hungriger Touristen zum Abendessen ausgegangen?

«Meine Frrreunde, ihrrr habt so viel Unannehmlichkeiten gehabt meinetwegen», klärt Dimitri uns auf, «ich möchte mich wenigstens ein klitzekleines bisschen revanchierrren.» Er blickt prüfend in die Runde, als fürchte er, einer von uns könnte gleich losbrüllen, er solle sich sein mickriges Buffet in den Arsch schieben und stattdessen lieber mal den Kaviar rüberwachsen lassen.

Ich fühle mich genötigt, ihm zu widersprechen. Aber gerade, als ich mein Das-wäre-doch-nicht-nötig-gewesen-Sprüchlein aufsagen will, bietet Marija tatsächlich Kaviar an.

«Snellsnell», scheucht sie uns an den Tisch, «bevor die ganze Essen kalt wird.»

Ich persönlich halte rohe Fischeier ja für völlig überschätzt. Und auch Melanies skeptischer Blick scheint zu bedeuten: Wenn davon auch nur ein Kügelchen in meinem Napf landet, dann furze ich euch auf der Rückfahrt ins Jenseits!

Ich schaue sie streng an. Besser, sie gewöhnt sich beizeiten an die zentralasiatische Küche, schließlich wird sie eines Tages hier wohnen. Und dann wird Kaviar vermutlich ihr Hauptnahrungsmittel.

Marija drückt Lydia liebevoll auf einen Stuhl, legt ihr noch sorgfältig eine Serviette auf den Kugelbauch und wünscht uns dann allen «Gute Appetit». Eine Weile steht sie noch unschlüssig im Raum, und es hat den Anschein, als fehle ihr eine Vokabel für das, was sie eigentlich sagen möchte: «Wer hat aufgegessene Eisverpackungen?»

Sofort wühlt Marc unter dem Tisch in seiner Tasche, um Marija anschließend grinsend einen Karton mit Bechern in die Hand zu drücken. «Hier sind die *aufgegessenen* Verpackungen. Soll ich Ihnen in der Küche helfen?»

Mo-ment mal! *Ich* bin hier der Organisator! Das ist ja wohl *mein* Aufgabenbereich.

«Ich mach das schon!» Energisch entreiße ich Marc den Karton und folge Marija in ihr Refugium.

Auf dem Herd stehen zwei glänzende, mittelgroße Kochtöpfe, in denen eine helle und eine dunkle Soße gefährlich vor sich hin blubbern. Genau wie in Frankensteins Hobbykeller.

«Das ist abgewandelte Rrrezept von Krrrempita!» Stolz strahlt mich die hochgelobte Köchin an.

«Aha.» Vielleicht hätte doch besser Marc herkommen und auch gleich noch den Vorkoster geben sollen. Die Pampe sieht nämlich aus wie Nacktschneckenschleim. Doch Marija erwartet offenbar eine begeisterte Reaktion von mir.

«Ist Spezialität von Land. Kommt normalerweise in Kuchen. Krrreme-Kuchen.»

«Ah ... In Deutschland haben wir einen ähnlichen Kuchen. Cremeschnittchen.»

Falsche Antwort, denn jetzt sieht Marija ein bisschen beleidigt aus. So, als wolle sie umgehend die gedeckte Tafel wieder abräumen. Dann überlegt sie kurz und holt stattdessen eine kleine Schüssel aus dem Schrank. Flink füllt sie mit einer Kelle etwas von der hellen Flüssigkeit hinein und reicht mir die Schale.

«Prrrobiere! Smeckt besser als Cremeschneewittchen!»

Tja, hoffentlich behält sie recht. Auf jeden Fall habe ich eine ungefähre Ahnung, wie der Abend verläuft, sollte ich jetzt nicht mit der angemessenen Begeisterung reagieren. Also denke ich an Frau Schröder-Reubesberg und an die Vorstellung von *Das Buchenblatt im Wandel der Jahreszeiten* und nehme mir fest vor, die Leistung von damals um Längen zu toppen.

In Zeitlupe puste ich über den dampfenden Löffel, baue im ganzen Körper Spannung auf und wappne mich innerlich für den Geschmack von Kinderkotze. Dann schiebe ich mir die Creme – ohne auch nur im Mindesten in der Körperspannung nachzulassen – in den Mund, bewege tapfer die

Lippen hin und her und imitiere Rolf, wie er beim Kundenessen den Weinkenner gibt.

Marija starrt mich mit offenem Mund und fragendem Blick an, als erwarte sie von mir, dass ich ihr gleich die perfekte Lösung für den Kosovo-Konflikt präsentiere.

Ich lasse sie noch etwas zappeln, wiege den Kopf hin und her und schmecke nochmal auf der Zunge nach. Das Zeugs schmeckt gut. Sehr gut sogar!

Begeistert wirbele ich Marija durch die Luft. Bei dem Pudding dürfte es Vivian und Noemi nicht schwerfallen, einen sündigen, genussvollen Gesichtsausdruck zu machen.

«Wahnsinn», lobe ich die Köchin und strahle mit Marija um die Wette.

Gemeinsam beginnen wir dann, die zuvor sorgfältig ausgewaschenen Eisverpackungen zu befüllen. Hoffentlich wird das Ganze später, wenn es erkaltet ist, in seiner Konsistenz an das Originaleis herankommen. Je weniger nachher in der Bildbearbeitung getrickst werden muss, desto besser.

Im Wohnzimmer geben sich die Anderen inzwischen hemmungslos der Völlerei hin.

«Tom, hierrr nimm, bevorrr deine Kollegen alles wegessen!» Dimitri hält mir die Kaviarschale entgegen und dreht sie so, dass ich bequem mit dem Löffel zulangen kann.

Harrr, ich hasse Kaviar! Aber dieses Mal werde ich definitiv nicht so glimpflich davonkommen. Kaviar zu verschmähen, fällt in Dimitris Ehrvorstellung sicher unter Hochverrat. Aber es gibt wohl auch hier kein Zurück mehr.

Forschend suche ich die Teller meiner Kollegen ab. Es wird sich doch wohl keiner gedrückt haben? Mein Zögern hat dummerweise fatale Folgen, denn Marija, die mir offenbar falsche Bescheidenheit unterstellt (und die insgeheim wahrscheinlich scharf darauf ist, nochmal so begeistert in die Arme gerissen zu werden), greift sich den Löffel, gräbt

einmal tief im Kaviarberg und schaufelt mir anschließend einen etwa kokosnussgroßen Klumpen davon auf den Teller.

Mir wird speiübel.

Gegenüber kann sich der Knipser ein Grinsen nicht verkneifen.

DIR SOLLEN DIE EIER VERFAULEN UND GENAUSO SCHWARZ UND SCHLEIMIG WERDEN WIE DIESER KAVIAR HIER! DAZU SOLLEN SIE STINKEN WIE DAS MAUL EINER HUNDERT JAHRE ALTEN TUNDRISCHEN SUMPFKUH!

Heldenhaft schaufele ich mir die erste Portion Fischeier auf einen Teelöffel und schiebe ihn mir unter den kritischen Blicken der Anwesenden in den Mund.

Schluck.

Nun, ich will es mal so sagen: An den unerfreulichen Geschmack der Umeboshe-Pflaumen von Elisas Freundin Mashavna konnte bislang nichts heranreichen. Gut, rein von der Optik her kann dieser Kaviar es problemlos mit den Umeboshe-Pflaumen aufnehmen. Ich würde sogar behaupten, er schlägt sie noch. Was den schlimmen Geschmack anbelangt, siegen jedoch die Pflaumen. Genau genommen schmeckt Kaviar nämlich nach gar nichts, außer vielleicht ein bisschen nach Salz.

Während ich den Löffel im Mund herumdrehe wie ein Drittklässler seinen Flutschfinger, versuche ich, trotzdem nicht daran zu denken, was mir da gerade wirklich auf der Zunge liegt.

«Gut», sage ich wenig später mit Expertenmiene und nicke Dimitri anerkennend zu, als hätte ich gerade eine Messerspitze Kokain probiert und müsste jetzt den Reinheitsgrad bewerten. «Der ist echt nicht schlecht. Als Russe bekommt man die Kaviar-Affinität vermutlich schon in die

Wiege gelegt, nicht wahr?» Vielleicht kann ich das Zeugs in einem unbeobachteten Moment unter den Tisch plumpsen lassen und später Melanie die Schuld in die Schuhe schieben. Ich muss Dimitri einfach nur ein bisschen ablenken. «Ich meine, das scheint ja nicht nur ein Klischee zu sein, das mit dem Kaviar und den Oligarchen.»

Für einen Moment guckt Dimitri, als hätte ich gesagt: Der Russe bekommt den Hang zur Korruption schon in die Wiege gelegt.

Doch dann entspannen sich seine Gesichtszüge wieder.

«Nun, man wirrrd nicht gleich zum Spezialisten geborrren. Erfahrrrung und Fingerrrspitzengefuhl sind durrrchaus errrforderlich.»

Äh, meint er jetzt den Kaviar oder seine mafiösen Machenschaften?

«Aber ist das mit dem Kaviar nicht ein bisschen so wie beim Wein?», mischt sich Lydia jetzt ein. «Natürlich gibt es Unterschiede in der Lagerung, beim Keltern, und auch der Jahrgang spielt eine Rolle. Aber ob einem der Wein schmeckt oder nicht, das ist doch letzten Endes individuell.»

«Iste ganz wahrrr», bestätigt Marija, «trotzdem mache hierrr auch so viele Leute mit Kaviarrr ... äh, wie sagt man – Schmu? Echter Kaviar iste soo teuer wie –»

Dimitri bringt sie mit einer abwertenden Handbewegung zum Schweigen. «Ach, Marrija, das interrressiert doch unserrre Gäste nicht. Junge Dame hat rrrecht ...» Er nickt mit dem Kopf in Lydias Richtung. «Hauptsache, es schmeckt!»

Ich weiß nicht warum, aber irgendwie habe ich den Eindruck, dass hier gerade ein paar ungesagte Dinge im Raum stehen. Allerdings scheint es mir auch nicht angebracht, der Sache weiter auf den Grund zu gehen. Die Leichen anderer Leute sollte man besser im Keller lassen.

Während ich mich noch frage, ob der Spruch wohl von Konfuzius ist, wechselt Dimitri auch schon das Thema.

«So, Marrrija, jetzt schnell den Nachtisch, damit wirrr zurrr Arrrbeit uberrrgehen können.» Er steht auf und holt ein paar Gläser aus einem antiken Schrank. Gläser, aus denen man eigentlich nur eins zu sich nehmen kann: Wodka.

Auch Lydia hat verstanden, denn sie rümpft angewidert das Näschen. «Ich glaube, ich halte mich lieber an den Nachtisch.»

«Das ist gute Wahl», versichert ihr Marija. «Werrr will Schokolade, werrr Vanille?»

Nachdem jeder, zu Marijas großer Freude, jeweils beide Sorten gekostet hat, lässt Dimitri den Wodka kreisen. Was bei Lydia auf Besorgnis stößt.

«Ihr denkt daran, dass wir morgen einen anstrengenden Tag vor uns haben, oder?» Man könnte annehmen, sie möchte uns dringend noch den Spaß verderben.

«Schon klar!», antworten alle im Chor, und ich hätte am liebsten hinzugefügt, dass ich seit Tagen kaum an etwas anderes denken kann als an diesen verdammten Job. Außer vielleicht an Elisa und diese Kinder-Katastrophe.

Lydia sieht wirklich geschafft aus und kann sich ein Gähnen nicht verkneifen. «Oh, Verzeihung», sagt sie zu Dimitri und betört ihn mit einem Augenaufschlag, den sie sich nur bei Betty Boop abgeguckt haben kann. «Die Hitze macht mir in meinem Zustand ganz schön zu schaffen.»

«Junge Dame, besserrr Sie legen sich einen Moment hin. Wirrr haben im oberrren Stock drrrei wunderrrschöne Gästezimmerrr. Dorrrthin durfen Sie sich gerrrn zurrruckziehen.»

Wie auf Kommando springt Marija auf und fasst Lydia am Arm. «Komme Sie. Brrrauche viel Ruhe. Wirrrd noch alles sehrrr anstrrrengend. Und die junge Leute hierrr ...» Sie bezieht Dimitri bei ihrem tadelnden Blick in die Runde mit ein. «... die aufpasse ich.»

Ob Lydia das beruhigt, weiß ich nicht, jedenfalls erhebt sie sich schwerfällig von ihrem Stuhl und lässt sich von Marija hinausführen. Eigentlich habe ich ja noch mit mindestens einem «Macht mir keine Schande!» gerechnet. Aber diesmal gehen wir leer aus.

«Mein Frrreund», setzt Dimitri an, als die beiden aus dem Zimmer sind. «Wie bist du eigentlich an Hund gekommen?» Er deutet auf Melanie, die kurz vor der Wohnzimmertür laubsägeartig vor sich hin schnarcht. Wie ein Stück Pommersche Landleberwurst blockiert sie den Durchgang zur Terrasse, sodass keiner unbemerkt weggehen kann.

O nein, bitte nicht schon wieder dieses Chagoi-Thema. Ich dachte, das wäre ausdiskutiert. Aber Dimitri scheint nach wie vor misstrauisch zu sein.

«Machst gar nicht Eindrrruck, als wärrrst du echterrr Hundeliebhaberrr.»

Nicht?

«Also, das würde mich aber auch mal interessieren, Tom», interveniert der Knipser und fügt gleich noch hinterher: «Ist doch eigentlich eher was für Schwule.»

Hahaha. Sehr witzig. Innerlich klopft er sich vermutlich gerade vor Lachen auf die Schenkel, äußerlich vergeht ihm das Grinsen sehr schnell, denn unser Gastgeber springt empört auf.

«Furrr Schwule? Hat hierrr schon mal jemand Schwulen mit Mops gesehen? Noch dazu mit Chagoi?!?»

Ehrlich gesagt bin ich mir da nicht so sicher – zumal ich immer noch nicht weiß, worum es sich dabei eigentlich handelt. Und auch Marc überlegt kurz, bevor er sagt: «Ich hab aber schon mal 'nen Schwulen mit *zwei* Möpsen gesehen. Hahaha!»

Offenbar glaubt Dimitri, unsere blöden Witze würden einzig dazu dienen, Melanies adelige Herkunft zu verschleiern, denn er lässt die Bemerkung meines Kollegen unkommentiert. Im Grunde genommen kann es ihm ja eigentlich auch egal sein. Spätestens in ein paar Tagen gehört Melanie ihm, und dann kann er sich gern selbst davon überzeugen, wie blaublütig sie sich beim Furzen anstellt.

«Nastrrrovje!», poltert Dimitri jetzt und füllt unsere Gläser neu auf.

«Nastofffje!!!», tönt es einstimmig von uns zurück.

So ein Wodka ist schnell getrunken und lässt sich deshalb auch nur schlecht zählen. Binnen kürzester Zeit vergesse ich alle meine Sorgen. Inklusive Elisa und der Hammerbanane. Zum Glück reitet auch niemand mehr auf der Chagoi-Nummer oder den Farbflecken in Melanies Pelz herum, sodass ich mich einfach im Sessel zurückfallen lasse und entspannt den deutsch-russischen Saufgeschichten lausche.

17. Kapitel

«Musst du halten Nase zu und kippen, wie wenn wärrre Hustensaft.»

Jemand hält mir mit besorgtem Blick ein Schnapsglas vor die Nase, in dem eine braune Flüssigkeit hin- und herschwappt.

Ich schaue mich um. Was ist denn hier passiert? Meine Wohnung hat sich in die luxuriöse Kulisse von *Die oberen Zehntausend* verwandelt. Lauter teure Möbel und Teppiche. Und da ist sogar eine riesige Bücherwand. Wahnsinn!

Nur – was bitte schön macht Marc da drüben auf dem Chesterfield-Sofa? Müsste da nicht eigentlich Bing Crosby liegen? Oder Satchmo?

Und dort, auf dem Teppich, das sieht mir ganz nach dem schnarchenden Knipser aus. Haben wir etwa zu dritt die Nacht verbracht? Bäh!

Was stinkt denn hier nur so? Irgendein Geruch treibt mir den Gallensaft Richtung Gehirn.

«Nix drrran riechen!», werde ich gewarnt. Leider nicht von Grace Kelly, sondern von Marija, die sich zu mir auf die Sofakante gequetscht hat und von dort aus Erste Hilfe leistet. Schnell zieht sie jetzt das Glas mit der undefinierbaren Flüssigkeit zurück.

«Wenn du hast darrran gerrochen, dann ist es schnell errrbrrrochen!» Hochzufrieden, in aller Herrgottsfrühe schon in Goethes Fußstapfen zu wandeln, hält sie mir den

Saft wieder hin. «Losss!», befiehlt sie, und ihr Blick könnte es mit dem eines übergeschnappten Feldherren aufnehmen. «Trrrinken. Jetzt. Snell!»

Ihr Tonfall kommt mir bekannt vor, und ich weiß auch woher: *Geile Hausfrauen ab fünfzig*, für deren Hotline im Nachtprogramm geworben wird. Vermutlich verdient Marija sich dort peitschenknallend und mit Balkan-Akzent ein paar Euro dazu. Ruf! mich! an! Genauso dominant kommt sie jetzt auch gerade rüber.

Allerdings törnt mich ihre Show so gar nicht an, zumal ich mich gezwungen sehe, eine Flüssigkeit in mich hineinzuschütten, die wie der Gallensaft einer einheimischen Bergziege aussieht. Doch kaum habe ich das Glas geleert, legt sich Marijas raue Haushälterinnenhand auf meinen Mund und verschließt ihn für die nächsten fünf Atemzüge. Dann drückt sie meinen Kopf mit einer ruckartigen Bewegung nach hinten, murmelt etwas, das wie «In Ewigkeit, Amen» klingt und lockert ihren Griff. Erst, als bei mir vor Schreck der Schluckreflex einsetzt, entspannt sich auch ihr Gesicht.

Wodka ist ein Teufelszeug. Aber so langsam erinnere ich mich wieder: Dimitri möchte ab sofort geduzt werden, und der Knipser ist in betrunkenem Zustand noch schwerer zu ertragen als eine Horde Kindergartenkinder an Halloween.

Aus dem Augenwinkel sehe ich, wie Marija ein weiteres Glas befüllt.

«Nein, bitte, bitte nicht!» Entsetzt rolle ich mit den Augen.

Aber Marija kennt keine Gnade. Als das Glas voll ist und ich schon überlege, ob es wohl eine Entschuldigung dafür gibt, dass man die Haushälterin seines russischen Gastgebers k. o. geschlagen hat, dreht sie sich um und steuert Marc an.

Puh!

Mein Kollege liegt momentan noch nichtsahnend auf der gegenüberliegenden Couch und sabbert auf ein Leinenkissen. Vermutlich wird es ihm nach dem Aufwachen ähnlich dreckig gehen wie mir, deshalb lasse ich Marija gewähren. Immerhin besteht ja ein Fünkchen Hoffnung, dass sie weiß, was sie da tut. Mit der Krempita hat es ja schließlich auch ganz gut geklappt.

Während Marija meinem Kollegen den Bergziegengallensaft einflößt, ruft sie mir quer durch den Raum zu: «Junge Dame iste schon auferstanden. Beeilung! Kommte gleich herrrunterrr!»

O nein – Lydia im Anmarsch!

So viel zu dem anstrengenden Tag, der uns heute bevorsteht. Da hat der Cheforganisator vielleicht ein kleines bisschen über die Stränge geschlagen.

Nachdem auch Marc und der Knipser von Marija erfolgreich zum Leben erweckt wurden und ich den beiden erklärt habe, wo sie sich befinden und auch warum, drückt Marija jedem von uns ein belegtes Brot in die Hand. Dazu befiehlt sie wieder mit Domina-Stimme: «Losss, mitkommen!» Wir folgen ihr nach draußen und bis zu ihrer mobilen Konservenbüchse.

«Iste nicht so komforrrtvoll wie die grrroße Auto, aber fahrt superrr!»

O nein, nicht das schon wieder! Und während ich noch überlege, ob wir vielleicht vorher lieber die Sitze ausbauen sollten, damit wir überhaupt alle in der Karre Platz finden, lässt Marija schon geräuschvoll den Motor an.

«Loss, loss snell! Oder wollen, dass Sie-Chef euch sieht?»

Nein, in unserem momentanen Zustand ist wohl keiner besonders scharf darauf, Lydia unter die Augen zu treten. Es wäre insgesamt ohnehin besser, wenn sie annehmen würde, wir wären nach – sagen wir mal – drei Wodka halbwegs

 zeitig und vor allem halbwegs nüchtern zurück ins Hotel gefahren.

Marija und ihr kleines Auto machen einen Kavaliersstart und legen sich kurz darauf in die erste Kurve, als gälte es, einen Serienkiller abzuhängen.

Mir ist zu übel zum Kotzen.

Den Jungs zum Glück auch. Marcs Gesichtsfarbe bewegt sich irgendwo zwischen Pistaziengelbgrün und Alpinahochweiß, und der Knipser scheint bereits jetzt klinisch tot. Jedenfalls sieht er so aus.

Wie in einem Comic schaukeln wir hin und her und versuchen dabei angestrengt, den Horizont zu fixieren.

Komisch, wenn ich mich recht erinnere, musste sich James Bond niemals auf einer seiner zahlreichen Fluchten übergeben. Weder auf der Rennfahrt durch die Berge noch auf der Jagd mit dem Motorboot. Nicht mal im Moonraker hat er aufstoßen müssen.

Ich würde sagen: Da hat wohl die Regie-Assistenz gepennt.

«Habe keine Zeit zum verrrlierrren.»

Irritiert blicke ich zu Marija, die kurz das Lenkrad aus der Hand und die Straße aus den Augen lässt, um unter dem Ärmel ihrer Bluse nach einer Armbanduhr zu fahnden.

«Iste genau acht Uhrrr», erklärt sie. «Trrreffen mit Sie-Chef iste um neun. Genug Zeit zu duschen und –», sie macht eine Pause, ergreift wieder das Steuer und rümpft die Nase, «– um Zähne zu putze!»

«Tja ... Danke, ohne Sie säßen wir jetzt ganz schön in der Scheiße!»

Marija sieht mich an, als wolle sie sagen: Wer meine Krempita lobt, ist meine Freund für die Ewigkeit.

«O Gott, das Eis!» Marc scheint einen Geistesblitz zu haben. «Wir haben das Eis vergessen!»

Frank blickt ihn aus glasigen Augen an. «Bitte nicht nochmal umkehren …», fleht er.

«Nichte notig», erklärt Marija und überholt mit Lichtgeschwindigkeit einen Lastwagen. «Eis bringen Sie-Chef und Chef später mit.»

Dankbar ergänze ich die Liste meiner Opfergaben an das Universum um das Versprechen, der Kita «Kritzelknirpse», die ich von meinem Balkon aus sehen, hören und hassen kann, zu Weihnachten einen Tannenbaum zu spendieren. Was ist schon eine Stunde Mittagsschlaf gegen fünfzig jauchzende Kinder?

«Die Blumen dort an der Straße … Warum liegen die da?» Marc scheint selbst überrascht zu sein, dass er den Mund aufmachen kann, ohne sich dabei zu übergeben. Ich wusste außerdem gar nicht, dass er sich so für Pflanzen interessiert.

«Blumen?» Marija wirft einen für meinen Geschmack zu ausgedehnten Blick den Abhang hinab. «Ach, Blumen. Alles Opferrr von die Strrraßenverkehrrr. Blumen sind aus Plastik – sparrrt Zeit und Geld.» Sie freut sich offensichtlich über die Gerissenheit ihrer eigenen Landsleute.

Ich weiß gar nicht, was mich mehr entsetzt: Dass es hier einen Plastikblumenindustriezweig zu geben scheint oder die vielen Verkehrstoten. Denn wenn man erst einmal anfängt, darauf zu achten, sieht man plötzlich in jeder Kurve Blumen liegen.

Marija hat offenbar vor, der Blumenindustrie zu einem Aufschwung zu verhelfen, denn sie setzt zu einem weiteren halsbrecherischen Überholmanöver an. Inzwischen habe ich kaum noch Hoffnung, das Hotel lebend zu erreichen.

Aber: Ich soll mich täuschen. Nur etwa zehn Minuten später bremst die Mutter aller Formel-1-Piloten vor dem schwarzen Hotelklotz und sagt selbstzufrieden in die Runde

ihrer apathischen Fahrgäste: «Jetzt ihrrr haben genug Zeit, menschlich zu werrrden, bevor Sie-Chef kommt!»

Als ich fünf Minuten später auf meinem Zimmer in den Spiegel blicke, weiß ich, was sie mit *menschlich werden* gemeint hat.

So wie ich aussehe, würde sich nicht einmal Marilyn Manson mit mir auf die Straße trauen. Also steht erst einmal meine Rückverwandlung in einen kompetent aussehenden Etatdirektor an. Schließlich sollte der, der ab sofort das Sagen hat, auch aussehen, als hätte er etwas zu sagen.

Unter der Dusche muss ich wieder an die Typen mit der Wahnsinnsbanane denken. Warum nur hat Elisa mir dieses beknackte Bild geschickt? Was will sie damit bezwecken? Frauen tun doch grundsätzlich nichts ohne Hintergedanken, oder?

Aber auf die Errungenschaft dieser schwanzgesteuerten Lackaffen kann sie sich ja nun wirklich nichts einbilden. Solche Kerle baggern doch jede Frau an. Wobei – was, wenn der eine oder andere nun doch über so etwas wie Charme verfügt. (Schwer zu glauben.) Und Elisa, fernab der Heimat, diesem erliegt? (Nicht ganz so schwer zu glauben.)

Gerade hatte sich mein Magen etwas beruhigt, aber nun wird mir wieder schlecht.

Nur mal angenommen, Elisa würde tatsächlich einem dieser Ramazottis auf den Leim gehen und sich auf eine Liebesnacht einlassen, die sie später natürlich wahnsinnig bereut, dann ... Moment mal! Das wäre meine Chance!

Zugegeben, sie ist nanopartikelklein, aber besser als nichts. Elisa muss fremdgehen, das ist die Lösung! Danach wird sie nämlich ein so mordsmäßig schlechtes Gewissen haben und mir die Sache sofort unter Tränen beichten (zum

Glück können Frauen ja kaum etwas für sich behalten). Wenn sie dann also kleinlaut mit der Sache herausrückt und hofft, dass ich ihr verzeihe, beichte ich ganz nebenbei die Geschichte mit Lydia und – wir sind quitt!

Zugegeben, dass bei meinem Ausrutscher ein Kind entstanden ist, macht es vielleicht nicht exakt zu demselben Sachverhalt. Aber so viel Flexibilität traue ich Elisa schon zu.

So weit die Theorie.

Jetzt muss ich sie nur noch dazu bringen, sich mit einem dieser Typen einzulassen. Arrrg. Ich glaube, jetzt muss ich mich tatsächlich übergeben.

Folgende Schwierigkeiten ergeben sich dabei (beim Fremdgehen, nicht beim Übergeben!):

1. Sie darf sich nicht in den Specknacken verlieben.
2. Sie sollte möglichst nicht schwanger werden (ein uneheliches Kind reicht).
3. Sie darf deswegen nicht mit mir Schluss machen.

Man kann wohl getrost behaupten, dass die Aktion auf sehr wackeligen Beinen steht.

Aber kampflos aufzugeben, kommt für mich nicht in Frage. Das ist nichts für einen Ninja-Kämpfer wie mich!

Ich taufe das Unternehmen *Kamikaze* und überdenke nochmal meine Vorgehensweise. Denn von nun an darf nicht die kleinste Kleinigkeit dem Zufall überlassen werden. Deshalb ist der erste zu unternehmende Schritt: nochmal nachdenken.

Ergebnis: Elisa hat mir das Bild von der Hammerbanane nur aus einem einzigen Grund geschickt, nämlich, um mich eifersüchtig zu machen. Wenn ich jetzt aber nicht eifersüchtig reagiere, wird sie misstrauisch und lenkt ihre Energie in die falsche Richtung, und zwar in meine. (Seufz!) Also

 werde ich mich jetzt gleich ans Laptop setzen und wie von ihr erwartet Stellung beziehen.

Blitzschnell spüle ich den Schaum aus den Haaren, hechte in Jeans und T-Shirt und fahre den Computer hoch.

Kurz öffne ich auch noch eine eingegangene Mail von Luke, um zu sehen, wie er auf meine Monte-Carlo-Lüge reagiert hat.

von: Luke@gameover.de

an: tom.moreno@siegelmann.de

Betreff: Re: Nix mit Hasen!

Schöne Scheiße, in der du da steckst – Glückwunsch! Unter diesen Umständen bleibe ich doch lieber hier. Apropos, Glückwunsch: Du hast ja vielleicht einen coolen Chef. Das ist er doch auf dem Foto, oder?
Greetz, Luke

Im Anhang finde ich einen eingescannten Zeitungsartikel, der Rolf beim Oldtimertreffen in der Hamburger Mönckebergstraße zeigt. Unter der Headline *Je oller, je doller* ist ausgerechnet ein Foto von ihm zu sehen, wie er mit zerzausten Haaren aus seinem Lotus winkt und dabei fröhlich die Sturmhaube schwenkt.

Was für ein Anblick!

Leider kann man nicht erkennen, aus welcher Zeitung Luke den Artikel hat, deshalb klicke ich kurzentschlossen auf «weiterleiten», lösche Lukes Kommentar heraus und schreibe Rolf einen ironischen Gruß.

von: tom.moreno@siegelmann.de

an: R.Siegelmann@siegelmann.de

Betreff: Fwd: Re: Nix mit Hasen!

Schön, dass du so entspannt bist, während wir hier schwitzen ;-))

Kannst aber entspannt bleiben – läuft alles nach Plan. Schicke dir morgen die ersten Fotos.

Gib Gummi!

Tom

Die eingegangene Mail von meiner Mutter ignoriere ich. Was soll man auch halten von einer Betreffzeile: *Bin ja nicht blöd?*

Viel dringender ist jetzt die Mail an Elisa. Ich schaue mir noch einmal das Foto an. Und beim Anblick dieser lechzenden Boy-Group fällt es mir plötzlich überhaupt nicht schwer, meinen Gefühlen freien Lauf zu lassen.

Also, Operation *Kamikaze*, E-Mail 1:

von: tom.moreno@siegelmann.de

an: elisahausmann@web.de

Betreff: So nicht!

Das kann ja wohl nicht wahr sein! Seit wann stehst du denn darauf, deine Zeit mit kleinwüchsigen Halbaffen zu vergeuden? Wer einigermaßen Grips in der Birne hat, weiß doch, dass solche Jungs testosterongesteuerte Urlaubs-Gigolos sind, die so eine Bananenrundfahrt mit jedem halbwegs attraktiven weiblichen Zweibeiner durchziehen. Wenn die nicht sogar schon polizeilich gesucht werden. Besser, du lässt die Finger von denen!

Tom

Klingt das eifersüchtig genug? Auf jeden Fall dürfte es wohl genügen, um Elisa in die Arme eines anderen zu treiben. Und sobald ich dann das Gefühl habe, der erste Teil meiner *Kamikaze*-Operation ist erfolgreich vollzogen worden (o Gott, mir wird schon wieder schlecht!), bin ich der Verständnisvolle, der die Fremdgevögelte zurücknimmt. Genial, oder?

Aber falls Sie jetzt annehmen, meine Pechsträhne habe damit ein vorzeitiges Ende gefunden und ich befände mich – langsam aber sicher – wieder auf dem Weg nach oben, haben Sie sich getäuscht. Und ich mich auch. Leider.

Wenig später treffe ich im Foyer nämlich auf Lydia, bei der die Übernachtung in der Russenvilla nicht nur deutlich weniger Spuren hinterlassen hat als bei mir, sondern die offenbar auch noch Zeit hatte, eine Überraschung vorzubereiten.

«Nein, er weiß noch nichts davon.» Frischgestylt und mit streng hochgestecktem Haar steht sie mit dem Rücken zu mir an einen Pfeiler gelehnt und telefoniert. «Hm .... ja, finde ich auch ... Nein, habe ich noch nicht. Heute werde ich ihm erst mal klarmachen, dass er nach München ziehen muss. Das ist für alle Beteiligten das Beste ... Alles klar – du auch, ich melde mich, wenn es etwas Neues gibt! Ciao!»

Wie vom Blitz getroffen erstarre ich und kann es nicht glauben. *Heute werde ich ihm klarmachen, dass er nach München ziehen muss?* Das kann ja wohl nicht ihr Ernst sein! Aber habe ich es nicht immer gesagt: Bei dieser Frau muss man mit allem rechnen. Ihr Lächeln gestern auf dem Schiff war nur die Vorankündigung meines bevorstehenden Splatterfilm-Daseins. Ich fasse es nicht! Ich soll nach München ziehen? Wie soll das denn gehen? Vor allem jetzt, da das Unternehmen *Kamikaze* zur Rückeroberung von Elisa angelaufen ist. Undenkbar! Außerdem ... Also, so einen Umzug ... Ich meine, so was muss man doch gemeinsam besprechen. Das kann Lydia doch nicht einfach über meinen Kopf hinweg bestimmen.

Ich bin so aufgebracht, dass ich weder bemerke, wie Melanie zur Begrüßung an meinem Hosenbein hochspringt, noch, dass Lydia längst das Handy in ihrer Handtasche verstaut und sich bereits zu mir umgedreht hat.

Sie nimmt ihre Sonnenbrille ab und sieht mir streng in die Augen. «Tom, bevor wir heute loslegen, solltest du noch etwas wissen ...»

Naaaiiiin! Das ist doch kaum zu glauben. Die Frau verliert wirklich keine Zeit.

NIE IM LEBEN ZIEHE ICH NACH MÜNCHEN. SCHON GAR NICHT IN DIE NÄHE DEINES SCHWACHKÖPFIGEN MANNES!

«Äh ... ich kann das leider nicht tun», komme ich ihr zuvor. Soll sie ruhig merken, dass man mit einem Tom Moreno nicht umspringen kann wie mit einem Leibeigenen. «Das geht nicht.»

«Bitte?!? Warum geht *was* nicht?»

JETZT TU DOCH NICHT SO, DU VERKNÖCHERTE SUMPFKUH.

Fieberhaft suche ich nach einer Erklärung. Das muss jetzt hieb- und stichfest sein, sonst ist mein Leben gelaufen.

«Ich kann nicht nach München ziehen, weil ... weil ich mich um meine demente Mutter kümmern muss. Sie würde einen Ortswechsel nicht verkraften.»

Uuuups. Das war vielleicht ein kleines bisschen zu weit vorgeprescht. Mutter würde mich höchstwahrscheinlich mit dem Hattori-Hanzo-Kill-Bill-Schwert einmal um den Erdball jagen, sollte sie je davon erfahren. Und wenn sie mit dem Schwert nur halb so geschickt umgeht wie Uma Thurman in *Kill Bill*, dann dürfte das wohl mein blutiges Ende bedeuten.

Grrrmpff.

Aber Lydia scheint beeindruckt. Sie reißt überrascht die Augen auf und macht ein Gesicht, als sei ich bereits vom Hattori-Hanzo-Kill-Bill-Schwert erwischt worden. Mit belegter Stimme presst sie hervor: «Herrje, Tom, das wusste ich ja gar nicht. Wohnt deine Mutter denn bei dir? Und wer kümmert sich momentan um sie?»

KOMM MIR JETZT BLOSS NICHT MIT DER MITLEIDSTOUR. ICH WEISS GENAU, WAS DU VORHAST.

Tja, einmal kurz geflunkert, und schon verstrickt man sich in ein unüberschaubares Lügengespinst. Mist! Und das übersteigt, wie wir ja wissen, schnell meinen schauspielerischen Horizont. Aber es hilft nichts, ich muss da jetzt durch.

«Nein, nein», erkläre ich schnell. «Sie lebt in einem Heim in der Nähe von Hamburg. Dort kann ich sie täglich besuchen.»

Oooooh. War das jetzt zu dick aufgetragen?

«Du besuchst sie dort?» Lydia sieht mich misstrauisch an. «Täglich?»

Offenbar ist es für sie undenkbar, dass ich eine feste Bindung zu einem weiblichen Menschen aufbauen und pflegen kann. Oder sie überlegt bereits, wo sie Mutter in München unterbringen könnte.

«Wirklich jeden Tag?» Ihre Augen blitzen wie frisch gewetzte Messer.

«Na ja ... Also, äh ... ich versuche es.»

«Gibt es ein Problem?» Marc hat sich unbemerkt herangeschlichen und bildet sich ein, helfen zu können. Doch bevor ich ihn mit einem messerscharfen Hattori-Hanzo-Kill-Bill-Blick verscheuchen kann, hat Lydia schon wieder das Wort ergriffen.

«Ach, es ist nur ... Tom behauptet, dass er seine demenzkranke Mutter jeden Tag im Pflegeheim besucht. Und mir fällt es irgendwie schwer, das zu glauben.» Erwartungsvoll blickt sie Marc an.

Und dann geschieht, was geschehen muss, wenn ein gutmütiger Kollege zu viel Restalkohol im Blut hat. Er denkt zu langsam.

«Echt?» Marc starrt mich mit großen Augen an. «Deine Mutter ist demenzkrank? Das wusste ich ja gar nicht!»

O MANN, DU BLITZBIRNE, JETZT MERK DOCH MAL, WAS HIER LÄUFT, SONST SETZE ICH DICH AUF MEINE TODESLISTE. ODER ICH ERZÄHLE IN DEINEM HANDBALLVEREIN, DASS DU SCHWUL BIST UND UNTER SCHLEPPHODEN LEIDEST.

Aber Marc hat offenbar weder vor der Kill-Bill-Liste noch vor sexistischen Verleumdungen Angst, denn er denkt nicht daran, die Sache auf sich beruhen zu lassen.

«Ich habe deine Mutter doch neulich noch mit dir im *Maxims* gesehen. Da sah sie irgendwie gar nicht so krank aus ...»

ABER DU WIRST GLEICH KRANK AUSSEHEN, MEIN LIEBER. SCHWERKRANK SOGAR!

«Tja, ... äh ... Also, Mutter hat natürlich auch ihre klaren Momente, keine Frage. Aber es wäre ihr sicher sehr unangenehm, dass wir hier so öffentlich über ihre Krankheit sprechen.»

Das leuchtet vor allem Lydia ein, denn sie wechselt jetzt gekünstelt das Thema: «Wo bleiben bloß die anderen?»

Marc kommt gar nicht mehr mit. Und Lydia verschanzt sich wieder hinter ihrer großen Sonnenbrille, als müsse sie nochmal in Ruhe darüber nachdenken, ob sie sich wirklich die Familie einer Demenzkranken in ihre Nähe holen möchte. Und wie sie dann das Ganze ihrem Mann erklärt. Aber das ist mir sowieso ein Rätsel.

Gerade als ich mich um unsere verspäteten Models und den Knipser kümmern will, piept mein Handy. Und das kann eigentlich nur bedeuten, dass die Hiobsbotschaften eine neue Form der Ankündigung gefunden haben. Ich rechne mit dem Schlimmsten.

Mögliche Katastrophen:

1. Elisa hat beim Sturz von der Hammerbanane einen Seeigel ins Auge gekriegt.
2. An Vivians Beinen haben sich Eiterbeulen gebildet, und da sie ihre Stängel für zwei Millionen Euro versichert hat, fragt nun meine Haftpflichtversicherung nach dem Schadenshergang.
3. Mutter ist tatsächlich an Demenz erkrankt und behauptet, dass sie in der Alsterschwimmhalle von somalischen Piraten gekapert wurde, die ihr jetzt an die Wäsche wollen, falls ich nicht nach Hause komme und hier ab sofort den Knipser alles regeln lasse.

Aber nein, es geht noch schlimmer. Die SMS ist von Rolf:

Tom, sieht nicht so aus, als hättet ihr die Sache im Griff. Mein Flieger landet um 17h in Dubrovnik. Hol mich dort ab.

18. Kapitel

Ach, hätten sie doch nur Mutter in der Alsterschwimmhalle festgehalten! Dann würde ich jetzt einfach abhauen und tatsächlich dem Knipser das Feld überlassen. Soll der sich doch mit Rolf rumschlagen!

Chefs am Set verbreiten grundsätzlich Hektik, auch wenn eigentlich alles glattläuft. Aber wie, bitte schön, kommt Rolf denn überhaupt darauf, dass ich die Sache nicht im Griff habe? Zugegeben, es gab vielleicht ein paar klitzekleine Startschwierigkeiten, aber das war doch kaum der Rede wert und hat sich längst erledigt.

Ob Marc gepetzt hat?

Prüfend schaue ich zu ihm hinüber, aber er hat immer noch diesen irritierten Tom-deine-Mutter-ist-doch-nicht-demenzkrank!-Spinnst-du-jetzt-total?-Blick drauf. So einer schreit normalerweise nicht gleich nach dem Chef, nur weil mal was nicht ganz rund läuft. Nein, es muss ein anderer gewesen sein. Etwa der Knipser?

In diesem Moment erscheinen – taufrisch und ohne eine einzige Eiterbeule – Noemi und Vivian. Beide tragen hautenge Capri-Jeans, Bikini-Oberteile und darüber diese neumodischen Flatterhemdchen, auf die ich persönlich ja so gar nicht stehe. Man(n) will doch schließlich sehen, was es zu verbergen gibt.

Auch Marc hat sie jetzt entdeckt. Schlagartig ist meine demenzkranke Mutter aus seinem Blick gelöscht, stattdes-

sen hat er nun den Wann-wollen-wir-ficken-gerne-auch-zu-dritt-Look drauf.

Den Mädels ist dieser Ausdruck in Männergesichtern offenbar geläufig, denn sie verziehen keine Miene, als sie sich lässig neben Lydia platzieren und «Guten Morgen!» trällern.

Mein Gott, die haben aber auch Beine ...

Plötzlich quiekt Lydia auf, als hätte jemand versehentlich eine Kippe auf ihrem Po ausgedrückt. «Oooh!» Mit aufgerissenen Augen starrt sie an Vivian hinunter. Und während ich schon ein mutiertes Eiterbeulenvirus befürchte, presst sie in ehrfurchtsvollem Tonfall hervor: «Sind das etwa die Silver Star Slingback Pumps von Marc Jacobs? Die sehen ja getragen noch viel besser aus als im Internet, Wahnsinn!»

Lydia ist derart aus dem Häuschen, dass vermutlich nur ihr dicker Bauch sie daran hindert, vor Noemi auf die Knie zu fallen und deren Schuhe zu küssen. «Leider würden bei meinem derzeitigen Gewicht die Absätze abknicken», seufzt sie. «Schade. Aber dir stehen sie wirklich sehr gut.»

Also, das muss man Frauen ja lassen: Haben sie einmal beschlossen, sich gegenseitig sympathisch zu finden, sparen sie nicht mit lobenden Worten, tauschen sogar Adressen von Boutiquen und die Nummer vom Lieblingsfrisör aus, bitten ungeniert um Tampons oder erzählen frisch von der Leber weg, dass ihre Regel zwei Tage überfällig ist. Und das ist erst der Anfang. Richtig spannend wird die Sache dann, wenn Frauen diese Neuigkeiten verarbeiten und dabei gleichzeitig so viel und so schnell quasseln, dass einem ganz schwindelig wird. Etwa so, wie Lydia und die beiden Models uns das jetzt vormachen:

«JaschadeabereinähnlichesModellgibtesauchvonFendi, daistderAbsatzetwasstabiler, dafürhaternocheineextraFußfesselmitStrasssteinen.Echtsupersüß!Diewärendochwasfür dich. Ach, ichweißnicht. Seufz! DieseFußfesselnmachenbeimirdieBeineimmerirgendwieoptischkürzer, ichtrageeigentlichschonamliebstenModellemitSlingback. Ja, geil, diesind wirklichtoll! UndwenndiedannnocheinkleinesPlateauhaben, kommendieBeinesorichtigsuperzurGeltung. DerWahnsinn! Aberesdarfnichtsoübertriebensein. Also, mehralsdreiZentimeterfindeichpersönlichover-done. Seufz! Ja, dasfindeich auch. AllerdingshabeichanLadyGaganeulichwelchegesehen, diewarentotalsuper! Seufz! Kannschonsein, aberdieFrau istansonstendochfurchtbar, oder? Ja, findeichauch ...»

Harrr. Wie kann man denn bitte so lange über Schuhe reden? Männer würden nicht mal *bemerken*, wenn ihr bester Kumpel neue Sneakers hat.

Es sei denn, sie wären rosa.

Aber abgesehen davon käme kein Mann auf die Idee, einen anderen Typen zu fragen, ob seine Chucks kurze Beine machen, ob die Hose im Schritt kneift oder ob ihm vielleicht mal jemand mit einer Tablette Viagra aushelfen könnte. Und ganz sicher würde sich kein Mann darüber auslassen, dass die Morgenerektion seit zwei Tagen ausgeblieben ist.

Während Marc das Frauentennis mit offenen Mündern verfolgt, versuche ich, wieder Herr der Lage zu werden.

«Also, wir sollten jetzt aber wirklich mal los. Sonst wird es zu spät, und wir bekommen wieder Probleme mit dem Licht.»

Ich ernte einen bösen Blick von Lydia, die anscheinend nicht vorhatte, das Marc-Jacobs-Thema so schnell ad acta zu legen. Hoffentlich fängt sie jetzt nicht aus Rache wieder von dem München-Quatsch an.

Aber nein, so weit kommt es zum Glück nicht, denn sie hat ein neues Opfer entdeckt: Melanie.

Wie zu meiner Rettung taucht nämlich jetzt Dimitri auf, der Lydia hierher chauffieren durfte und sich offensichtlich

anschließend mit dem Mops kurz die Stummelbeinchen vertreten hat.

«Guten Morrrgen miteinanderrr! Fit furrr wunderrrschönen Tag auf See?»

Na ja, also fit ist vielleicht etwas übertrieben. Jedenfalls, was mich betrifft. Aber auch Marc und der Knipser, der gerade hektisch herbeigelaufen kommt, sehen so aus, als hätten sie ihren desolaten Zustand lediglich äußerlich in den Griff bekommen. Wieso Dimitri so taufrisch aussieht, ist mir wahrlich ein Rätsel. Eventuell hat er gestern seine Wodkagläser heimlich unter dem Tisch entleert? Oder er ist einfach gut im Training.

Glücklicherweise müssen wir uns heute nicht alle in das Auto des Knipsers pferchen, da Lydia und Melanie im Cayenne zum Schiff kutschiert werden. Auch die Models dürfen zu Marcs großer Enttäuschung bei Dimitri mitfahren. Nur wir drei Jungs müssen in der Knipserschüssel hinterhertuckern. Ätzend!

An Bord beginnt der Möchtegernfotograf dann auch sogleich, seine Ausrüstung zu prüfen (fast hätte ich ihm gewünscht, die Sachen wären gestohlen worden). Wichtigtuerisch dreht er ein paar Blenden hin und her, dirigiert die Models und macht so richtig einen auf Chef.

Ich kann das nicht länger ertragen und hänge mich betont desinteressiert über die Reling, um die neidvoll vorbeiflanierenden Touristen zu beobachten. Pah! Nichts kann das Ego eines Mannes bekanntlich besser aufbauen, als der Neid anderer Männer.

Die meisten blicken ehrfürchtig zu Dimitris Schiff hoch, tuscheln oder machen ein Foto von uns. Vielleicht erscheine ich ja nächste Woche in der *Gala*, weil irgendein Vollhonk mich mit Sean Penn verwechselt hat. Oder mit George Clooney.

Okay, das ist vielleicht ein bisschen weit hergeholt.

Auf der Uferpromenade entdecke ich jetzt einen von Dimitris affenartigen Bodyguards. Er geht einem Kerl entgegen, der mehrere Kartons mit kyrillischem Aufdruck vor seinem Bauch balanciert. Die beiden unterhalten sich kurz, dann schnauzt der Kartontyp plötzlich los. Der Halbaffe scheint keine Ahnung zu haben, was los ist, weshalb nun auch noch Dimitri angetrabt kommt und sich wild gestikulierend ins Gespräch einmischt. Nachdem sich die drei eine Weile mit Konsonanten bespuckt haben, klärt sich das Missverständnis offenbar auf. Denn während Dimitri dem Fremden zum Abschied freundschaftlich die Schulter zu Brei schlägt, verschwindet der Halbaffe mit den Kartons an Bord.

Was da wohl drin ist? Neuer Wodka? Drogen?

O Gottogott! Hoffentlich ist Dimitri nicht in irgendwelche dubiosen Machenschaften verwickelt. Was, wenn wir am Ende des Tages alle verhaftet und gefoltert werden? Dann kann ich vielleicht sogar noch dankbar sein, dass Rolf heute Abend anreist und uns alle aus dem Knast holt.

Jetzt springt Dimitris Lakai wieder an Land. Er muss einen Witz gerissen haben, denn Dimitri lacht, und die beiden klatschen sich zu guter Letzt auch noch ab.

Verhalten sich so etwa Drogendealer? Ganz sicher nicht. Auffälliger geht's ja nun wirklich nicht. Oder dient das alles nur der Tarnung?

Die beiden machen jetzt die dicken Taue vom Pier los, werfen die Enden zurück an Bord und klettern gleich darauf hinterher. Dimitri verschwindet im Inneren des Schiffs, und kurze Zeit später springt der Motor an.

Auf dem Zwischendeck beginnt Frank sich warm zu knipsen. Noemi posiert auf ihrer Rattanliege, als hätte sie in ihrem Leben nie etwas anderes gemacht, und sieht dabei echt lässig aus.

Marijas Fake-Eis kommt beinahe besser rüber als das Original. Jedenfalls ist es eindeutig hitzebeständiger. Noemi schiebt sich eine Portion nach der anderen in ihren perfekt geschminkten Mund, und zwar mit einem von Dimitris Silberlöffeln. Vermutlich Diebesgut, aber das ist mir jetzt auch egal.

Marija hat uns die Krempita in zwei riesige Tupperdosen gefüllt, sodass wir die *Sündenpool*-Becher jederzeit wieder auffüllen können. Zum Glück, kann ich nur sagen, denn Noemi haut ordentlich rein. Hoffentlich müssen wir ihr nicht am Ende des Tages den Magen auspumpen lassen, weil sie nicht mehr in die Capri-Hose passt.

Lydia sitzt mit strenger Miene, strenger Hochsteckfrisur und streng übereinandergeschlagenen Beinen an einem Tisch im Schatten und macht sich Notizen. Unter ihr schwitzt – in seiner grellpinken Schwimmweste – der Schrumpfhund und kaut verzweifelt auf dem Gummistöpsel herum.

Tja, mein Lieber, du kaust an dem Ast, auf dem du sitzt! Eine kleine Windböe und …

«Hey, hat vielleicht einerrr von euch Lust, Kapitän Gesellschaft zu leisten?» Dimitri winkt vom obersten Deck und schwenkt eine Flasche Wodka.

O Gott, mein Magen! Mir wird ja allein schon beim Anblick schlecht, jedenfalls was den Alkohol betrifft. Der Typ lässt aber auch kein Klischee aus!

Lydia kennt keine Gnade. Sie hebt drohend ihre Augenbrauen und wirft mir einen auffordernden Blick zu.

Schon klar, einer soll unseren Gastgeber bei Laune halten. Warum nur immer ich?

Resigniert gebe ich Dimitri ein Zeichen und mache mich auf zum Oberdeck.

Die Schiebetür zum Wohnbereich ist durch einen komplizierten Mechanismus komplett zur Seite gefahren, sodass es aussieht, als gingen Wohnzimmer und Liegedeck direkt ineinander über. Etwas weiter im Inneren befinden sich eine Bar, eine Lounge-Ecke mit überdimensionalem Flachbildfernseher und dann noch ein riesiger Esstisch, auf dem ein frisches Blumenbouquet drapiert ist. Hinter dem Tisch schirmt eine Wand mit gestreifter Tapete die Treppe zum Kapitänsdeck ab.

Auf diesem Schiff lässt es sich wirklich gut aushalten!

Ich klettere hoch und stehe gleich darauf neben Dimitri, der sich in 1-a-Kapitänsmanier auf einem weißen Drehsessel fläzt und dabei wie der russische Jack Sparrow rüberkommt. Er hält das Steuer in der einen und die Flasche Wodka in der anderen Hand, und ich mache im Geiste drei Kreuze, dass nicht auch noch Dreispitz oder Dreadlocks zu seiner Ausstattung gehören. Sonst würde ich mir unter Umständen Sorgen machen, ob wir hier nicht in die Filmarbeiten zu *Fluch der Adria* geplatzt sind.

Oben gibt es außerdem noch ein kleines Liegedeck sowie eine Ledercouch mit Tisch und einen Minikühlschrank. Was man halt so braucht auf hoher See ...

Ich lasse mich in den freien Sessel neben dem Russen plumpsen und bestaune die edlen Armaturen und die technische Ausstattung. Keine Ahnung, wie das alles so funktioniert, aber ich wette, wenn man es einmal drauf hat, macht es mächtig was her. Deshalb auch die Liegewiese. Dort könnte sich dann beispielsweise Elisa räkeln und abwechselnd bewundernd zu mir aufschauen oder mir den Nacken massieren.

Rolf wird jedenfalls aus seinen Spießerlatschen kippen, wenn er die Yacht sieht! Aber dann ist es leider auch vorbei mit der Idylle. Mist! Als wären hier nicht schon genug Irre am Set! Hab ich vielleicht Lust, *den* heute Abend in Emp-

fang zu nehmen! Und vor allem: Wie soll das gehen? Ich habe nicht mal ein Auto. Und die Schrottkarre vom Knipser scheidet ja wohl aus.

«Äh, sag mal, Dimitri, musst du heute Abend noch weg, oder könnte ich mir vielleicht mal für ein Stündchen dein Auto leihen?»

War das jetzt zu unverschämt? Auf jeden Fall war es hoch gepokert, denn erstens habe ich keine Ahnung, ob ich mit einem Stündchen auskomme, da ich zweitens keinen Schimmer habe, wo dieses Dubrovnik überhaupt genau liegt.

Dimitri scheint ähnliche Bedenken zu haben, denn er schaut mich an, als würde ich mit seiner Luxusschleuder abhauen wollen. Aber er schweigt beharrlich. Und als ich schon befürchte, dass er mir vermutlich gleich stumm die Wodkaflasche über den Schädel ziehen wird, hellt sich seine Miene plötzlich auf. Er grinst, als gäbe es hier in der Nähe einen Autostrich. Das Grinsen geht dann tatsächlich in pubertäres Gekicher über und mündet schließlich in verständnisvollem Brummen.

DER GLAUBT DOCH WOHL NICHT ALLEN ERNSTES, DASS ICH SEINE BLÖDE KARRE BRAUCHE, UM EINE FRAU ABZUSCHLEPPEN?

«Willst du kleine Familienausflug machen mit schwangerrrer Frrrau?»

Hä? Familienausflug? Ogottogott. An so etwas mag ich noch gar nicht denken!

«Äh ... also, nein. Ich muss meinen Chef vom Flughafen abholen. Er landet um 18 Uhr in Dubrovnik.»

Dimitri hört nicht auf zu grinsen. «Aha! Chef schaut nach dem Rrrechten, was? Hahaha!» Vor Freude trommelt er auf das Steuerrad und lacht nun aus vollem Hals.

Was ist denn daran jetzt bitte so witzig? Moment mal: War vielleicht Dimitri der Verräter, der Rolf angemorst hat?

Nein, das ist wirklich äußerst unwahrscheinlich und deutet auf Verfolgungswahn im Anfangsstadium hin. So langsam drehe ich wohl durch.

Aber bitte, soll Dimitri sich meinetwegen über mich lustig machen, solange er mir seine Karre borgt und uns seine Yacht zur Verfügung stellt, stehe ich über allem.

«Aberrr Chagoi bleibt hierrr!» Plötzlich erstirbt das Dauergrinsen.

Anscheinend liegt ihm mehr an diesem Straßenköter als an seinem Porsche. Das ist ja unglaublich. Meinetwegen können wir gerne tauschen –

Scheiße! Ich Vollidiot! Das hätte mir mal gestern einfallen sollen: der Hund im Tausch gegen den Cayenne. Schon geil, oder?

«Klar, der Chagoi bleibt hier», erkläre ich großzügig und versuche, mir meinen Ärger über die verpasste Tausch-Chance nicht anmerken zu lassen. Mist, ich muss wirklich dringend mal nachlesen, was das für ein Vieh ist. Sonst bekommt der Russe irgendwann vor Enttäuschung noch einen Herzinfarkt.

Inzwischen haben wir die Bucht von Kotor verlassen und steuern auf das offene Meer zu. Ich lasse meinen Blick schweifen. Was für eine unendliche Weite! Sofort beruhigen sich meine Nerven. Gut, vielleicht habe ich mir das Auto durch die Lappen gehen lassen, aber zumindest bin ich am Ende der Woche den Köter los. Das ist doch auch schon mal was. Und Rolf wird bereits beim Anblick des Wagens einsehen, wie großartig hier alles läuft und wem er das zu verdanken hat. Also: Entspannung!

Da Lydia sich als Hintergrundkulisse für die Fotos ein malerisches Fischerörtchen gewünscht hat, dreht Dimitri irgendwann bei und schippert den Küstenstreifen entlang. Hier sind noch einige andere Boote unterwegs. Vom Segel-

 boot bis zum Ausflugsdampfer kann man so gut wie alles finden.

«Hierrr, hast du Ferrrnglas», sagt Dimitri und grinst schon wieder so komisch. «Kannst du gucken auf anderrren Booten nach Frrrauen ohne Oberrrteil. Hahaha!»

Keine Ahnung, was noch in seinem Wodka ist, aber offenbar geht mit ihm heute seine Libido durch. Frauen ohne Oberteil – ich bin doch kein Spanner!

Etwas verunsichert greife ich nach dem Fernglas und schaue hindurch. Tue ich ihm eben den Gefallen und starre irgendwo aufs Meer. Aber muss ich mir zur Tarnung auch noch in den Schritt greifen? Wie weit soll meine Dankbarkeit für die Yacht gehen?

«Dorrrt vorrrn ist Fischerrrdorf. Sieh!» Dimitri deutet auf einen kleinen Flecken am Ufer.

Brav blicke ich durch das Glas. Doch, ja, wirklich sehr malerisch. Kann man nicht anders sagen. Hübsche Cafés, alte Steinhäuser und kleine Ruderboote, die am Ufer festgebunden sind.

Langsam schwenke ich das Fernglas wieder zurück und schaue – so ganz nebenbei –, ob auf einem der Boote, die an der Küste entlang im Wasser treiben, nicht vielleicht doch eine *Frrrau ohne Oberrrteil* zu sehen ist.

Nein, auf Anhieb kann ich keine entdecken. Was ich aber auf Anhieb entdecke, ist ein Typ, der ebenfalls durch ein Fernglas glotzt. Und zwar genau in meine Richtung.

Erschrocken reiße ich das Glas herunter. Was ist das denn für ein Spanner? Geilt der sich etwa an unseren Models auf? Na warte, Freundchen!

Wütend presse ich mir das Fernglas wieder auf die Nase und sehe gerade noch, wie der Typ mir jetzt zum Gruß den Mittelfinger entgegenstreckt. Idiot!

Als ich noch überlege, ob ich Dimitri bitten sollte, seine

Gorillas im Beiboot auf den Kerl zu hetzen, schiebt sich plötzlich eine Blondine ins Bild. Eine *Frrrau ohne Oberrrteil!* Sie stellt sich vor den Spanner und zeigt mir damit ihre volle Pracht. Über die Schulter hinweg reicht sie dem Typen eine Flasche Sonnencreme und ...

Moment mal! Diese Brüste kenne ich!

Vor Schreck hätte ich beinahe Dimitris Luxusspielzeug fallen gelassen. Das darf doch nicht wahr sein! Nicht nur, dass der Spanner auf dem anderen Schiff in diesem Moment sein Fernglas abstellt und genussvoll anfängt, der Blondine den Rücken einzucremen. Nein, nein, jetzt bin ich mir ganz sicher: Diese Brüste kenne ich so gut, weil es *meine* Brüste sind! Also, beziehungsweise Elisas Brüste.

Sie ist es! Und als wäre das nicht schon schlimm genug, fängt sie nun auch noch aufs Geratewohl an zu winken.

Schweißgebadet reiße ich das Fernglas runter, werfe mich wie ein Ninja-Kämpfer auf den Boden und gehe hinter der Holzverschalung in Deckung.

Dimitri, der annehmen muss, mich hätte der Anblick einer Silikon-Titte so aus der Fassung gebracht, lacht sich mal wieder schlapp. «Hahaha! Los, gib mirrr Ferrrnglas! Lass mich auch mal sehen!»

Ich liege immer noch flach auf dem Boden und presse das Glas an meinen Bauch, als seien es meine hervorquellenden Eingeweide. Nein, das gebe ich nicht her. Das wäre ja noch schöner, wenn sich hier jeder genüsslich an Elisas Busen verlustigen kann.

«Na los, gib schon herrr!» Dimitris Stimme klingt jetzt beinahe bedrohlich.

Aber selbst wenn ich es wollte, ich kann meinen Griff nicht lockern. Ich stehe eindeutig unter Schock.

Was, bitte schön, hat denn Elisa halbnackt auf diesem Motorboot zu suchen? Und dann auch noch mit so einem ...

einem ... Plötzlich dämmert es mir. Das ist der Typ mit der Hammerbanane! Ich-bin-ja-so-witzig-Alex hat sich in Ich-bin-ja-so-geil-Alex verwandelt und macht sich cremenderweise an meine Freundin ran. Widerlich!

Wie elektrisiert stoße ich Dimitris immer noch auffordernd geöffnete Hand weg, robbe zurück an die Reling und stecke den Kopf gerade so weit herüber, dass ich erneut mit dem Fernglas das Motorboot beobachten kann.

Die Blondine, also Elisa (ich mag ihren Namen gar nicht aussprechen), liegt jetzt auf einem Handtuch in der Sonne und zwar auf dem Rücken (!). Vor ihr lümmelt sich der Hammerbananenidiot, und zwar auf dem Bauch (!). Dabei tut er so, als lese er in einem Buch, was natürlich komplett abwegig ist. Solche Typen lesen nicht. Und dieser notgeile Bananenjunkie erst recht nicht. Garantiert stiert er heimlich Elisas Busen an und wartet nur auf eine Gelegenheit, ihr später noch die Vorderseite einölen zu dürfen.

DU ELENDE SABBERBIRNE!

Langsam lasse ich mich zurück auf den Boden sinken und überlasse Dimitri kraftlos das Fernglas. Soll er sie doch anglotzen, das macht es jetzt auch nicht schlimmer.

Ob Elisa mich gesehen hat? Unwahrscheinlich. Sie hatte ja kein Fernglas. Das wiederum würde allerdings bedeuten, dass meine Freundin – so mir nichts, dir nichts – barbusig fremden Yachten zuwinkt. Auch keine schöne Vorstellung.

Also, während ich mir hier schwer einen abschufte, im Dienste der Agentur Drogen (Wodka) zu mir nehme und unter schwersten psychischen Belastungen (Chef kommt, Baby kommt) versuche, ein 1-a-Shooting hinzulegen, lässt Elisa sich von einem dahergelaufenen Vollpfosten den Rücken massieren und –

«Herr Mo-re-no! Würden Sie vielleicht mal wieder zu uns herunterkommen?»

Grmpf. Lydia hat einfach ein Händchen für unpassende Augenblicke. Zum Glück kann sie mit ihrer Kugel aber nicht die kleine Treppe zu uns hinaufsteigen, weshalb mir wenigstens die Frage, was genau ich hier auf dem Boden mache, erspart bleibt.

Wie betäubt kehre ich zu den anderen zurück und kriege kaum mit, was man von mir will. Mein Körper funktioniert wie in Trance. Ich bin zu nichts mehr zu gebrauchen. Allein das Bild vom notgeilen Stinkefinger-Alex, wie er Elisa den Rücken massiert, löst in mir immer wieder Brechreiz aus. Wenn ich mir jetzt auch noch vorstelle, wie Elisas Tag weitergeht, kann man mich gleich auf die Intensivstation einliefern.

Konfuzius sagt: Zu wissen, was man weiß, und zu wissen, was man tut, das ist Wissen.

Also, um ehrlich zu sein: Ich weiß eigentlich gar nichts. Weder, was ich gerade tue, noch, was ich in naher Zukunft am besten tun sollte.

Ganz schön kompliziert. Ich muss nachdenken.

Fakt ist: Ich habe das Unternehmen nicht zu Unrecht *Kamikaze* genannt. Fakt ist auch: Ich kann diesen Kampf nicht gewinnen, ohne dabei herbe Verluste hinzunehmen. Fakt ist weiterhin: Im Grunde läuft alles wie geplant. Jetzt wird den beiden Turteltäubchen das schöne Wetter etwas zu Kopf steigen, heute Abend kippen sie dann noch drei, vier Cocktails, und zu späterer Stunde hüpfen sie gemeinsam in die Kiste.

Eigentlich perfekt. Denn spätestens morgen früh wird Elisa ihr Vorgehen zutiefst bereuen, den Furzknochen samt Hammerbanane und ausgestrecktem Mittelfinger in den Wind schießen und sich nichts sehnlicher wünschen, als dass ich ihr verzeihe. Wie viele Kinder ich mit ins Spiel bringe, ist ihr dann sicher piepegal.

Das wäre also geklärt. Fragt sich nur, wieso ich auch alles andere plötzlich so verschwommen sehe.

Lydia ist von einem Nebel umgeben, und jetzt kommt auch Marc undeutlich auf mich zugewankt. Eigentlich sind es sogar zwei Marcs. Alle reden wirr auf mich ein, aber ich kann ihre Worte nicht verstehen. Das Schiff dreht sich.

Alles wird schwarz.

19. Kapitel

«Herr Moreno, geht es Ihnen besser?»

Als wir drei Stunden später anlegen, beugt sich Lydia besorgt über meine Liege, legt mir die Hand auf die Stirn und den Mops auf den Bauch.

«Wir dachten schon, du seist ohnmächtig geworden», erklärt Marc, der an meinem Fußende sitzt. «Hattest gar keine Farbe mehr im Gesicht.»

«Wohl seekrank, was?»

Ah, der Knipser lebt also auch noch. Schade, der hätte sich ja auch einfach mal gemeinsam mit Melanie über Bord wehen lassen können.

«Mensch Alter, was is'n los mit dir?» Wenn Marc sich so besorgt äußert, muss ich wohl wirklich ganz schön scheiße aussehen.

«Alles gut, keine Panik. War nur der Kreislauf», wiegele ich ab und schiebe Melanie zur Seite, die mir teilnahmsvoll das Gesicht ablecken will.

«Wir sind gut vorangekommen», erklärt Frank und grinst schief. «Ich überspiele gleich schon mal die Bilder, und morgen shooten wir dann in Dimitris Villa.»

Ach ja? Offenbar hat hier jetzt ein anderer das Sagen. Ich scheine wirklich 'ne Menge verpasst zu haben. «In Dimitris Villa?» Schwerfällig richte ich mich auf.

«Ja, Frau Cremand möchte gern noch ein paar Bilder mit Gartenkulisse und dann einen Sonnenuntergang am Pool.»

Marcs Stimme überschlägt sich fast vor Begeisterung. «Ist doch 'ne geile Idee, oder?»

«Ja. Geil.» Fast so geil wie Bananen-Alex.

Arrrg.

«Ach, jetzt komm schon, Tom. Nur weil wir mal was ohne dich beschlossen haben, musst du ja nicht gleich so eine Fresse ziehen.»

TU ICH AUCH NICHT, DU SCHLAFTABLETTE; SONDERN WEIL MEINE FREUNDIN SICH HEUTE NOCH VON EINER HAMMERBANANE VÖGELN LÄSST, DARUM!

Hat man so etwas schon erlebt? Da läuft eigentlich alles nach Plan, und man fühlt sich trotzdem, als wäre gerade die Schlacht um Waterloo verlorengegangen. Leider ist jetzt keine Zeit, um auf einer sonnigen Insel in Ruhe seine Wunden zu lecken. Denn Dimitri wedelt bereits mit dem Autoschlüssel.

«Mein Frrreund, du musst dich beeilen. Das dauerrrt einen Moment bis Dubrrrovnik.»

«Dann muss der Chef sich eben etwas gedulden.» Ich kann jetzt nicht sofort wieder los, ich bin immer noch völlig entkräftet.

An den fragenden Blicken der anderen kann ich erkennen, dass ich offenbar vergessen habe zu erwähnen, dass Rolf heute anreist.

«Gut», posaunt Lydia schnippisch, nachdem ich mein Versäumnis nachgeholt habe, «dann kann ich also jetzt davon ausgehen, dass von nun an alles glattläuft?» Ohne auf eine Antwort zu warten, dreht sie sich zu Noemi und Vivian um. «Wir sollten noch ein paar Details wegen morgen Abend klären. Lasst uns kurz dort drüben hinsetzen.»

Damit schwankt sie wieder auf ihren schattigen Sitzplatz zu, wo auch noch ihr Schreibzeug liegt. Die Mädels folgen brav, und auch Melanie trottet den Frauen hinterher.

Dem Knipser scheint es offenbar völlig wumpe zu sein, dass Rolf heute kommt. Er starrt gedankenverloren auf das Display seiner Kamera und lächelt selbstverliebt die eigenen Fotos an.

Warte nur, mein Lieber, bis sich Rolfs Zorn über dir entlädt!

«Was in Teufels Namen will der Chef denn hier?», wispert mir Marc hinter vorgehaltener Hand zu. «Das gibt doch nur Stress!»

«Ich weiß, aber was sollte ich denn machen? Offenbar hat ihm irgendwer gesteckt, dass es hier nicht ganz so rund läuft.»

«Waaaaas? Wer war das denn? Frau Cremand?» Marc wirkt ehrlich erstaunt, und ich streiche ihn im Geiste von der Liste der Verdächtigen.

«Vielleicht war es auch der Knipser.»

«Nee, das glaube ich nicht. Der muss doch am meisten Schiss haben, dass Rolf ihn zur Schnecke macht. Schließlich hat uns sein Schrottschiff einen halben Tag Zeit gekostet.»

Einen Moment sitzen wir schweigend nebeneinander und denken vermutlich dasselbe: Wer auch immer bei Rolf gepetzt hat – dem werden die Eier angezündet!

«Na, irgendwie kriegen wir das schon noch raus», erkläre ich. «Auf jeden Fall muss ich jetzt los. Und Marc», ich beuge mich zu ihm und zeige unauffällig auf Lydia und den Knipser, «am besten, du hältst dic beiden bei Laune. Wie ich unseren Chef kenne, möchte er später noch alle sehen.»

«Ooo-ho-ho», murmelt Dimitri im Hintergrund, «Chefs sollte man nicht zu lange warrrten lassen! Vorrr allem nicht, wenn sie gaga sind!»

Ach du Schreck, was so ein Russenhirn alles abspeichert! Hoffentlich hat Lydia nichts gehört, das würde nur wieder

Anlass für kompromittierende Fragen bieten. Aber zum Glück ist sie gerade hochkonzentriert damit beschäftigt, den Schrumpfhund aus seiner Schwimmweste zu pulen. Als sie den angekauten Stöpsel entdeckt, ergeht ein Donnerwetter über der ohnehin schon völlig entkräfteten Melanie. Die Sonne hat sie vollkommen fertiggemacht. Vielleicht waren es aber auch die fettigen Würstchen, die Dimitri ihr immer wieder heimlich zugeschanzt hat.

Ich werfe Marc einen Blick der Marke *Ich fahre nach Dubrovnik – du besorgst 'ne neue Schwimmweste* zu und trabe hinter Dimitri her, der bereits auf der Gangway in Richtung Parkplatz marschiert.

«Mein Frrreund, kannst du mirrr Gefallen tun?», fragt er, als wir allein sind. «Kannst du ein paarrr Karrrtons furrr Marrrijas Brrruderrr mitnehmen? Er trrrifft dich am Flughafen.»

Aha? Ob es an dieser Stelle angebracht ist, zu fragen, was sich in den Kartons befindet? Vermutlich nicht. Man hat ja schließlich gute Erziehung genossen. Außerdem ist es manchmal besser, wenn man hinterher guten Gewissens behaupten kann: Ich habe davon nichts gewusst.

Während ich also in den Cayenne klettere und mir Spiegel und Sitz einstelle, traben plötzlich die beiden Halbaffen an. Jeder von ihnen apportiert zwei mittelgroße Kartons, die sogleich unter Dimitris Anleitung im Kofferraum verstaut werden. Mich überkommt nun doch eine gewisse Neugierde. Im Rückspiegel versuche ich, zu erkennen, ob es sich um dieselben Kartons handelt, die heute Morgen an Bord gebracht wurden. Aber nein, diese hier wirken etwas größer, und es fehlt der kyrillische Aufdruck.

Während die Träger zurück zur Yacht stapfen, verschließt Dimitri den Kofferraum. Dann geht er um das Auto herum und öffnet die Beifahrertür.

«Ich habe Adrrresse für dich in Navigationsgerrät eingegeben, und hierrr ist auch noch Nummerrr von Handy. Kann also garrr nichts schiefgehen. Am Flughafen warrrtet berrreits Zorrran. Errr wird Auto errrkennen und Kisten schnell umladen. Dann kommst du immer noch rrrechtzeitig in Halle an, um Chef nach Passkontrrrolle abzuholen. Alles klarrr?» Er wartet gar nicht erst auf eine Antwort, sondern schlägt die Wagentür zu und klopft aufs Dach.

Na super, jetzt darf ich auch noch den Drogenkurier spielen! Das wird ja immer bunter! Aber was bleibt mir anderes übrig?

Ich gebe Dimitri mit erhobenem Daumen ein Zeichen und starte den Motor. Doch unserem Gastgeber scheint noch etwas einzufallen. Er bedeutet mir, die Fensterscheibe herunterzulassen.

«Wenn du uber Grrrenze fährrrst, sagst du: *Dobar dan!* Das heißt: Guten Tag. Man wirrrd Ausweis sehen wollen und frrragen, ob du etwas zu verrrzollen hast. Das heißt: *Imate li nešto da prijavite.* Du antworrrtest mit: *Ne, nemam*, und sie lassen dich durrrchfahren. Du bedankst dich und sagst: *Hvala.* Dann kannst du fahrrren weiterrr. Nötige Unterrrlagen liegen in Mappe in Handschuhfach. Alles klarrr, mein Frrreund?»

Nun ja ... Vielleicht etwas viel auf einmal aber – ja, pipileicht. Wenn er mir jetzt noch die schusssichere Weste reichen könnte!?

Dimitris komisches Grinsen gefällt mir nämlich gar nicht.

«Dobar dan.»

Es klingt zwar nicht unfreundlich, ist aber, wie ich finde, keine angemessene Reaktion auf das strahlende Lächeln, das ich einige Zeit später an der Grenze zur Schau trage.

«Dooba daan», antworte ich dem uniformierten Beamten und bin selbst überrascht, dass mein Montenegrinisch einen holländischen Akzent aufweist. Wo habe ich mir den nur eingefangen?

Der Beamte scheint jedoch mit derartigen Dialekten vertraut zu sein, denn er greift nach der Mappe mit den Papieren, die ich ihm unaufgefordert hinhalte, und fragt mechanisch: «Imate li nešto da prijavite?»

«Neee, neeemam.» Zur Bekräftigung, dass ich nichts zu verzollen habe, schüttele ich den Kopf, als gelte es, nach erfolgreicher Timotei-Behandlung meine schuppenfreie Kopfhaut unter Beweis zu stellen.

Der Beamte nimmt meinen Reisepass, blättert darin herum, bis er eine Seite findet, die noch jungfräulich ist. Dann setzt er seinen Stempel an die Stelle und reicht mir alle Papiere wieder zurück durchs Fenster.

«Srećan put!»

Oh! Das hatte Dimitri so nicht vorhergesagt. Aber ich setze einfach stoisch meinen Sprachkurs fort, bedanke mich mit einem holländisch-montenegrinischen «Hvaaala!» und schenke ihm wieder das Strahlelächeln.

Als keine weitere Reaktion vom Uniformierten kommt, löse ich die Handbremse und lasse den Wagen langsam anrollen. Lief doch super! Ich bin ein echtes Sprachtalent.

Beschwingt setze ich meine Reise nach Dubrovnik fort. Bei unserer Landung vor drei Tagen war mir gar nicht aufgefallen, wie klein und überschaubar hier alles ist. Elisa fände es sicher unglaublich idyllisch und romantisch.

Nach einer Viertelstunde biege ich von der Landstraße auf den Parkplatz des Flughafens ein. Kaum habe ich den Motor ausgeschaltet, hechtet auch schon ein Mann mit balkanisch anmutendem Bartdesign auf mich zu. Anstelle einer Begrüßungsfloskel macht er eine lässige Kopfbewegung nach hinten. Fehlt nur noch, dass er *Was guckst du?!* sagt.

Dieser Borat sieht original so aus, als hätte er im Tatort schon mal die Rolle des serbischen Mädchenhändlers gespielt: schwarze Haare, noch schwärzere Augen und noch viel schwärzere Hände. Aber zum Glück bin ich ja frei von Vorurteilen und habe auch keine Angst, dies unter Beweis zu stellen.

Beherzt setze ich wieder mein Lächeln auf und erkläre mit ausgestreckter Hand: «Hi, ich bin Tom!»

Das hätte ich aber mal lieber nicht tun sollen. Also, das mit der ausgestreckten Hand, meine ich. Die ergreift jetzt nämlich der schwarze Typ mit seiner Schmutzpranke und sagt: «Zdravo, Zoran.»

Als wäre es das Normalste auf der Welt, sich beim Handschlag mit einer Mischung aus Motorenöl und Friedhofserde einzuschmieren, lasse ich meine Hand in seiner ruhen und widerstehe der Versuchung, sie mir anschließend an der Hose abzuwischen.

«Äh ... Viele Grüße von Dimitri. Die Kisten sind hinten im Kofferraum.» Kaum habe ich den Satz ausgesprochen, komme ich mir ebenfalls wie ein Darsteller im Tatort vor. Und zwar wie der Typ, der gleich in der 1. Szene erschossen, erdrosselt oder erstochen wird.

Mir wird ein bisschen schwindelig. Ist Dimitri tatsächlich ein so makabrer Zeitgenosse, dass er mich hier ins offene Messer laufen lässt? Den Hund hat er ja jetzt, also bin ich ihm eigentlich nicht mehr von Nutzen ...

Zoran öffnet den Kofferraum und zieht nach und nach die Kisten heraus. Und ehe ich meinen Krimi zu Ende gesponnen habe, sind alle Kartons in einen schrottreifen Kombi umgeladen und dessen Heckklappe wieder zugeschlagen.

Zwar bin ich kein Experte, was die Gepflogenheiten der

Russenmafia anbelangt, aber es erscheint mir irgendwie unwahrscheinlich, dass ich jetzt noch erschossen werde.

«Gruße bei Dimitrrri», knurrt Borat und hält mir wieder seine Schmutzpranke hin.

Harrr. Hätte ich ihm das bloß nie beigebracht!

Aber da mir seine lässige Kopfbewegung noch nicht so geläufig ist, schüttele ich ihm ein weiteres Mal tapfer das Ölhändchen und flüchte anschließend schnell ins Auto.

Kaum sitze ich im Wagen, finde ich zu meiner alten Lockerheit zurück. «Gerne wieder!», rufe ich ihm noch durch das geöffnete Fenster hinterher, als würde ich bei eBay eine Bewertung abgeben. «Hat mich sehr gefreut.»

Nach kurzer Strecke parke ich das Auto erneut, und zwar direkt am Eingang zum Terminal. Dann sprinte ich in die Halle.

Rolf wartet bereits im zerknitterten Anzug und mit ebenso knittriger Stirn an einen Pfeiler gelehnt und begutachtet die Reisenden. Als er mich sieht, glätten sich die Runzeln leicht, und seine Haltung entspannt sich. Offenbar hatte er für ein paar Minuten Angst, ich könne ihn hier sitzenlassen. Pah, geschieht ihm recht!

«Tom, endlich! Hallo! Kannst du mir jetzt endlich mal erklären, was bei euch los ist?»

«Ich freu mich auch, dich zu sehen», übergehe ich seine Frage. Ein Mindestmaß an Höflichkeit sollte schließlich stets gewahrt werden. «Hattest du einen guten Flug?»

«Lass den Quatsch. Kommen wir lieber gleich zur Sache. Wie läuft das Shooting? Ist die Kundin zufrieden? Der Fotograf gut? Die Models zuverlässig? Das Wetter beständig?» Er macht eine kurze Pause, als wir durch die Tür ins Freie treten, und blickt in den strahlend blauen Himmel. «Na ja, wenigstens auf die Sonne scheint hier Verlass zu sein.»

Haha. Vielen Dank. WENN DU UNS NICHT SO EINEN

HIRNAMPUTIERTEN KNIPSER ANGEDREHT HÄTTEST, WÄREN WIR VERMUTLICH LÄNGST FERTIG.

«Was ist mit der Location?», bohrt er jetzt weiter. «Warum hast du mich nicht sofort informiert, als es Probleme gab?» Ungeduldig gibt er sich auch gleich selbst die Antwort. «Wahrscheinlich wolltest du mir die ganze Sache verheimlichen, was? Da kann ich ja nur froh sein, dass du offenbar zu blöd zum Mailen bist. In der weitergeleiteten Nachricht deines Freundes Luke hing unten noch der komplette Mailverkehr dran.»

Oh-o. Dann wissen wir ja jetzt, wem die Eier angezündet werden …

Schlagartig wird mir bewusst, was es bedeutet, dass Rolf meinen kompletten Mailaustausch mit Luke gelesen hat: Die Monte-Carlo-Lüge, die geilen Weiber, das gestohlene Eis, die Schwangerschaft … Ich bin geliefert. Wie konnte mir das nur passieren? Das hätte ja selbst Melanie nach einer PC-Schulung besser hingekriegt!

Am besten, ich stürze den Cayenne auf der Rückfahrt mit überhöhter Geschwindigkeit über die Klippen. Dann bin ich auf einen Schlag alle Sorgen los: das Kind, meinen Chef und den Typen mit der Hammerbanane. Leider aber auch Elisa.

Meine Augen werden feucht, als ich mir vorstelle, wie Marija der Plastikblumenindustrie zu Glanz und Gloria verhilft, indem sie ein Blumenbouquet der Größe ihres alten, sozialistischen Autos am Straßenrand aufstellt.

Wir fahren schweigend bis zur Grenze, wo sich exakt derselbe Vorgang von vorhin wiederholt, nur mit dem Unterschied, dass ich diesmal kein Geburtstagslächeln zustande bringe. Aber es klappt auch so. Ich bilde mir sogar ein, dass Rolf mich anerkennend von der Seite mustert, als mein Montenegrinisch erklingt. Den holländischen Akzent hat er offensichtlich nicht rausgehört.

Aus Hamburg hat Klaus für Rolf ein Zimmer in demselben Hotel reserviert, in dem auch wir anderen wohnen, und nach weiteren schweigsamen fünfzehn Minuten Fahrt (in denen Rolf vermutlich im Geiste meinen Anschiss durchtextet) parke ich den Porsche auf dem Hotelparkplatz. Allerdings macht der Chef keinerlei Anstalten, aus dem Wagen zu steigen. Im Gegenteil. Mit langsamen Bewegungen löst er den Anschnallgurt, dreht sich gemächlich in meine Richtung und schaut mir lange in die Augen.

Mit anderen Worten: Ich kann mich auf etwas gefasst machen.

Man soll dem Feind aber niemals seine volle Breitseite bieten. Also starte ich einen schlappen Versuch, mich wenigstens ansatzweise zu wehren.

«Rolf, also ... äh ... Ich kann dir das erklären ...»

Wenn ich nur wüsste, wie? Ich meine, an der Geschichte mit dem gestohlenen Eis trifft mich doch keine Schuld. Der unfähige Fotograf geht auch nicht auf mein Konto. Und dass man sich schon mal über geile Weiber äußert, dürfte Rolf ja wohl auch nicht neu sein.

Einzig die Sache mit der Schwangerschaft scheint mir das Zeug für 'ne echte Katastrophe zu haben.

«Tom, ich will jetzt nicht noch mehr Scheiß aus deiner Richtung hören», unterbricht mich Rolf. «Ich bin ja nicht blöd. Mir ist schon klar, dass du vor deinem Freund den Prahlhans machst. Allerdings finde ich», er sucht in seiner Jackentasche nach einer Sonnenbrille und tauscht sie gegen sein Amarantholzmodell aus, «dass du nicht einfach so leichtfertig behaupten solltest, du wärst der Vater von Lydia Cremands Kind! Da hört für mich der Spaß auf. Stell dir doch bitte mal vor, was passiert, wenn das Gerücht die Runde macht. So eine Geschichte kann schnell aus dem Ruder laufen und auch der Familie Cremand in München zu

Ohren kommen. Und dann ...», er holt tief Luft und blickt zum Himmel, «... gnade uns Gott!»

Unverschämtheit! Ich kann gar nicht genau sagen, was mich in diesem Gespräch wütender macht. Dass Rolf vorschnell falsche Schlüsse zieht oder dass er mir offenbar nicht zutraut, eine Frau zu schwängern.

Mein Chef jedenfalls relaxed nun langsam. Die Schilderungen von der Yacht, die ich zu seiner Beruhigung und meiner Verteidigung schnell noch angeführt habe, scheinen ihn in eine Art Trancezustand versetzt zu haben. Als er endlich aus dem Auto steigt, reißt er die Arme in die Luft und ruft einmal laut: «Yesss!»

Was soll man davon halten? Lernt man so was auf Fortbildungen?

«Weißt du, wie lange ich nicht mehr im Urlaub war, Tom?» Er wendet sich dem Cayenne zu und streicht verliebt über die Karosserie, als wäre es die Haut einer Achtzehnjährigen. «Was für ein Baby!»

«Also, wenn ich mich recht erinnere, warst du doch letztes Jahr erst auf einer Kreuzfahrt, und zwar mit *deiner Frau.*» Die letzten Worte spreche ich besonders laut und deutlich aus, da Rolf seine Aufmerksamkeit inzwischen von dem Schlitten zu einer vorbeischlendernden Brigitte-Nielsen-Imitation gelenkt hat.

«Ach, Tom, wenn du verheiratet wärst, dann wüsstest du, dass Urlaub und Urlaub zwei völlig verschiedene Dinge sein können. Je nachdem, ob du mit deiner Frau reist oder nicht. Und dies hier», er breitet erneut die Arme gen Himmel, «dies hier ist Urlaub! Wahrer Urlaub!»

Aha. Keine Ahnung, was er genau damit meint (*ich* bin schließlich zum Arbeiten hier). Vermutlich werde ich aber auch nie dahinterkommen, denn erstens habe *ich* tatsächlich so gut wie nie Urlaub, und werde zweitens vermutlich

auch nie heiraten. Was natürlich fast ein bisschen schade ist, schließlich habe ich so einen rassigen Nachnamen.

Frau Elisa Moreno ...

Nein, dass klingt irgendwie komisch, denn bei *Frau Moreno* muss ich sofort an Mutter denken. Furchtbar! Andererseits scheidet es aber komplett aus, Elisas Namen anzunehmen. Sie heißt nämlich Hausmann. Tom Hausmann, schwuler gehts ja nun wirklich nicht mehr.

Allerdings sind Frauen bei Namen ja noch viel kritischer als Männer. Wenn man nicht gerade einen Adelstitel zu bieten hat und aus einer geborenen Frau Tanzgeschirr eine Gräfin zu Schaumwein-Sonstwas machen kann, bevorzugen Frauen Doppelnamen. Wie Frau Schröder-Reubesberg. Einen eindeutigeren Hinweis auf Dickköpfigkeit, Minderwertigkeitsgefühle oder Emanzentum gibt es wohl kaum. Möglicherweise ist das aber auch eine Frage der Entschlussunfreudigkeit beim weiblichen Geschlecht.

Wenn ich bedenke, wie lange Elisa manchmal braucht, um sich für ein Outfit oder die geeignete Handtasche zu entscheiden, wundert es mich nicht, dass manche Frauen sich nicht zu einem Namen durchringen können. So etwas will ja auch wohlüberlegt sein. Das kann dann unter Umständen schon mal das ein oder andere Jahrzehnt dauern. Blöd nur, wenn der Partner in der Zwischenzeit eine andere ehelicht.

Während Rolf an der Rezeption eincheckt, bekomme ich eine SMS von meiner Mutter – und entgehe nur knapp einem Herzinfarkt. Im Mittelalter würde man mir jetzt unverlangt Riechsalz unter die Nase halten.

`Mein Großer, komme morgen mit der Maschine um 18h in Dubrovnik an. Hol mich bitte ab. Tessa`

Das ist doch hier kein Kaffeekränzchen mit Familienanhang! Da kann doch nicht einfach mal jeder so auf die Schnelle vorbeischauen und mir das Leben zur Hölle machen! Und wie hat sie überhaupt herausgefunden, wo ich bin?

Sofort drücke ich auf «Verbinden», doch Mutter wäre nicht Mutter, wenn sie nicht einen einmal gefassten Entschluss auch auf Biegen und Brechen in die Tat umsetzen würde. Und deshalb weiß ich eigentlich schon im Voraus, dass *der gewünschte Teilnehmer zurzeit nicht erreichbar ist.*

Hexe!

Ich könnte sie natürlich einfach am Flughafen stehen lassen und ihr freundlicherweise an einem der Schalter ein Rückflugticket hinterlegen. Nur dass abends wahrscheinlich gar keine Maschine mehr nach Hamburg geht.

Also, langsam ist mir das zu viel Rock'n'Roll hier! Ich meine, die Chancen, dass Mutter freiwillig die demente Irre spielt, sind verschwindend gering. Auch den urlaubshungrigen Chef vor Ort zu haben, verheißt nichts Gutes. Und die Vorstellung, dass Elisa sich jetzt gerade von Bananen-Alex mit After-Sun-Lotion eincremen lässt, treibt meinen Puls auf 180. Ob ich das *Kamikaze*-Projekt abblasen sollte, bevor es zu spät ist? Nein, das geht nicht, das ist meine einzige Chance auf eine Zukunft mit Elisa.

Ich kann nur hoffen, dass Lydia das Kind wenigstens noch so lange bei sich behält, bis wir alle wieder abgereist sind. Nicht auszudenken, wenn Mutter ihr Enkelkind erst mal im Arm hält! Dann ist an eine Zukunft ohne Lydia nicht mehr zu denken. Mutter würde vermutlich sofort nach München umsiedeln, um darauf zu achten, dass das Kind ab der achten Woche mit Yoga und Meditation beginnt. Und ganz nebenbei würde sie mit Argusaugen darüber wachen, dass niemals jemand Omi zu ihr sagt.

«Tom?» Rolf kommt von der Rezeption zurück. «Was ich

vorhin vergessen habe: Ich möchte euch heute alle noch zu einem gemeinsamen Abendessen treffen. Zuerst nur die Agentur plus Fotograf und dann später noch die Kundin. Organisierst du das bitte?»

Zu Befehl, mein Gebieter, zu Befehl.

Das nennt er also Urlaub. Höchst interessant. «Wäre dir halb acht recht?», säusele ich. «Die Kundin hält nämlich meist nicht so lange durch. Wenn sie also erst um halb neun dazu ...»

«Ja, ja, sicher. Also 19.30 Uhr in der Lobby.» Damit schnappt er sich seinen Koffer und marschiert Richtung Aufzug. Bestimmt residiert er auf der Poolblick-Seite ...

Harrr.

Genervt gehe ich wenig später ebenfalls auf mein Zimmer und rufe Marc an, damit er den anderen Bescheid gibt. Ich selbst muss mich jetzt um wichtigere Dinge kümmern: das *Kamikaze*-Projekt zum Beispiel.

Ob ich mal schnell bei Elisa anrufen sollte? Ich meine, immerhin besteht ja die Möglichkeit, dass sie noch zögert, sich mit diesem weibstollen Aufreißer einzulassen, und ich könnte ihr die Entscheidung erleichtern, indem ich mich wie ein viel größerer Macho aufführe.

Hm. Will ich das? Nein. Doch. Ich muss!

Also wähle ich Elisas Nummer und erwarte, dass sie

1. nicht rangeht;
2. nebenbei mit Alex rumalbert;
3. irgendetwas Jane-Birkin-mäßiges in den Hörer stöhnt.

Was ich nicht erwarte, ist, dass sie

4. sich ganz normal mit «Hallo» meldet.

Wie soll ich mich denn bitte schön wie ein Arschloch verhalten, wenn sie mir keine Vorlage liefert?

«Äh … Hallo Lisa? Hier ist Tom.»

«Weiß ich, ich seh doch deine Nummer.»

«Und warum hebst du dann ab?»

«Ja, warum denn nicht?»

«Ich meine … Ich dachte, du wärst vielleicht beschäftigt. Mit deinem neuen Freund Alex.»

DAS WAR NICHT ARSCHLOCHMÄSSIG, DAS WAR TOTAL BESCHEUERT!

«Bist du etwa eifersüchtig?»

«Ich? Auf so einen Bananenbieger? Schwachsinn!»

«Du *bist* eifersüchtig!»

«Bin ich nicht!»

«Bist du doch!»

Mist. Irgendwie läuft das hier nicht so richtig. Ich muss die Taktik ändern.

«Weißt du, Elisa, eigentlich wollte ich dir nur sagen … Also, nachdem ich das Foto von dir und diesen Kerlen gesehen habe, da … äh … Also, ihr scheint euch ja wirklich gut zu verstehen, und da dachte ich …» Tja, was dachte ich denn eigentlich?

DASS ICH IHM DAS SCHRUMPFHIRN WEGPUSTE, WENN ICH IHM JEMALS GEGENÜBERSTEHE.

«Also, da dachte ich mir, dass du dir keinen Zwang auferlegen solltest. Du bist ein freier Mensch, falls du verstehst, was ich meine.»

«Kein Wort.»

Harrrr. Die steht doch sonst nicht so auf der Leitung! Es hilft also nur noch, das *Kamikaze*-Projekt in die nächste Phase zu steuern, sprich: mit der Tür ins Haus zu fallen.

«Ich meine ja nur», erkläre ich tapfer, «also, wenn du Bock hast, mit ihm zu schlafen, dann nimm bloß keine Rücksicht auf mich. Ich würde das im umgekehrten Fall ja auch nicht tun.»

«Wie bitte?»

Oh-o. Ich glaube, jetzt wird sie ein kleines bisschen sauer.

«Äh, welchen Teil genau hast du nicht verstanden?» Langsam werde ich wütend, weil ich diesen Scheiß garantiert kein zweites Mal rausbringen werde.

«Sag mal, Tom, hast du was geraucht?»

Nimmt mich denn jetzt niemand mehr ernst? Der eine traut mir nicht zu, eine Frau zu schwängern, die andere glaubt, ich wüsste nicht, was ich sage. Plötzlich sehne ich mich nach dem Mops, der himmelt mich nämlich an. Meistens jedenfalls.

«Ich habe weder geraucht noch getrunken», verteidige ich mich schnell. «Ich will nur, dass du deinen Spaß hast. Ist das so schwer zu verstehen?»

Statt zu antworten, legt Elisa einfach auf.

Ist das zu fassen? Sie legt einfach auf! Daraus kann man nur folgende Schlüsse ziehen (in der Reihenfolge ihrer Wahrscheinlichkeit):

1. Elisa ist jetzt wirklich sauer und rennt sofort zu Alex (*Kamikaze*-Teilerfolg).
2. Sie sammelt Argumente und entlädt das Donnerwetter bei meiner Ankunft (*Kamikaze*-Projekt muss nachgebessert werden).
3. Sie hetzt mir einen Killer auf den Hals (Operation *Kamikaze* gescheitert).

20. Kapitel

Als ich mich wenig später zum Abendessen aufmache, wartet Rolf bereits in der Lobby. Jedenfalls glaube ich, dass es sich bei dem albern verkleideten Mann um meinen Chef handelt. Offensichtlich hat ihn das Urlaubs-Feeling jetzt auch kleidungsmäßig am Wickel, denn er hat sich in eine dreiviertellange Cargohose mit schätzungsweise siebzehn Taschen gezwängt. Dazu trägt er ein weißes Big-Size-Shirt mit blauem Aufdruck: Schalke 04.

MEIN CHEF – EIN SCHALKER?!? DAS IST JA WOHL NICHT SEIN ERNST!

Der im Nacken baumelnde Strohhut und die Männersandalen (mit Socken!) sind mir dagegen fast egal. Ich meine, lieber würde ich spontan mit einer ganzen Schrumpfhundfamilie zum Hells-Angels-Treffen gehen, als mich mit Schalke-Rolf irgendwo blicken zu lassen. Es hätte mir ja schon die Herzkranzgefäße weggebrannt, wenn er sich als St.Pauli-Fan geoutet hätte. Aber sich vom HSV abzuwenden, um mit einer Ruhrpottmannschaft mitzufiebern – unter Hamburgern gilt das als Hochverrat!

Gut, klar, es hätte vielleicht noch schlimmer kommen können. Wenn er im Bayern-Shirt aufgelaufen wäre, beispielsweise. Womöglich noch in der Nummer 9 von Luca Toni, dem debilen Wichsfisch.

Also, ich muss schon sagen: Im Gegensatz zu Rolfs Urlaubs-Outfit strahlt sein normaler Super-Seven-Retro-

 Look ja geradezu ungebremste Seriosität aus. Und der würde zweifellos auch bei Lydia besser ankommen.

Abschätzig lasse ich meinen Blick an ihm herunterwandern.

Er missversteht das und zieht sein Shirt glatt. «Cooles Teil, nicht? Hab ich vorhin noch am Flughafen in Fuhlsbüttel erstanden. Richtige Freizeitklamotten besitze ich nämlich gar nicht.»

UND DANN KAUFST DU VATERLANDSVERRÄTER DIR EIN SCHALKE-SHIRT?

Lydia wird vermutlich denken, ihr Etat sei in die Hände grenzdebiler Bundesligafans geraten, die nicht mal davor zurückschrecken, im Mallorca-Outfit den Balkan unsicher zu machen.

Als sich Marc zu uns gesellt, hege ich die leise Hoffnung, dass er Rolf fragen wird, ob er noch ganz dicht ist. Aber als Sohn einer Gelsenkirchener Lehrerfamilie hat er sogleich bewundernde Worte parat.

«Hey, Rolf! Cooles Outfit! Wusste gar nicht, dass du ein Schalker bist. Geil!»

Ich stöhne auf. Nicht das auch noch! Marc hat sich doch noch nie für Fußball interessiert! Der hat nur das Wort Schalke gelesen und sich sogleich angesprochen gefühlt.

Na, immerhin trägt *er* ein bisschen Heimatverbundenheit im Leib!

Wenig später begrabe ich die Hoffnung, Rolf könnte zu altbekannter Seriosität zurückfinden, und mache mich mit einem Schalker, einem Ruhrpott-Lokalpatrioten und einem heillos verspäteten Möchtegernfotografen auf zum Restaurant *Porto*.

Man gibt uns einen erstaunlich schönen Terrassenplatz, und beim Zuprosten mit dem ersten kühlen Bier entspanne ich mich endlich ein wenig. Doch alle Postkartenidylle verpufft, als Rolf sich und sein Schalke-Shirt plötzlich aufplustert und mit der Faust auf den Tisch haut. Ohne Vorwarnung donnert er seine ganze Wut heraus.

«Ihr könnt es euch vielleicht nicht vorstellen, aber mir stinkt es gewaltig, dass ich euretwegen jetzt hier den Babysitter spielen muss. Als gäbe es nichts Dringenderes zu tun!»

Bei dem Wort «Baby» zucke ich kurz zusammen. Marc und Frank blicken nur betreten zu Boden.

«Wenigstens eine kurze Info per Mail, dann hätte ich mich mit der Kundin besprechen können. Was soll die denn jetzt von der Agentur denken?»

DASS UNSER CHEF EIN SCHALKER IST?

Die ganze Standpauke käme definitiv besser rüber, trüge er nicht dieses Hooligan-Outfit und die Sandalen! So kann man ihn wirklich nur schwer ernst nehmen.

Damit aber keiner aus Versehen anfängt zu lachen, zücke ich schnell mein Laptop und rufe die Fotos vom Knipser auf, die ich nach dem katastrophalen Telefonat mit Elisa schnell noch vorsortiert habe. Man darf Chefs und Kunden niemals mit einer zu großen Auswahl konfrontieren, damit kommen die nicht klar.

«Jetzt guck dir erst mal die Bilder an, Rolf. Vielleicht beruhigt dich das etwas. Also, ich finde, da sind schon ein paar richtig gute Aufnahmen dabei.» Puh, ich muss mich mächtig zusammenreißen, um etwas Nettes über den Knipser zu sagen. «Außerdem ist morgen ja noch der ganze Tag für die zweite Location geplant. Du kannst dich also –»

«Zweite Location?!?» Blankes Entsetzen steht in Rolfs Augen. «Aber das war so nicht abgesprochen! Die Kundin wird den Eindruck haben, wir seien eine unorganisierte, unprofessionelle Agentur, die spontane Einfälle hat und die man deshalb nicht ernst nehmen kann.»

Falls er damit sich und sein Outfit meint, unterschreibe ich diese Aussage sofort. Ansonsten besteht diesbezüglich wohl wenig Gefahr, immerhin war es ja Lydias Idee, sich noch einen Tag bei Dimitri aufzuhalten.

«Jetzt bleib mal locker», beruhigt ihn Marc. «Das hat die Kundin doch selbst vorgeschlagen und ...»

«Ja, das habe ich tatsächlich.» Unbemerkt hat Lydia sich an unseren Tisch geschlichen. Prüfend sieht sie auf ihre Uhr. «Ich bin etwas zu früh, stört das?»

Unter ihrem linken Arm klemmt eine Handtasche, unter dem rechten der Schrumpfhund.

Als Melanie mich sieht, strampelt sie sich frei und beginnt unter dem Tisch mit der üblichen Wiedersehenszeremonie. So viel Sehnsucht nach mir hätte ich ihr gar nicht zugetraut. Eventuell ahnt sie schon, dass ihr eine Zukunft aus Konsonanten und Kaviarkügelchen bevorsteht, und will sich wieder bei mir einschleimen. Aber nicht mit mir, Geschäft ist Geschäft!

Unauffällig versuche ich, Melanie abzuschütteln, denn Rolf beobachtet die Szene irritiert über den Rand seiner Designer-Brille hinweg und versucht sich vermutlich gerade daran zu erinnern, wo er den Hundeklops schon mal gesehen hat.

«Wir haben die Bilder bereits vorsortiert», sage ich in bemüht seriösem Tonfall zu Lydia, um vom Thema abzulenken. «Und sind eigentlich sehr zufrieden mit der Qualität. Vielleicht möchtest du ... äh, möchten Sie auch mal drüberschauen?»

Mann, jetzt habe ich den Knipser schon zum zweiten Mal in einer Viertelstunde gelobt, das muss aber für den Rest seines langweiligen Lebens reichen.

Lydia lässt sich erschöpft auf dem freien Stuhl neben Rolf nieder und schenkt mir ein mitleidiges Lächeln, als wolle sie sagen: Gab es bei euch an der Schule keinen Schauspielkurs und wenn doch, warum hast du ihn nicht besucht?

Aber vielleicht täusche ich mich da auch. Vielleicht hat sie nur an mir vorbei zu Rolf geschaut, denn sie sagt jetzt: «Oh, Herr Siegelmann, Sie sind ein Schalker?»

Harrr! Nicht die auch noch. Wenn Rolf beim Kauf seines Duty-Free-Schnäppchens klar gewesen wäre, welche Aufmerksamkeit er damit erregt, hätte er den Laden vermutlich leer gekauft. Allerdings sieht Lydia als Wahlmünchnerin so aus, als stünde sie kurz davor, ihm eine fachmännische Bundesligadiskussion aufzuzwingen.

Unruhig rutscht Rolf auf seinem Stuhl hin und her, und ich weiß auch, warum: Er hat von Fußball so viel Ahnung wie ein Mops vom Gitarrespielen, und jetzt sieht er seine Felle davonschwimmen.

«Nein, nein, natürlich nicht! Es ist nur so ... Also, mein Gepäck ist leider verloren gegangen, und Tom war so nett, mir mit ein paar Sachen auszuhelfen.»

Wie bitte??? Hat man so etwas schon erlebt? Das ist ja wohl das Gemeinste, das mir in den letzten vierunddreißig Jahren jemand unterstellt hat. Aber ich komme nicht dazu, mich zu verteidigen, denn jetzt hat mein Chef ganz offensichtlich wieder Oberwasser. Gebieterisch wedelt er mit der Hand.

«Dann leg los, Tom. Zeig Frau Cremand mal unsere schönen Bilder!»

Unsere schönen Bilder?

Während du dich auf der Mönckebergstraße in einem Spielzeugauto hast knipsen lassen, haben wir hier Blut und Wasser geschwitzt. Und jetzt nennst du das *unsere schönen Bilder?* Das schreit ja wohl nach einem Betriebsrat!

Beleidigt drehe ich das Laptop so, dass Lydia auf den Bildschirm schauen kann, um *unsere schönen Bilder* zu bestaunen.

Tse ...

Aber Rolf gibt unbeirrt den Werbeprofi: «Also, dieser Lichteinfall hier gefällt mir besonders gut. Und die geometrische Aufteilung! Wirklich sehr gelungen. Ein unglaublich intensiver Bildausschnitt.»

Ich könnte kotzen. Noch mehr überflüssiges Lob für den Knipser.

Lydia sagt zum Glück erst mal gar nichts, was aber vielleicht auch daran liegen könnte, dass Rolf sie nicht zu Wort kommen lässt. Erst nach dem letzten Bild, als er durch ein finales «Einfach super, oder?» andeutet, nun zum Ende gekommen zu sein, äußert sie sich.

«Nett.»

Nett? Wie nett? Nett ist der kleine Bruder von scheiße. Das sagt Elisa jedenfalls immer zu mir und meint damit: Falls du eigentlich *langweilig* sagen wolltest, dann tu das gefälligst auch.

Vielleicht kennt Lydia den Spruch ebenfalls, denn sie fügt nun gnädig hinzu: «Wenn jetzt noch die Bilder im Sonnenuntergang hinzukommen, dann ist es perfekt.»

Na, das hört sich doch schon viel besser an.

«Ja, eine Sonnenuntergangsatmosphäre wäre total cool», mischt sich jetzt auch der sichtlich gebauchpinselte Knipser ein, «allerdings müssen wir den wohl ohne Tom shooten.»

Hä?

Frank genießt den Augenblick, in dem alle erst mich und dann ihn fragend ansehen.

«Wieso?», fragt Lydia, die als Erste ihre Sprache wiedergefunden hat.

«Weil Tom seine Mutti vom Flughafen abholen muss. Die kommt ihn nämlich besuchen.»

Und während ich mich noch frage, woher der alte Petzer das weiß, wedelt er auch schon mit einem Zettel.

«Den hat man mir an der Rezeption für dich mitgegeben. Deine Mutter hat in unserem Hotel ein Zimmer gebucht. Wahrscheinlich will sie ganz nah bei ihrem Schützling sein ...»

DIE LETZTE STUNDE DEINES ERBÄRMLICHEN LEBENS IST SOEBEN ANGEBROCHEN!

Da hat doch jemand gezielt in meinem Privatleben gestochert! Fehlt nur noch, dass er mit der Hammerbanane gemeinsame Sache macht.

«Deine Mutter kommt hierher?» Marc biegt ebenfalls in die Zielgerade seines Lebens ein. «Ich dachte, die sei demenzkrank?»

«O mein Gott!» Erstmals an diesem Abend zeigt jetzt auch Lydia eine außergewöhnliche Gefühlsregung. «Wie schafft sie es denn, allein in das richtige Flugzeug zu steigen? Du kannst doch nicht zulassen, dass sie in ihrem Zustand noch verreist! Was ist, wenn sie irgendwo auf der Reise verloren geht?»

DANN LASSE ICH DIE SEKTKORKEN KNALLEN!

Tja, was soll ich sagen, die Lage ist irgendwie hoffnungslos. Mutter würde niemals irgendwo auf der Welt verschollen gehen. Niemals.

«Äh, also ...», stottere ich, «eine ihrer Betreuerinnen bringt sie zum Flughafen und gibt sie dort in die Obhut der Stewardessen.»

Ich bin selbst überrascht, aber so langsam kommt mir das Lügen ganz locker von den Lippen. Frau Schröder-Reubesberg würde meine Benotung sicher nochmal überdenken, könnte sie mich jetzt erleben.

Weniger begeistert von meinem Talent dürfte dagegen definitiv meine Mutter sein. Sie würde vermutlich schlichtweg behaupten, ich sei bei der Geburt vertauscht worden.

«Tom, das wusste ich ja gar nicht.» Auch mein Chef ist

ehrlich bestürzt. «Und ich dachte immer, deine Mutter wäre eine erfolgreiche Geschäftsfrau, die mit beiden Beinen im Leben steht.»

Erstaunlicherweise scheint sich hier niemand daran zu stören, dass man auf einer Geschäftsreise von seiner geisteskranken Mutter besucht wird. Vielleicht ist es aber auch ein ganz typisches Verhalten bei diesem Krankheitsbild? Ich kenne mich da leider zu wenig aus. Und ich bin aufgrund der regen Anteilnahme fast ein wenig gerührt.

«Selbstverständlich werden wir in der Zeit ohne Tom ... äh, Herrn Moreno auskommen», erklärt Lydia, deren mütterliches Beschützergen sich seit der Schwangerschaft mindestens so ausgeprägt hat wie ihr Kugelbauch. «Das ist schließlich ein echter Notfall.»

Wie recht sie damit hat!

Als wir zwei Stunden später aufbrechen, drückt Lydia mir gähnend die Leine mit dem Schrumpfhund in die Hand.

«So, meine Süße, dein Herrchen dreht jetzt noch eine Pipirunde mit dir. Ich bin dafür leider zu müde.» Zum Abschied nickt sie noch einmal huldvoll in die Runde und kugelt dann Richtung Hotel.

Um nicht in die Verlegenheit zu geraten, mit den Kollegen noch etwas unternehmen zu müssen, sage ich schnell zu Melanie: «Na, dann wollen wir mal», und ziehe ruckartig an der Leine.

Anscheinend hat der Hund aber darauf spekuliert, noch ein wenig unter den Tischen nach Essensresten zu stöbern, denn er grunzt empört und stemmt sich gegen den Lederriemen.

Wütend klemme ich mir das Sabbermonster unter den Arm. Melanie jault überrascht auf und versucht, sich freizustrampeln. Aber darauf kann ich jetzt keine Rücksicht nehmen. Ich muss dringend hinter Lydia her und mit ihr wegen meiner Mutter sprechen. Sie ist zwar schwanger und somit hormonell unberechenbar, aber vielleicht kann ich die akute Phase mütterlicher Besorgnis ausnutzen. Denn in meinem Leben besteht akuter Ordnungs- beziehungsweise Handlungsbedarf.

Dinge, die berücksichtigt werden müssen:

1. Mutter darf nichts von dem Kind erfahren. (Unmöglich, da sich Lydias Schwangerschaft auf Grund des aufgeblähten Bauches nicht mehr verheimlichen lässt.)
2. Mutter darf nichts von meiner Vaterschaft erfahren. (Fast genauso schwer, da Mutter und Lydia aus demselben Holz geschnitzt sind und sich vermutlich auf Anhieb super verstehen werden. Muss mir deshalb gemeine Erpressung für Lydia einfallen lassen, damit sie einen Bogen um Mutter macht.)
3. Mutter darf nichts von ihrer Demenz erfahren. (Möglich, aber extrem schwierig. Ich muss sie unbedingt von den anderen fernhalten.)
4. Rolf darf unter keinen Umständen von meiner tatsächlichen Vaterschaft erfahren, sonst fühlt er sich doppelt verarscht. Und was das für mich bedeutet, kann ich zu diesem Zeitpunkt noch nicht abschätzen.
5. Es muss geklärt werden, ob Elisa diese Nacht fremdgeht.

Mit der zeternden Melanie an der Leine bin ich extrem langsam, weil tatsächlich noch ein paar Geschäfte getätigt werden müssen, die sie für meinen Geschmack heute irgendwie besonders in die Länge zieht.

Und jetzt kommt auch noch ein weiteres Hindernis: eine Dogge mit blinkendem Halsband. Die Hunde beschnuppern sich, und wieder einmal zeigt Melanie sich schwer

beeindruckt durch die riesige Statur eines fremden Vierbeiners. Genau wie gestern, als sie mit dem Straßenstreuner anbändeln wollte.

Es scheint also doch etwas dran zu sein an dem Gerücht, dass es dem weiblichen Geschlecht auf die Größe ankommt.

Der Besitzer der Dogge entpuppt sich als Deutscher, der hierhin ausgewandert ist und sich um ausgesetzte Hunde kümmert. Dass Hundebesitzer einen aber auch gleich immer so vereinnahmen müssen. Außer einem kläffenden Vierbeiner an der Leine haben wir doch nichts gemeinsam!

Als ich zwanzig Minuten später endlich die Lobby erreiche, ist von Lydia nichts mehr zu sehen.

Vorsichtig blicke ich mich nach allen Seiten um, ehe ich in den Fahrstuhl steige und in Lydias Etage fahre. Nur gut, dass ich mir ihre Zimmernummer gemerkt habe. Hoffentlich schläft sie nicht schon, schließlich gibt es noch ein wenig Klärungsbedarf.

Meine Taktik sieht folgendermaßen aus: Da Mutter und Lydia sich auf keinen Fall unterhalten, geschweige denn anfreunden dürfen, muss ich Lydia ein bisschen Angst einjagen.

So weit die Theorie.

Während ich an Lydias Zimmertür klopfe, habe ich plötzlich ein Déjà-vu. Vor etwas weniger als einem Jahr, als es darum ging, den Werbeetat für die Puddingkampagne zu gewinnen, habe ich Lydia schon einmal auf ihrem Hotelzimmer besucht. Damals empfing sie mich nackt und ohne viele Worte. Und in jener einzigen gemeinsamen Nacht wurde dann offenbar versehentlich dieses Kind gezeugt.

Eine Hitzewelle durchströmt meinen Körper. Lydia wird sich doch wohl kaum im neunten Monat auf mich stürzen und mir wilden Sex abverlangen, oder? Das geht doch schon rein physisch gar nicht.

Oder???

Da würde ich nämlich garantiert kein zweites Mal mitmachen, Eisetat hin oder her. Das kann gern Rolf in seiner pubertären Urlaubsstimmung übernehmen.

«Lydia? Ich muss dringend noch etwas mit dir besprechen.» Ich klopfe erneut. «Es ist zu deiner eigenen Sicherheit.»

Sie scheint angebissen zu haben. In einen gelben, zeltförmigen Morgenrock gehüllt, öffnet sie mir müde die Tür.

«Gibt es ein Problem?» Fragend hebt sie eine Augenbraue.

Ich nutze den Überraschungsmoment und stürme an ihr vorbei ins Zimmer. Melanie, die sich gerade gemütlich auf ihre Hinterpfötchen setzen wollte, zerre ich dabei einfach mit.

Lydia schließt die Tür, setzt sich ans Kopfende ihres Bettes und lehnt ihren Walkörper gegen eine Kissenburg. Angestrengt versucht sie, größtmögliche Seriosität auszustrahlen, was ihr wegen der aufgeblasenen Figur und des gelben Morgenrocks (in dem sie aussieht wie Montserrat Caballé mit Panade) allerdings nicht so recht gelingen will.

Ich muss jetzt aufpassen, wie ich meine Worte wähle, denn je detaillierter ich die Sache schildere, umso unglaubwürdiger werde ich. Besser ist es, Lydia erst mal neugierig zu machen. Ich baue mich mitten im Raum auf und beginne mit der Vorstellung.

«Es geht um meine Mutter», erkläre ich ernst.

«Aha?»

Mmh, das ist mir irgendwie noch nicht neugierig genug.

«Also, vielleicht ist es auch nicht so wichtig ...», seufze ich, und der Schrumpfhund sieht mitleidig zu mir hoch.

Bei Elisa wäre dies der Schlüsselsatz gewesen. Spätestens jetzt hätte sie mir vor Neugier die Haare ausgerissen. Auf

jeden Fall wäre sie um einiges enthusiastischer als Lydia. Die sagt nämlich wieder nur: «Aha.»

Gut, vielleicht brauche ich für Lydia andere Schlüsselworte.

«Tja, also, vielleicht ...»

«To-hom! Ich bin hundemüde, und wenn du nicht gleich zur Sache kommst, dann schlafe ich auf der Stelle ein.»

Okay, jetzt hilft nur noch die Flucht nach vorn. «Ich habe Grund zu der Annahme, dass meine Mutter unter einer seltenen Krankheit leidet.»

«Na, so ungewöhnlich ist Demenz doch auch nicht, oder?» Lydia rollt genervt die Augen.

«Nein. Also, sie leidet auch noch unter ... äh ...» Hilfesuchend schaue ich mich im Raum um und entdecke neben mir auf dem Sideboard die Informationsbroschüre des Hotels. «... unter Nase Usluge.»

Jetzt *muss* sie neugierig werden. Kein Mensch weiß, was das ist. Am allerwenigsten ich oder gar meine Mutter.

«Nase *was*?»

«Nase Usluge.»

«Aha. Und was habe ich damit zu tun?»

Ha! Sie hat angebissen!

«Du weißt anscheinend nicht, was Nase ... äh ...» Mist, jetzt habe ich das Wort schon wieder vergessen. Vorsichtig schiele ich nochmal auf die Broschüre – und lese die deutsche Übersetzung. *Naše usluge* bedeutet schlicht: unsere Angebote. «Nun ... äh, mit Nase Usluge», fahre ich im Tonfall eines weltberühmten Hirnchirurgen fort, «ist nicht zu spaßen.»

Man sieht Lydia an, dass sie noch nicht hundertprozentig überzeugt ist, denn sie unterdrückt ein Gähnen. «Komm zur Sache, Tom. Du erinnerst dich vielleicht: Ich. Bin. Müde.»

Aus weiblicher Solidarität entschlüpft Melanie jetzt ebenfalls ein Gähnen, und sie kugelt sich mitten im Raum zu einer Wurst zusammen.

Na schön, ihr habt es nicht anders gewollt. Jetzt muss ich mit der grausamen Wahrheit kommen.

«Nase Usluge ist eine Erkrankung, bei der Frauen zwanghaft die Babys anderer Frauen stehlen und ihnen schlimmstenfalls etwas antun.»

Uaaaa! Jetzt kriege selbst ich eine Gänsehaut. Frau Schröder-Reubesberg wäre mit Sicherheit ganz aus dem Häuschen, bei dieser schauspielerischen Meisterleistung!

Befriedigt beobachte ich, wie Lydia langsam blasser wird. Mittlerweile hat sie schon einen Großteil ihrer Urlaubsbräune eingebüßt und jetzt … Jetzt ist sie aschfahl. Sie greift sich an den Bauch und stöhnt auf. Melanie hebt besorgt den fetten Kopf.

Scheiße! Ich Vollidiot! Wenn nun die Wehen einsetzen? O Gottogott. Gerade bin ich kurz davor zu gestehen, dass ich ein mieser Lügner bin und meine Mutter sich in Wirklichkeit bester Gesundheit erfreut, da scheint Lydia sich wieder zu fangen.

«Puh, in letzter Zeit werden die Tritte immer heftiger. Entschuldige bitte, Tom, was hast du gerade gesagt, ist mit deiner Mutter?»

Naaaaiiin!!! Nicht nochmal das Ganze. Das stehe ich kein zweites Mal durch. Ich beschließe, die Sache ein wenig abzukürzen und den montenegrinischen Fachausdruck wegzulassen.

«Nun, Mutter ist verwirrt, und es könnte sein, dass sie dem Baby oder dir etwas antun will. Es wäre also besser, wenn du dich von ihr fernhältst. Und am allerbesten wäre es, wenn du gar nicht erst erwähnst, dass das Kind von mir ist. Das würde sie nur unnötig provozieren.»

Lydia sieht mich an, als hätte ich ihr gerade vorgeworfen,

den Teufel im Leib zu tragen, und vorgeschlagen, vorsichtshalber schon mal einen Exorzisten zu rufen.

«Tom, wie kommst du darauf, dass ...»

«Es muss ja nichts passieren», unterbreche ich sie schnell. «Ich wollte nur, dass du vorgewarnt bist. Und jetzt lasse ich dich auch schlafen.»

Bei diesen Worten habe ich die überraschte Melanie bereits vom Boden hochgerissen und nähere mich der Tür. Besser, ich gehe schnell, ehe Lydia noch glaubt, die Brut eines Wahnsinnigen zur Welt zu bringen.

21. Kapitel

23.47 Uhr: Ich liege im dunklen Zimmer und starre an die Decke.

Dies ist die Nacht, in der die Weichen für mein weiteres Leben gestellt werden. In dieser Nacht wird Elisa sich Hammerbananen-Alex hingeben und dem Unternehmen *Kamikaze* damit zu seinem ersten Teilsieg verhelfen. Bereits im Morgengrauen nämlich, wenn Elisa – gezeichnet von der schlaflosen Nacht, die hinter ihr liegt – mit dunkel umränderten Augen und noch dunklerem Gewissen aufsteht und sich nichts sehnlicher wünscht, als dass ich ihr verzeihe, könnte ich das Schlimmste geschafft haben. Doch bis dahin ist es noch ein steiniger Weg.

00.05 Uhr: Unwahrscheinlich, dass *es* schon stattgefunden hat.

00.17 Uhr: Vermutlich küssen sie sich gerade.

00.35 Uhr: Er sabbert an ihrem Ohr herum.

00.36 Uhr: Sie schiebt ihn weg, da sie Am-Ohr-Gesabber nicht ausstehen kann.

00.45 Uhr: Er fasst ihr unters Kleid.

Grrrrrrrmpf.

00.50 Uhr: Ich knipse das Licht an und schrecke damit den Hund auf, der mich vorwurfsvoll ansieht und unter das Bett robbt.

1.08 Uhr: Ich trinke zwei Sliwowitz aus der Minibar und schalte das Licht wieder aus.

1.15 Uhr: Der Hund beginnt zu schnarchen.

1.18 Uhr: Jetzt sind sie definitiv im Bett. Ich fühle es. Ich kann spüren, wie sich meine Aorta verengt. Mein Herz wird nicht mehr ausreichend mit Sauerstoff versorgt, und mein Stoffwechsel verlangsamt sich. Alle meine Körperfunktionen laufen nur noch auf Sparflamme. Langsamer und langsamer. Jetzt erlischt auch die Sparflamme. Ich glaube, ich bin tot.

3.48 Uhr: Nein, ich bin wohl nur kurz eingeschlafen. Jetzt habe ich vermutlich das Wichtigste verpasst. Gut so!

Ich nehme mir noch zwei Schnäpse aus der Bar und wecke den Hund, weil ich ihm etwas zu sagen habe.

«Liebe Melanie», richte ich offiziell das Wort an den verdutzten Klopsmops, den ich unter dem Bett hervorgezerrt und vor mich auf die Decke gesetzt habe, damit wir uns in die Augen schauen können.

«Vor einiger Zeit habe ich einen großen Fehler gemacht. Ich habe eine Frau geschwängert, die mir nichts bedeutet und –»

Täusche ich mich oder liegt da etwas Vorwurfsvolles in Melanies Blick?

«Gut, sagen wir mal: eine Frau, die mir nicht so besonders viel bedeutet.» Der Hundeblick wird einen Tick gnädiger. «Und damit mir dein Frauchen diesen Fehler verzeihen kann, muss sie nun auch einen großen Fehler begehen.»

Das scheint dem Hund nicht nur einzuleuchten, sondern auch bereits genug Information für sein Schrumpfgehirn zu sein. Melanies Lider werden schwer, und sie knispelt angestrengt mit den Augen.

«Also, um es mal kurz zu machen», fahre ich lauter fort, und Melanie reißt erschreckt die Augen wieder auf, «ich wollte nur etwas feierlich geloben, und zwar vor dir.» Ich pikse sie in die fette Seite. «Und vor dem Universum.»

Schnell leere ich die letzte Sliwowitz-Flasche, damit mich auf der Zielgeraden nicht der Mut verlässt. «Also, für den noch nicht ganz unwahrscheinlichen Fall, dass Elisa und ich weiterhin zusammenbleiben, gelobe ich, dass du, meine liebe Melanie, für immer bei uns wohnen darfst!»

Statt überschwänglicher Freude ernte ich nur dumpfes Grunzen. Und ich weiß auch warum. Das war natürlich ausgemachter Blödsinn. Melanie ist ja bereits dem Russen versprochen, und offenbar weiß sie das auch. Mist! Bestimmt hält sie mich jetzt für einen miesen Lügner und beschwert sich bei nächster Gelegenheit beim *wwf* oder bei *peta* über mich.

Puh, diese emotionsgeladene Ansprache hat mich ganz schön angestrengt. Erschöpft lasse ich mich in die Kissen sinken.

Kurz darauf muss ich auch schon eingeschlafen sein, denn abwechselnd träume ich von Das-ganze-Leben-ist-ein-Spiel-Alex und dem Klopsmops, der bei einer Demo gegen die Vernichtung von Grünflächen in europäischen Innenstädten eine dänische Dogge kennengelernt und sich von ihr hat schwängern lassen.

Um kurz vor sieben Uhr wache ich schweißgebadet auf und ernte einen missbilligenden Blick des Hundes, der neben mir auf dem Bett liegt und offenbar ähnlich schlecht geschlafen hat. Entsprechend deutlich signalisiert mir Melanie, dass sie jetzt gerne nach draußen getragen werden möchte, um sich zu erleichtern. Sie springt auf den Boden, zerkratzt mit ihren Klauen die Tür und setzt sich schon mal drohend in die Hocke.

«Du glaubst ja wohl nicht, dass ich um diese Uhrzeit schon mit dir Gassi gehe!», erkläre ich und zerre sie auf den Balkon. Soll sie eben hier hinmachen.

Aber Madame schmollt und dreht mir ihren fetten Hintern entgegen. Wahrscheinlich sehnt sie sich schon nach einer Zukunft zwischen Yacht und Millionärsvilla. Pah! Undankbares Frauenzimmer!

Heute ist unser letzter Shooting-Tag. Bereits am Abend werden die Kollegen in Hamburg die Fotos so weit bearbeiten und in die Layouts einbauen, dass sich Lydia morgen früh schon mal ein konkretes Bild von der Kampagne machen kann. Falls ihr dann noch irgendetwas missfällt, können wir notfalls nochmal nachshooten. Danach sind die Models anderweitig gebucht.

Marc und ich haben dank Rolfs großzügiger Planung noch zwei Tage Freizeit, ehe auch bei uns die Heimreise ansteht. Und noch deutet nichts darauf hin, wie mein Leben dann weitergehen wird.

Als ich wenig später mit Melanie im Schlepptau in den Frühstücksraum komme, sind die anderen bereits fertig. Nur Rolf lässt sich noch ein paar Spiegeleier auf der Zunge zergehen. Mir fallen fast die Augen aus dem Kopf, als ich meinen Chef in einer schlichten dunkelblauen Jeans und einem kurzärmeligen schwarzen Hemd sehe. Es geht also auch dezent! Oder ob Lydia ihm die Sachen im Hotel-Shop gekauft hat? Vielleicht war ihr die Schalke-Nummer ja auch zu peinlich.

Leider habe ich keine Zeit mehr zu frühstücken, denn Dimitri wartet bereits auf dem Hotelparkplatz, um uns abzuholen. Er begrüßt Rolf mit einem jovialen Schlag auf die Schulter.

«Guten Tag, mein Name ist Dimitrrri Avala. Ich bin Rrretter in Not.» Dann schubst er Rolf zusammen mit den Models in seinen Cayenne. Lydia und Melanie nehmen wie gewohnt vorne Platz, sodass für Marc und mich mal wieder nur die Rostlaube des Knipsers bleibt.

Die kurvenreiche Strecke macht mir inzwischen fast nichts mehr aus. Rolf wirkt bei der Ankunft dagegen erstaunlich still und blass. Kein Wunder, auch er war bislang wohl nur schnurgerade deutsche Autobahnen gewohnt, die schlimmstenfalls mal eine kurvige Ausfahrt zu bieten haben. Und selbst wenn er neuerdings in seinem Wagen mit dem Arsch halb auf dem Asphalt kratzt, so scheint mir das noch kein Vergleich zu den hiesigen Verhältnissen zu sein. Zum Glück erkundigt er sich aber nicht nach den Plastikblumen am Straßenrand. Das hätte ihn mit Sicherheit völlig aus dem Konzept gebracht, und er würde sofort losspucken.

Als Marija uns in der Tür mit offenen Armen empfängt, fühle ich mich schon fast wie zu Hause. Erst reißt sie Lydia so gut es geht an sich, dann sind wir dran.

«Aaaah, meine Jungs. Dobro jutro!» Sie drückt jeden von uns an ihren mütterlichen Busen und zwinkert dann Rolf freundlich zu. «Und da habe wirrr ja auch eine neue Gesicht. Gute Tag!» Sie presst auch ihn an ihre Brust.

Dimitri übernimmt nun souverän die Gastgeberrolle. «Marija, das ist Chef von unserrren Frrreunden. Errr ist aus Hamburrrg und gaga.»

Es entsteht eine unangenehme Pause, in der folgende Personen Folgendes denken:

1. Ich denke: Wie schafft es dieser russische Konsonantenkacker nur, sich so einen Scheiß zu merken, wenn er doch andererseits dauernd vergisst, Artikel zu benutzen?
2. Marc denkt: Wenn das jetzt Ärger gibt, schiebe ich alle Schuld auf Tom.
3. Marija denkt: Muss ich nachschlagen neu gelerrrntes Worrrt in Lexikon.
4. Rolf denkt: Woher weiß der Kerl das?

Marija überspielt ihre Unwissenheit und sagt freudig erregt: «Gaga? Das ist sehrrr schön.» Dann packt sie den immer noch verblüfften Rolf am Ärmel und zieht ihn hinter sich her auf die Terrasse. «Mitkomme. Habe ich Kaffee gemacht.»

Rolf folgt ihr irritiert und lässt sich im Garten erst einmal in einen der Stühle aus Teakholz fallen. Nachdenklich kratzt er sich am Kinn. Was auch immer gerade in ihm vorgeht, er beschließt, dass es unter millionenschweren russischen Yacht- und Villenbesitzern offenbar zum guten Ton gehört, seine Gäste zu beleidigen, denn er lehnt sich stillschweigend zurück und atmet tief durch. Genau wie Marc und ich.

Der Knipser, der mal wieder nichts mitbekommen hat, holt währenddessen sein Equipment aus dem Wagen. Anschließend prüft er den Sonnenstand und zieht die altbekannte Wichtig-wichtig-Nummer ab. Diesmal werde ich mich aber nicht darüber aufregen. Nein, diesmal nicht. Ich habe nämlich weiß Gott Besseres zu tun.

Im Geiste probe ich schon seit Beginn der Kurvenstrecke mein bevorstehendes Gespräch mit Elisa. Zwar hat sie bisher noch nicht angerufen, um ihr schlechtes Gewissen zu erleichtern und mich kleinlaut um Verzeihung zu bitten, aber der Handy-Empfang ist hier ja auch nicht immer der allerbeste. Ich hoffe jedenfalls nicht, dass ihr Gewissen so schlecht ist, dass sie sich gar nicht mehr nach Hause traut. Womöglich bleibt sie dann für immer hier, heiratet vor lauter Schande Hammerbananen-Alex und gestaltet Speisekarten für überlaufene Strandrestaurants.

Ich meine, das hört man ja immer wieder: Da leben zwei Menschen, die füreinander bestimmt sind, fünfundzwanzig Jahre auf verschiedenen Kontinenten, bloß weil der eine zu stolz war, ein klärendes Wort mit dem anderen zu sprechen.

Das soll uns nicht passieren! Deshalb beschließe ich, ihr die Beichte zu erleichtern, indem *ich* mich bei *ihr* melde.

Heimlich verziehe ich mich in den hinteren Teil des Gartens, wo ich Blick auf das Meer habe, und wähle Elisas Nummer. Die äußeren Umstände sind bei Krisengesprächen ja extrem wichtig. Positive Reize aus der näheren Umgebung können bekanntlich schlachtentscheidend sein.

Es klingelt.

Und klingelt immer noch.

Hm, ist es nun ein gutes oder ein schlechtes Zeichen, dass Elisa nicht sofort rangeht? Sie meldet sich erst nach dem fünften (!) Klingeln.

«Hi, Tom.»

«Hallo, mein Schatz. Wie geht es dir?», schnurre ich.

GUT SO. GAAANZ LIEBEVOLL!

«Weiß nicht.»

Aha! Da haben wir es. Das schlechte Gewissen nagt an ihr! Mein Magen krampft sich zusammen, und ich muss plötzlich ganz dringend aufs Klo.

«Aber wieso denn nicht, mein Schatz? Ist etwas passiert?»

«Was soll denn passiert sein?»

NA WAS WOHL? KOMM SCHON, SAG ES MIR!

O Gott, ich kriege gleich einen Dünndarmdurchbruch.

«Äh, das weiß ich doch nicht. Du hast doch gesagt, du weißt nicht, wie es dir geht.»

Irgendwie läuft das Gespräch schon wieder anders als geplant. Kann man mit dieser Frau denn nicht einmal vernünftig telefonieren?

«Ach, es ist nur, weil ...»

«Ja?»

NA LOS, SAG ES!

Und zwar möglichst, bevor ich mir in die Hosen mache.

«Ich weiß nicht. Du wirst bestimmt sauer, wenn ich es

dir sage. Gestern warst du auch schon so komisch am Telefon.»

«Ich war vielleicht nur ein bisschen gestresst, Mäuschen. Also, was liegt dir auf der Seele?»

SAG, DASS DU MIT HAMMERBANANEN-ALEX IN DER KISTE WARST, LOS!

«Und du versprichst mir, nicht sauer zu werden?»

«Hoch und heilig.»

«Ach Tom, es ist ... Ich ... also ich ...»

SAG ES!!!

«Ich vermisse Melanie so doll!»

Bitte???

Scheiße! Jetzt habe ich mir in die Hose gemacht.

Nein, natürlich nicht. War ein Witz. Beinahe so komisch wie Elisas Spruch ... Sie vermisst den Hund? Na super. Und ich liege die ganze Nacht wach und mache mir Sorgen, dass meine Freundin fremdgeht. Man kann wohl getrost behaupten, dass das Unternehmen *Kamikaze* kläglich gescheitert ist.

«Siehst du, jetzt bist du doch sauer. Du sagst ja gar nichts mehr.»

«Ich ...»

Ich fasse es nicht. Alles war so genau ausgetüftelt, so gut durchdacht. Unter größten körperlichen Anstrengungen habe ich der nagenden Eifersucht tapfer getrotzt, bin an die Grenze dessen gegangen, was ein Mensch ertragen kann, und habe dabei auch noch im Affekt dem Hund falsche Versprechungen gemacht. Und wofür? Dafür, dass nichts passiert ist! Hat denn der gute alte Latin-Lover heutzutage überhaupt keine Gigolo-Qualitäten mehr? Na ja, wahrscheinlich schon, nur diese Lookalikes vom Balkan nicht.(9)

«Tom? Was ist denn los? Sag doch bitte was!»

«Tja ... also. Das ist jetzt irgendwie alles blöd.»

«Was meinst du mit *alles?*»

«Na ja, da ist diese dumme Sache … Also, ich kann dir das jetzt am Telefon nicht erklären und – Herrje, Lisa, was rauscht denn da so?»

«Das ist mein Akku, der ist irgendwie kaputt. Was für eine Sache meinst du denn? Du kannst doch nicht einfach eine Andeutung machen und dann nicht weitersprechen!»

Wissen Sie jetzt, was ich meine? *So* hört sich eine neugierige Frau an. Dummerweise ist das momentan völlig unpassend.

«Ach, vergiss es einfach. Wir sollten die Sache lieber in Ruhe zu Hause besprechen.»

Dann hat sie auch besseren Zugriff auf Nudelholz, Heckenschere und Filetiermesser, um mich fachgerecht zu zerstückeln.

«Tom, ich –»

Krrrrschschschrrrrzzzz.

«Lisa? Lisa! Hey, sag doch was!»

Kaum zu glauben, aber ausgerechnet Elisa, die sich einmal im Jahr ein neues Handy zulegt, weil sie glaubt, ohne das Super-duper-Prada-Pinkphone nicht mehr länger leben zu können, ist im Grunde genommen so gut wie nie erreichbar. Entweder, weil sie es nicht versteht, einen anklopfenden Anrufer anzunehmen, ohne dabei alle Beteiligten wegzudrücken, oder weil sie das Batteriesymbol nicht vom GPRS-was-auch-immer-Icon unterscheiden kann und deshalb das Gerät nicht rechtzeitig lädt.

Was ihr außerdem schon zweimal passiert ist: lässiges Handyverstauen in einer der hinteren Hosentaschen und spontanes Entsorgen desselben beim Toilettengang.

Harrr. Frauen und Technik!

Also, in diesem Fall komme ich dank ihrer Schusseligkeit immerhin um eine Erklärung herum. Bis Elisa das Ding

 wieder aufgeladen hat, habe ich noch ein wenig Bedenkzeit. Und danach könnte *mein* Akku leer sein …

«Tom! Hierrr steckssst du!» Dimitri wedelt mit dem Autoschlüssel. «Sicherrr Besprrrechung mit Mutterrr, ja? Du kannst nachherr wiederrr Cayenne haben, wenn du nochmal zwei Karrrtons für mich trrransporrrtierrrst!»

Meinetwegen würde ich auch seine tote Großmutter über die Grenze schmuggeln, mein Leben ist ohnehin gelaufen. Das ist mir nach kurzer Bedenkzeit jedenfalls klargeworden. Denn selbst wenn ich Elisa telefonisch noch eine Weile hinhalten kann – aufgeschoben bedeutet leider nicht aufgehoben. Und deshalb muss ich ihr irgendwann die ganze Geschichte beichten. Möglicherweise wird dann die Tatsache, dass ich eine andere Frau geschwängert habe, sogar nur zum Nebenkriegsschauplatz. Wenn Elisa nämlich erst mal erfährt, dass ich den Hund verschachert habe –

Arrrg! Ich mag gar nicht dran denken!

«Du solltest dich gegen 16 Uhr auf den Weg machen, damit du rrrechtzeitig ankommst. Besserrr, du lässt Frrrau Mama in ihrrrem Zustand nicht warrrten!»

Im Geiste höre ich schon, wie Mutter sich beschwert: «Sagen Sie nicht Mama zu mir! Und schon gar nicht Frau Mama!»

Meinetwegen könnte sie ja bis zum jüngsten Tag am Flughafen stehen, aber was geht Dimitri das eigentlich an? Und wieso drängelt er auf einmal so? Das kann ich überhaupt nicht leiden. Wenn *ich* vorhabe, meine Mutter am Flughafen versauern zu lassen, dann ist das ja wohl meine Sache.

Betont langsam kehre ich deshalb zum Set zurück und sehe Noemi und Vivian eine Weile dabei zu, wie sie am Rand des Poolbeckens stehen und ihre Eisportion schlecken. Die Szene ist total aus dem Leben gegriffen, würde ich sagen: Eisessen im Swimmingpool. Bestimmt wieder so eine Idee des Knipsers. Aber da Lydia offenbar zufrieden ist und Rolf auch keine Bedenken äußert, halte ich meine Klappe. Sollen die Mädels meinetwegen ihr Eis bei einer Polarexpedition essen – ich habe wirklich genug andere Sorgen.

Holla! Eigentlich eine geniale Idee: Zwei Models mit Moonboots und Fellmützen, wie sie eisessenderweise am Nordpol durch den knirschenden Schnee spazieren. Dazu der Claim: *Zum Aufwärmen gibt's den Sündenpool …*

Nein, besser ich schlage das nicht vor, sonst geht mein nächster Shooting-Ausflug noch in die Arktis, allein bei dem Gedanken bekomme ich schon Gänsehaut.

Etwa eine Stunde später hält Dimitri es nicht mehr aus und schiebt mich ungeduldig zum Wagen. Was soll denn diese Eile? Er hat eine ganz falsche Vorstellung von meiner Mutter.

Während ich seelenruhig die Spiegel einstelle, tritt er von einem Bein aufs andere, als müsse er dringend aufs Klo.

«Mein Frrreund, weißt du noch, was du an Grrrenze sagen musst?»

«Dobar dan … nemam … hvala», leiere ich die Worte herunter und schaue gleichgültig durch ihn hindurch. Mir ist mittlerweile alles egal. Sollen sie mich doch verhaften, vierteilen oder standrechtlich erschießen. Alles besser, als von Elisa verlassen zu werden.

«Übrrrigens, Tom», setzt Dimitri an und nimmt die heranhechelnde Melanie auf den Arm.

Ich stöhne innerlich auf. Sätze, die mit *Übrigens, Tom …* anfangen, beinhalten meist in der zweiten Satzhälfte den versteckten Hinweis auf eine herannahende Katastrophe.

«Karrrtons furrr Zorrran sind in Kofferrrraum. Errr errrwarrrtet dich auf Parrrkplatz, wie letztes Mal.»

Wie gesagt, der Hinweis ist versteckt.

«Äh, was ist denn da eigentlich drin, in den Kisten?»

Jetzt, da mein Schicksal ohnehin besiegelt ist, kann man ja mal fragen. Aber damit hat der Russe offenbar nicht gerechnet, denn er erhöht die Frequenz seiner Beinaktivität und schaut dabei nervös zu Boden.

«Na ja, also ... drrrinnen ist Krrrempita. Von Marrrija fur ihrrren Bruderrr. Errr hat Rrrestaurant in Dubrrrovnik, aber kann leiderrr selbst keine Krrrempita machen. Zu dofff!», fügt er lächelnd hinzu, als wäre es ihm peinlich, dass seine Haushälterin so dämliche Verwandte hat.

«Ach so!» Wer's glaubt, wird selig. Als hätte Marija in den letzten Tagen mit uns nicht schon genug Arbeit gehabt, kümmert sie sich nun auch noch um ihren debilen Bruder. «Na, ich hoffe, er bezahlt Marija wenigstens dafür?!»

Dimitri lacht nur. «Das ist typisch deutsche Idee, hahaha!»

Tja, andere Länder, andere Sitten ...

Ich starte also meine Tour Richtung Grenze, allerdings will sich meine Laune heute trotz des coolen Autos irgendwie nicht bessern. Das Gespräch mit Elisa ist mir ganz schön auf den Magen geschlagen, und egal wie ich die Sache auch drehe und wende – es gibt einfach keine Lösung.

Um auf andere Gedanken zu kommen, überlege ich mir unterwegs schon mal einen geeigneten Empfang für meine Mutter. Es kann ja nicht angehen, dass sie hier einfach ungefragt (und ungestraft!) auftaucht. Das schreit geradezu nach einer erzieherischen Maßnahme! Außerdem muss ich sie für die nächsten Tage entsprechend einnorden. Wenn Mutter nämlich erst einmal angekommen ist, muss man auf alles gefasst sein. Schließlich haben wir es hier mit einer Extremsituation zu tun: die Kundin schwanger, der Chef gaga und die Kollegen auch nicht außergewöhnlich schlau.

An der Grenze haben heute zwei Spuren geöffnet, und während ich noch überlege, welcher der Grenzbeamten in den kleinen Häuschen mich weniger an den muffeligen Verkehrspolizisten aus Eimsbüttel erinnert, werde ich nach rechts gewunken zu einem bärtigen Griesgram.

«Dobar dan, imate li nešto da prijavite?», spuckt der Mann mir entgegen.

Aha, die Zollfrage. Heute bin ich nicht mal ansatzweise in der Stimmung für ein Lächeln, erwidere aber dennoch ordnungsgemäß: «Ne, nemam.»

«Pristrojite se desno, i otvorite gepek.»

Hä? Davon hat Dimitri irgendwie nichts erzählt. Gepek? Hört sich komisch an, könnte irgendwas mit Gepäck zu tun haben. Vielleicht nochmal die Zollfrage? Eventuell habe ich mich auch wieder zu holländisch ausgedrückt.

«Ne, nemam!» Ich schüttele den Kopf.

Anscheinend war das nicht die richtige Antwort, denn nun ergießt sich ein ganzer Schwall Konsonanten über mich, die ich allesamt nicht zu deuten vermag.

Ich lächele freundlich weiter und sage so akzentfrei es mir in der Aufregung möglich ist: «Hvala!»

Und da sieht man mal wieder, dass man mit einem freundlichen *Dankeschön* auf der ganzen Welt weiterkommt. Denn der Grenzbeamte dreht sich wortlos um, tritt aus seinem Häuschen heraus und stapft zu einem bärtigen Kollegen, der meine Ankunft vom leeren rechten Standstreifen aus beobachtet hat. Wahrscheinlich machen die beiden jetzt erst mal eine Zigarettenpause.

Obwohl ich mich noch wundere, wieso man dieses Mal meinen Pass nicht verlangt hat, will ich gerade aufs Gaspedal treten, um loszufahren, als sich von links ein Schatten nähert. Sekunden später blicke ich in die Mündung von etwas, das ich für eine Kalaschnikow halte, aber das

ist reine Spekulation. Ich bin ein lupenreiner Wehrdienstverweigerer und kenne Schusswaffen nur aus *Stirb langsam* und *Pulp Fiction*. Natürlich würde ich auch Old Shatterhands Henrystutzen oder Winnetous Silberbüchse erkennen. Aber dann hört es auch schon auf.

«Pristrojite se desno i izađite iz kola!» Der Beamte fuchtelt mir mit seiner Waffe vor dem Gesicht herum und deutet in Richtung seines bärtigen Kollegen, der sich gerade eine Cola genehmigt.

Aaaah, verstehe! Ich soll mir da drüben ein kühlendes Getränk abholen. Das gehört hier wohl zum Service. Möchte ich aber gar nicht, also schüttele ich energisch den Kopf.

Oooooh, schon wieder ein Missverständnis, denn jetzt führt der Typ die Bewegung mit seiner Waffe nochmal aus. Nur diesmal ganz langsam. Und sofort wird mir einiges klar. Diese Bewegung ist nämlich international, die kenne ich aus *Großstadtrevier*. Sie bedeutet: Da rüber, sonst setzt es was.

Ich fahre also rechts ran und schalte den Motor aus.

«Izađite iz kola i otvorite gepek!!!», erklärt der Uniformierte, und der Ton klingt jetzt langsam unfreundlich. Aber da täuscht man sich ja auch gerne mal.

Leider habe ich schon lange keine Folge mehr von *Großstadtrevier* gesehen, sodass ich mich nicht erinnere, was Jan Fedder jetzt wohl gewollt hätte. Ich vermute mal, er würde nach meinen Papieren fragen. Dummerweise liegen die aber im Handschuhfach. Und wenn Jan Fedder zwei Dinge nicht ausstehen kann, dann ist das der Griff in die Jackentasche oder ins Handschuhfach. Zu gefährlich. Da führt eine kleine Bewegung schnell mal zu einem Missverständnis und endet tödlich.

Langsam werde ich wütend. Was soll ich denn jetzt machen? Ich bin schließlich Gast in einem fremden Land und habe mir nichts zuschulden kommen lassen. Im

Gegenteil. Ich habe fleißig ein paar Vokabeln gelernt, die weder etwas mit Bier, Fleisch oder Sex zu tun haben. Das ist ja wohl mehr, als jeder Pauschaltourist nach fünfzehn Jahren Malle-Urlaub vorzuweisen hat. Nur scheint hier so etwas offenbar nicht zu zählen.

Bevor ich aber meinem Leben ein vorschnelles Ende bereite, weil ich die falsche Bewegung zur falschen Zeit mache, versuche ich es nochmal auf die nette Tour – und zwar mit der Sprache, die zumindest Engländer und Amerikaner einem immer als Weltsprache verkaufen wollen.

«Sorry, I don't understand. Do you speak English?»

Offenbar empfindet ein montenegrinischer Zollbeamte diese Frage aber als Beleidigung, denn jetzt schreit der Mann aufgebracht: «Izađite iz kola i otvorite gepek!!!!»

Und dann kommt noch etwas Internationales: Er tritt einen Schritt zurück, tippt sich an die Brust und beschreibt dann mit der Hand einen Bogen zur Heckklappe.

Aaah! Er möchte den Kofferraum sehen. Ganz langsam öffne ich die Fahrertür, um sicherzugehen, dass dieses Heranwinken auch tatsächlich internationale Bedeutung hat, und steige aus. Dann schleiche ich um das Auto herum und drücke mit ausgestreckten Armen auf den Mechanismus am Autoschlüssel, als würde ich den Grand Canyon sprengen wollen.

Mit einem leisen Surren öffnet sich die Klappe. Puh, bis hierhin schon mal alles paletti!

Im Kofferraum stehen, wie von Dimitri angekündigt, die Kisten mit der abgefüllten Krempita für Marijas Verwandtschaft. Ich bin zuversichtlich, dass mir der Zollbeamte, wenn er erst mal von der Creme probiert hat, die montenegrinische Ehrenbürgerschaft anbieten wird.

Langsam schöpfe ich wieder Mut und will beschwingt den Deckel des ersten Kartons aufreißen, als mir zum zweiten

Mal die vermeintliche Kalaschnikow vor die Nase gehalten wird.

«Polako!»

Hä? Denkt er etwa, ich sei aus Polen?

Doch er macht jetzt eine weitere internationale Geste: Mit der flachen Hand wedelt er in langsamen Bewegungen Richtung Boden, was mir wohl bedeuten soll, dass beschwingtes Öffnen gerade nicht angesagt ist.

Der Karton wurde professionell mit Paketband zugeklebt, und als ich beginne, die Ränder mühsam mit den Fingernägeln abzupulen, werde ich harsch zur Seite gestoßen.

Der zweite Beamte, der sich bislang nur durch eine finstere Miene ausgezeichnet hat, tritt nun ebenfalls ans Auto, zückt ein geschrumpftes Hattori-Hanzo-Kill-Bill-Messer und schlitzt das Klebeband auf. Na, da sitzt doch jeder Handgriff! Ich möchte nicht wissen, wo er das gelernt hat.

Jetzt reißt er an den Deckelhälften, klappt sie auseinander, und zum Vorschein kommt ein Kilo Holzwolle.

Gut, etwas vorsichtig eingepackt, werden Sie vielleicht sagen, aber an sich noch nicht ungewöhnlich. Auch als unter der Holzwolle Kaviardosen zum Vorschein kommen, denke ich mir noch nichts Schlimmes. Möglicherweise ist es ein klein wenig dekadent, seine Krempita in ausgewaschenen Kaviardöschen zu verpacken, aber seit unserer Pudding-Fake-Nummer ist mit Marija offenbar die Kreativität etwas durchgegangen.

«O-ho!», macht der Zollbeamte. Und das soll wohl der internationale Ausdruck dafür sein, dass er glaubt, einen 1-a-Kaviarschmuggler erwischt zu haben. Dann sagt er etwas für mich Unverständliches zu seinem Kollegen, der daraufhin laut loslacht.

Werde ich etwa gerade ausgelacht? Offenbar besteht hier Erklärungsbedarf.

Ich krame nochmal in meinem reichhaltigen Vokabelschatz. «Ne, ne», sage ich mit großen Augen und mache dazu das internationale Zeichen des verneinend hin- und herwackelnden Zeigefingers. «Ne, ne. Nix Kaviar! Krempita! Da da!» Zur Bekräftigung nicke ich mit dem Kopf und reibe mir den Bauch. «Sährrr gutt!» Vielleicht versteht man meine Erklärungen mit rollendem R ja besser. Triumphierend schaue ich die beiden Beamten an und ermuntere sie mit der internationalen Geste des Dosenöffners, doch mal nachzuschauen.

Die beiden gucken sich an, als wäre ihnen ein seit den frühen Siebzigern gesuchter Psychopath ins Netz gegangen, der noch dazu Bauchweh oder Hunger hat. Und während der eine Typ vorsichtshalber wieder die Kalaschnikow auf mich richtet, öffnet der andere das erste Krempita-Döschen.

Tja, und jetzt gucken sie tatsächlich, als wäre ich ein seit den frühen Siebzigern gesuchter Psychopath mit Bauchschmerzen.

Mein letzter Funke Hoffnung, dass der in den Dosen zum Vorschein gekommene Kaviar nur die Garnitur von Marijas selbstgekochter Nachspeise ist, wird jäh zerstört, als der bärtige Grenzbeamte den Inhalt der Dose auf dem Boden auskippt.

Ich sehe schwarz. Nicht nur, was den Inhalt der Dosen betrifft. Auch was die Chance angeht, dass wir hier zeitnah zu einer Einigung kommen werden. Und für Mutter, die vermutlich in dieser Sekunde bei der Passkontrolle verhaftet wird.

Instinktiv fasse ich an meine Hosentasche, um mein Handy hervorzukramen, was ich aber besser nicht hätte tun sollen. Denn Jan Fedder mit dem Gewehr dreht jetzt durch und schreit irgendetwas, woraufhin ich erschrocken die Hände hochreiße.

«Ne ne!», rufe ich und mache das internationale Zeichen des Kopfschüttelns. «Ne ne! Telefonieren. Handy», dazu bewege ich langsam eine Hand ans Ohr, um meinem Wunsch nach einem Telefonat Ausdruck zu verleihen.

«To nije dozvoljeno.» Der Kerl bleibt unerbittlich und untermauert seine Aussage durch das internationale Zeichen des Jemanden-einen-Vogel-Zeigens.

Langsam steigt Verzweiflung in mir auf. Habe ich vorhin tatsächlich behauptet, mir sei alles egal und ich würde auch Dimitris tote Großmutter über die Grenze schmuggeln?

Eventuell war das ein kleines bisschen übertrieben. Vor meinem geistigen Auge tauchen nämlich jetzt Bilder von dunklen Zellen und gefolterten Häftlingen auf. Kein schöner Anblick.

Falls man mich hier einsperrt, werde ich vermutlich für lange Zeit das Tageslicht nicht sehen. Niemand wüsste, wo ich abgeblieben bin. Und selbst wenn es jemand wüsste, bestünde nicht die leiseste Chance, auf den fremden Staatsapparat einzuwirken. Außer vielleicht durch eine saftige Lösegeldzahlung.

Hm, wie viel wäre Lydia wohl der Vater ihres Kindes wert?

Wohl nicht so viel, da das Kind ja bereits gezeugt wurde und sie den Rest sicher auch ohne mich prima hinkriegt.

Oder Rolf? Immerhin habe ich im letzten Jahr der Agentur zu neuem Glanz verholfen. Aber arbeitslose Werber findet man an jeder Straßenecke.

Und Mutter? Vermutlich gar nichts, da ich sie als demente Irre dargestellt habe und sie außerdem vermutlich schon in meiner Zelle auf mich wartet.

Bleibt noch die Eine. Die einzige Frau, die mich retten kann. Die *muss* sich kümmern, sonst ... Nein, nein, nicht Elisa. Die würde mir vermutlich lieber meine Hammerbanane abschneiden (oder was davon nach ein paar Wochen Balkanknast noch übrig ist), als mir zur Freiheit zu verhelfen.

Nein, ich setze da voll auf Frau Merkel. Die wird mich hier nicht verrecken lassen, schließlich bin ich deutscher Staatsbürger, trenne brav meinen Müll und habe mich auch noch nie negativ über den G8-Gipfel geäußert. Unwahrscheinlich ist allerdings, dass ich der Grenzpatrouille das internationale Zeichen des Frau-Merkel-einen-Brief-schreiben-Wollens klarmachen kann. Es ist zum Heulen.

Inzwischen hat ein Fahrzeug neben uns am Seitenstreifen angehalten. Der Fahrer steigt aus, und meine beiden Bewacher sind einen Moment abgelenkt. Flucht? Kleine Kung-Fu-Einlage? Sollte ich den beiden Uniformierten die Waffen aus dem Arm treten und mir den Weg frei schießen?

Lieber nicht. So eine Kalaschnikow, die ist bestimmt schwer. Und mit zwei solcher Geräte unterm Arm wegrennen zu wollen, erscheint mir ohne die McConaughey'schen Muskelpakete ein sinnloses Unterfangen zu sein. Um das zu wissen, muss man keinen Wehrdienst geleistet haben.

Der Fremde marschiert energisch auf uns zu und unterhält sich kurz mit den Grenzbeamten. Die Uniformierten zucken daraufhin mit den Schultern und machen den Weg frei.

Der Mann kommt jetzt direkt auf mich zu.

22. Kapitel

«Hallo, mein Name ist Leon Koenig, unsere Hunde kennen sich.»

Ich starre den Typen ungläubig an. Hätte er gesagt: Hallo, mein Name ist Pöhlmann, und ich habe Ihren Hund schon mal auf dem Mond getroffen», ich wäre nicht überraschter gewesen.

«Sie sind doch das Herrchen von dieser Mopsdame, oder?»

Offenbar steht in meinem Gesicht ein großes Fragezeichen.

«Na, gestern Abend beim Spaziergang auf der Promenade von Budva ...»

«Na ja, als Dame würde ich diesen Hund vielleicht nicht unbedingt bezeichnen.» Bei mir klingelt immer noch nichts.

Doch des Königs Miene hellt sich auf. «Sie sehen aus, als gäbe es Schwierigkeiten. Kann ich irgendwie helfen? Dolmetschen oder Ähnliches?»

Ja, das könnte in der Tat helfen. Ich erkläre ihm kurz den Sachverhalt: Dass ich nämlich beim Kaviarschmuggeln erwischt wurde, obwohl ich gar kein Kaviarschmuggler bin, sondern nur meine Mutter vom Flughafen abholen muss, die dort seit ungefähr einer Stunde vergeblich auf mich wartet und von der ich behauptet habe, sie sei dement, und dass ich Vater werde, obwohl ich die Mutter des Kindes überhaupt nicht liebe. UND DASS DESHALB DIE FRAU, DIE ICH LIEBE, BALD MIT MIR SCHLUSS MACHEN WIRD UND –

An dieser Stelle unterbricht er mich verstört und fragt: «Möchten Sie vielleicht jemanden anrufen?»

Hä? Denkt der jetzt etwa, ich wäre ein Fall für die Psycho-Hotline? Domian? Pro Familia?

Er blickt mich aufmunternd an. «Na?»

Tja, mal kurz überlegen. Die Wahrscheinlichkeit, dass ich spontan zu Frau Merkel durchgestellt werde, erscheint mir verschwindend gering, und allzu viele Versuche würde man mir vermutlich nicht zugestehen. Also sollte ich es wohl am besten bei Dimitri probieren, schließlich hat der mir die ganze Scheiße ja auch eingebrockt.

«Es gibt da tatsächlich eine Person», sage ich immer noch nachdenklich zu meinem Retter und traue mich dabei sogar, in meiner Hosentasche nach dem Handy zu fischen.

Koenig dreht sich zu den Beamten um und stößt ein paar Konsonanten aus, woraufhin die drei lachen.

Ich fühle mich schon wieder verarscht, versuche aber nicht wütend zu werden. Schließlich besteht gerade Grund zu der Hoffnung, dass ich um ein Leben in montenegrinischer Dunkelhaft herumkomme.

«Beeilen Sie sich lieber», drängt Leon Koenig, «bevor unsere bewaffneten Freunde es sich noch anders überlegen.»

Als ich Dimitris Nummer wähle, muss ich mich schwer beherrschen, um nicht vor Wut zu kotzen. Wie konnte er mich so in die Scheiße reiten?

Es klingelt zweimal, dann ist er dran.

«Da?»

Ich schwöre beim Leben meiner dementen Mutter, dass ich *niemals* etwas mit einer Russin anfangen werde. Niemals. Wenn die nämlich beim Sex irgendetwas sagt, das mich an

 den heutigen Tag erinnert, müsste ich augenblicklich ihren Pass verbrennen.

«Dimitri? Hier ist Tom.»

Aber was soll ich eigentlich sagen? Du hast mich reingelegt, du Sau? Hol dir deine Hehlerware gefälligst bei mir in der Zelle ab? Ich lynch dich, sobald wir uns wiedersehen?

Unwahrscheinlich, dass Dimitri mir dann noch hilft. Ich versuche es also auf die nette Tour.

«Äh, es gab hier an der Grenze wohl ein klitzekleines Missverständnis. Besser, du schaust mal vorbei.»

Am anderen Ende höre ich ihn in der Konsonantensprache etwas mit einer anderen Person besprechen. Hätte ich mich doch bloß lieber zu Frau Merkel durchstellen lassen!

«Tom», bellt Dimitri jetzt, «gib mirrr mal zuständigen Beamten.»

Oh, Tom, es tut mir leid, wie konnte das nur passieren, reg dich nicht auf, ich hol dich da raus, keine Panik, ich hüte dich wie meinen Augapfel ... Irgendetwas Beschwichtigendes wäre schon nett gewesen.

Stinksauer reiche ich das Handy weiter. Das Ding wird mir nach diesem Gespräch vermutlich ohnehin abgenommen.

Der bärtige Beamte bellt irgendwas ins Telefon, schweigt dann einen Moment und wirft einen Seitenblick auf Leon Koenig. «Da.»

Dann legt er auf und steckt – wie ich es schon befürchtet hatte – mein Handy in seine Jackentasche. Noch schnell ein paar Konsonanten mit seinem Kollegen und dem Koenig ausgetauscht, dann wendet er sich ab und geht zu einem der parkenden Streifenwagen.

Ja und nun? Könnte mir hier vielleicht auch mal einer die Spielregeln erklären?!

«Sie werden vorerst mitfahren müssen», verklickert mir freundlicherweise Leon Koenig. «Ins Gefängnis.»

«Wie bitte???» Ich reiße entsetzt die Augen auf. Dunkelhaft? Folter? Vergewaltigung?

«Keine Sorge, dort werden Sie so schnell es geht von Ihrem Freund abgeholt.» Nach einem Blick in mein verzweifeltes Gesicht fügt er noch beschwichtigend hinzu: «Wirklich, es wird sich jetzt alles klären.»

Konfuzius sagt: Hoffnung ist wie Zucker im Tee – zwar klein, aber sie versüßt alles.

Konfuzius hat doch ein Rad ab. Der ist mindestens so irre wie meine Mutter. Ich meine, wie soll denn bitte schön ein nanopartikelkleiner Hoffnungsschimmer noch süßen können?!?

Alles in mir sträubt sich, zu den beiden Beamten, deren Sprache ich nicht verstehe, ins Auto zu steigen. Aber ich will vor Leon Koenig jetzt auch nicht als Memme dastehen. Schlimm genug, dass ein Landsmann mich mit dem Schrumpfhund an der Leine gesehen hat, wenn ich jetzt auch noch anfange zu heulen, ist mein Ruf komplett ruiniert.

Widerwillig folge ich also meinen Henkern und setze mich auf die Rückbank ihres Dienstautos. Als ich mich noch einmal umdrehe, sehe ich aus dem Heckfenster den immer kleiner werdenden Koenig und fühle mich bereits wie Stallone in Rocky I. Bei der Folter werde ich statt «Adrien!» unter größter Kraftanstrengung «El-i-sa!» brüllen. (Oder doch lieber: An-ge-la?) Die bösen Kerle werden mich jedenfalls nicht kleinkriegen, mich nicht! Selbst wenn ich …

Die Tür wird aufgerissen, und ich gehe instinktiv in Deckung. Uuups! Hab gar nicht mitbekommen, dass wir schon angekommen sind. Ich starre nach oben in das Gesicht des Grenzbeamten, das ich vor dem blauen Himmel und der gleißenden Sonne aber kaum erkennen kann. Es ist fast so, als käme ich gerade aus der Dunkelhaft.

Aber mein Wille ist ungebrochen. Ich bin bereit, die Folter heldenhaft über mich ergehen zu lassen. Bockig lehne ich mich in das Polster der Rückbank zurück und verschränke die Arme Stallone-mäßig vor der Brust. Sollen die mich doch hier raustragen!

«Gospodine, molimo vas, izađite iz kola i pođite sa nama u stanicu. Tamo će vam neko spremiti kafu ili nešto drugo šta želite.»

O nein, das soll aufhören!

«Znaći kafu?»

Das ist mit Sicherheit die Folterandrohung, die ein bisschen so klingt wie das deutsche Wort Kaffee. Aber ich werde hier nicht aussteigen. Nicht, bevor sich nicht irgendjemand in einer mir bekannten Sprache zum Sachverhalt äußert und mir einen Anwalt an die Seite stellt. Falls ich nämlich erst mal diesen Wagen verlasse, gibt es keine Garantie, dass ich nicht doch für immer in einem Erdloch verschwinde.

«Slušajte gospodine, skoro će vam biti veoma vruće, jer nam klima uređaj ne radi dok je motor ugašem. Tamo možete sesti u hladovinu i popiti nešto osvežljivo.»

Jaja, blahblahblah.

Der Typ macht jetzt das internationale Zeichen für *Da drüben prügeln wir dir gleich die Birne weich*. Aber nicht mit mir, Bürschchen. Ich bin ja nicht blöd. Ich bleibe hier!

«U redu. Ako se predomislite, pođite za nama.»

Es klingt nach wie vor erstaunlich ruhig. Ich muss schon sagen: Der hat sich ganz gut im Griff. Hätte gedacht, dass der langsam ausflippt. Doch stattdessen geht er jetzt weg und lässt die Wagentür offen. Was hat denn das nun wieder zu bedeuten?

Na ja, ist ja nicht so schwer zu erraten. Jetzt warten sie wahrscheinlich, bis ich hier halbverhungert rausklettere, erschießen mich dann und stellen das hinterher als Fluchtversuch dar. Schon klar.

Die beiden Beamten schlendern jetzt in das kleine Haus, in das sie mich eben noch verschleppen wollten und das offenbar als örtliches Gefängnis dient. Bisschen mickrig, finde ich, aber die Zellen für aufsässige Ausländer liegen ja vermutlich im Keller. Das ist bestimmt das reinste Labyrinth, hier direkt unter mir.

Die beiden unterhalten sich jetzt und lachen sogar – sicher über mich. Aber was gibt es denn da bitte schön zu lachen?

Eine Weile bleibe ich regungslos sitzen und fühle mich wie ein Wellensittich, der zum ersten Mal vor einer geöffneten Käfigtür sitzt und sich nicht heraustraut. Puh, ganz schön heiß hier im Auto.

Vorsichtig rutsche ich bis zur Tür, schaue in alle Richtungen und überlege. Nichts deutet hier auf einen Hinterhalt hin. Keine ausgeklügelte Selbstschussanlage, keine ausgehungerten Dobermänner oder versteckte Heckenschützen.

Vielleicht steigere ich mich da auch nur in was hinein?

Zögerlich wie besagter Sittich stecke ich den Kopf zur Tür heraus und lasse einen Fuß folgen, dann den zweiten. Nichts passiert. Irritiert bleibe ich in der Autotür sitzen. Was geht hier vor? Wollen die mich rösten? In der Hitze weich kochen, bis ich Verbrechen gestehe, die ich gar nicht begangen habe? Warum?

Plötzlich erscheint eine Staubwolke am Horizont, und während ich noch an Reiterhorden, Freischärler oder Selbstmordattentäter denke, kommt die Wolke näher, bis ich in ihrem Inneren ein Paar Scheinwerfer erkenne. Es ist ein Auto. Genau genommen ist es ein sehr großes Auto. Ein Cayenne. Es ist Dimitris Cayenne!

Erst bin ich erleichtert, dann fällt mir wieder ein, dass er mir ja die ganze Scheiße eingebrockt hat, und ziehe die Füße schnell wieder ins Auto. Als er neben mir eine Vollbremsung macht und die Staubwolke mich einzuhüllen droht, ziehe ich auch noch die Tür zu.

Kurze Zeit später reißt Dimitri sie wieder auf.

«Tom, mein Frrreund, was machst du furrr Sachen?»

Hä? Ich hör wohl nicht richtig.

ICH WURDE IN EINEN MIESEN HINTERHALT GELOCKT, UND ZWAR VON DIR, DU VERRÄTER!

«Jetzt steig aus. Hierrr drrrinen ist ja Affenhitze.» Er macht die internationale Geste des Jemanden-den-Vortritt-Lassens, die nun eigentlich nicht nötig ist, denn ich verstehe ihn sehr gut.

Hier will mich doch einer komplett für blöd verkaufen, aber das lässt ein Sylvester Stallone nicht mit sich machen. Mitnichten!

Ich bleibe stocksteif im Polster sitzen, bis ich von Dimitri unsanft am Ellenbogen gepackt und aus dem Wagen gezerrt werde. Unsere Köpfe prallen aneinander, und er zischt mir zu: «Ich erklärrre dirrr späterrr. Komm jetzt mit.»

Er macht ein zuversichtliches Gesicht, und augenblicklich verwandelt sich Sylvester Stallone wieder in Tom Moreno. Ich habe einfach keine Kraft mehr, den Einzelkämpfer zu geben, und möchte nur noch zurück ins Hotel und unter die Dusche, um mir den Angstschweiß abzuwaschen.

Dimitri schiebt mich zu der Baracke, in der die beiden Beamten am Schreibtisch sitzen und Kaffee trinken. Na, das ist ja idyllisch. So vertreibt man sich also die Zeit, während unschuldige Touristen draußen im Auto gar gekocht werden. Tse!

Dimitri begrüßt die beiden mit einem Kopfnicken, tauscht

ein paar Konsonanten aus und scheint sich besonders mit dem Bärtigen gut zu verstehen. Die beiden verschwinden kurz nach draußen. Dummerweise fixiert mich der andere Beamte unaufhörlich, sodass ich mich nicht umdrehen und durch das Fenster spähen mag. Blöd. Zu gern hätte ich gewusst, was da vor sich geht.

Nach einer Weile tauchen Dimitri und der bärtige Beamte wieder auf, klopfen sich gegenseitig auf die Schulter und nicken einvernehmlich mit dem Kopf. Worüber sich die beiden einig geworden sind, kann ich allerdings nur mutmaßen.

Dann setzt eine große Verabschiedungszeremonie ein.

Was denn? Bedeutet das etwa, ich bin frei? Oder lässt Dimitri mich hier zurück, nachdem er mich gegen den Kaviar getauscht hat?

Er dreht sich jetzt zu mir um und macht ein unmissverständliches Zeichen. Wir können gehen! Gott sei Dank! Vor Freude hätte ich beinahe angefangen zu heulen.

Wir steigen in den Cayenne, und mir brennen folgende Fragen auf der Seele:

1. Welche Telefonnummer hat eigentlich Frau Merkel? Hat sie ein Handy? Bei welchem Anbieter ist sie, oder nutzt sie vielleicht eine Prepaid-Karte? Wer kauft die, ihr Mann?
2. Wo hat Dimitri den Cayenne her? Den hatte ich doch eigentlich an der Grenze zurückgelassen.
3. Wie kann es sein, dass sich während meiner dreiviertelstündigen Fahrt zur Grenze die Krempita in Kaviar verwandelt hat? (Kann gar nicht sein, deshalb weiter zu Punkt 4.)
4. Wieso hat der Drecksack mich belogen?
5. Was ist eigentlich mit Mutter?

Da ich Grund zu der Annahme habe, dass Dimitri über die Telefongewohnheiten der Kanzlerin keine Informationen hat, beschließe ich, die anderen Fragen vorzuziehen. Die lassen sich außerdem auch prima zusammenfassen:

«Was zum Geier geht hier vor?»

Dimitri wirft mir einen kurzen Seitenblick zu, gibt dann aber vor, sich auf die Straße konzentrieren zu müssen, und schweigt beharrlich. Für einen Moment tue ich das auch, denn mir fällt auf, dass wir nicht den Weg fahren, auf dem ich gekommen bin.

Todsicher nicht.

Tod ist ein gutes Stichwort, denn unvermittelt biegt der Russe jetzt in einen kleinen Feldweg ab, und mir bleibt fast das Herz stehen. Der Albtraum ist noch nicht zu Ende! Jetzt werde ich vom Boss persönlich massakriert, da gibt es keine zwei Meinungen. Mein Grab ist vermutlich bereits geschaufelt, und ich kann mich glücklich schätzen, wenn ich vor dem Bestatten noch getötet und nicht bei lebendigem Leib verscharrt werde.

Als der Weg immer holpriger wird, dämmert mir auf einmal, wofür man in dieser Gegend einen Offroader braucht. Tägliches Leichenhin- und -herkarren – das geht schon mal auf die Stoßdämpfer.

Aber warum? Was habe ich getan? Den Hund hat er doch bereits in seiner Obhut, dafür muss Dimitri mich doch nicht um die Ecke bringen. Und von der Aktion eben habe ich ohnehin nichts geschnallt. Keinen Pieps. «Dimitri, ich habe nichts verstanden, ehrlich. Ich ...»

«Es dauerrrt nicht mehrrr lange, mein Frrreund.»

Sein Blick wirkt wahnsinnig. O Gott, wie kann man denn diesen Dschingis Khan nur davon abhalten, wie ferngesteuert über einen unbefestigten Feldweg zur eigenen Beerdigung zu heizen?

Gerade als ich denke, dass der Weg nun nicht mehr weitergeht und mein seliges Ende unmittelbar bevorsteht, taucht aus dem Nichts eine asphaltierte Straße auf.

«So», sagt Dimitri und lehnt sich entspannt in seinem Sitz zurück, «wie warrr Frrrage?»

Bitte? Das kann er sich ja wohl denken, wie Frrrage warrr.

«Was. Soll. Der. Scheiß?»

«Hihihi», kichert Dimitri in das Lenkrad, als hätte ich gefragt, ob er mich heiraten will. Er beugt sich zu mir rüber, öffnet das Handschuhfach und zieht eine Flasche Wodka hervor. «Hierrr, trrrink! Das macht Nerrrven wiederrr glatt! Hihihi.»

Wodka scheint bei ihm das Allheilmittel zu sein. Kopfweh? Langeweile? Todesahnung? Erst mal einen Wodka. Aber in meinem Fall wird ihm (und vor allem mir) das nicht helfen.

Zusammenfassend kann man wohl ohne Übertreibung sagen, dass dies die schlimmsten Tage meines Lebens sind. Außerdem scheint der Russe jetzt auch noch komplett durchzudrehen. Vielleicht sollte ich mich einfach in der nächsten Kurve aus dem Auto werfen?

«Ich glaube», setzt er an, «ich schulde dirrr Errrklärrrung, mein Frrreund.»

MEIN REDEN.

«Nun, ich mache Geschäfte mit Immobilien.» Dimitri starrt auf die Straße.

Also, ehrlich gesagt, in Deutschland ist mir manchmal auch nicht klar, wofür Makler eigentlich ihr Geld bekommen. Aber in diesem speziellen Fall scheint mir Dimitris Erklärung nun doch ein wenig zu weit hergeholt zu sein. Außerdem erklärt das wohl kaum den Vorfall an der Grenze. Da tippe ich doch eher, dass er Drogen- und Kaviardealer ist. Nicht zu vergessen: Mädchenhandel, Verkauf von gefälsch-

ten Designer-Klamotten sowie Unterstützung tschetschenischer Rebellen.

«Allerrrdings», knüpft er an seine Immobiliengeschichte an, «was glaubst du, wie hat sich Immobilienmarrrkt in diesem Land in letzten Jahrrren entwickelt?»

Äh, eine wirklich hochspannende Frage. Aber ich fürchte, ich kann mir hier eh nichts leisten.

«Nun, um hierrr konkurrrrrenzfähig zu bleiben oder um Konkurrrrrrenz eine Nasenlänge vorrraus zu sein, muss man bisschen ... wie sagt man: trrricksen?»

Aha. Jetzt kommen wir der Sache schon näher.

«Weißt du, was ist Sago?», fragt Dimitri lächelnd.

Was soll denn das jetzt schon wieder? Denkt der, ich bin total plemplem und merke nicht, dass mich hier einer nach Strich und Faden verarscht? Aber so leicht lasse ich mich nicht vom Thema ablenken!

«Sago!?», fragt er erneut, sieht mich mit hochgezogener Augenbraue an und nickt auffordernd mit dem Kopf.

Hm, Sago ... Das klingt wie ein Waschmittel, aber sicher bin ich mir nicht und sage daher besser gar nichts.

«Das ist wie Speisestärrrke. Benutzt man zum Andicken von Saucen oderrr Nachspeisen.»

Aha, kleine Kochschule, Teil 1. Das Verfeinern von Saucen.

ICH HASSE KOCHEN, JETZT KOMM MAL ZUR SACHE, DU FOLTERKNECHT!

«Beim Kochen ist Marrrija mirrr immerrr grrroße Hilfe.»

Das kann doch wohl alles nicht wahr sein! Wenn jetzt wieder eine Krempita-Geschichte kommt, dann ist er definitiv demenzkränker als meine Mutter.

«Löst man Perrrlsago in Wasserrr auf und färrrbt man schwarrrz, sieht es aus wie Kaviarrr. Wie rrrrusischerrr Beluga.»

Hä? Irgendwie stehe ich immer noch auf dem Schlauch.

«Soll das heißen ...», setze ich an, obwohl ich eigentlich keinen Schimmer habe.

«Rrrrichtig», bestätigt Dimitri kopfnickend. «Genau das soll heißen.»

Der Kerl traut mir offenbar mehr zu, als ich ihm.

«Soll das etwa heißen, ich wurde an der Grenze mit eingefärbter Speisestärke erwischt?» Jetzt, da ich es ausgesprochen habe, erscheint es mir doch beinahe zu abwegig.

«Korrrrekt», sagt Dimitri und lacht sich mal wieder ein bisschen ins Fäustchen.

«Aber ... Moment mal!» Ich bin, gelinde gesagt, empört. «Willst du damit sagen, ich hätte um ein Haar den Rest meines Lebens in Dunkelhaft verbracht, nur weil ich kleine, gefärbte Kügelchen über die Grenze gebracht habe, deren Transport in etwa so illegal ist wie die Ausfuhr einer Packung Ariel?»

«Rrrrichtig.»

«Aber», setze ich nochmal an, «die beiden Beamten an der Grenze, die glaubten doch wirklich, das Zeugs wäre echt, oder?» Bitte lass mich jetzt nicht einer kompletten Schmierenkomödie auf den Leim gegangen sein! Welchen Sinn hätte das Ganze dann gemacht?

Prophylaktisch schraube ich schon mal die Wodkaflasche auf.

«Na ja, derrr Mann mit Barrrt, derrr wusste Bescheid. Nur der anderrre ...» Und als wäre ich komplett verblödet, fügt Dimitri noch hinzu: «... derrr ohne Barrrt, hatte keine Ahnung.»

Na, das wird ja immer bunter. Ich erinnere mich daran, wie zielstrebig der Bärtige den vermeintlichen Kaviar auf den Boden geworfen hat, und wie überrascht sein Kollege davon war. «Ja, und was soll das Ganze bitte schön?»

Finden Sie, dass ich begriffsstutzig bin?

«Weißt du, mein Frrreund, ich bin hierrr so etwas wie ...» Dimitri sucht offensichtlich nach einem Begriff, der so einleuchtend ist, dass selbst ich ihn verstehe. Dann hat er ihn gefunden. «Ich bin hierrr so etwas wie *Derrr Pate*.»

Schon wieder diese hochgezogenen Augenbrauen! Als wolle er noch ein «Kapierrrt?» hinzufügen.

«Ab und zu muss ich mich bei halblegalerrr Sache errrwischen lassen, verrrstehst du? Das belebt Geschäft. Denk doch mal nach. Ich bin Rrrusse, ich handele mit Immobilien – ich bin auf zweifelhaften Rrruf angewiesen!»

Wir biegen um eine Kurve, und auf einmal ist dort das Meer. Bestimmt setzt gleich die entspannende Wirkung ein. Das hat doch sonst auch immer so gut geklappt.

«Ich weiß genau, werrr hierrr wie viel Geld verrrdient und auch womit», fährt Dimitri unbeirrt fort. «Ich kenne die Leute, bevorrr sie uberrr Grrrenze kommen, und ich kenne alle miesen Trrricks. Polizei schätzt das sehrrr.»

WANN SETZT DENN ENDLICH DIE ENTSPANNENDE WIRKUNG DES MEERBLICKS EIN?!

Ich setze die Flache an und nehme einen kräftigen Schluck.

«Verrrstehst du, ich bekomme Baugenehmigungen furrr Grrrundstucke, die anderrre nicht mal zu Fuß durrrchqueren durrrfen.»

Ich glaube, eigentlich sagt man eher der Farbe Grün entspannende Wirkung nach. Vorsichtshalber wende ich den Blick vom Meer in Richtung Berge und nehme noch einen Schluck Wodka. Schon besser. So langsam formt sich in meinem Hirn ein Bild.

«Anfangs habe ich Grrrundstucke furrr viel Geld weiterrrverrrkauft, aberrr Einheimische sind äußerrrst unglucklich uberrr Verrrmarktung ihrrres kleinen Landes. Marrrija warrr sehrrr wutend mit mirrr. Sie kämpft furrr Umwelt und hat mirrr Bilderrr gezeigt, wie es hierrr frrruher aussah.» Jetzt macht er das moralinsaure Gesicht eines Moderators bei einer Spendengala. «Ich habe genug Geld verrrdient, und nun spiele ich eben ein bisschen Schicksal! Verrrmiete Häuserrr an rrreiche Tourrristen und handele nebenbei mit Inforrrmationen! Hahahaha!» Er schlägt mit der flachen Hand aufs Lenkrad und amüsiert sich prächtig.

Die Freude darüber, nicht bei lebendigem Leib begraben zu werden, weicht der Wut, einem wahnsinnigen osteuropäischen Kleinganoven auf den Leim gegangen zu sein.

Dimitri schaltet einen Gang hoch. «Es wirrrd sich herumsprrrechen, dass ich heute Kaviarrr furrr», er blickt zum Himmel und rechnet dabei tonlos etwas zusammen, «zwanzigtausend Eurrro verlorrren habe. Jetzt muss ich nurrr Gleichgultigkeit demonstrrrieren – et voilà», er schnippst mit den Fingern, «man wirrrd sich darrrum rrreißen, mit mirrr Geschäfte zu machen.»

Befriedigt sieht er in meine Richtung. Es liegt großer Stolz in seinem Blick.

Ich glaube, ich drehe gleich durch. «Und unser gestohlenes Eis? War das auch nur Show?» Ich weiß gar nicht, welche Antwort mir jetzt die liebste wäre.

Er schüttelt entrüstet mit dem Kopf. «Mein Lieberrr, wo denkst du hin. So etwas wurrrde ich Herrrrchen von Chagoi niemals antun.»

Nee, ist klar. Und was ist stattdessen passiert? Aber, halt! Will ich das überhaupt wissen? Am Ende gerate ich noch in Verdacht, mit Dimitri gemeinsame Sache zu machen.

«Nun, Handel mit echtem, wildgefangenem Beluga-Kaviarrr ist sehrrr teuerrr und lockt naturrrlich Ganoven auf mein Schiff. Verrrmutlich haben sie gedacht, komische Eisverrrpackung ist nurrr Tarrrnung. Die werrrden Augen

 gemacht haben! Hahaha.» Er trommelt begeistert auf das Lenkrad.

Ja, ich kann mir lebhaft vorstellen, dass sich da jemand mächtig verarscht vorgekommen ist und bereits irgendwo in seiner dunklen Bude Rache schwört. Mir geht es nämlich gerade ähnlich.

Ich genehmige mir noch einen Schluck Feuerwasser.

«Hat doch alles prrrima geklappt! Außerrr vielleicht –» Dimitri macht jetzt ein Gesicht, als müsste er mir beichten, dass meine Mutter leider unter die Räder eines Airbus A380 geraten ist. «Außerrr das mit deinerrr Frrreundin.»

Elisa? Mir bleibt fast das Herz stehen. Steckt Dimitri etwa mit Bananen-Alex unter einer Decke?

Aber er macht die internationale Geste für *dicker Bauch*.

Lydia!

«Sie ist nicht meine Freundin!!!»

«Aberrr sie bekommt doch Kind von dirrr!»

Langsam geht mir seine eurasische Sturheit auf den Wecker. «Das kannst du doch gar nicht wissen!»

«Doch. Sieht man in Augen. Sie hat so Glut in Blick, wenn sie dich ansieht. Weißt du», er beugt sich zu mir rüber, «ich bin Prrrofi mit Frrrauen!»

A-ha. Gut, das zu wissen. Diesbezüglich besteht immer mal Not an guten Ratschlägen. Aber ich hab es ja gesagt: Es liegt etwas Apokalyptisches in Lydias Blick, wenn sie mich fixiert.

«Hat sich jedenfalls sehrrr aufgerrregt, die kleine Lady. Deshalb haben angefangen die ...» Er macht ein schmerzverzerrtes Gesicht, während er die richtige Vokabel sucht.

«Die Wehen?», versuche ich zu helfen.

«Genau, Wehwehen haben angefangen. Und währrrend ich mit Frrreund zu Grrrenze gefahrrren bin, um Cayenne zu holen und dich zu rrretten ... Hihihi!» Es folgt eine kurze

Kicherpause, in der ich ihm am liebsten den Hals umdrehen würde. «Hat Marrrija kleine Lady ins Krrrankenhaus gefahrrren.»

O Gottogott, das Kind! Es wurde geboren, während sein Vater in montenegrinischer Gefangenschaft um sein Leben kämpfte! Das wird auf ewig ein unsichtbares Band zwischen uns knüpfen, so viel ist sicher. Wir werden uns stillschweigend verstehen, dieselbe Bundesligatabelle tippen, und vermutlich wird der Junge auch kein Pflaumenmus mögen.

Mir steigen Tränen der Rührung auf.

Gleichzeitig bin ich auf einmal sehr nervös. Solange das Ding in Lydias Bauch war, bestand immer noch eine nanopartikelkleine Hoffnung, dass es sich um ein fehldiagnostiziertes Fettgeschwür handelte. Oder ein besonders hartnäckiges Verdauungsproblem. Aber jetzt scheint die Stunde der Wahrheit gekommen zu sein.

«Baby ist aberrr noch nicht da», platzt Dimitri heraus. «Marrrija ist mit in Klinik. Sie sagt Bescheid, wenn kleine Lady Muterrr geworrrden ist.»

Himmel, Mutter! Die habe ich ja ganz vergessen!

«Ähem … hat zufällig jemand an *meine* Mutter gedacht? Ich wollte sie ja eigentlich vom Flughafen abholen.»

Wenn sie noch immer dort warten sollte, gibt das einen riesigen Ärger!

Aber was hat sie denn auch bitte schön erwartet, wenn sie hier – zwar nicht ganz unangemeldet, aber in jedem Fall unerwünscht – aufkreuzt? Dass ich ihr den roten Teppich ausrolle? Typisch Frau. Kaum platzen die irgendwo unaufgefordert rein, muss sich sofort alles um sie drehen.

Elisa ist ähnlich gestrickt. Im Handumdrehen schafft sie es zum Beispiel, *meinen* Fußballfernsehnachmittag mit den Jungs in *ihr* Plauderstündchen zu verwandeln. Wie das geht? Nun, erst quatscht sie hemmungslos in die Bericht-

erstattung, dann räumt sie halbvolle Bierflaschen ab und wirft sich zu guter Letzt in dem kürzesten Sporthöschen, das sich im Kleiderschrank auftreiben lässt, und mit einem gekünstelten *Hach, ich mach's mir mal bequem* zwischen meine Kumpels aufs Sofa. Natürlich kann sich dann keiner mehr aufs Spiel konzentrieren. Stattdessen bemühen sich alle mit hängender Zunge um Elisas Aufmerksamkeit.

Aber meinetwegen kann sie sich in Zukunft auch nackt dazusetzen, wenn sie mir nur dieses Kind verzeiht!

«Nun ...» Dimitri macht einen auf wichtig. «Zorrran sollte sich um deine Mama kummerrrn und sie abholen. Aberrr hat niemanden gefunden, auf den Beschrrreibung passt von verrrruckter Deutsche.»

«Sie sieht ja auch völlig harmlos aus», werfe ich ein.

«Aberrr warrr auch keine harrrmlos aussehende Deutsche da.»

«Genau genommen sieht sie sogar eher gut aus.»

Dimitri schüttelt den Kopf. «Die hätte Zorrran ohnehin soforrrt angesprrrochen.»

Ich versuche mir gerade Mutters Blick vorzustellen, wenn Zoran ihr zur Begrüßung seine schaufelgroße Schmutzpranke hinhält und sie zum Einsteigen auffordert.

«Vielleicht rrrufst du sie an?» Dimitri wühlt in seiner Jackentasche und überreicht mir gönnerhaft mein Handy. «Das habe ich furrr dich gerrrettet.»

Anstatt mich zu bedanken, knurre ich ihn an. So langsam freue ich mich auf den Tag, an dem er mit *Melanie vom wehenden Winde* beim Züchter antanzt, um den Wert seines heißgeliebten Chagois schätzen zu lassen. Schade, dass ich dann sein enttäuschtes Gesicht nicht mehr sehen kann.

Aber jetzt sollte ich mich erst einmal um Mutter kümmern. Ihr Handy ist ausgeschaltet. Also muss ich so schnell es geht ins Hotel, um das Schlimmste zu verhindern. Wie ich Mutter kenne, hat sie sich nämlich einfach ein Taxi genommen und sitzt wahrscheinlich schon mit Marc und Frank bei einem Gläschen Rotwein und deckt mein Lügengerüst auf.

Harrrr.

23. Kapitel

Als wir im Hotel eintreffen, ist es draußen bereits dunkel. Im Foyer läuft mir zufällig Marc über den Weg, was immerhin bedeutet, dass das Sonnenuntergangs-Shooting abgeschlossen ist.

«Tom! Sag mal, was war denn los?», fragt er aufgeregt. «Dimitri hat erzählt, er müsse dich aus dem Knast holen, weil du an der Grenze die Beamten beleidigt hast. Mensch, Tom, du weißt doch, wie eitel diese Südländer sind!» Er schüttelt verständnislos den Kopf.

Das hat Dimitri gesagt? Ich fasse es nicht. Den soll doch die Beulenpest befallen! Aber ich habe jetzt keine Zeit, mich zu rechtfertigen.

«Äh, hast du vielleicht meine Mutter gesehen? Sie ist irgendwie verschwunden.»

Marc reißt entsetzt die Augen auf. «Glaubst du, sie irrt hier alleine durchs Hotel?» Er sieht sich fast ein wenig ängstlich um.

Ob Lydia ihn gewarnt hat und er nun befürchtet, das nächste Opfer von Mutters Nase Usluge zu werden?

«Am Flughafen war sie jedenfalls nicht, wenn man der Aussage von Marijas Bruder glauben darf.» Ob Zoran sich jetzt hinter meinem Rücken in seine Schmutzfäustchen lacht?

«Das heißt, du weißt gar nicht, wo sie ist?» Marc hat definitiv Angst vor Nase Usluge, denn er starrt mich an, als hätte ich gesagt: «Am Flughafen sind bereits alle tot.»

«Dann sollten wir sie wohl besser mal suchen.»

Nicht notwendig, mein Lieber, denke ich, denn in diesem Moment schwebt etwas hinter Marcs Rücken durch die Lobby. Etwas, das aussieht, als wären alle Gipsy Kings in den Körper von Iris Berben geschlüpft. Das Wesen trägt High-Heels, ein bodenlanges Ethno-Kleid und dazu ein im Fünfziger-Jahre-Stil um den Kopf geschlungenes Tuch. Und obwohl diese Erscheinung auf den ersten Blick auch Olivia Jones sein könnte, weiß ich sofort: Es ist Mutter.

Im gleichen Augenblick öffnet sich die Fahrstuhltür, und Rolf wird an der Leine einer asthmatisch röchelnden Melanie herausgeschleift. Wenn ich es nicht besser wüsste, würde ich vermuten, dass Rolf sein Outfit mit Mutter abgestimmt hat. Denn während mein Chef heute Morgen beim Shooting noch in dem gemäßigten Hotel-Shop-Outfit unterwegs war, hat er sich für den Abend richtig in Schale geschmissen. Gibt es hier vielleicht irgendwo einen Super-Seven-Fan-Shop? Anders kann ich mir die Herkunft seines Ensembles nämlich nicht erklären.

Alles an Rolf ist kariert: Kniebundhose, Jackett, Hemd, Baseball-Cap. Sogar seine Socken!

Vor meinen Augen geschieht jetzt das, was man im Fernsehen den Moiré-Effekt nennt: Es flimmert.

Bei Melanie sind offenbar auch schon alle Sicherungen durchgeknallt, denn sie hetzt mit durchdrehenden Pfötchen auf mich zu und gibt dabei japsende Quäklaute von sich.

Eine kurze Analyse meiner Fluchtmöglichkeiten ergibt folgende ernüchternde Bilanz: null.

Ich habe nur eine einzige Chance. Die Flucht nach vorn.

Energisch ziehe ich Marc am Arm in Richtung der mit Allradantrieb auf uns zusteuernden Melanie, platziere ihn neben Schottenkaro-Rolf, sodass nun beide mit dem

Rücken zu meiner herbeischwebenden Mutter stehen. Und noch bevor Rolf den Mund öffnen kann, um mich bezüglich meiner Verhaftung zu befragen, fahre ich ihm über den Mund – und zwar mit der Stimme von Robert de Niro in *Casino*. (Also in einem sehr leisen, aber keinen Widerspruch duldendem Tonfall.)

«Achtung! Hinter euch erscheint gleich meine Mutter. Behandelt sie am besten so, als sei sie gesund. Regt sie bloß nicht auf, widersprecht ihr nicht und – ganz wichtig: immer schön alles wiederholen. Sie kann sich ja an nichts erinnern.»

Wir wollen doch mal sehen, wer dann wen für bekloppt halten wird.

Die Message ist offenbar angekommen. Rolf klappt seinen Mund kommentarlos wieder zu, und Marc starrt mich mit aufkommender Panik an, als hätte ich gesagt: Achtung, hinter euch versteckt ein russischer Agent gerade eine Prise Polonium!

Und da rauscht Mutter auch schon mit wehendem Kleid an. «Tom! Was ist hier los? Erst bist du nicht am Flughafen, und dann erzählt man mir, du seiest beim Kaviarschmuggeln verhaftet worden. Was hat das zu bedeuten?»

Ich werfe Rolf und Marc einen Blick der Marke *Hab ich euch zu viel versprochen?* zu und sage in übertrieben besorgtem Tonfall: «Ach, Mama, du sollst dir doch nicht immer solche Sorgen machen. Denk an deine Gesundheit!»

Ich erziele die gewünschte Wirkung, denn Mutter fährt bereits die Krallen aus.

«Mir geht es bestens! Wie du siehst, habe ich auch ohne dich hergefunden. Und sag gefälligst nicht Mama zu mir!»

Spontan beschließe ich, die Show noch etwas weiterzutreiben. Schließlich hat Mutter ein wenig Strafe verdient. Ich hake mich also bei ihr unter, schaukele sie etwas hin und her und säusele in irrem Singsang: «Wie soll ich dich denn stattdessen heute nennen, hm?»

Das genügt. Mutter fühlt sich sogleich aufs übelste verarscht. Wütend reißt sie sich von mir los, stemmt wie eine erboste Zigeunerin die Arme in die Hüften und schreit: «Ach, sag doch einfach Prinzessin Lillifee zu mir!»

Bingo! Mutter, ich könnte dich küssen. Du lieferst hier gerade, ohne es zu ahnen, die perfekte Performance der durchgeknallten Verrückten.

«Na gut», sage ich demütig, «wie darf ich Ihnen heute dienen, Prinzessin Lillifee?»

Das war nun definitiv zu viel des Guten. Mutter hat offenbar beschlossen, mich ab sofort zu ignorieren. Sie wendet sich resigniert an meinen karierten Chef.

«Entschuldigen Sie, ich habe mich noch gar nicht vorgestellt, ich bin Tessa Moreno.» Den Zusatz «Toms Mutter» lässt sie geflissentlich weg. Das ist ihr wohl zu peinlich. «Sind Sie auch im Kaviargeschäft?»

Mutter scheint ihn nicht erkannt zu haben. Und das, obwohl sie ihn doch neulich im *Maxims* noch so dringend kennenlernen wollte. Na ja, vermutlich liegt das an Rolfs Highlander-Kostümierung.

«Nein, Prinzessin Lillifee, das bin ich nicht. Ich bin Toms Chef. Wir machen Reklame. Re-kla-me.» Er vergewissert sich mit einem fragenden Blick bei mir, ob er sich auch korrekt verhält, und wiederholt dann sicherheitshalber nochmal langsam und deutlich: «Also ich bin Toms Chef.» Zur Verdeutlichung pikst er sich mit dem Zeigefinger in die Brust. Möglicherweise hat er als Geschäftsführer einer Werbeagentur ja Erfahrung im Umgang mit Irren, denn er kommt wirklich überzeugend rüber. «Ich habe eine Werbe-a-gen-tur. Wir machen Re-kla-me. Anzeigen und kleine Filme und so. An-zei-gen und ...»

«Ich weiß sehr wohl, was Reklame ist», unterbricht ihn Mutter barsch, und es klingt wie *Ich weiß sehr wohl, dass in der Werbebranche alle einen an der Waffel haben.* «Werbung eben ...»

«Jaaaa! Werbung, ganz genau!», ruft Rolf nun ekstatisch und macht ein Gesicht, als sei ihm gerade auf dem Gebiet der Hautalterungsforschung der entscheidende Durchbruch gelungen.

«Na, dann ist ja alles bestens», versuche ich die Situation zu entschärfen, ehe Mutter vollends durchdreht. Aufmunternd nicke ich Marc zu, der vor schätzungsweise fünf Minuten das Atmen eingestellt hat. «Mutter und ich gehen jetzt erst mal in Ruhe einen Wein trinken. Und wir», ich fuchtele mit der Hand vor Rolf und Marc herum, «sehen uns spätestens morgen beim Frühstück wieder.»

Puh, so weit, so gut! Energisch packe ich Mutter am Arm, Melanie an der Leine und schleife beide zur Hotelbar. Aber während der Hund sich ausnahmsweise mal meinem Willen beugt, fängt Mutter an zu zänkeln. «Sag mal, hast du sie noch alle? Was soll denn das Theater?»

Ich verstärke meinen Griff, sodass sie es nicht schafft, stehen zu bleiben. Was sie allerdings sehr wohl schafft, ist, mich mit Vorwürfen zu bombardieren. «Erst lässt du mich am Flughafen sitzen, dann behandelst du mich wie eine Irre, und jetzt führst du mich ab, als sei ich eine Terroristin. Hast du den Verstand verloren?»

«Nein, aber du.»

«Bitte?»

«Du hast den Verstand verloren, jedenfalls glauben das meine Kollegen.»

«Die glauben *was*?»

«Ach, Mama. Du musst mir helfen.» Ich bleibe stehen, lockere den Griff an ihrem Arm und senke beschämt den

Kopf. «Ich stecke ganz schön in Schwierigkeiten. Und dass du hier aufkreuzt, macht die Sache auch nicht leichter.»

Mutter sieht nicht so aus, als hätte sie verstanden, was hier vor sich geht. Aber dass ich mich so devot gebe, stimmt sie augenblicklich etwas milder. Sie mustert mich von der Seite.

«Ich glaube, ich brauche jetzt erst mal einen Schnaps.[10] Gibt es hier irgendwo eine Bar?», fragt sie mechanisch und hakt sich bei mir unter. Diesmal wohlgemerkt freiwillig.

«Im ersten Stock. Da wollte ich ohnehin gerade mit dir hin.»

Melanie zuliebe nehmen wir den Fahrstuhl und stehen wenig später auf dem mit Kerzen dekorierten Flur zur Hotelbar. Wir ergattern einen Platz am Fenster, von dem aus man einen erstklassigen Blick auf den beleuchteten Pool hat.

Erschöpft lasse ich mich in einen Polstersessel sinken und studiere die Getränkekarte. Wäre doch gelacht, wenn man hier seine Sorgen nicht loswird. Ich entscheide mich für einen Martini-Cocktail, Mutter verlangt es nach etwas Prickelndem. Sie wählt Sekt auf Eis, und noch bevor der Kellner mit unserer Bestellung abzieht, legt sie wieder los.

«Wieso um alles in der Welt denken deine Kollegen denn, ich hätte den Verstand verloren? Und wieso hast du immer noch diesen –» Sie blickt angewidert unter den Tisch. «Diesen Hund.» Sie sagt es so, wie andere Leute *Herpes* oder *Eiterpickel* gesagt hätten. «Woher hast du den überhaupt?»

«Von Elisa.»

«Von Elisa?»

«Na ja, genau genommen von einem unterbelichteten Vollidioten, der im Alm-Outfit auf dem Weg nach Kanada ist und den Klops deshalb Elisa angedreht hat. Und die ...» Ich verziehe spöttisch den Mund. «... liebt das Vieh abgöttisch.»

Mutter sieht aus, als könnte sie nicht glauben, dass wir von derselben Elisa sprechen. «Und warum bist *du* dann mit ihm unterwegs?», fragt sie, als hätte jemand einen Fluch über unserer Familie ausgesprochen.

«Ach, das ist eine lange Geschichte.» Um das Thema zu wechseln, presche ich mit einer Frage vor. «Wie bist du denn eigentlich vom Flughafen ins Hotel gekommen?»

«Nachdem ich annehmen musste, dass niemand kommt, um mich abzuholen, wollte ich mir einen Leihwagen mieten. Dort am Schalter habe ich dann einen sehr netten Herrn aus München kennengelernt, und stell dir vor», sie macht eine Pause und hebt bedeutungsvoll die Augenbrauen, «zufällig wollte er auch in dieses Hotel!»

Tja, so etwas passiert auch garantiert nur meiner Mutter. Hätte *ich* am Flughafen jemanden kennengelernt, wäre der vermutlich weiter nach Sibirien geflogen.

Der Kellner stellt die Drinks vor uns ab, und wir stoßen an. Als der Alkohol durch meinen Körper fließt, fange ich langsam an, mich zu entspannen. Am liebsten würde ich diesen Tag aus dem Kalender streichen.

Doch Mutter bohrt unbarmherzig weiter. «Also, was sollte jetzt vorhin diese verkorkste Begrüßung? Du hast ja so getan, als sei ich völlig plemplem. Wie unangenehm – vor deinem Chef.»

An der Art, wie sie *Chef* sagt, erkenne ich, dass sie Rolf offenbar inzwischen doch mit dem Typen in Verbindung bringt, den sie im *Maxims* durch die Fensterscheibe bewundert hat.

Bei Elisa geht so etwas schneller. Sie erkennt Leute innerhalb von Sekunden, auch wenn sie nur ein einziges Mal bei RTL-*Explosiv* oder in der *Gala* zu sehen waren. «Guck doch mal, da drüben», sagt sie dann beispielsweise, «dort steht Jeannette Biederman.» Und während ich mich noch frage, wer zum Geier das sein soll, erklärt Elisa: «Die hat doch 2004 die *Goldene Kamera* in der Rubrik *Pop National* bekommen!» Aber anstatt dieses Wissen gewinnbringend bei Günther Jauch einzusetzen, lästert sie dann los. «Die blöde Schnepfe hatte damals sogar das gleiche Kleid an wie ...»

Kurz spiele ich mit dem Gedanken, Mutter mein Herz auszuschütten und ihr die ganze Geschichte zu beichten, aber ich fürchte, das ist keine gute Idee. Bei dem Gedanken an ein Enkelkind würde sie schlichtweg ausflippen und mich ganz nebenbei mit Vorwürfen überhäufen. Schließlich machen Kinder alt.

«Also, Tom, was ist hier los?»

«Tja, das lässt sich so auf die Schnelle nicht leicht erklären.»

Frauen können aber auch hartnäckig sein, wenn sie erst mal ein Geheimnis gewittert haben!

Ich nehme einen tiefen Schluck von meinem Cocktail und erzähle erst einmal die Geschichte vom hirnbefreiten Knipser, von Dimitri und seiner Yacht und schließlich auch von dem Kaviarschmuggel. Mutter ist sichtlich beeindruckt.

«Und wie willst du dem Russen klarmachen, dass er den Mops nicht behalten kann?»

«Gar nicht.» Unsicher, ob Melanie das Gespräch nicht vielleicht belauscht, schiele ich unter den Tisch. Sie schnarcht.

«Aber ich dachte, es ist Elisas Hund», hakt Mutter jetzt nach.

«Es *war* Elisas Hund. Jetzt gehört er Dimitri.»

«Und was sagt Elisa dazu?»

«Sie weiß es noch nicht.»

«Herrrje, Tom! So kannst du doch nicht mit deiner Freundin umgehen.»

Ich rolle mit den Augen, was so viel heißen soll wie *Misch du dich da gefälligst nicht ein.*

«Und warum denken deine Kollegen nun, ich sei verrückt?»

Harrr. Dieses Thema ist auch nicht viel besser.

«Das war ein Witz.»

«Ein Witz?!?»

«Ganz genau.»

«Was genau sollte daran witzig sein?»

Tja, gute Frage. «Äh, ich wollte dich ein bisschen ärgern. Weil du einfach unaufgefordert hier aufgetaucht bist.» Das ist nicht mal gelogen. Aber ich kann ihr jetzt unmöglich die ganze Wahrheit erzählen.

Mutter ist noch nicht überzeugt. «Aber die haben sich mir gegenüber als die viel größeren Irren verhalten.»

«Nun, der Vorschlag, dass wir dich Prinzessin Lillifee nennen sollen, kam immerhin von dir.»

«Weil du mich provoziert hast!»

«Weil ich *Mama* zu dir sage? Ich finde wirklich, vierunddreißig Jahre sind genug Zeit, um sich daran zu gewöhnen, dass man einen Sohn hat.»

Möglicherweise rede ich gerade Schwachsinn. Es könnte ja durchaus sein, dass auch ich vierunddreißig Jahre brauche, um mich daran zu gewöhnen, einen Sohn zu haben. Wer weiß? Allerdings verhält sich die Situation hier ein klitzekleines bisschen anders. Mutter hat mich definitiv irgendwann mal haben wollen, auch wenn sie das im Moment vielleicht nicht so zeigen kann.

«Aber selbst dein Chef hat mit dieser Lillifee-Geschichte weitergemacht. So etwas gehört sich doch nicht.»

«Weißt du, Mama, mein Chef ist Werber. Das sind keine normalen Menschen. Das sind Leute, die tun manchmal total schräge Dinge. Dabei darf man sich nun wirklich nichts denken.»

Auch das war nicht gelogen. Und gerade als ich hoffe,

dass sich mein Karma langsam wieder verbessert, sehe ich Rolf, Marc und Frank die Bar betreten. Zielstrebig steuern sie einen Tisch in sicherer Entfernung zu uns an. Marc und Frank unterhalten sich angestrengt und tun so, als würden sie uns nicht sehen. Nur Rolf winkt fröhlich herüber und imitiert dann noch eine japanische Begrüßungszeremonie, inklusive waschechter 30-Grad-Verbeugung.

«Siehst du? Der Mann ist zu allem fähig.»

Mutter scheint mir langsam zu glauben und blickt stur durch Rolf hindurch, als hätte sie ihn nie zuvor gesehen. Tja, ich würde sagen – das läuft doch super!

«Oh!» Mutter scheint plötzlich entzückt. «Siehst du dort vorn den Herrn in *Bleu*?»

«In was?»

«Bleu. Blau. Also der mit dem blauen Hemd und der passenden Krawatte, der im *Spiegel* liest.»

Sie kann unmöglich Rolf meinen.

«Den mit den rötlichen Haaren», fügt sie zur Erklärung an. «Das ist der Herr, mit dem ich vom Flughafen hierhergefahren bin.»

«Aha.» Na, der Typ macht nicht gerade den Eindruck, als hätte er mit meiner Mutter irgendetwas gemeinsam. Obwohl ... Ein bisschen sieht er nach Hausstauballergie aus. Vielleicht hat Mutter ihrem Berufszweig alle Ehre gemacht und ihm aus dem reichen Fundus der klassischen Homöopathie ein Heilwässerchen angepriesen?

«Huhu!» Mutter winkt ihm euphorisch zu, und er kann gar nicht anders, als jetzt zu uns herüberzuschauen.

Er grüßt höflich zurück und konzentriert sich gleich darauf wieder auf seine Zeitschrift. Hm, kommt mir irgendwie bekannt vor, der Typ. Nur woher? So langweilig, wie der aussieht, könnte es der Elektrofachverkäufer vom Media Markt in meiner Nachbarschaft sein. Mit dem hatte ich neulich

länger zu tun, weil Elisa unseren Föhn zum Trocknen einer Jeans benutzt hat. Dummerweise ist sie aber nach neunzig Minuten an der Heizspirale des Geräts gescheitert, das daraufhin mit einem matten *Klack!* den Geist aufgab. Aber dieser Schnarchzapfen von Verkäufer berief sich stoisch auf die Gebrauchsanleitung, laut der man den Haartrockner keinem eineinhalbstündigen Dauerbetrieb aussetzen dürfe. Auch nicht um eine *J Brand M.Blue Pencil Leg Hightide Jeans* zu trocknen.

Nein, ich glaub, das ist er doch nicht. Der Media-Markt-Fuzzi sah irgendwie mehr nach Gallenleiden als nach Hausstauballergie aus.

«Er leidet unter Schuppenflechte», flüstert Mutter mir prompt zu, und ich frage mich erstens, wie sie das während der kurzen Fahrt aus ihm herausbekommen hat, und zweitens, ob Homöopathen keiner Schweigepflicht unterliegen.

«Aha.» Mein Interesse an den Krankheitsgeschichten der Promis hält sich ja schon in Grenzen. Das von Verkäufernasen tendiert allerdings gegen null.

«Das ist bei ihm alles stressbedingt. Seine Frau ist hochschwanger, außerdem ist er als Rothaariger ohnehin anfälliger für Hautirritationen.»

«Aha.»

«Kannst du auch noch was anderes sagen als ‹Aha›?»

«Seine Frau ist hochschwanger, und deshalb muss er vor der Niederkunft noch schnell in Montenegro seinen stressbedingten Hautausschlag kurieren? Kommt dir das nicht komisch vor?»

Mutter hat sich offenbar vorgenommen, nie wieder etwas wunderlich zu finden. «Manche Männer sind eben so. Dein Vater zum Beispiel –» Ihre Augen sprühen plötzlich Feuer. «Der ist auch *verreist*, als ich hochschwanger war.»

Fehler! Das Thema hätte ich besser weiträumig umschiffen sollen. Die Geschichte von meinem Vater, der mit seiner Ehefrau auf Weltreise ging, *nachdem* er meine Mutter geschwängert hatte, taugt nämlich definitiv nicht als Gesprächsstoff für einen entspannten Cocktail-Abend.

Unauffällig blicke ich erneut zu dem Rothaarigen. Er macht gar nicht den Eindruck eines Drückebergers. Er macht allerdings auch nicht den Eindruck, als wüsste er überhaupt, wie man eine Frau schwängert. Wobei – das traut man ja selbst mir nicht mal mehr zu. Ich sollte mich also mit Vorurteilen besser zurückhalten.

Als der Rabenvater mit der Schuppenflechte jetzt den Kopf hebt, begegnen sich unsere Blicke, und ich weiß sofort: Das ist nicht der schnarchige Verkäufer vom Media Markt, der mich wegen des Föhns verfolgt. Nein, das ist ein anderer Idiot.

Das ist Urs Cremand. Lydias Mann!

Vor Schreck hätte ich beinahe nach der Hand meiner Mutter gegriffen. Hilfe, was macht der denn auf einmal hier? Ob er mich erkannt hat? Wir sind uns nur ein einziges Mal begegnet, und zwar vor nicht ganz einem Jahr, als ich der kompletten Familie Cremand unsere Ideen für die Puddingkampagne präsentierte und nebenbei aus Versehen mit seiner Frau geschlafen habe. Damals wirkte Urs so debil, sodass er es vermutlich gar nicht mitbekommen hat.

Nein, ich glaube nicht, dass er mich erkannt hat. Und selbst wenn: Er hat mit Sicherheit keine Ahnung, von wem das Kind ist. Nur dass es nicht von ihm ist, das dürfte ihm eigentlich klar sein. Immerhin muss man dafür mit seiner Frau schlafen.

Wie Lydia ihm das mit der Schwangerschaft wohl verklickert hat? Vermutlich gar nicht. Das wäre jedenfalls typisch Frau. Die Nummer kenne ich von zu Hause. Elisa trifft auch andauernd Entscheidungen, in deren Planung sie mich

 nicht einbezieht, aber später einfach das Gegenteil behauptet. «Das hast du vergessen», sagt sie dann in mitleidigem Tonfall, und ich weiß genau, dass sie lügt. Aber Protest ist zwecklos, denn weiblichen Argumentationsketten fehlt es meiner Meinung nach meist nicht nur an Logik, sondern auch an Plausibilität. Aber was soll man machen?

Wahrscheinlich würde Lydia die Sache mit der Vaterschaft genauso angehen: «Übrigens, Urs, der Typ im Gästezimmer, das ist Tom. Er ist der Erzeuger deines Sohnes und lebt von heute an bei uns. Aber das habe ich dir ja alles bereits erzählt.»

ARRRGH. NEIN! ICH WERDE NICHT NACH MÜNCHEN ZIEHEN.

Eilig wecke ich den schlafenden Mops, werfe einen Haufen Geldscheine auf den Tisch und ziehe Mutter hinter mir her raus aus der Bar. Mir hat es irgendwie die Stimmung verhagelt. Warum um alles in der Welt ist Urs Cremand wohl angereist?

Gut, klar, seine Frau ist hochschwanger, aber er scheint mir nicht gerade der Typ Mann, der bei einer Saugglockengeburt souveräne Hilfestellung leisten könnte.

O Mann, plötzlich habe ich folgendes Bild vor Augen: Urs beugt sein schuppenflechtiges Haupt über *meinen* neugeborenen Sohn und strahlt ihn stolz an.

Bäh! Der arme Junge. Der sieht dann nicht nur rot, der kriegt außerdem einen Schock fürs Leben! Ein Geburtstrauma, sozusagen.

24. Kapitel

«Das darf doch wohl nicht wahr sein!»

Nach einer unruhigen Nacht sitzen wir am nächsten Morgen gemeinsam beim Frühstück, und Rolf brüllt in sein Handy, als wäre er allein im Frühstücksraum. Offenbar gibt es schlechte Nachrichten von den Kollegen aus Hamburg.

«Wir brauchen die PDFs aber heute! Morgen ist es zu spät! Was ist denn daran so schwer zu verstehen?», schreit er unbefangen weiter und lässt seine Augen hinter den Brillengläsern hin- und herkullern.

«Klaus! Hör sofort auf, mir diesen Technik-Quatsch zu erläutern, davon verstehe ich ohnehin nichts. Ich will die Fotos, und zwar spätestens –» Er guckt auf die Uhr. «Bis zum Mittag!»

Wütend legt er auf und schüttelt mehrfach den Kopf. «Die haben ein Problem mit der Technik. Irgend so einen Server-Fehler, keine Ahnung, wie der Fachausdruck war. Fest steht nur …» Rolf macht eine Pause und schnappt sich einen Toast aus dem Brotkörbchen. «… dass wir Frau Cremand die Layouts frühestens am Nachmittag zeigen können. Dann ist es allerdings schon fast zu spät, sollte ihr noch etwas missfallen. Vivian und Noemi reisen nämlich bereits morgen ab. Und ohne die geht es ja nun wirklich nicht.» Er beißt ein Stück Toast ab, kaut und spült anschließend mit etwas magenzerfetzendem Kaffee nach.

«Also, ich hätte dann übrigens auch keine Zeit mehr. Ich

 bin nämlich übermorgen schon von einem anderen Kunden gebucht.» Der Knipser lehnt sich wichtigtuerisch in seinem Stuhl zurück. «Für ein Mode-Shooting. Tja, tut mir leid.»

UND WEISST DU, WAS MIR LEIDTUT? DASS DEINE ELTERN GESCHWISTER WAREN!

«Dann können wir ja den Vormittag freimachen, oder?», fragt Marc, und es klingt unverhalten wie eine freudige Feststellung.

«Na ja, irgendjemand sollte wenigstens mal nach der Kundin sehen.» Rolf schaut auffordernd in die Runde. «Ich meine, wir können sie ja nicht einfach so auf sich gestellt im Krankenhaus liegen lassen.»

«Am besten jemand, der dolmetschen könnte, falls sie etwas mit dem Arzt besprechen möchte?», frage ich bemüht beiläufig und hoffe so, den Knipser für den Vormittag loszuwerden.

Aber der Knipskalli fühlt sich natürlich nicht verantwortlich, sondern schaufelt sich stillschweigend noch einen Berg Rührei auf den Teller.

Eventuell war mein Vorstoß auch gar nicht so geschickt. Nicht auszudenken, wenn das Baby während seines Besuchs überraschend kommt. Dann ist das Erste, was mein Sohn von dieser Welt zu sehen kriegt, nicht der schuppenflechtige Rotschopf, sondern die hirnverbrannte Visage des Knipsers! Von dem Schock erholt sich der Zwerg ja bis zum Renteneintritt nicht.

Andererseits habe *ich* aber auch keine Lust, ins Krankenhaus zu fahren. Am Ende gibt es dort noch ein Showdown im Kreißsaal – furchtbare Vorstellung!

«Äh, ich glaube, für Lyd– ... also für Frau Cremand ist gesorgt. Ihr Mann ist gestern angereist.»

Alle sehen mich an, als hätte ich gesagt, dass Frau Merkel

meinen Brief bekommen hat und nun höchstpersönlich bei der Geburt Lydia die Hand halten wird.

«Ihr Mann ist angereist?», fragt der Knipser und lässt seine Gabel fallen. «Warum?»

«Vielleicht weil sie hochschwanger ist?» Auch Marc scheint langsam das Ende der Knipser-Ära herbeizusehnen.

«Ja, aber ...»

«Nichts aber», unterbricht ihn Rolf.

HA! JETZT IST DIE ANBAGGEREI ZU ENDE, DU VOLLGEFRESSENE KNIPSKRÖTE!

«Also, Dimitri hat doch gestern erklärt, dass Marija mit dem Krankenhaus Kontakt hält», erkläre ich und versuche, die Lage zu entspannen. «Sie wird uns mit Sicherheit benachrichtigen, falls unsere Hilfe benötigt wird. Bis dahin sollten wir die Familienidylle besser nicht stören.»

Ich hoffe, man hat mir angehört, dass ich das Thema nicht länger diskutieren möchte. Mir ist das nämlich irgendwie unheimlich. Kinderkriegen an sich ist für Männer ja schon beängstigend. Ich meine, da ist dieser unaufhaltsam wachsende Bauch (kann man da überhaupt noch Sex haben?), dann die Vorstellung, dass in deiner Frau etwas wächst, das auf Ultraschallfotos nicht besonders vielversprechend aussieht (Alien!) und außerdem noch diese ständige Vorfreudeheuchelei – entsetzlich. Dazu der anstrengende Alltag mit einer hormonkontaminierten Frau, deren Rückverwandlung in eine anschmiegsame Sexgöttin von der Wahrscheinlichkeit her vergleichbar ist mit einem Jahrhundertsommer. Nein, danke!

«Guck mal, Tom, da ist deine Mutter.» Marc winkt in Richtung eines abgelegenen Ecktisches.

Zu meinem großen Entsetzen ist Mutter gerade dabei, ein geschmiertes Brötchen in ihrer Handtasche verschwinden zu lassen. O Gott, wie peinlich! Als sie durch Marcs Winken

auf uns aufmerksam wird, beschließt sie offenbar, dass man mit Werbern, die laut meiner Aussage keine normalen Menschen sind und nur schräge Dinge tun, nicht näher in Kontakt treten sollte. Sie ignoriert Marcs Geste und sieht sich nach allen Seiten um, als hätte sie vor, auch noch das komplette Gedeck in ihrer Tasche verschwinden zu lassen. Dann macht sie sich auf den Weg in die Lobby. Ich sag es nochmal: wie peinlich!

«Hm», überlegt Rolf, «sie hat uns anscheinend nicht erkannt. Es steht wohl doch schlimmer um sie, als es gestern den Anschein hatte.»

Wie bitte? Ich finde ja, es hatte gestern bereits den Anschein, als sei sie die Zwillingsschwester von Norman Bates, aber offenbar ist Rolf Schlimmeres gewöhnt.

«Tom, ich finde, du solltest ihr folgen und dich um sie kümmern. Wir treffen uns dann spätestens um zwölf Uhr in der Lobby, und du bringst bitte dein Laptop mit den heruntergeladenen PDFs mit.» Seine Stimme duldet keinen Widerspruch.

«Aber ich bin doch noch ...» Ich starre auf das jungfräuliche Rührei auf meinem Teller.

«Tom! Geh und sieh nach deiner Mutter!»

Frank und Marc grinsen im Akkord, und ich schwöre Rache. Danke, Mama, dass du mich hier zum Gespött der Kollegen machst! Widerwillig stehe ich auf.

Mutter wartet in der Lobby auf den Fahrstuhl. Noch immer sieht sie aus, als wäre jemand hinter ihr her.

«Mama! Ich dachte, du wolltest das Frühstück ausfallen lassen. Warum bist du also hier?»

«Jetzt reg dich nicht auf, Liebes. Ich bin doch gleich aufgebrochen, als ich euch gesehen habe. Die Luftveränderung hat mich einfach umgehauen – ich habe tatsächlich verschlafen!»

Tja, schade, dass sie nicht in einen hundertjährigen Dornröschenschlaf gefallen ist.

«Du, sag mal», Mutter blickt mich verschwörerisch an, «ist dein Chef wirklich verheiratet? Ich meine, dann kann er doch sooo unnormal nicht sein, oder?»

Die Fahrstuhltür öffnet sich, und ich ziehe meine Mutter hinein. «Mama, bitte! Lass die Finger von Rolf! Der Typ ist verheiratet *und* unzurechnungsfähig. Haben wir uns verstanden?»

«Jetzt reg dich doch nicht gleich so auf.» Sie drückt aufs Etagenknöpfchen und amüsiert sich sichtlich über meine Panik.

«Ich soll mich nicht aufregen? Ich hatte hier auch ohne dich schon genug Ärger. Aber wenn du mir jetzt auch noch Stress machst, schicke ich dich gleich wieder nach Hause.»

Mutter schaut belustigt an mir herunter. «Ich mache doch gar nichts.»

«O doch! Du hängst hier herum, stempelst mich vor meinen Kollegen zum Muttersöhnchen ab und stiehlst Brötchen. Das nennst du nichts? Außerdem hast du ein Auge auf meinen Chef geworfen, und wo das hinführt, haben wir ja bei Luke schon gesehen.»

Mutters Lächeln gefriert. «Und wie soll ich mich deiner Meinung nach angemessen verhalten?»

Die Ironie in ihrer Stimme entgeht mir nicht. «Unauffällig.»

Der Fahrstuhl hat Mutters Etage erreicht, und sie steigt aus. Kurz dreht sie sich noch einmal zu mir um. Jetzt grinst sie wieder. «Ich denke drüber nach. Aber sag nicht *Mama* zu mir!»

SIE DENKT DRÜBER NACH? HALLO? DAS WAR EIN BEFEHL! Wie kann sie sich so schamlos darüber hinwegsetzen?

Genervt fahre ich eine Etage höher und gehe auf mein Zimmer. Lange halte ich den Zirkus hier wirklich nicht mehr durch.

Melanie zeigt Begeisterung, als ich die Tür aufschließe, und ich bin fast ein bisschen gerührt. Wenigstens eine, die mich lieb hat! So viel ehrliche Freude muss belohnt werden, denke ich mir, und schleife den verdutzten Hund hinter mir her zum Strand. Dort beabsichtige ich nämlich, den freien Vormittag im Liegestuhl an einer der Bars abzuhängen und einfach mal drei Stunden nichts zu tun. Jawohl!

Anfangs weiß Melanie meine großzügige Geste durchaus zu schätzen, doch bereits nach kurzer Zeit legt sich ihre Euphorie, und sie beginnt zu trödeln. Genervt ziehe ich sie weiter.

Die Altstadt erwacht gerade zum Leben: Markisen werden ausgefahren, Fensterscheiben geputzt und Treppenstufen gefegt. In zahlreichen Restaurants sind die Köche schon bei den Vorbereitungen fürs Mittagessen, und die Restaurantbesitzer platzieren Aufsteller, um das heutige Tagesmenü anzupreisen. Bereits in einer Stunde werden hier die ersten Touristenschwärme erwartet, und dann möchte man schließlich möglichst viele Gäste anlocken.

Melanies Begeisterung für den Ausflug ist nun endgültig erloschen. Sie beginnt zu röcheln und will auf den Arm. Unfassbar. Fünf Minuten schaffe ich es noch, sie abzulenken, dann gebe ich auf. Schließlich brauche ich den Hund lebend, sonst lässt der Russe mich köpfen.

Resigniert hebe ich sie hoch, klemme mir das Vieh unter den Arm und nehme Kurs auf den Strand. Hoffentlich hat die Strandbar überhaupt schon geöffnet, damit Herr und Hund dort eine Verschnaufpause einlegen können.

Bingo!, ich habe Glück. Zwar ist der Kellner noch mit dem Aufbau der Tische und Liegestühle beschäftigt – was hier erfahrungsgemäß nicht allzu schnell vonstatten geht –, aber ich darf bleiben. Einen solchen Job hätte ich auch gern: Nach jedem aufgebauten Liegestuhl muss entweder ein wichtiges Telefonat geführt oder eine Zigarette geraucht werden. Nebenbei wird außerdem der Konsonantenaustausch mit Kollegen gepflegt und das Mitsingen von Liedern geübt, die aus den schrammeligen Lautsprechern tönen. Und da behaupte nochmal einer, Männer könnten nicht mehrere Dinge gleichzeitig bewerkstelligen!

Ich entscheide mich für ein sonniges, bereits fertig hergerichtetes Plätzchen direkt am Wasser. Im Schatten unter meinem Liegestuhl grabe ich eine kleine Mulde und ermuntere den Hund sich dort hineinzulegen. Melanie sieht mich misstrauisch an.

«Jetzt hab dich doch nicht so», beruhige ich sie. «Da drin behältst du einen kühlen Kopf und einen noch kühleren Bauch. Los jetzt!»

Offenbar überlegt sie noch, ob es mir zuzutrauen ist, dass ich sie bei lebendigem Leibe in der Mulde verschütte – und ich kann ihr den Gedanken nicht einmal verübeln. Aber das wurrrde ich Chagoi naturrrlich nicht antun ... Höhö.

Zögernd lässt sich der Hund in die Kuhle plumpsen und sieht mich nach Lob lechzend an.

«Ja, braver Hund.»

Aber Melanie wäre nicht Melanie, hätte sie nicht irgendetwas auszusetzen. Dieses Mal scheint ihr die Aussicht nicht genehm, was vermutlich daran liegt, dass der fette Hals zu kurz ist, um aus dem Erdloch heraus den Meerblick zu genießen.

Ich glaube es selbst kaum, aber ich stehe tatsächlich wieder auf, hebe Melanie kurz aus der Kuhle, schütte das Loch ein wenig zu und setze sie erneut hinein. Jetzt scheint die

 Dame zufrieden, denn sie gibt ein versöhnliches Grunzen von sich und schließt die Augen.

Sie schließt die Augen!? Und dafür habe ich ihr jetzt den Meerblick verschafft? Da haben wir es wieder: Frauen sind einfach nie zufrieden. Jedenfalls nicht mit der einfachen Lösung.

Elisa zum Beispiel ist theoretisch eine sehr genügsame Person. Ihr genügt ein Fahrrad mit nur zwei Gängen, ein iPod mit einem halben Gigabyte Speicher, zwei Paar Schuhe und ein Handy ohne viel Schnickschnack. Theoretisch. In der Praxis ist es ihr jedoch außerordentlich wichtig, dass sie zehn Gänge am Rad zur Auswahl hat, zweiunddreißig Gigabyte Speicher auf dem iPod, fünfundvierzig (!) Paar Schuhe und ein Handy, mit dem man vermutlich eine Cruise Missile lenken könnte. Immerhin *könnte* sie all diese Dinge benutzen, darauf legt sie großen Wert. Ist doch irre, oder?

Und genauso verhält es sich auch bei Melanie, die in keiner Weise beabsichtigt, von ihrem Meerblick Gebrauch zu machen. Im Gegenteil. Sie schnarcht bereits so laut, dass der Kellner mir missbilligende Blicke zuwirft. Zum Glück bin ich aber momentan noch der einzige Gast, und so sieht er von einer Beschwerde ab. Um ihn weiterhin gnädig zu stimmen, werfe ich einen ausgiebigen Blick in die Speisekarte und täusche eine Großbestellung an.

Unter der einheimischen Essensbezeichnung steht jeweils die dazugehörige Übersetzung. Immerhin in vier Sprachen! Bei der deutschen Fassung muss ich laut lachen. Denn da wurde jemand ganz gehörig verarscht. Statt *Gartensalat* steht hier nämlich: *Gärtnern Sie Salat*. Man kann darüber hinaus *vollgestopfte Muscheln* und einen *gedämpften Fischteich* bekommen. Wahnsinn!

Vorsichtshalber bestelle ich nur ein einheimisches Flaschenbier und deute mit fragendem Blick auf den sägenden Hund. Der Kellner begutachtet Melanie einen Moment mit gerunzelter Stirn. Vermutlich überlegt er, ob sie im gedämpften Fischteich Platz finden könnte. Doch dann dreht er sich erleuchtet um und bringt für mich ein Bier und für den Hund ein Schüsselchen Wasser.

Melanie erwacht hocherfreut aus ihrem Koma, schlabbert gierig die Flüssigkeit in sich hinein, bekommt davon einen Schluckauf und krabbelt verschämt hicksend wieder zurück in ihr Erdloch.

Zwei vorbeischlendernde Frauen bleiben einen Moment fasziniert stehen und tuscheln. Natürlich verstehe ich kein Wort, und sie gehen kichernd weiter.

So langsam gewöhne ich mich daran, von Frauen belächelt und von Männern ausgelacht zu werden. Schon krass, was man so ertragen kann, wenn man muss. Aber zum Glück bekommt der Hund ja bald die russische Staatsangehörigkeit und verschwindet für immer aus meinem Leben.

Genau wie Elisa. Denn ich kehre nicht mit dem Hund, dafür aber mit einem Baby zurück. Und um mir diese zwei Riesenpatzer zu verzeihen, müssten sich in ihrem Erbgut vermutlich Gene vom Dalai Lama, Mutter Teresa und dem Papst finden lassen, was ich für unwahrscheinlich halte.

Aus Angst, dass Elisa ihr Handy schneller wieder aufgeladen hat, als mir eine Idee gekommen ist, wie ich aus dieser verkorksten Situation entkomme, habe ich mein Telefon gestern nach Mutters Eintreffen einfach ausgeschaltet. Bloß keine vorschnellen klärenden Gespräche! Vielleicht ist jetzt ein geeigneter Zeitpunkt, sich eine neue Strategie zu überlegen?

Nein, wohl nicht, denn nach dem zweiten Bier nicke ich ein und wache erst auf, als es leider schon zu spät ist. Denn in der prallen Sonne scheint sich mein Hirn ausgedehnt zu

haben und versucht nun, durch Sprengung der Schädeldecke mehr Platz zu schaffen. Denkprozesse sind jedenfalls nicht mehr möglich.

Stöhnend erhebe ich mich. Dem Hund scheint es ähnlich zu gehen, obwohl er weder Bier noch Sonne abbekommen hat. Aber der Blick aus seinen halb zugeklappten Augen kann nur eins bedeuten: Lass mich bloß in Ruhe!

«Daraus wird nichts, meine Liebe», erkläre ich und drücke dem vorbeihetzenden Kellner sein Geld in die Hand. «Es ist bereits kurz vor zwölf, und mein freier Vormittag neigt sich dem Ende zu.»

Vergeblich versuche ich, den Hund zum Aufstehen zu motivieren. Melanie würde mir jetzt am liebsten die Achillessehne durchbeißen, aber es fehlt ihr an Kraft.

«Ich weiß, was du mir sagen willst, aber zurück zum Hotel musst du noch durchhalten. Dann gebe ich dir auch den Rest des Tages frei.» Ich finde, das ist ein faires Angebot, und auch Melanie scheint einen Moment darüber nachzudenken. Doch sie entscheidet sich dagegen. Mit letzter Kraft stemmt sie die dicken Beine in ihr Erdloch und sieht mich bockig an.

«Äh ... welchen Teil davon hast du nicht verstanden?»

Statt einer Antwort lässt sich der Klops wieder auf den Hintern plumpsen und dreht den Kopf gelangweilt weg. Wie ich das hasse! Jeden Tag aufs Neue diese Diskussion. Warum hat man ausgerechnet mit kleinen Hunden dauernd Probleme? Ich kann mich nicht erinnern, dass ich schon mal irgendjemanden gesehen habe, der seine dänische Dogge spazieren trägt oder sie hinter sich herschleifen musste. Hier muss dringend mal eine Grundsatzdiskussion geführt werden, aber das kann Dimitri zu gegebener Zeit dann ja selbst übernehmen.

Aus Zeitgründen gebe ich schließlich nach, mache mich

mit dem Hund unterm Arm auf den Rückweg und setze Melanie erst ab, als das Hotel bereits in Sichtweite ist.

Vor dem Haupteingang steht Marc an eine Steinmauer gelehnt und raucht. Als er uns sieht, muss er grinsen.

«Na, ihr beiden Verliebten, wo habt ihr denn gesteckt?»

Statt einer Antwort verziehe ich das Gesicht.

Daraufhin wird Marc geschäftlich: «Äh, Tom, ich versuche seit einer halben Stunde dich zu erreichen, aber dein Handy ist ausgeschaltet.»

«Ach ja. Was gibt es denn?»

«Die Kollegen aus Hamburg haben offenbar größere Probleme mit der Technik, jedenfalls konnten sie noch nichts schicken. Klaus meldet sich, sobald es weitergeht.»

Rolf ist bestimmt kurz vorm Durchdrehen. Gut, dass ich nicht hier war.

«Der Chef hat jedenfalls gesagt, wir können vermutlich auch noch den Nachmittag abhängen. Natürlich nur, wenn wir telefonisch erreichbar bleiben.»

«Das hört sich doch gut an.»

«Ja, ne? Frank will ein bisschen schwimmen gehen, er kennt in der Nähe eine Bucht, da soll es super sein. Willste mitkommen?»

Ich höre wohl nicht richtig, entspanntes Rumplanschen mit dem Knipser? «Ich dachte, der Typ kann nicht schwimmen?»

«Kann er auch nicht. Aber vor den Mädels will er wenigstens mit seiner Ortskenntnis prahlen.»

«Mädels?»

«Noemi und Vivian kommen auch mit.»

Aha. Dann hoffe ich mal, dass der Knipser eine andere Bucht ansteuert als Vivian neulich Abend. Am Ende erzählt sie in einem Anflug von Nostalgie doch noch unsere Geschichte.

«Nee, lass mal. Ich bleibe hier. Keinen Bock auf den Knipser.»

«Verstehe.»

Das glaube ich zwar nicht, denn mein vordergründigstes Problem ist mein Brummschädel. Dicht gefolgt von der Tatsache, dass ich weder wild auf ein zweites Date mit Vivian in einer Bucht bin, noch Lust auf Noemis Fragerei bezüglich meiner Vaterschaft habe. Aber ich kann nur hoffen, dass sich die Damen an die Schweigeklausel halten, sonst verklage ich sie.

Nachdem ich Marc versprochen habe, mein Handy wieder einzuschalten – was ich aber lieber doch nicht mache –, schleppe ich mich und den Hund aufs Zimmer und falle dort ermattet aufs Bett.

Puh, kaum zwölf Uhr, und ich bin schon total durch. Und dann noch dieser Kopfschmerz!

In Ermangelung einer Tablette fällt mir als Rettung nur der alte Säufertipp ein: Es muss ein weiteres Bier getrunken werden. Da die Minibar aber noch nicht wieder ordnungsgemäß befüllt wurde, beschließe ich ersatzweise die Hotelbar aufzusuchen. Immerhin ein Ort, an dem man bei strahlendem Sonnenschein und fünfunddreißig Grad im Schatten in Ruhe nachdenken kann. Nicht einmal Mutter würde mich dort um diese Zeit vermuten.

Dieses Mal lasse ich Melanie auf dem Zimmer und fahre mit dem Fahrstuhl in den ersten Stock. In der Bar ist es dunkel. Vor den Fenstern hängen dicke Holzjalousien, mit quergestellten Lamellen, sodass man den Pool nicht sehen kann. Wenn man sich allerdings ein bisschen bückt und von unten durch die Lamellen blinzelt, kann man den blauen Himmel und auch das Meer erkennen.

Hier drinnen ist es perfekt, und die Theke ist sogar schon besetzt. Ich bestelle ein großes gezapftes Pils und steuere die hinterste Ecke des Raums an. Dort werde ich mir jetzt einfach so lange die Kante geben, bis

1. meine Kopfschmerzen verschwunden sind,
2. sich eine Lösung für wenigstens eins meiner Probleme andeutet (oder ich mich an die Katastrophen meines Lebens zumindest nicht mehr erinnern kann),
3. mein Geld aufgebraucht ist.

Von dem Blick durch das Fenster sind meine Augen noch etwas geblendet, sodass ich zu spät registriere, dass ich gar nicht der einzige Gast bin. Jemand sitzt bereits in meiner dunklen Ecke, leider erkenne ich ihn erst, als es fast zu spät ist.

Urs Cremand!

Was macht der denn bei dem schönen Wetter hier drinnen? Darf er mit seiner zarten Haut nicht in die Sonne?

Gerade will ich auf dem Absatz kehrtmachen, um die entgegengesetzte Ecke anzusteuern, da donnert es in meinen Rücken: «Halt!»

Erschrocken fahre ich herum. Urs sitzt kerzengerade in seinem Sessel und deutet mit dem Zeigefinger in meine Richtung.

«Ich habe schon gestern überlegt, woher ich Sie kenne.» Er macht eine Pause und fixiert mich. «Und gerade ist es mir eingefallen.»

Meine Augen haben sich inzwischen an die Dunkelheit gewöhnt, und ich kann die scheinbar farblosen Pupillen in seinem bleichen Gesicht erkennen. Puh, wie gruselig! Der Typ könnte glatt in einem Horrorfilm mitspielen.

Der Kellner kommt mit zwei Bier angetrabt, und ehe ich den Irrtum aufklären kann, stellt er die Gläser auf den Tisch und verschwindet.

Mit dem Zeigefinger, der bis eben noch auf mich gerichtet

 war, deutet Urs nun auf einen freien Sessel am Tisch. «Hinsetzen.»

Normalerweise lasse ich mir ungern Befehle erteilen, aber bei Menschen, die ich insgeheim für unzurechnungsfähig halte und die den Blick einer aufgedunsenen Wasserleiche haben, mache ich schon mal eine Ausnahme.

Vorsichtig gleite ich in den Sessel.

«Prost!», sagt die Wasserleiche und hebt ihr Glas.

Tja, was soll ich sagen. Da sitze ich nun und stoße an mit dem Mann, dessen Frau ich geschwängert habe und der davon (zum Glück) keine Ahnung hat.

Oder vielleicht doch? Unter Umständen hat er den Kellner bestochen, mir ein todbringendes Gift in dem Getränk meiner Wahl aufzulösen? Traue ich Urs das zu?

Jein.

«Meine Frau hält große Stücke auf Sie.»

Hä? Was könnte das bedeuten? Und vor allem: Was erwidert man darauf?

«Schön», erkläre ich und nehme einen tiefen Schluck.

«Sie hätten gute Ideen und seien maßgeblich am Gelingen der Eiskampagne beteiligt.»

LEIDER BIN ICH AUCH MASSGEBLICH AN IHRER SCHWANGERSCHAFT BETEILIGT.

«Tja ... wenn Ihre Frau das so gesagt hat.»

«Ich bin Ihnen auch sehr dankbar, dass Sie sich in den letzten Tagen um ihr Wohlergehen gekümmert haben.»

Habe ich das? War mir gar nicht bewusst. Oder meint er vielleicht im letzten Herbst? Unsicher starre ich in die wässrigen Augen. Sein Blick lässt sich leider nicht deuten.

Das ist doch ’ne Falle.

LOS, SAG SCHON, WAS DU WIRKLICH WILLST. ODER HAU MIR EINFACH EINE REIN, DANN WEISS ICH WENIGSTENS, WORAN ICH BIN!

Nervös stürze ich mein Bier herunter. Urs winkt daraufhin dem Kellner und macht das internationale Zeichen für *Nochmal dasselbe.*

«Die Ärzte glauben, dass das Kind heute kommen wird.» Er richtet seinen Blick wieder auf mich.

«Aha.»

Falls diese Unterhaltung von meiner Seite aus etwas lockerer werden soll, brauche ich dringend mehr Alkohol. Der Kellner scheint Verständnis für meine Lage zu haben, denn in Lichtgeschwindigkeit bringt er Nachschub.

Ich trinke in großen Schlucken, und diesmal hält Urs mit. Ob er sich erst noch Mut antrinken muss, um mir eine reinzuhauen? Dann kann ich nur hoffen, dass er schneller betrunken als mutig wird.

«Wissen Sie, das ist mein erstes Kind. Ich bin ein bisschen aufgeregt.»

UND ICH ERST!

Wir leeren unsere Gläser, als wären wir in einen Wettstreit getreten. Man merkt, dass Urs oktoberfesterprobt ist, denn er liegt mit seinem Humpen vorn. Ich bin allerdings gehandikapt, da ich immer noch hämmernde Kopfschmerzen habe und mich nebenbei auch noch um geistreiche Konversation bemühen muss. Und um eine neue Runde Bier.

«Ist bestimmt alles halb so schlimm», seufze ich und kann nicht glauben, was ich da sage.

Halb so schlimm? Ich glaube, ich hab sie nicht mehr alle. Genau genommen ist ja alles noch viel schlimmer, als es sich der Kerl bis hierhin ausgemalt hat.

Wie kann er nur annehmen, er hätte ein Kind gezeugt, obwohl in seiner Ehe doch, laut Lydia, gar kein Sex vorkommt? Er will mich also doch vergiften.

Kaum habe ich es zu Ende gedacht, merke ich auch schon, wie das Gift anfängt, meine Zunge zu lähmen. Und meine

 Denkprozesse. Mir wird ganz schön schwindelig. Das abgebrochene Frühstück am Morgen diente nicht gerade als solide Grundlage für vormittägliches Saufen. In meinem Hirn braut sich ein Sturm zusammen und tobt durch meine Gedanken wie Orkan Klaus letzten Januar durch Spanien.

Zwei Biergläser später wütet Orkan Klaus zwar nur noch im Zeitlupentempo, allerdings macht das die Konversation auch nicht unbedingt leichter.

«Ja wissssn Sie ...», lallt Urs, «isss ja auch eigentlich n Wunda. Das mitm Baby, meine ich.» Er nickt abwesend, und es hat den Anschein, als dächte er nochmal über seine Worte nach.

Hat der Kellner aus Versehen Urs' Biere vergiftet? Oder wieso klingt seine Aussprache so leiernd?

«Alllladings!» Unbefleckte Empfängnis darf man in der heutigen Zeit wohl getrost als Wunder bezeichnen, da stimme ich ihm zu. Und dass ein erwachsener Mann keine anderen Schlüsse daraus zieht, gehört meiner Meinung nach in dieselbe Kategorie. «Abba ich glaub ja nichhh an Wundaaa», sage ich deshalb und nicke genauso abwägend. «Esss gibbbt für alllesss eine logische Erklärunnng.»

Urs sieht mich einen Moment überrascht an, als hätte ich gesagt: Es gibt für alles einen Auftragskiller. Doch gleich darauf fährt er unbeirrt fort. «Also wennse mich fragen», er deutet wieder mit dem Zeigefinger in meine Richtung, «dieses Kindakriegen, das isn Wunda.» Von der Bedeutung seiner Worte erschlagen, wirft er sich kichernd gegen die Rückenlehne und sieht mich erwartungsvoll an. Zur Sicherheit wiederholt er den Satz nochmal. «Das Kind isn Wunda.»

Jaja, schon gut, ich hab es ja gehört. Aber wie gesagt: Ich glaube nicht an Wunder. Und in diesem Fall schon gar nicht.

«Is es nichhh!», rufe ich deshalb. Wie behämmert ist der denn eigentlich?

Urs' Kichern erstirbt. «Wie bidde?»

«Is. Es. Nich.»

«Und warum nich?»

«Weilas Kind von mir is!»

«Wie bidde?», fragt er nochmal und hält sich die Hand hinters Ohr.

«Was isn daran so schwer zssu verschtehn?»

Ich werde jetzt etwas lauter und bekomme dabei diesen leicht prolligen Unterton, den Elisa so an mir hasst. Sie versucht deshalb auch immer, mich nach dem dritten Bier nur noch mit Weichspülerthemen zu behelligen. Weiträumig aussparen sollte man ihrer Meinung nach dann die Themen Fußball, Politik und Haarausfall.

«Du hasssst mich ssschon richtig verschtanden.» Langsam geht mir der Typ aber auch wirklich auf die Eier. Was kann man denn daran nicht verstehen. Die eigene Frau bekommt ein Kind, obwohl man keinen Sex hatte. Ich würde die Zusammenhänge sofort begreifen, da müsste nicht erst einer kommen und mich mit der Nase drauf stoßen. «Das Kind is von mir! Deine Frau unnd ich, wir haben ...» Ich mache jetzt die internationale Handbewegung für Sex.

Urs versteht sie sofort und drückt sich überraschend schwungvoll von der Sessellehne ab. Dann reckt er mir über den Tisch sein blässliches Gesicht entgegen.

«Sach das nochmal, du Drecksssssack.»

Ooooh, jetzt werden wir persönlich. Ich schnelle mit meinem Kopf ebenfalls nach vorn, bis ich mich schätzungsweise fünf Zentimeter vor seiner großporigen Nase befinde.

Orkan Klaus hat mein Hirn erfolgreich in ein Trümmerfeld verwandelt und wütet nun weiter in den Arterien. Die todbringende Mischung aus Alkohol und niederen Instinkten

 verteilt sich bis in die kleinsten Kapillargefäße, sodass ich zu keiner rationalen Handlung mehr fähig bin. Nicht einen müden Gedanken verschwende ich an den Etat, die Agentur oder an Lydia, die sich das hier bestimmt gern erspart hätte.

«Ich hab gesacht, dassss ich deine Frau gebumst hab», lalle ich und füge noch erklärend hinzu: «Vor neun Monaten.»

Uuuups. Das war vielleicht etwas harsch formuliert. An seiner Stelle hätte ich mir jetzt eine reingehauen.

Urs hat tatsächlich denselben Einfall. Er weicht kurz zurück und erweckt somit den Anschein, als wolle er sich wieder kichernd in den Stuhl fallen lassen, doch dann schnellt seine Faust wie ein Pistolenschuss nach vorn.

Wong!

So viel Mumm hätte ich ihm gar nicht zugetraut!

Er sich offenbar auch nicht, denn nach dem Hieb kippen wir beide zurück in unsere Sessel.

Einen kurzen Moment, in dem ich das Blut auf meiner Oberlippe schmecke, bin ich wie benommen. Dann richte ich mich schnaubend auf, um dem Wasserleichengesicht auch mal ein bisschen Farbe zu verpassen. Doch Urs ist schneller. Bereits eine Sekunde später streckt mich der nächste Schlag nieder.

Wong!

Ich taumele zurück in die Polster. Jetzt reicht es aber!

Ich kann mich nur irgendwie nicht so recht entscheiden zwischen Revanche oder Flucht. Muss ich auch gar nicht. Flucht scheidet nämlich aus, da der inzwischen wahnsinnig Gewordene jetzt auf seinen wackeligen Beinen den Tisch umrundet, mich am T-Shirt packt und erneut ausholt.

Ich höre noch, wie von der Theke aus einige Konsonanten gebrüllt werden.

Dann wird mal wieder alles schwarz.

25. Kapitel

Irgendjemand lutscht an meinem großen, linken Zeh. Mit geballten Fäusten schrecke ich hoch. Zu meinen Füßen sitzt der glubschäugige Schrumpfhund und leckt sich mit Unschuldsmiene langsam in Richtung Waden vor.

Arrrg!

Ich blicke mich um und stelle fest, dass ich auf meinem Zimmer im Bett liege und Melanie es sich neben mir gemütlich gemacht hat. Puh!

Für einen Moment dachte ich, Urs würde mich bei lebendigem Leib aufessen. Zuzutrauen wäre ihm das wohl. Der Kerl hat es doch tatsächlich noch geschafft, einen dritten Fausthieb am Kellner vorbei auf meiner Nase zu platzieren. Wie zwei unartige Kinder wurden wir danach zwecks Ausnüchterung auf unsere Zimmer geschickt.

Frechheit! Schließlich habe ich mit der Klopperei ja nicht angefangen. Der Idiot sollte lieber froh sein, dass ich durch meine Kopfschmerzen gehandicapt war und mich nicht angemessen verteidigen konnte. Sonst wäre jetzt von seinem Wasserleichengesicht nicht mehr viel übrig.

Wie konnte ich mich nur von dieser rotgefleckten Bambuskröte derart provozieren lassen? Ich meine, das ist doch sonst nicht meine Art. Wahrscheinlich sind die Schwangerschaftshormone mit mir durchgegangen.

So ein Mist! Ich mag mir gar nicht vorstellen, was Lydia zu dem Vorfall sagen wird. Bestimmt wird Urs sich jetzt von

ihr trennen, und ich habe die Arschkarte. Nicht nur bin ich an deren Scheidung schuld, nein, ich muss vermutlich auch noch in München Urs' Platz einnehmen. Schöne Scheiße, genau das wollte ich doch vermeiden!

Hoffentlich ist die Technik in der Hamburger Agentur irreparabel zerstört, und wir können Lydia vorerst keine weiteren Layouts präsentieren. Dann hau ich nämlich heute noch nach Albanien ab.

«Und dich nehme ich mit», verkünde ich dem überraschten Hund, «weil ich dort ja sonst niemanden kenne.»

Melanie freut sich über die unerwartete Ansprache, robbt von meinen Waden Richtung Gesicht und versucht teilnahmsvoll, mir die geschwollene Nase zu lecken. Urgs.

«Nicht doch, lass dass!», wehre ich sie ab. «Sei lieber froh, dass du fette Hummel überhaupt ins Bett darfst.»

Die Hummel freut sich weiter und macht es sich in meiner Armbeuge gemütlich. Beinahe ein tröstliches Gefühl.

Herrje, wie weit ist es nur mit mir gekommen! Jetzt liege ich bei fünfunddreißig Grad Lufttemperatur mit einem Jack-Black-gesichtigen Mops im Bett eines Hotels, in dessen Bar ich vor ein paar Stunden die Clint-Eastwood-Nummer abgezogen habe. (Nur dass ich leider die Rolle des vermöbelten Gegenspielers hatte.)

Das ist doch alles nicht normal, denke ich, als es plötzlich an der Tür klopft.

O nein, das ist bestimmt Clint Eastwood, der noch nicht genug gewütet hat!

Ich jaule auf, ziehe mir die Decke über den Kopf und flüstere: «Keiner da.»

Es klopft erneut.

Melanie kläfft zweimal alibimäßig Richtung Tür und hopst dann fröhlich vom Bett. Wird sie in der Lage sein, Clint Eastwood in die Flucht zu schlagen? Vermutlich nicht.

Als Wachhund ist sie definitiv nicht zu gebrauchen, und nur weil sie furzen kann wie ein schmerbäuchiger Sumoringer, bedeutet das noch lange nicht, dass sie auch wie einer kämpft. Das ist ihr alles viel zu unaristokratisch.

«Schscht!», zische ich ihr deshalb zu. «Wir sind nicht da.»

Melanie legt den Kopf schief und schaut mich an, als wolle sie sagen: Hast du in der letzten Zeit nicht schon genug gelogen? Dann gibt sie noch ein letztes verunsichertes «Waff» von sich.

Clint Eastwood hat das Kläffen offenbar nicht beeindruckt, denn er spricht jetzt mit der Stimme von Elisa. «Tom, mach gefälligst die Tür auf!»

Der Hund fängt an zu winseln, und ich verkrieche mich noch tiefer unter der Decke.

O Gott, jetzt höre ich schon ihre Stimme! Entweder, ich bin im Himmel, oder Urs hat mein Trommelfell zerschmettert. Eventuell habe ich mir auch einen stressbedingten Tinnitus eingefangen. Oder aber – und das wäre mir, ehrlich gesagt, die liebste Lösung – ich bin schlicht und einfach wahnsinnig geworden. Dann lande ich aller Wahrscheinlichkeit nach schon bald in einem Heim, male für den Rest meines Lebens Aquarelle und werde mit Apfelkompott gefüttert.

«Tom! Mach auf, ehe Melli einen Infarkt bekommt!»

Ja, ich glaube, meine Einlieferung ins Heim steht unmittelbar bevor. Vielleicht ist dies bereits das Abholkommando? Und damit ich möglichst wenig Widerstand leiste, imitieren die Ärzte Elisas Stimme. Gar nicht so blöd.

Melanie presst ihre Jack-Black-Nase an die Türritze und kratzt ungeduldig mit den Pfoten auf dem Teppich. Ob meine Haftpflichtversicherung wohl die Erneuerung des Inventars abdeckt?

«An deiner Stelle wäre ich vorsichtig», warne ich den Hund,

«wenn die Tür nämlich gleich nachgibt, wird deine ohnehin schon verkürzte Knautschzone kein ausreichender Puffer sein. Gut möglich, dass du bei der Aktion draufgehst.» Aber der Hund hat ein Kämpferherz. Er zeigt weder Angst vor Clint Eastwood noch vorm Sterben, sondern kratzt unbeirrt weiter am Boden.

Draußen scheinen Dirty Harry und das Vollstreckungskommando des Irrenhauses nun langsam die Geduld zu verlieren, denn es wird jetzt mit dem Fuß gegen die Tür gedonnert.

«Tom. Jetzt mach schon auf. Oder hast du etwa Besuch?»

Das könnte vielleicht doch Elisa sein. Dieser misstrauische Tonfall, der so bemüht freundlich rüberkommt. Den kriegt so leicht kein anderer hin.

Blödes Timing würde ich sagen, denn sosehr ich mir auch in den letzten Tagen ein Wiedersehen gewünscht habe – momentan ist der denkbar ungünstigste Zeitpunkt dafür. Wenn sich diese Tür nämlich erst mal öffnet, dann ist mein altes Leben unwiederbringlich vorbei.

«Tom, entweder du machst jetzt die Tür auf, oder ich klettere über den Balkon.»

Um Himmels willen, wir sind im fünften Stock! Nicht dass Elisa unsportlich wäre, aber zweimal die Woche Pilates macht noch keinen Fassadenkletterer.

«Das lässt du schön bleiben, dies hier ist die fünfte Etage!»

Tja, so viel zum Thema *Wir sind nicht da*.

Draußen herrscht jetzt Stille. Entweder Elisa ist überwältigt, meine Stimme gehört zu haben (unwahrscheinlich), oder aber sie macht sich bereits auf den Weg zum Nachbarzimmer (gar nicht so unwahrscheinlich).

Angstschweiß bildet sich in meinen Handflächen. Falls Elisa hier aus dem fünften Stock in den Tod stürzt, kann ich ein geruhsames Leben im Heim vergessen. Albträume, Schuldgefühle und eventuell sogar eine Gefängnisstrafe würden mir nicht nur das Leben zur Hölle machen, sondern sich auch noch in meinen Gemälden widerspiegeln und diese somit unverkäuflich machen.

«Lisa?», frage ich deshalb vorsichtig. «Bist du noch da?»

Als keine Antwort kommt, hechte ich zum Balkon und reiße die Tür auf. Trotz fünfunddreißig Grad im Schatten weht hier ein ordentliches Lüftchen. Eigentlich nichts für Elisa, die bei Windstärke 1 schon die Ohrenschützer rausholt. Aber wer weiß, wozu Frauen unter Stress so alles fähig sind?

Ich versuche, mich weit genug vorzulehnen, damit ich in das Nachbarzimmer hineinschauen kann. Aber die Mauer ist zu dick. Elisa würde definitiv abstürzen, falls sie versuchte, hier rüberzuklettern.

Verzweifelt renne ich wieder zur Zimmertür.

«Lisa, jetzt sag doch was!»

Der Hund hat inzwischen die verklebte Teppichkante vor der Tür locker geschabt und kaut auf ihr herum. Schwer zu sagen, ob er sich verausgabt hat, oder ob er riecht, dass Elisa nicht mehr vor der Tür steht.

Es hilft nichts, ich werde selbst nachsehen müssen.

Eilig lasse ich das blutige T-Shirt unter einem Kissen verschwinden, ziehe mir ein neues über und gehe zur Tür.

In dem Moment, in dem ich langsam die Klinke herunterdrücke und die Tür einen Spaltbreit öffne, erlischt Melanies Interesse an der Auslegeware, und sie presst neugierig ihre feuchte Wabbelschnauze in den geöffneten Spalt. Und gerade, als mir durch ihr erfreutes Gegrunze klar wird, dass Elisa stillschweigend hinter der Tür lauert, kriege ich zum vierten Mal an diesem Tag eins auf die Zwölf.

Die Tür knallt auf, und Melanie und ich fliegen mit Schall-

 geschwindigkeit durchs Zimmer. Kurz vor dem Bett prallen wir zeitgleich auf den Fußboden.

«O mein Gott, Tom! Entschuldigung!» Elisa kniet über mir und streicht mir besorgt über die Stirn. Wie schön sich das anfühlt! Allerdings: Wüsste sie zu diesem Zeitpunkt bereits, was ich in den letzten neun Monaten so getrieben habe, würde sie sich jetzt ausschließlich um den Hund kümmern.

Als ich die Augen aufschlage und das Atmen fortsetze, robbt sie zu Melanie rüber. «Arme Maus, es tut mir ja so leid. Hab ich dich am Schnäuzchen erwischt?»

DIE ARME MAUS SAH DOCH VORHER SCHON SO SCHEISSE AUS!

Zwei Sekunden später geschieht das Unvermeidliche.

«Du liebe Güte, Tom!» Entsetzt starrt die Hundemutti auf das gefärbte Fell ihres Lieblings. «Was hast du mit Melli gemacht? Sie ist ja ganz schmutzig.» Elisa greift sich den Hund und begutachtet ihn wie eine Handtasche vom Grabbeltisch. Entsprechend skeptisch ist ihr Gesichtsausdruck. «Was ist das für ein Zeugs, etwa Farbe?»

Ich stöhne auf. Einer Diskussion über dieses Thema fühle ich mich momentan nicht gewachsen. Mein zweites Stöhnen erzielt zum Glück die gewünschte Wirkung. Mitleidig krabbelt Elisa wieder zu mir zurück.

«Na ja, ist ja nicht so schlimm, das kriegen wir schon wieder raus.»

O nein, bloß das nicht! Das Batikmuster brauchen wir noch. Gequält lächele ich Elisa an.

«Ich ...»

Sie versteht das falsch und unterbricht mich. «Liebling, es tut mir so leid, dass ich dich so doll erwischt habe. Aber plötzlich dachte ich», sie blickt betreten zu Boden, «dass du mir etwas verheimlichst.»

ICH? VERHEIMLICHEN? WAS FÜR EINE ABSURDE IDEE!

«Äh, an was dachtest du denn da konkret?» Ich versuche mich aufzurichten und gegen das Bett zu lehnen. «Und überhaupt – was um alles in der Welt machst du hier?»

«Ach Tom, ich weiß es auch nicht. Ich hatte so ein komisches Gefühl.» Elisa lehnt sich neben mich ans Bett und beginnt, Melanie am Kopf zu kraulen.

Also, ich könnte jetzt, ehrlich gesagt, auch ganz gut ein paar Streicheleinheiten gebrauchen, schließlich wurde ich heute schon mehrfach niedergestreckt. Außerdem habe ich ebenfalls ein komisches Gefühl – und zwar seit Tagen schon. Ein *hundsmiserables* Gefühl, um genau zu sein.

«Na ja, du warst so komisch am Telefon, und dann diese Aufforderung, ich solle ruhig mit einem andern Typen schlafen – das ist doch krank! Und auf dem Handy bist du seit gestern auch nicht mehr erreichbar.» Sie guckt mich jetzt ehrlich besorgt an.

Wie hübsch sie aussieht mit dem gebräunten Gesicht und den ausgeblichenen Haaren. Vom Stadium der rotgegrillten Tomate ist jedenfalls nichts mehr zu sehen. Auf ihren Armen bilden die feinen hellen Härchen einen sexy Kontrast zu der gebräunten Haut, und ihre Beine haben beinahe die Farbe von Marijas Schokoladen-Krempita. Ich kann mich gar nicht sattsehen.

Vorsichtig rücke ich ein Stück näher. Ihr Haar riecht wie immer nach frischen Brötchen, und ihre Haut duftet nach Sonnencreme. Tja, das, mein lieber Rolf, ist Urlaub!

Am liebsten würde ich mich jetzt nackt neben Elisa ins Bett legen, sie ganz fest umklammern und einfach nur schlafen. So lange, bis alles wieder gut ist.

«Anfangs habe ich gedacht, du wärst vielleicht betrunken», fährt sie jetzt fort, «aber das scheidet natürlich aus, schließ-

 lich bist du ja auf einer Geschäftsreise. Da würdest du dir doch nicht derart die Lichter auspusten.»

Das scheint für sie eine unverrückbare Tatsache zu sein, und ich bin heilfroh, dass sie nicht zwei Stunden eher aufgetaucht ist.

«Also bin ich zu dem Schluss gekommen, dass du vermutlich in die Fänge einer Sekte geraten bist.»

WIE BITTE???

Das ist die abstruse Logik von Frauen! Ich meine, wäre die naheliegende Schlussfolgerung nicht gewesen, dass ich in die Fänge einer anderen Frau geraten bin? Immerhin käme das den Tatsachen auch um einiges näher.

«Ich wusste ja anfangs gar nicht, dass du hier in Montenegro bist, also ganz in meiner Nähe. Das habe ich von deiner Mutter erfahren. Sie hat mich vom Flughafen aus angerufen, als sie auf dich gewartet hat.» Nach einer kurzen Pause, die Elisa zum Luftholen und zum pikiert Gucken nutzt, fährt sie fort. «Ich war natürlich sofort in Sorge. Und dann noch unser letztes Telefonat ... Na ja, da habe ich beschlossen, spontan hier vorbeizuschauen. Mit dem Auto ist das ja ein Katzensprung.»

«Du hast dir in einem fremden Land ein fremdes Auto geliehen?»

Sie sieht mich bockig an, und mir kommt ein grausamer Gedanke, der kurz darauf bestätigt wird.

«Nein, Alex hat mich hergefahren.»

WAAAS? HAMMERBANANEN-ALEX IST AUCH HIER?

«Äh, und wo ist der Kerl jetzt?»

Bitte, lass ihn nicht auch noch aufkreuzen! Für heute hatte ich bereits ausreichend Kontakt zu hohlköpfigen Großmäulern.

«Der ist gleich wieder zurückgefahren. Schließlich muss ja einer auf Mashavna aufpassen.» Elisa zwinkert mir zu.

Also, bislang hatte ich ja eher den Eindruck, die Nibelungen-Uschi käme ganz gut alleine klar. Tse! Manche Kerle machen auch vor nichts halt. Aber mir soll es recht sein. Nicht auszudenken, wenn ich die auch noch am Hals hätte.

«Na jedenfalls», knüpft Elisa wieder an ihren Monolog an, «als ich vorhin hier ankam und deine Mutter gemeinsam mit deinem Chef auf einer aufblasbaren Gewürzgurke im Pool gesehen habe, da war mir plötzlich alles klar.» Sie macht eine Pause und streicht mir über den Arm.

EINE AUFBLASBARE … WAS?

«Ähm … was genau war dir da klar, Lisa?» Ich bin komplett neben der Spur.

«Na ja, dein Chef ist hier, außerdem noch deine Mutter – bestimmt unangemeldet. Das war vermutlich zu viel Stress für dich. Du bist eben einfach nicht so belastbar.»

WIE BITTE?

«Was soll das denn bitte schön heißen?»

«Ach, Süßer, jetzt sei doch nicht gleich beleidigt. Aber wir beide wissen doch, dass du nicht die stärksten Nerven hast. Und der Hund hat dich vermutlich noch zusätzlich gestresst.»

DAS FÄLLT IHR JA FRÜH EIN!

«Na ja …», setze ich an und weiß auf einmal, dass es vorbei ist.

Nicht meine Liebe zu Elisa ist vorbei. Nein, im Gegenteil, die wird mit jeder Erklärung, die sie für mein krankes Verhalten findet, immer stärker. Vorbei ist es mit der Taktik, mich von Ausrede zu Ausrede zu hangeln, Leute entweder anzulügen oder zu beleidigen und mich dabei immer mehr zu verzetteln. Dass ich es überhaupt lebend bis hierher geschafft habe, grenzt an ein Wunder. Damit muss nun Schluss sein! Außerdem ist Elisa gerade so gut in Fahrt –

 eventuell gelingt es ihr sogar, sich meine Vaterschaft schönzureden.

«Also ich würde dir gern etwas –» Weiter komme ich nicht, denn sie starrt jetzt irgendwie durch mich hindurch und bekommt ganz große Augen.

«Scheiße, Tom, du kriegst ja ein Veilchen! So ein Mist. Ich hab dich voll erwischt.» Sie springt auf und kehrt kurz darauf mit einem nassen Waschlappen zurück. «Komm, leg dich mal hin, dann kühl ich dir das Auge.»

Unter mir wird ein Kopfkissen platziert, dann klatscht mir auch schon der nasse Waschlappen ins Gesicht.

«So ist es gut. Und jetzt nicht so viel bewegen, sonst fällt das Ding wieder runter.» Elisa sitzt im Schneidersitz neben mir und blickt sich im Zimmer um. «Sehr hübsch, hier sollten wir auch mal Urlaub machen.»

Nein, lieber nicht. Dies ist ein Ort des Grauens.

Elisas Blick bleibt an Melanie hängen, und sie schüttelt verständnislos den Kopf. «Was hast du nur mit Melli gemacht, sie sieht ja aus wie ein ...»

«Chagoi?»

«Was soll das denn sein?» Die Hundemutti schüttelt verwirrt den Kopf. «Nee, sie sieht aus, wie ein indischer Batikteppich.»

Einer plötzlichen Eingebung folgend springt Elisa vom Bett, greift sich den verdutzten Hund und beginnt sein kurzes Fell abzuklopfen. Melanie reagiert gereizt. Sie grunzt zweimal empört, was wohl eine Warnung sein sollte, dann beginnt sie, nach Elisas Hand zu schnappen.

«Melli, nicht!», mahnt Elisa und klopft unbeirrt weiter. «Aus! Hör sofort auf damit!»

Frauchen kennt keine Gnade. Aber es nützt nichts, der Hund bleibt safrangelbgesprenkelt. Kurzerhand schnappt Elisa ihn sich und steuert das Badezimmer an.

O nein, bitte keine Schaumwäsche! Die Flecken müssen bleiben, sonst dreht Dimitri durch!

«Lisa, nicht!» Ich schnelle hoch, doch Orkan Klaus hat offenbar bleibende Schäden angerichtet. Mein Kreislauf versagt, und ich plumpse wieder zurück aufs Bett.

«Elisa, hör sofort auf, den Hund zu waschen», brülle ich in Richtung Bad, «ich muss dir etwas erklären. Komm sofort wieder her!»

Keine Reaktion. Stattdessen höre ich Wasser plätschern und lautes Knurren.

Als die Hundemutti kurze Zeit später aus dem Badezimmer kommt, ist es tatsächlich schon zu spät. Sie hat die völlig durchnässte Melanie in ein Badelaken gehüllt und sagt zufrieden: «So, jetzt ist sie wieder sauber. Das hättest du auch mal machen können. Ich möchte gar nicht wissen, wie lange der arme Hund schon so herumläuft!»

Lächerlich! Der *arme* Hund war ja vorher gar kein armer Hund. Ihm stand ein Leben im russischen Jet-Set bevor. *Jetzt* ist er ein armer Hund. Und er ist ein *wütender* Hund.

Melanie sieht zwischen Elisa und mir hin und her, als fragte sie sich, wem von uns beiden sie zuerst in die Hand beißen soll. Aufgebracht versucht sie sich aus dem Handtuch zu befreien.

«Ruhig, meine kleine Maus», tröstet das unwissende Frauchen, «gleich bist du wieder trocken. Und wenn du dann in den Spiegel schaust, wirst du begeistert sein.»

Ganz im Gegensatz zu mir: Ich habe jetzt nämlich auch noch die Russenmafia am Hals. Herzlichen Glückwunsch!

Elisa lässt den Mops auf dem Boden frei und legt sich zu mir aufs Bett «Was wolltest du mir vorhin so Wichtiges sagen?», fragt sie und kuschelt sich an mich.

«Ich?»

Sie streicht mir über die Brust. «Ja, du.»

«Äh, ich wollte dir etwas sagen?»

«Das hat sich so angehört.»

«Wann?»

«Eben, als ich im Badezimmer war.»

«Tja, Es ist so … also, ich wollte sagen … ähm, dass der Hund wasserscheu ist.»

«Ich weiß, das hatte Gregor mir schon erzählt.» Liebevoll sieht Elisa zu, wie Melanie sich aus dem Handtuch schält. «Und sonst war nichts?»

«Nein, sonst war nichts.»

Irgendwie glaube ich, Elisa ist jetzt doch nicht mehr in der nötigen Stimmung, um mir meine Sünden zu vergeben. Deshalb sollte ich kein unnötiges Risiko eingehen und meine Beichte eventuell noch einen Tag aufschieben. Auf die paar Stunden kommt es ja nun auch nicht mehr an.

«Erzähl doch mal, wie ist denn das Shooting gelaufen?»

«Mmh … wo soll ich da anfangen?»

«Von vorn. Ihr seid ins Flugzeug gestiegen und –»

«Vorher musste ich Melanie noch ein Abführmittel geben, damit sie ins Handgepäck passte.»

«Du musstest *was?*» Elisa schnellt hoch, um sich zu vergewissern, dass die Fettwurst noch lebt. «Aber Melli hatte doch gar kein Übergewicht!»

«Na ja, anfangs vielleicht nicht, aber die Packung Leibnizkekse, die wollte sie einfach nicht verdauen.»

«O mein Gott, Tom! Sag bitte, dass das alles nicht wahr ist.» Frauchen bekommt glasige Augen.

Herrje, wenn die wüsste! Der Hund ist ja auch noch Augen- und Ohrenzeuge meines Sexfiaskos mit Vivian geworden und hat somit vermutlich zusätzlich seelischen Schaden genommen. Hilfe! Und dabei war das alles so unbedeutend. So überflüssig. So überhaupt nicht wichtig, so …

«Tom! Was war mit den Keksen?»

«Ach Lisa …», seufze ich und schildere ihr dann meinen ersten Tag mit dem Hund und welchen Stress mir die Situation bereitet hat. Dabei versäume ich nicht, einen Teil davon möglichst vorwurfsvoll klingen zu lassen, schließlich trägt Elisa eine nicht unwesentliche Mitschuld.

Nachdem ich auch noch ein paar unverfängliche Ereignisse der letzten Tage berichtet habe, entspannt die Hundemutti sich und ist sogar voller Anteilnahme, als ich von dem Knipser und seinen idiotischen Ideen berichte.

«Ist der Kerl noch hier? Den würde ich ja zu gern mal kennenlernen. Wollen wir vielleicht heute Abend etwas gemeinsam mit den Jungs unternehmen?»

Nein, ganz bestimmt nicht. Außerdem sind die vermutlich noch mit den Models zugange, und die muss Elisa ja nun wirklich nicht kennenlernen.

«Och nö. Lass uns lieber unser Wiedersehen feiern, Süße. Schließlich haben wir uns fast eine Woche nicht gesehen. Ich vergehe vor Sehnsucht.»

Määääp.

Fehler! Elisa ist augenblicklich in höchster Alarmbereitschaft.

«So was sagst du doch sonst nicht, Tom. Hast du vielleicht irgendwas ausgefressen?»

Mist. Ich wollte ja nicht mehr lügen. «Kannst du nicht verstehen, dass ich wirklich genug von dem ganzen Zirkus hier habe?», sage ich deshalb vage. «Wenn es nicht unbedingt nottut, will ich meinen Chef, Marc und den Knipser nicht auch noch in meiner Freizeit am Hals haben.»

«Verstehe. Wollen wir dann vielleicht ein bisschen schwimmen gehen?»

Ich sag es ja: Sie hat nichts begriffen.

«Aber das Schwimmbad blockieren doch Rolf, meine

Mutter und die Gewürzgurke. Das ist ja beinahe noch schlimmer!»

Elisa das Verhalten dieser beiden Halbirren zu erklären, dürfte eine Herausforderung werden. Auf jeden Fall möchte ich den beiden nicht begegnen. Ich möchte eigentlich überhaupt niemandem begegnen. Mir ist nicht nach Gesellschaft und auch nicht nach Sonnenschein. Mir ist eigentlich nur nach abgedunkeltem Zimmer und ein paar letzten intimen Stunden mit Elisa. Und wenn ich intim sage, dann meine ich eigentlich zweisam. Mir ist nach Beziehungsroutine: Essen kommen lassen, Fernsehen gucken und dazu ein bisschen belangloses Geplapper. Wie habe ich das vermisst!

Ich ziche Elisa ein bisschen dichter an mich und atme ihren Brötchenduft ein. Jede Zelle meines Körpers beginnt, sich zu entspannen.

Ein Trugschluss, wie ich mir dann selbst wieder ins Gedächtnis rufe, denn morgen früh wird alles vorbei sein. Morgen früh werde ich höchstwahrscheinlich zum fünften Mal innerhalb von vierundzwanzig Stunden eins in die Fresse bekommen und anschließend von Elisa verlassen werden.

«Ach, jetzt komm schon, Tom. Sei doch nicht so ein Weichei.»

Weichei? Ich? Ich hör ja wohl nicht richtig. Ich bin der größte Ninja-Kämpfer unter dieser Sonne! Hat sie mir etwa nicht richtig zugehört? Schließlich habe ich in den letzten fünf Tagen mehr Schwierigkeiten gemeistert, als es ein plastisches Chirurgenteam bei der Glättung von Keith Richards' Gesichtshaut. Und ganz nebenbei habe ich auch noch meinen Job erledigt. So jemanden nennt man doch nicht Weichei. Unverschämtheit!

Elisa gibt nicht auf. «Außerdem müssen wir mit Melli sowieso noch eine Pipirunde drehen.»

Grrrr.

Wenn es sich noch lohnte, würde ich Elisa jetzt bitten, nicht mehr *Melli* und auch nicht mehr *Pipirunde* zu sagen. Und erst recht nicht Weichei. Aber bis morgen früh kann ich damit eventuell noch klarkommen.

«Können wir sie denn nicht einfach nur aus dem Fenster halten?», frage ich vorsichtig.

Der tadelnde Blick bedeutet eindeutig *nein*, und ich weiß, die Sache ist zwecklos.

Hätte ich zu diesem Zeitpunkt allerdings bereits in den Spiegel gesehen, hätte das meinen Kampfgeist unter Umständen nochmal etwas befeuert.

Was sagt man eigentlich zu einem Veilchen, wenn es so groß wie ein Kartoffelpuffer ist? Blauer Fleck? Das trifft es irgendwie nicht. Der Fleck hat nämlich die Form von Spanien (ohne Portugal, also ziemlich eckig). Ich könnte ihn *mein spanisches Auge* nennen, das klänge irgendwie rassig.

Etwa eine halbe Stunde später befinde ich mich murrend auf dem Weg zur Pipirunde.

Elisa scheint versöhnt. Gutgelaunt tänzelt sie neben mir die Treppe herunter, und ich bete im Stillen, dass wir niemandem begegnen.

Vorerst wird mein Wunsch erhört. Wir schaffen es, unbehelligt durch das Treppenhaus ins Freie zu gelangen, und steuern kurze Zeit später zügigen Schrittes die Altstadt an. Kurz vor Erreichen des Eingangstores biegen wir rechts ab, in Richtung Strand. Auf der Promenade herrscht rege Betriebsamkeit. Die Restaurants sind gut besucht und aus den Bars ertönt Musik, die von folkloristischem Gejaule [11] bis zum nervtötenden Chart-Kracher keine Peinlichkeit auslässt.

An einem Stand kaufen wir ein Stück Krempita – ein Muss,

schließlich soll Elisa auch einmal in den Genuss dieser Spezialität kommen. Allerdings hätten wir uns das Geld sparen können. Diese Krempita ist überhaupt nicht vergleichbar mit Marijas Zauberei, und ich frage mich inzwischen ernsthaft, ob uns die russische Profifälscherin nicht vielleicht eine Dr. Oetker-Fertigpuddingmischung aufgetischt hat. Irgendwie kam mir der Geschmack ja gleich so bekannt vor …

Wir setzen uns an den Strand und graben die Füße in den kühlenden Sand. Und erst jetzt erzähle ich Elisa das ganze Abenteuer. Es tut gut, mit ihr zusammen zu sein. Ich berichte vom gestohlenen Eis, von der dekadenten Russenvilla und dem Zwischenfall an der Grenze. Und davon, wie heldenhaft ich mich trotz Folterandrohung geschlagen habe!

Elisa hängt an meinen Lippen und blickt bewundernd zu mir rüber. Bestimmt fragt sie sich insgeheim, warum ich nicht für die US-Marines oder die GSG 9 arbeite, und wird mich in spätestens zwei Sekunden um Verzeihung bitten dafür, dass sie mich Weichei genannt hat.

«Oooooh!», setzt sie auch schon an. «Dieser Dimitri hat 'ne echte Villa? Mit Pool, Kamin und Meerblick? Cool!»

Wie bitte? Wie kann man denn nur so oberflächlich sein und sich von diesem materiellen Scheiß blenden lassen? Sie muss doch wissen, dass ein echter Mann es überhaupt nicht nötig hat, mit diesem Luxusquatsch zu prahlen. Frauen! Ein bisschen mehr N24 und dafür weniger *Gala* täte ihnen wirklich gut.

«Können wir diesen Dimitri nicht mal gemeinsam besuchen?» Elisa blickt mich mit ihren Klimperwimpern an und beginnt, meinen Hals zu küssen und ihre Hand durch meine Haare zu wuscheln.

Eine Woge Leidenschaft brandet über mich hinweg. Dicht gefolgt von einer Woge verletzter Eitelkeit. Und dann ist da noch etwas: ein Rest Vernunft.

Ich meine, ich kann doch nicht mit einer Frau Sex haben, die ich morgen früh nach dem Weckerklingeln verlassen werde. (Na ja, okay: sie mich.)

Gut, bevor hier einer aufschreit: Eventuell ist mir das schon ein- oder zweimal passiert. Also, dass ich mit einer Frau geschlafen habe, die ich nach dem Aufstehen verlassen habe. Aber hier liegt der Fall ja wohl ein kleines bisschen anders. Ich kann nicht mit der Frau, die ich liebe, schlafen, wenn ich weiß, dass sie mich hassen würde, wüsste sie, was ich weiß. Harrr.

Energisch schiebe ich Elisas Hand weg. «Süße, das mit dem Besuch wird nicht möglich sein, fürchte ich.» Jedenfalls nicht, solange ich hier das Sagen habe. «Komm, wir gehen.»

Auf dem Rückweg zum Hotel kaufen wir an den Ständen auf der Promenade schnell noch ein paar einheimische Spezialitäten zum Abendessen und lassen das Ganze in Tüten einpacken. Das wird ein lecker Festessen oben auf dem Zimmer!

Leider passiert in der Hotellobby das Unvermeidbare: Vivian und Noemi stehen am Empfangstresen und reden wild gestikulierend auf den Portier ein.

Mist! Da wären mir Rolf oder meine Mutter schon irgendwie lieber gewesen. Ausgerechnet die beiden Models! Man muss wohl kein Experte in Frauenfragen sein, um zu wissen, dass das hier leicht schiefgehen kann. Besser, wir schleichen uns unauffällig vorbei.

Ich schiebe Elisa unbemerkt am Tresen vorbei zum Fahrstuhl und zerre Melanie hinter uns her.

«Tom!»

Naaaaiiiiin! Muss das sein? Im Angesicht meines nahenden Todes drehe ich mich tapfer um.

«Was für ein Zufall!» Noemi strahlt mich an, als wäre das

hier ein Werbefilm für Zahnseide. «Gerade wollten wir dir eine Nachricht hinterlegen.»

O Gott, eine Nachricht? Mir? Was kann da drin stehen? Bitte nichts Anzügliches, dann ist mein letzter Abend mit Elisa gelaufen. Ich traue mich gar nicht nachzufragen, wäre aber ohnehin nicht zu Wort gekommen.

«Und da ist ja auch die kleine Maus!» Vivian geht in die Hocke, um Melanie zu streicheln. «Auf Wiedersehen, meine Süße!» Sie nimmt den Mops auf den Arm, ohne Elisa dabei eines Blickes zu würdigen, und sagt in kindischem Tonfall zu dem Hund: «Wir wollten uns doch noch von dir und deinem süßen Herrchen verabschieden ...»

Urgs. Das macht die Schlange doch mit Absicht!

Unsicher blicke ich zu Elisa, was ich besser nicht hätte tun sollen, denn ihre Augen sprühen bereits Feuer.

«Tja», sage ich bemüht locker, ohne zu wissen, wie der Satz weitergehen soll, «dann passt es ja gut, dass wir uns treffen. Also, ich meine ... äh, wegen der Verabschiedung.»

«Genau», sagt Vivian und setzt Melanie wieder ab. «Unser Flieger geht morgen nämlich bereits sehr früh. Deshalb wollten wir jetzt schon mal tschüs sagen. Die anderen haben wir vorhin erreicht, nur du hast noch gefehlt.»

Einen Augenblick sieht sie mich durchdringend an, und gerade, als ich befürchte, sie würde gleich von den Kratzern auf meinem Rücken und neumondbeschienenem Schlamm aus den Anden anfangen, drückt sie mir links und rechts ein Küsschen auf die Wange. «Dann mach es mal gut, Tom. Hat Spaß gemacht.»

«Fand ich auch», fällt Noemi ein und drückt mir ebenfalls zwei Küsschen auf. «War echt eine super Nummer mit dir.» Die Ironie in ihrem Tonfall ist nicht zu überhören.

BITTE NICHT WEITERREDEN! EINFACH WEGGEHEN!

Die beiden werfen mir und dem Hund noch eine Kusshand zu und steuern dann den Fahrstuhl an.

Also, sollte es jetzt wegen dieser kleinen Abschiedszeremonie Stress mit Elisa geben, kann ich nur sagen: lächerlich. Und im Grunde genommen eine angemessene Rache für ihren Weichei-Kommentar und ihre Russen-Euphorie. Pah!

Als sich die Aufzugstür öffnet, dreht Noemi sich jedoch noch einmal um. Diesmal ignoriert sie Elisa nicht, sondern sieht ihr direkt in die Augen.

«Ach übrigens: Alles Gute für das Kind!»

Ich sag es ja: Mein letzter Abend mit Elisa ist gelaufen.

Im Fahrstuhl herrscht wenig später eisiges Schweigen. Elisa gibt keinen Pieps von sich, was kein gutes Zeichen ist, und ich habe auch keine Ahnung, was ich sagen könnte.

Immer noch schweigend betreten wir das Hotelzimmer, und ich bin jetzt auf alles gefasst. Oder sagen wir mal: auf fast alles.

Elisa lässt sich stöhnend aufs Bett plumpsen, rollt mit den Augen und verzieht das Gesicht. «Puh, hab ich einen Hunger! Diese halbe Krempita war einfach nicht genug. Gib mir mal die Tüten rüber!»

Irritiert sehe ich sie an. Wo, bitte schön, bleibt das Donnerwetter? Ich meine, da laufen einem Mann zwei heiße Feger direkt in die Arme, knutschen ihn links und rechts ab, und der Freundin vergeht nicht mal der Appetit? Was ist denn hier los?

«Lisa, äh … ich kann dir das erklären.»

Sie wirft mir einen kurzen Blick zu, den ich nicht zu deuten vermag, und widmet ihre Aufmerksamkeit dann ganz den fremden Leckereien. Mit spitzen Fingern fischt sie ein Stück Burek hervor.

«Boah, sieht das lecker aus!» Nach einem herzhaften Biss kommt sie mit vollem Mund noch einmal auf mein Angebot

 zurück. «Du musst mir gar nichts erklären. Mir ist schon klar, wer das war und warum die so doof waren. Na ja, wer so gut aussieht, muss ja auch nicht besonders schlau sein.»

Ha! Da haben wir es. Es gibt doch Ärger.

«Lisa, es ist aber nicht so, wie ...»

«Weißt du, Tom, das Einzige, was mich ärgert, ist, dass wir nicht für jeden von uns zwei Stücke von diesem Blätterteigzeugs mitgenommen haben. Das ist ja der Hammer!» Sie stopft sich noch eine Ecke in den Mund und hält mir auffordernd die Tüte hin. «Los, nimm schon, bevor ich dir alles wegesse!»

Ich steh irgendwie auf der Leitung. Wo bleibt das Geschrei? Das Geschirrwerfen?

«Also, der Spruch mit dem Kind, das war ...» Ich stocke.

«Süßer, du musst nichts dazu sagen. Ich weiß genau, wie das gemeint war.»

Ach ja?

«Die blöde Zimtzicke mit ihrer hungerhakigen Figur», erklärt Elisa, «die wollte doch nur betonen, dass sie viel dünner ist als ich.»

Hä?

«Ich meine», fährt sie fort, «die war bloß neidisch auf meine Kurven. Und deshalb hat sie so getan, als sei ich dick! Pah! Schwanger sieht mein Bauch aber nun auch nicht aus, oder was meinst du?» Mit diesen Worten schiebt Elisa sich eine weitere Portion in den Mund und kaut mit trotziger Miene darauf herum.

Ich muss noch einmal nachfassen. «Also, soll das bedeuten, dass du nicht sauer bist? Ich meine, das waren immerhin Models ...»

«Gib mir mal die andere Tüte!» Elisa wedelt mit der Hand und will sich auch noch meine Portion einverleiben.

Da ich unfähig bin, mich von der Stelle zu bewegen, guckt

sie mich verständnislos an. «Also, mal ganz ehrlich, Tom. Soooo toll sind die ja nun auch nicht. Und außerdem», jetzt muss sie sich ein Lachen verkneifen, «bist du doch überhaupt nicht der Typ, der fremdgeht. Das würde bei dir doch gar nicht funktionieren.»

WIE BITTE? Was meint sie denn bitte schön mit *Das würde bei dir gar nicht funktionieren*? Traut man mir denn neuerdings gar nichts mehr zu?

«Und selbst wenn», Elisa redet sich in Rage, «dann hättest du es mir längst gesagt. Weil du sonst nämlich nachts nicht mehr schlafen könntest.»

Na, wenn sie sich da mal nicht täuscht. Irgendwie leuchtet mir das Ganze auch noch nicht ein. Elisas Blick vorhin in der Lobby – der war doch eindeutig feuersbrünstig. «Und warum hast du sie dann so feindselig angeguckt?»

«Na, wegen Melli natürlich!»

«Wieso wegen Melli?» Herrje, jetzt sage ich das M-Wort auch schon!

«Wie kann diese Knochenklappertussi einfach meinen Hund auf den Arm nehmen? Da muss man doch vorher mal den Besitzer fragen! Immerhin kann so ein Tier ja auch die Tollwut oder so was haben.»

O Gott, bloß nicht das auch noch! Schnell hole ich die Flasche einheimischen Rotwein aus der Einkaufstüte und schenke uns ein.

Den Rest des Abends verbringen wir gemütlich vor dem Fernseher, synchronisieren zum Spaß einen Film, der in Konsonantensprache ausgestrahlt wird, und leeren die gesamte Flasche. Was für ein Spaß! Doch als wir gegen halb eins das Licht ausmachen, könnte ich heulen. Zum einen, weil mein letzter Abend mit Elisa nun zu Ende ist, und zum anderen ... weil ich tatsächlich nicht schlafen kann!

26. Kapitel

Konfuzius sagt: Du kannst den Hahn zwar einsperren, die Sonne aber geht dennoch auf.

Klugscheißer!

Ich werde vom Klingeln des Telefons geweckt. Genau wie Elisa es prophezeit hat, habe ich wegen meines schlechten Gewissens nur sehr schlecht schlafen können. Genau genommen bin ich erst vor einer Stunde eingeschlafen und fühle mich jetzt entsprechend gerädert.

Vorsichtig blicke ich zur Seite. Elisa liegt friedlich schlummernd neben mir, eine Hand unter dem Kopf, die andere zur Faust geballt, und stöhnt, als es erneut zu klingeln beginnt.

Der Gewürzgurkenchef ist dran.

«Tom! Wo bleibst du? Wir sitzen seit einer halben Stunde beim Frühstück und warten auf dich!» Er macht eine Pause, in der er geräuschvoll von irgendetwas Knusprigem abbeißt, dann fährt er mit vollem Mund fort: «Ich will die weitere Vorgehensweise mit dir absprechen. Hamburg hat gestern Abend endlich die PDFs geschickt. Super, sage ich dir!» Jetzt hört man etwas gluckern. «Es bleibt jedenfalls zu hoffen, dass Frau Cremand zufrieden ist, sonst haben wir ein Problem. Die Models sind ja bereits abgereist.»

Endlich macht er eine kurze Pause, in der ich mich frage, warum wir Lydia die Bilder dann überhaupt noch zeigen müssen. Immerhin liegt sie ja im Krankenhaus und ist sicher damit beschäftigt, Ärzte und Krankenschwestern herumzukommandieren. Dafür braucht sie nicht mal Sprachkenntnisse.

«Frau Cremand will aber vielleicht ihre Ruhe haben», werfe ich deshalb lieber vorsorglich ein.

«Jaja, ich weiß. Aber da wir abgesprochen hatten, dass du heute dort vorbeigehst …» Jetzt höre ich Besteck auf einen Teller fallen. «… will ich mein Wort auch halten.»

Wusste gar nicht, dass Rolf so ein Ehrenmann ist.

«Also, Folgendes», setzt er mit vollem Mund wieder an, «du überreichst ihr im Namen der Agentur einen Blumenstrauß und guckst mal, wie die Lage ist. Falls sie sich nicht fit genug fühlt, oder du das Gefühl hast, es passt gerade nicht, dann dräng dich nicht auf. Und quatsch sie nicht so lange voll. Schließlich ist in dieser Nacht auch das Baby gekommen, wie Dimitri uns eben mitgeteilt hat.»

VOLLQUATSCHEN? ICH? NA, DAS SAGT JA DER RICHTIGE.

Ich … Mein Blutdruck saust in den Keller, als plötzlich Rolfs Information zu mir durchsickert. O mein Gott!

Das. Baby. Ist. Da.

«Tom?»

«Ja?», krächze ich.

«Sieh zu, dass du hier unten so schnell wie möglich auftauchst. Ich habe hier einen USB-Stick mit den PDFs für dich. Das geht schneller, als wenn du sie dir selbst herunterlädst. Und beeil dich, ja? Ich habe heute noch was Besseres vor, als den ganzen Tag auf dich zu warten.»

Er hat noch was Besseres vor? Doch hoffentlich nicht mit meiner Mutter eine weitere Runde im Pool planschen?

«Kann das nicht vielleicht Marc –»

«Nein. Du bist der Kundenberater, du wirst zu ihr gehen.»

«Aber ich habe auch etwas Wichtiges vor», will ich noch einwerfen, doch Rolf hat bereits aufgelegt. Mist!

Ich drehe mich zu Elisa. Ihre blonden Haare haben sich inzwischen wirr um den Kopf verstreut und verdecken fast ihr komplettes Gesicht. Ich streiche ihr eine Strähne hinter das Ohr und küsse sie auf die Wange.

«Hmmmmjffggggh.»

«Dir auch einen guten Morgen, Süße!»

Sie bleibt mit geschlossenen Augen liegen, und ich starte im Geiste den Countdown mit der uns verbleibenden Restzeit. Eigentlich wollte ich ja gleich nach dem Aufwachen meine Beichte bei ihr ablegen, aber dummerweise bin ich jetzt ein bisschen in Eile. Wenn ich mich nämlich nicht sofort auf den Weg nach unten mache, steht in spätestens zehn Minuten Rolf im Zimmer. Und Zeitnot scheint mir keine gute Voraussetzung zu sein, um seiner Freundin zu beichten, dass man über Nacht Vater geworden ist. Aber egal, ich muss es versuchen.

Erst einmal beginne ich, mich möglichst leise anzuziehen, und beobachte dabei aus dem Augenwinkel, wie Elisa allmählich zu sich kommt. Auch Melanie erwacht langsam zum Leben. Mit einem Satz springt sie zu Elisa aufs Bett.

Ich setzte mich zu den beiden auf die Bettkante. Wenn ich nur wüsste, wo ich anfangen soll ...

Melanie freut sich über so viel familiäre Zuwendung und dreht sich vor Wonne grunzend auf den Rücken. Weg da! Jetzt ist keine Zeit für so was! Ich schiebe den verdutzten Mops ungestreichelt Richtung Fußende, drehe mich schnell wieder zu Elisa und sehe ihr ernst in die Augen. Sie kichert.

«O weh, dein Auge sieht heute noch viel gefährlicher aus als gestern, Tom. Die anderen werden sicher Fragen stellen. Es ist mir so unangenehm. Ich –»

«Lisa, ich muss mit dir reden.»

Diesen Tonfall ist sie offenbar nicht von mir gewohnt, denn jetzt läuten die Alarmglocken.

«Was Schlimmes?»

Natürlich hofft sie, dass ich *nein* sage, aber das geht leider nicht. Vor allem deshalb, weil ich irgendwie keinen einzigen Ton mehr herausbringe. Meine Kehle ist wie zugeschnürt und mein Mund staubtrocken.

«Ich ...»

«Hast du was gesagt?» Elisa starrt mich erwartungsvoll an.

Plötzlich hämmert jemand gegen die Tür. Diesmal glaube ich nicht an Clint Eastwood mit verstellter Stimme, sondern weiß gleich, dass es sich um Rolf handelt. Und er klingt nicht gut.

«Tom! Mach sofort die Tür auf! Ich will sehen, ob du aufgestanden und angezogen bist. Ansonsten kannst du dich auf was gefasst machen!»

Ich rolle genervt mit den Augen, stehe vom Bett auf und sprinte zur Tür. Unterwegs schnappe ich mir noch schnell mein Laptop und warte, bis Elisa sich bis zur Nasenspitze in die Bettdecke eingewickelt hat. Melanie hopst begeistert vom Bett und tippelt auf die Tür zu.

«Tom! Mach auf!»

«Ist ja schon gut», versuche ich Rolf zu beruhigen und öffne die Tür einen kleinen Spalt, damit der Hund nicht hinauskann.

«Melli! Vorsicht!» Elisa ahnt, dass sich der Vorfall von gestern wiederholen könnte und hechtet nun ebenfalls aus dem Bett, um ihren Schützling zu retten.

Eine Sekunde später hat Rolf die Tür aufgedrückt und steht gleich darauf mitten im Zimmer. Tätä!

Zwar wurde dieses Mal niemand verletzt, was die Situation deshalb noch lange nicht besser macht. Rolf und Elisa

stehen einander gegenüber und mustern sich stumm. Insgeheim frage ich mich, wer von den beiden wohl überraschter sein mag. Rolf, der urplötzlich vor einer Blondine im Nachthemd steht, die noch dazu einen zappelnden Mops im Arm hält. Oder aber Elisa, die ja noch keine Gelegenheit hatte, sich an Rolfs Urlaubskostümierung zu gewöhnen.

Heute trägt er Kniebundhosen und ein khakifarbenes Kurzarmhemd. Die Krönung des Ganzen aber ist eine Botanisiertrommel, die vor seinem Bauch baumelt.

Ich halte die Luft an.

Wider Erwarten haben sich die beiden gut im Griff – und blicken einvernehmlich aneinander vorbei.

Rolf hat sich als Erster wieder unter Kontrolle. «Tom, entschuldige bitte, aber ich konnte ja nicht wissen, dass du Besuch hast. Trotzdem möchte ich dich bitten, jetzt mit mir hinunter in die Halle zu kommen, um ein paar Dinge zu klären.»

Tja, was soll ich sagen. War es vorhin nur ungünstig, bei Elisa eine Beichte abzulegen, so ist es inzwischen unmöglich geworden. Alles, was ich jetzt noch schaffe, ist auf theatralische Art ihren Kopf in meine Hände zu nehmen, sie eindringlich anzusehen und zu sagen: «Ich bin in spätestens zwei Stunden zurück, Baby. Dann muss ich dir etwas sehr Wichtiges erzählen.»

Elisa blickt irritiert von mir zu Rolf und wieder zu mir. Vermutlich denkt sie jetzt insgeheim doch nochmal über ihre Sektentheorie nach, lässt sich aber nichts anmerken.

Mit einer Mischung aus Neugier und Unverständnis sagt sie brav «okay» und geht rückwärts ein paar Schritte ins Zimmer.

Wäre dies ein Film, würde jetzt Elvis Costello anfangen *She* zu singen, so wie in der romantischen Komödie *Notting Hill*. Allerdings müsste ich dann definitiv anfangen zu weinen.

Aber zum Glück ist dies kein Film, und so schnappe ich mir nur noch schnell Portemonnaie, Jacke und Handy und hetze Rolf hinterher Richtung Fahrstuhl.

«Ich hoffe, du hast nicht öffentlich behauptet, dass dieses Outfit auch aus meinem Koffer stammt», sage ich, als sich die Fahrstuhltür schließt. «Was soll denn bitte schön der Aufzug?»

Hätte ich mal lieber nicht gefragt.

«Die Kleider habe ich von einem Tropenausstatter in der Altstadt. Und die Tasche», er deutet auf die Botanisiertrommel, «gab es nebenan in einem Antiquitätengeschäft.»

Igitt. Wahrscheinlich sind da noch Schmetterlingslarven aus den fünfziger Jahren drin. Und wofür um alles in der Welt gibt es hier im Ort einen Tropenausstatter? Ich meine, soooo heiß ist es in Montenegro ja nun auch wieder nicht.

«Wofür is'n das Ding?» Amüsiert klopfe ich gegen die Blechtrommel. Außer Eddi Arent in *Winnetou* habe ich noch niemals jemanden mit einem derartigen Accessoire herumlaufen sehen.

«Ich gehe heute mit deiner Mutter Kräuter sammeln», erklärt Rolf, «die sie später für ihre Heilwässerchen trocknet. Und hier drin», er hält sein ungewöhnliches Accessoire in die Höhe, «kann man alles unversehrt transportieren.»

NICHT DAS AUCH NOCH!

«Aber meine Mutter ist doch krank.»

«Ach, weißt du, Tom, ich erzähle ihr einfach alles zwei-, dreimal, dann kann gar nichts schiefgehen. Und manche Dinge kann man ja bekanntlich nicht oft genug erzählen.»

O weh, arme Mutter. Obwohl – eigentlich geschieht ihr das ja ganz recht. Warum musste sie auch unbedingt hierherkommen?

«Aber jetzt zu dir.» Rolf drückt mir einen USB-Stick in die

Hand. «Hier sind die Daten für Lydia Cremand. Und wie gesagt», er macht eine bedrohliche Kunstpause, «geh ihr nicht auf die Nerven. Und vergiss die Blumen nicht.»

JAAAA. ICH HABS KAPIERT, DU KRÄUTERHEXE.

Meine Hände fangen schon wieder an zu schwitzen. Ich will da nicht hin! Nicht ins Krankenhaus, nicht zu Lydia, nicht zu dem Baby ...

Die Fahrstuhltür öffnet sich, und im Foyer wartet schon die nächste Katastrophe – in Gestalt von meiner Mutter. Auch sie im Eddi-Arent-Outfit: khakifarbene Bermudashorts, beigefarbenes Hemd und eine pfadfindermäßig geschulterte Tasche. Zum Glück hat sie sich nicht noch ein Tuch um den Hals geknotet und zwei Zöpfe geflochten.

Sie begrüßt mich mit Küsschen.

«Muss das sein?», zische ich meiner Mutter ins Ohr. «Der Mann ist mein Chef! Erst turnst du mit ihm auf einer Gewürzgurke herum, und jetzt willst du auch noch zum Pilzesammeln mit ihm in den Büschen verschwinden?»

«Mein lieber Sohn», kichert sie und gibt sich keine Mühe, ihren Kommentar vor Rolf geheim zu halten. «Ich bin ja wohl alt genug, um selbst zu entscheiden, wie und mit wem ich meine Zeit verbringen möchte.»

«Ja, Mama, das haben wir ja schon bei meinem Freund Luke gesehen ...»

«Äh ...» Rolf räuspert sich. «Ich gehe nur mal schnell zur Rezeption, um nach Nachrichten zu fragen, Tom.» Peinlich berührt schleicht er zum Empfang.

«Lieber Sohn, dein Chef ist ein sehr netter Mann. Außer vielleicht ...» Mutter macht eine Pause, in der ich ihr gnadenlos ins Wort falle.

«Mein Chef ist nicht nett, sondern wahnsinnig! Und deine Zeit könntest du definitiv auch mit stricken oder häkeln verbringen. Ich betone es nochmal: Rolf ist verheiratet.»

Der Einwurf prallt spurlos an Mutter ab. Offenbar hat sie ein viel größeres Problem. «Aber ich frage mich: Wie kann der Mann nur eine Agentur leiten, wenn er so unkonzentriert ist? Dauernd erzählt er dasselbe. Du kannst dir nicht vorstellen, wie mich das nervt.»

«Dann lass doch einfach die Finger von ihm!»

Ich sehe in Mutters Augen, dass dieser Vorschlag nicht für sie in Frage kommt, deshalb gehe ich auf Nummer sicher: «Auf jeden Fall kann er sehr ungemütlich werden, wenn man ihn auf seine Tüdeligkeit anspricht.»

So, mal sehen, wie lange sie das aushält.

«Keine Nachrichten sind gute Nachrichten», flötet Rolf gutgelaunt, als er wieder auf uns zusteuert und sich sogleich mit erhobenem Zeigefinger vor meiner Mutter positioniert. «Ich war nur kurz bei der Rezeption, um nach Nachrichten zu fragen ... Dort drüben, bei der Rezeption ... Hab nur mal schnell gefragt, ob es neue Nachrichten gibt.»

Mutter schenkt mir einen Da-siehst-du-es-Blick, aber bei mir hat sie verspielt. Ich habe sie gewarnt.

Beinahe erleichtert, mit diesen Irren nicht den Tag verbringen zu müssen, verabschiede ich mich schnell von der Botanikinteressengemeinschaft, steuere die Altstadt an und besorge einen Blumenstrauß.

Lydia wurde auf Dimitris Anweisung hin in eine Privatklinik am Stadtrand eingeliefert. Für den Weg dorthin leihe ich mir dieses Mal keinen Wagen, sondern winke ein vorbeifahrendes Taxi herbei. Als Zielangabe benutze ich eine Visitenkarte der Klinik, die Dimitri mir über Rolf hat überbringen lassen. Vokabeln sind somit zum Glück nicht notwendig. Auf Grund der Sprachbarriere habe ich während der Fahrt meine Ruhe und kann mich voll und ganz auf meine schwitzigen Hände konzentrieren.

Und auf das eventuelle Zusammentreffen mit Urs.

Und auf Lydias Donnerwetter.

Und natürlich auf das Baby.

Puuuh ...

Müsste ich nicht langsam mal etwas fühlen? Also, ich meine, irgendetwas außer amoklaufende Schweißdrüsen und apokalyptisches Herzrasen? Müsste mich nicht ein väterliches Band der Zuneigung blind ins Krankenhaus finden lassen? Im Film wäre das jedenfalls so. Im Film hätte ich vor lauter Glück zumindest ein Geschenk für das Kind dabei. So etwas macht man doch normalerweise, oder?

Uaaa! Ich glaube, ich habe Angst.

Der Fahrer bremst wenig später vor einem fünfstöckigen Gebäude, und ich bin drauf und dran, ihn zu bitten, noch ein paar Runden im Kreis zu fahren. Wenn mir nur die nötigen Vokabeln einfallen würden!

Stattdessen halte ich ihm stillschweigend die Rückseite der Visitenkarte hin, damit er dort den Fahrpreis notiert. Ein Glück, dass man hier in Euro bezahlt, sonst würde er mich jetzt vermutlich übers Ohr hauen. Alles schon da gewesen.

Ich bezahle den genannten Betrag, steige aus und lasse meinen Blick langsam an der Fassade des Gebäudes entlangwandern. Was für eine Enttäuschung! Unter einer Privatklinik habe ich mir, ehrlich gesagt, etwas Pompöseres vorgestellt. Etwas mit vergoldeten Türmchen oder filigran geschnitztem Fachwerk. Zumindest aber mit einem großen Schild, auf dem in geschwungenen Lettern der Klinikname eingraviert ist. So wie bei der Schwarzwaldklinik eben.

Dieser Klotz dagegen ist vollkommen unspektakulär. Beinahe schon hässlich. Unter den Fenstern hängen klobige Klimaanlagekästen, die es in Sachen Energieverbrauch vermutlich mit dem Space-Shuttle aufnehmen können. Und einen neuen Anstrich könnte die Hütte auch mal vertragen.

Ein unaufgeregtes Stützstrumpfhosenbeige – vermutlich ein Vorschlag aus der Orthopädie – ziert jene Flächen, die dem Wetter der letzten fünfundzwanzig Jahre standhalten konnten.

Na, ich will für Lydia hoffen, dass hier im Hause die inneren Werte zählen. Bestmögliche medizinische Versorgung statt Prunk und Protz – ein Statement, das durchaus seine Vorteile hätte.

Drei Stufen führen zum Haupteingang hinauf, aber das geht mir zu schnell. Lieber schaue ich mich noch ein bisschen um. Von der Straße aus hat man einen tollen Blick auf das Meer. Für die Patienten sicher ein wahrer Genesungsbeschleuniger. Bei mir tut sich in Sachen Beruhigung leider mal wieder nichts. Zum gefühlt hundertsten Mal trockne ich mir an diesem Tag die Hände an der Jeans ab.

Also, wenn dort oben jetzt Elisa läge, hätte ich definitiv nicht so eine Schweißüberproduktion. Aber die würde mir ja auch nicht einfach so mir nichts dir nichts ein Kind unterjubeln, das wäre nicht ihr Ding. Obwohl – wer weiß das schon so genau? Den Hundeklops hat sie mir ja auch einfach ins Nest gelegt.

Im Grunde genommen ist das aber jetzt auch egal.

Ein Typ mit einem gigantischen Blumenbouquet eilt an mir vorbei, die Treppenstufen hoch. Ob der auch zu Lydia will? Nein, unwahrscheinlich. Dafür sieht er zu glücklich aus.

Ich blinzele gegen die Sonne zu dem Klinikgebäude hoch. Wäre dies ein Theaterstück, würde hiermit der letzte Akt beginnen. Sein neues Leben. Als Vater. Höchstwahrscheinlich würden die Zuschauer zu Tränen gerührt aus dem Schauspielhaus kommen, von einer eindrucksvollen Inszenierung sprechen und sich insgeheim freuen, nur Zuschauer gewesen zu sein.

Kurz liebäugele ich damit, mein Konto zu plündern und mich direkt nach Albanien aufzumachen, aber brauchen die dort Werber? Vermutlich nicht. Vermutlich müsste ich mich als Schaf- oder Ziegenhirte durchschlagen. Und wie gut ich mit Tieren klarkomme, haben wir ja in den letzten Tagen bei Melanie gesehen. Sollen Ziegen nicht sogar noch bockiger sein?

Nein, besser, ich bleibe hier. Vorerst jedenfalls. Allerdings gibt es da noch etwas, das ich erledigen möchte, bevor ich meinem Leben ein vorzeitiges Ende bereite und mich zu Lydia aufmache: Ich möchte noch einmal diese Stimme hören. Mich verabschieden sozusagen.

Ich krame mein Handy hervor und wähle die bekannte Nummer. Es klingelt dreimal.

«Mensch, Tom, hast du mich vielleicht verarscht mit Monte Carlo!» Luke klingt amüsiert.

«Hab ich gar nicht. Ich hatte ja selbst keine Ahnung, dass ich in Montenegro landen würde.»

«Jaja, schon klar. Vollidiot! Hat sich ja aber ganz schön stressig angehört, was da bei dir so los ist. Bin froh, dass ich nicht in deiner Haut stecke.»

Tja, es geht doch nichts über einen guten Freund, der dir dein Elend nochmal so richtig klar vor Augen führt.

«Danke, Luke. Das war genau das, was ich jetzt brauchte.»

«Sorry, Mann. Klingst ja gar nicht gut. Kam es noch dicker?»

«Kann man wohl sagen.» Ich schlucke. «Luke?»

«Ja?»

«Falls ich gleich kollabiere und nicht mehr reanimiert werden kann oder aber an der albanischen Grenze verhaftet werde und auf Nimmerwiedersehen in einem Erdloch verschwinde, dann kannst du meine signierte Pink-Floyd-Scheibe haben. Du weißt schon, das Doppelalbum.»

«Hey cool! Und was ist mit deiner DVD-Sammlung? Wenigstens die *Twentyfour*-Staffeln?»

«Gehören dir.»

«Geil!»

Tja, so sind wir Männer. Da wird nicht lange nach Gründen gefragt oder die Richtigkeit von Entscheidungen angezweifelt und erst recht nicht versucht, diese auszudiskutieren. Nein, wenn einer für sein Leben etwas beschließt, dann wird dies akzeptiert. Ohne Wenn und Aber.

«Tja, dann mach's mal gut, Luke.»

«Du auch, Tom. Und sag Bescheid. Also, ob du tot bist oder nur inhaftiert.»

«Mach ich.»

Nachdem ich aufgelegt habe, fühle ich mich bereit für den letzten Akt.

Im Schneckentempo steige ich die drei Stufen hoch.

Am Empfang sitzt eine junge Dame, die überraschenderweise Englisch spricht und mir freundlich darüber Auskunft erteilt, dass Lydia Cremand im dritten Stock auf Zimmer 8 liegt. Mit Meerblick, garantiert. Sie hat sich bestimmt nicht mit der Nordseite abspeisen lassen.

Um das Treffen weiter hinauszuzögern, nehme ich die Treppe und zähle die Stufen. Zweiundvierzig. Dann noch elf Schritte geradeaus und eine 90-Grad-Drehung.

Die Tür von Nr. 8 ist geschlossen, und ich presse vorsichtshalber erst mal mein Ohr dagegen, um eventuelle Streitgespräche oder Kindergeschrei zu belauschen. Doch es ist still.

Vorsichtig drücke ich die Klinke herunter und öffne die Tür einen Spaltbreit.

Hm, nichts zu sehen. Vermutlich, weil ich direkt vor einer furnierten Schrankseite stehe. Mist. Um einen Blick in das Zimmer werfen zu können, muss ich die Tür natürlich kom-

 plett aufdrücken. Zum Glück habe ich zur Tarnung ja den Blumenstrauß dabei.

Als ich Urs an Lydias Bett sitzen sehe, reiße ich mir das bunte Gestrüpp erschrocken vors Gesicht. Hilfe! Ich taumele zurück, knalle beim Umdrehen mit der Nase gegen den Türrahmen und mache auf dem Absatz kehrt. Bloß weg hier!

Panisch hechte ich den Flur entlang. Weit komme ich allerdings nicht, denn das mir bereits bekannte «Halt!» tönt wie ein Pistolenschuss durch den menschenleeren Gang.

«Stehen bleiben!»

Ich gehorche sofort.

WAS SOLL DER SCHEISS, TOM? LOS, LAUF UM DEIN LEBEN! AUF NACH ALBANIEN!

O Gottogott. Meine Handflächen gleichen jetzt triefenden Fischflossen, unter meinen Achseln sprüht es Feuer, und in meinem Kopf kündigt sich die erste Ohnmacht an. Orkan Klaus – reloaded!

Zum Wegrennen ist es definitiv zu spät, deshalb drehe ich mich langsam um. So kann ich die Faust, die mich gleich k. o. schlagen wird, wenigstens sehen. In dem coolsten Tonfall, der mir jetzt noch zur Verfügung steht (also nicht besonders cool), sage ich zu Urs: «Was ist denn nun schon wieder?»

Blöde Frage, was soll wohl sein? Anlass für eine Fortsetzung unseres Plauderstündchens gibt es ja genug.

Mein Körper verkrampft sich, und ich umklammere den Blumenstrauß. Warum zum Henker habe ich keine Rosen gekauft? Die könnte ich ihm jetzt wenigstens einigermaßen effektvoll durchs Wasserleichengesicht peitschen.

«Sie will dich sprechen», zischt der betrogene Ehemann und klingt dabei wesentlich cooler als ich. Genau genommen klingt es wie: «Sie will dich köpfen.» Auch den lässigen

Tonfall hätte ich ihm nicht zugetraut. Ob der sich eventuell hat coachen lassen?

Die lässige Kopfbewegung in Richtung Lydias Zimmer hat er sich jedenfalls bei Zoran abgeschaut, definitiv.

«Viel Spaß», frotzelt er noch und verschwindet dann im Fahrstuhl.

Was hat denn das nun wieder zu bedeuten? Wo will denn der jetzt hin? Ich meine, mit dem Satz *Lasst Fäuste sprechen* hätte ich ja vielleicht noch etwas anfangen können, aber *Viel Spaß?*

Nachdenklich schleiche ich zurück in Lydias Zimmer. Die Tür ist noch angelehnt, deshalb erspare ich mir das Klopfen und trete gleich ein. Lydia liegt im Bett, beugt sich über ein Deckenknäuel und gibt komische Glückslaute von sich. Schon wieder diese Alien-Geheimsprache!

Also, dafür, dass sie die halbe Nacht wach lag und ein Kind geboren hat, sieht sie eigentlich ganz gut aus. Hätte gedacht, dass so etwas deutlichere Spuren hinterlässt. Aber klar, das Kind hat ja meine Gene, da verlief die Geburt vermutlich schnell und unproblematisch.

Als Lydia mich erblickt, verfinstert sich ihre Miene. Mühevoll richtet sie sich auf und starrt mich hasserfüllt an.

Ich kann ihrem Blick nicht standhalten. Was ist denn das dort unter ihrem Nachthemd? Sollten das etwa ... ja, tatsächlich, es sind ihre Brüste. Und was für welche! Grundgütiger, zwischen denen könnte man ja ersticken!

Ich zwinge mich, ihr wieder ins Gesicht zu sehen.

«Äh ... Hi, Lydi.» Mehr fällt mir irgendwie nicht ein. Was soll ich auch sagen?

Ist das unser Kind? Dumme Frage.

Bist du sauer? Das erklärt sich wohl von selbst.

Ist alles dran? Auch nicht gerade hitverdächtig.

Sieht es mir ähnlich? Das werde ich wohl gleich sehen.

Kann es schon HSV sagen? Findet Lydia vermutlich nicht so wichtig.

«Lydi, ich ...» Kann *sie* nicht einfach etwas sagen? Meinetwegen auch etwas Zickiges, Hauptsache, hier spricht mal einer. Das Kind wächst ja völlig isoliert auf!

Doch Lydia schweigt beharrlich.

«Ich ... also, äh ... Glückwunsch!»

Na, das war doch schon mal nicht schlecht.

Lydias Gesichtsausdruck verändert sich auch sogleich. Er wird noch einen Tick hasserfüllter.

«Schön, dass dein Mann angereist ist», bemühe ich mich weiter. «Ich hoffe, er konnte dir ein bisschen zur Seite stehen. Ist ja sicher nicht ganz einfach, so eine ...»

«Halt die Klappe!», zischt sie. «Und setz dich.» Sie deutet auf den freien Stuhl neben ihrem Bett.

Ich gehorche sofort und überlege, was jetzt wohl als Nächstes kommt:

1. Sie greift in das Deckenbündel, in dem sich gar kein Kind befindet, sondern eine Kalaschnikow, mit der sie mich gleich kaltlächelnd über den Haufen schießt.
2. Sie greift in das Deckenbündel, holt den frisch unterzeichneten Vertrag mit der Werbeagentur Springer & Jacoby hervor und erteilt mir gleichzeitig mündlich die Kündigung.
3. Sie ergreift das Deckenbündel und überreicht es mir schadenfroh mit den Worten: «Hier, dein Sohn. Da du meine Ehe zerstört hast, bin ich auch an dem Kind nicht mehr interessiert. Viel Spaß damit!»

Ich lehne das Laptop an ein Stuhlbein und lasse den Blumenstrauß von einer Hand in die andere wandern. Dabei wische ich mir die jeweils freigewordene an meiner Jeans trocken. Ob diese Schweißproduktion schon krankhaft ist?

Hilft da eventuell ein operativer Eingriff? (Ich meine, wo ich doch schon mal in einem Krankenhaus bin.)

Lydia greift jetzt tatsächlich nach dem Deckenbündel. Zum Glück macht sie aber keinerlei Anstalten, auf mich zu schießen oder mir das Ding zu überreichen.

Gespannt halte ich die Luft an.

Jetzt dreht sie das Knäuel in meine Richtung. Ihr Blick und auch ihr Tonfall werden etwas weicher. «Fällt dir vielleicht etwas auf?»

Nun, um es mal vorwegzunehmen: Eine Kalaschnikow sieht anders aus. Dies ist eindeutig ein Baby, auch wenn man es auf den ersten Blick kaum von E.T. unterscheiden kann. Denn das Wesen ist ziemlich schrumpelig. Der Kopf ist kugelrund, rotgefleckt und dort, wo ich die Augen vermute, befinden sich zwei aufgequollene Schlitze. Immer noch fehlen mir die Worte.

Wenn doch nur meine väterlichen Glückshormone endlich ausflippen würden, sodass mir die Begeisterung wie von selbst über die Lippen käme. Aber es geschieht nichts. Und fühlen tu ich auch immer noch nichts. Außer dem dringenden Bedürfnis abzuhauen.

«To-hom! Ob dir etwas auffällt?» Lydia hält mir das Paket noch ein wenig dichter vor die Nase und lockert die Decken etwas.

«Ich ... äh ... nun ja ... Es ist ganz nett.»

O Mann, bestimmt rastet sie jetzt aus. Nett? Wir wissen doch alle, was *nett* bedeutet.

«Ich wollte nicht wissen, wie du es findest, sondern ob dir etwas auffällt!» Lydias Ton geht nun in Richtung Kettensägenmassaker, und das Kind beginnt prompt, sein schrumpeliges Gesicht zu verziehen.

Nein! Bitte, bitte nicht schreien! Bitte nicht! Kindergeschrei ist ein Geräusch, das ich gar nicht gut leiden kann.

Erst recht nicht, wenn es in meiner unmittelbaren Nähe ertönt.

Beschwörend starre ich das Schrumpelwesen an. Da es aber nach wie vor seine Augen geschlossen hält, stiere ich ihm ersatzweise auf die Haare. Viele sind das ja noch nicht. Und zu allem Überfluss sind sie auch noch rot. Fast genauso rot wie die unschönen Flecken in seinem Gesicht. Zum Glück stört die meisten Mütter so etwas ja nicht so. Da kann ein Kind noch so hässlich [(12)] sein – die Eltern lieben es abgöttisch. Nur, wieso fühle *ich* dann nichts? Und wie war nochmal Lydias Frage?

«Also, ich ...» Mein Blick wandert von dem Rotschopf zu Lydias Busen und wieder zurück.

Was meint sie nur? Fehlt vielleicht ein Finger? Kann E.T. nicht nach Hause telefonieren? Oder ist es eventuell doch ein Mädchen? Dann hätte sie mit den roten Haaren vermutlich gute Chancen, eines Tages *Germanys next Topmodel* zu werden.

Moment mal ... Rote Haare? Rötliche Flecken? Und ist das dort etwa eine Schuppenflechte?

Unwillkürlich fasse ich mir an den Kopf. Hätte ich bloß im Biologieunterricht besser aufgepasst! Wie war das nochmal mit der Vererbung?

Irritiert sehe ich Lydia zur Abwechslung mal in die Augen, aber schon drückt sie das Bündel wieder an ihren Atombusen.

«Na? Ist dir jetzt was aufgefallen?»

«Es ... äh ... Es hat rote Haare.»

«Wow! Tom, du bist ja ein wahrer Meisterdetektiv.»

«Aber warum –?»

Weiter komme ich nicht, denn in diesem Moment öffnet sich die Tür und eine Krankenschwester betritt den Raum. Sie murmelt etwas Unverständliches, macht ein paar Zeichen mit der Hand, und Lydia überreicht ihr das Kind. Die beiden scheinen diese Prozedur schon öfter hinter sich gebracht zu haben, denn die Schwester verlässt mit dem Baby das Zimmer, und Lydia hat offensichtlich nichts dagegen. Im Gegenteil, sie lehnt sich aristokratisch in die Kissen zurück und blickt mich an wie Queen Mum früher bei der jährlichen Geburtstagsparade ihre Untergebenen.

Gerade als ich denke, dass Lydia vielleicht irgendeine Reaktion von mir erwartet, brüllt sie los: «Sag mal, Tom, tickst du eigentlich noch ganz richtig? Ich meine, wie konntest du denn bitte schön so dermaßen blöd sein und Urs von unserer Affäre berichten? Ich dachte, wir hätten abgemacht, dass die Sache unter uns bleibt?» Anstatt eine Pause zu machen, in der ich Zeit habe, mich zu rechtfertigen, keift sie weiter. «Und dann behauptest du auch noch, das Kind wäre von dir – wie kommst du denn nur auf einen derartigen Schwachsinn?»

Schwachsinn? Augenblick mal. «Na, du hast deinen Bauch immer mit so einem apokalyptischen Leuchten in den Augen gestreichelt.» Langsam komme ich in Fahrt. «Und mich dabei so verschwörerisch angelächelt. Eben so, wie man einen Mann anlächelt, dessen Leben man von Grund auf umkrempeln will.»

«Ich höre wohl nicht richtig!», keift Lydia und verschränkt die Arme vor der Brust. «Du hättest mich ja vielleicht einfach mal fragen können, anstatt gleich so einen Quatsch herauszuposaunen!»

Mo-ment mal! Ich kann mich sehr gut erinnern, dass ich genau das probiert habe. «Ich habe doch versucht, mit dir zu reden, aber du hast ja nicht ...»

«Ach ja? Wann war das denn bitte schön?» Lydia gibt sich gleich selbst die Antwort. «Etwa neulich im Auto, als du schätzungsweise acht Promille intus hattest? Oder an dem

Abend, als du mir den Nase-Usluge-Quatsch verklickern wolltest? Da hast du zwar eine Andeutung gemacht, dass das Kind von dir sei, aber ehe ich dich darauf ansprechen konnte, warst du auch schon wieder verschwunden.» Sie schnaubt verächtlich.

Gut, stimmt, an dem Abend war ich vielleicht nicht in Plauderlaune, aber es gab immerhin noch genügend andere Hinweise.

«Und wieso hast du dann verlangt, dass ich nach München ziehen soll? Welchen Grund sollte das denn sonst dafür gehabt haben?»

«Wie bitte? Ich wollte, dass du nach München ziehst? Das hast du wohl geträumt!»

«Das habe ich nicht geträumt, sondern gehört. In der Hotellobby. Da hast du es am Handy zu jemandem gesagt, oder etwa nicht?!» Wütend starre ich sie an. Ich lasse mich doch hier nicht für blöd verkaufen. Das kann sie vielleicht mit ihrem Ehemann machen, aber nicht mit mir!

Lydia scheint einen Moment zu überlegen, und ich bin wirklich gespannt, was sie mir jetzt auftischen wird.

«O Mann, Tom. Du bist wirklich ein Vollidiot! Wenn du auch den Anfang des Gesprächs belauscht hättest ...», sie lächelt mich von oben herab an. «Dann wäre dir vielleicht klar geworden, dass es um meinen Bruder ging und nicht um dich. Er ist arbeitslos, lässt sich total gehen und ist psychisch etwas labil. Meine Schwester und ich haben entschieden, dass es besser ist, wenn er zu mir nach München kommt, dann kann ich mich um ihn kümmern und ihm vielleicht sogar irgendwie einen Job besorgen.»

Queen Mum ist jetzt mit dem Abnehmen der Parade fertig, und ich bin langsam etwas verwirrt. Ihr Bruder? Bin ich also der demente Irre?

Aber eine entscheidende Ungereimtheit gibt es ja wohl

noch. «Und wie, bitte schön, hast du mit Urs ein Kind gezeugt, ohne Sex zu haben? Ich meine, das wolltest du mir jedenfalls letztes Jahr weismachen.»

Dieses Mal scheine ich ins Schwarze getroffen zu haben, denn die Sache ist ihr sichtlich unangenehm. Lydia errötet leicht, senkt ihren Blick und streicht nervös über die Bettdecke.

«Na ja ... das war vielleicht ein wenig übertrieben.» Gleich darauf hat sie sich wieder gefangen und fixiert mich mit eisigem Blick. «Aber das geht dich ja eigentlich auch gar nichts an.»

Hä? Das geht mich nichts an? Das war doch ein ganz mieser Trick, um mich ins Bett zu kriegen. Frei nach dem Motto: *Wir beide können gern Sex haben, meinen Mann stört das garantiert nicht. Mit dem läuft eh nichts.*

Diese Schlange! Jetzt muss ich mich erst mal setzen. Ich bin so sauer, dass eine wichtige Information erst gaaaanz langsam zu mir durchdringt:

Ich. Werde. Gar. Nicht. Vater!

Bedeutet das etwa, dass ich auch nicht nach München ziehen muss? Der ganze Stress – umsonst? Meine demenzkranke Mutter und Nase Usluge – alles für die Katz? Elisas Beinaheverkupplung mit Hammerbananen-Alex – ein Riesenfehler?

Ich fasse es nicht!

«Bekommt man hier irgendwo einen Schnaps?», frage ich und ernte dafür einen strafenden Blick. Lydia ist offensichtlich noch nicht ganz fertig mit mir.

«Und nur weil du angenommen hast, du seiest der Vater meines Kindes, musstest du Urs also erzählen, dass wir gemeinsam im Bett waren? Kannst du dir vielleicht vorstellen, wie der sich aufgeregt hat?»

Nun, so eine ungefähre Vorstellung habe ich davon.

Jedenfalls nach dem gestrigen Abend. Bis dahin hatte ich ihn ja eher als Schlaftablette in Erinnerung.

Zur Abwechslung blicke ich jetzt mal schuldbewusst drein. «Das tut mir leid, Lydia. Ehrlich. Aber ich hatte eine anstrengende Woche. Eventuell bin ich da gestern Abend etwas übers Ziel hinausgeschossen.»

«Weißt du, Tom, das einzig Gute an der Sache ist: Ich habe Urs noch niemals so wütend gesehen. Und eifersüchtig war der – du machst dir ja keine Vorstellung!» Lydias Augen leuchten jetzt. «Er hat gesagt, dass er dich plattmachen oder wenigstens ruinieren wird. Ist doch irre, nicht?»

«Wenigstens ruinieren? Das hat er gesagt?»

Das ist in der Tat irre!

«Ich meine ja nur», fährt Lydia fort, «so viel Emotionalität hätte ich ihm gar nicht zugetraut. Ein echter Kerl ist das geworden.»

«Ich weiß. Was glaubst du, woher ich das Veilchen habe?», frage ich und deute in mein Gesicht.

«Oooooh», sagt Lydia entzückt, und ihre Augen leuchten noch mehr. «Wahnsinn!»

Ja, genau. Es ist Wahnsinn, so einen Typen frei rumlaufen zu lassen!

«Ich hoffe nur, dass er keine voreiligen Konsequenzen zieht und am Ende noch die Scheidung einreicht. Ausgerechnet jetzt, wo er endlich ein echter Mann ist.» Lydias Augen werden glasig, und sie tupft sich gekünstelt mit der Bettdecke eine Träne aus dem Augenwinkel.

Ein Fall für Frau Schröder-Reubesberg, würde ich sagen.

Mein Mitleid hält sich aber, ehrlich gesagt, in Grenzen. Mir ist es völlig egal, was Urs treibt, Hauptsache, er tut es weit weg von mir.

«Übrigens, Tom ...»

Nein. Bitte nicht.

«Ja?»

«Ich hab mir überlegt, dass du vielleicht mal mit ihm reden könntest. Sag ihm, dass das mit uns nichts zu bedeuten hatte und ...» Ihr Schluchzen wird jetzt oscarreif. «Dass der Sex total schlecht war und dass ich das Ganze so furchtbar bereue.»

ICH SOLL WAS? Nie im Leben! Ehe ich ein Wort herausbrächte, hätte mir der Kerl auch noch das zweite Auge zerschmettert. Nein danke.

«Also ... ich weiß nicht», stottere ich. «Ehrlich gesagt ...»

«Ach Tom, danke! Du bist ein Schatz!» Sie strahlt mich an und wirft einen Blick auf das Laptop am Boden. «Hast du die fertigen Layouts dabei? Darf ich mal sehen? Die sind bestimmt sehr schön geworden ...»

Haben Sie das auch gehört? Das war doch eine Drohung, oder? Ich meine, zwischen meinem Gespräch mit Urs und dem Absegnen der Layouts durch Lydia scheint eine unausgesprochene Kausalitätsverknüpfung zu bestehen.

«Jetzt zeig schon her!» Sie wedelt mit der Hand.

Mechanisch lege ich den Strauß beiseite, greife nach der Laptop-Tasche und ziehe den Computer hervor. Dann starte ich das Programm.

Schon nach den ersten Bildern fasst Lydia mich am Arm und zwinkert mir zu. «Sprichst du gleich mit Urs, wenn du zurück im Hotel bist?»

Ich sag es ja: Frauen haben einfach die perfideren Methoden. Kaum habe ich nämlich brav genickt, erklärt Lydia: «Die Layouts sind schön geworden. Wir müssen auch nichts mehr nachshooten, denke ich.» Und schon hat sie es eilig, mich loszuwerden. «Besser du machst dich jetzt gleich auf den Weg. Wer weiß, was Urs bereits ausheckt.»

Tja, das möchte ich eigentlich gar nicht so genau wissen.

«Danke jedenfalls für deinen Besuch, Tom. Und für die

Blumen. Grüß mir deinen Chef und unbekannterweise auch deine Mutter. Und Tom –» Sie beugt sich vor und erwischt mich am Ärmel. «Deiner Mutter fehlt doch nichts, oder?»

«Also ... na ja, so pauschal würde ich das vielleicht nicht formulieren, aber falls du wissen willst, ob sie dement ist – nein, das ist sie nicht.»

Lydia atmet auf. «Ein Glück. Sie ist ja mit dir als Sohn auch schon gestraft genug.»

«Äh ... Vielen Dank. Ich geh dann mal.»

«Ja, und küss mir den Hund!»

27. Kapitel

Endlich werden sie ausgeschüttet, die überschwänglichen Glückshormone: Ich bin wieder frei!

Ich muss Elisa nichts beichten, sie braucht mich nicht zu verlassen und auch nicht fremdzugehen. Alles wird gut, mein Leben verläuft von jetzt an wieder in geordneten Bahnen – ich bin der glücklichste Mann der Welt!

Vor Freude hüpfe ich einen Teil des Rückweges zu Fuß, allerdings weiß ich irgendwann nicht mehr, wo ich bin, und winke mir ein Taxi. Jetzt schnell zurück ins Hotel. Zurück zu Elisa. Zurück in mein altes Leben!

Ganz so romantisch soll der Start in dieses neue Leben allerdings nicht ablaufen. Ich werde jäh aus meinen Träumen gerissen, als ich im Hotel ankomme und Elisa nirgends finden kann. Auch auf dem Handy erreiche ich sie nicht.

Habe ich mich etwa so unklar ausgedrückt? *Es gibt etwas sehr Wichtiges zu besprechen!* Das waren doch meine Abschiedsworte, wenn ich mich recht erinnere. Aber wo steckt sie dann?

Ich durchkämme das halbe Hotel, und meine Laune wird zusehends schlechter. Inzwischen bin ich sogar beinahe wütend. Aufgebracht checke ich den Poolbereich, und was ich dort sehe, verhagelt mir endgültig die Stimmung.

An der Bar sitzen nämlich Urs und Elisa einträchtig nebeneinander und essen Eis.

Das heißt, genau genommen löffelt nur Elisa eine Portion, wobei sie andächtig Urs' Erzählungen lauscht. Gerade sieht es so aus, als bleibe ihr fast der Löffel im Halse stecken, so entgeistert sieht sie den Hohlkörper neben sich an.

Was hat denn Urs, der Langweiler, nur so Spannendes zu erzählen? Und woher kennen die sich eigentlich?

Scheiße! Plötzlich dämmert es mir. *Das* hat er also damit gemeint, als er Lydia versprach, dass er mich *wenigstens* ruinieren würde. Dieser Scheißkerl rächt sich, indem er Elisa die ganze Geschichte erzählt. Was für ein perfides Schwein!

Ich schaue noch einmal genauer hin. Nein, kein Zweifel, Urs erzählt gerade irgendetwas sehr Schlimmes. Elisa sieht nämlich gar nicht gut aus. In verkrampfter Haltung sitzt sie auf ihrem Stuhl, und ihre Gesichtsfarbe wechselt von Haselnussbraun zu Malagagelb.

Das darf doch nicht wahr sein! So kurz vorm Ziel werde ich doch noch ausgebremst. Mist! Was mache ich denn jetzt nur?

Zwar weiß Elisa, dass Lydia sich im vergangenen Jahr an mich herangemacht hat, aber das war es auch schon. Die klitzekleine Affäre mit der Cremand-Chefin habe ich damals schlichtweg verschwiegen. Unter anderem deshalb, weil Elisa und ich zu diesem Zeitpunkt noch gar keine verbindliche Beziehung hatten, und man möchte sich wegen so etwas ja schließlich nicht seine Chancen vermasseln, oder?

Trotzdem wäre es gequirlte Scheiße, sollte Urs *meiner* Freundin jetzt verklickern, dass ich Besitzansprüche auf *sein* Kind angemeldet habe. Dann kann ich getrost aufhören, auf eine gemeinsame Zukunft mit Elisa zu hoffen.

Tja ... Im Film würde jetzt der Hauptdarsteller mit gesenktem Kopf ziellos eine verstaubte Landstraße entlanglaufen, an deren Ende bedrohlich der dunkle Horizont wartet. Und – Abspann!

Aber dies ist ja das echte Leben. Hier kann man sich nicht so einfach mir nichts dir nichts aus dem Staub machen. Hier muss man handeln! Kämpfen! Hier darf man sich nichts gefallen lassen, schon gar nicht von so einem gecoachten Möchtegernrambo!

Schnellen Schrittes nähere ich mich dem Tisch und reiße den überraschten Urs am Kragen seines Polo-Shirts hoch.

«Schluss jetzt mit den Lügengeschichten, du Dreckskerl! Dir werde ich zeigen, was man mit Leuten macht, die andere verleumden. Jawohl!»

Wom!

Ein gezielter Fausthieb ins Gesicht des Verräters, und mir geht es schon viel besser.

«Tom!» Elisa quiekt entsetzt auf. «Was soll das? Bist du übergeschnappt?»

Auch der Schrumpfhund, der bis eben sabbernd unter dem Tisch auf Almosen gehofft hat, protestiert jetzt lautstark. Er kläfft und springt an mir hoch, als gelte es den Mount Everest zu besteigen.

Urs erholt sich überraschend schnell von meiner Stahlfaust und steht bereits wieder auf. Ich sag es ja: Der Typ hat sich irgendwo coachen lassen. Aber dieses Mal kriegt der mich nicht klein!

«Wenn du meiner Freundin Lügengeschichten über mich erzählst, dann ...» Ich hole wieder aus, weil mir irgendwie nichts einfällt, womit ich eigentlich drohen könnte.

Leider ist Urs dieses Mal flinker. Er geht in Deckung, schnellt weder hoch und schlägt zurück.

Wong!

Ich taumele.

Elisa schreit erneut auf. «Was ist nur in euch gefahren?

Sofort aufhören!» Sie versucht, sich zwischen uns zu schieben, stolpert dabei über die Hundeleine und fällt Urs und mir vor die Füße.

«Da sehen Sie, was Sie angerichtet haben», brüllt Urs mich an und will Elisa schon die Hand zum Aufstehen reichen. Ich stoße ihn weg.

«Finger weg, das ist *meine* Freundin!»

Jedenfalls war sie das bis eben noch.

«Sie können wohl nicht genug bekommen, was?» Die Flecken in Urs' Gesicht nehmen eine ungesunde Farbe an. «Erst machen Sie sich an meine Frau ran, und dann haben Sie auch noch eine Freundin! Das ist ja widerlich!» Er holt erneut zum Schlag aus, aber dieses Mal gehe ich in Deckung.

«Ich soll *was* gemacht haben? Ich soll mich an Ihre Frau herangemacht haben?» Ich bin ehrlich empört. Das kann man so ja nun wirklich nicht behaupten. «Die können sie meinetwegen geschenkt haben! Von der habe ich noch nie etwas gewollt, das können Sie mir gern glauben!»

«Ach ja? Und was war letztes Jahr? Sie glauben doch wohl nicht, dass ich die Sache damals nicht mitbekommen habe!»

Doch, ehrlich gesagt, hatte ich das angenommen. Und Lydia auch.

«Und warum haben Sie sich dann so waschlappig verhalten? Hä? Ihrer Frau hätte es sicher gutgetan, wenn Sie damals schon mit der Faust auf den Tisch geschlagen hätten!» Bei dem Wort Faust hole ich nochmal aus, aber Urs fängt meinen Angriff ab.

«Was soll das denn bedeuten?»

«Na, Ihre Frau ist beeindruckt von Ihrem neuen, männlichen Auftreten», erkläre ich und beuge mich zu ihm rüber. «Und mal unter uns: Sie haben sich doch coachen lassen, oder?»

Urs sieht mich an, als hätte ich gesagt: *Sie haben sich doch umoperieren lassen, oder?*

Irritiert lässt er die Fäuste sinken. «Ist sie das wirklich?»

«Das hat sie mir eben im Krankenhaus erzählt. Sie wollte, dass ich mal mit Ihnen rede, damit Sie keine vorschnellen Entscheidungen treffen – was ich hiermit getan habe!»

Na ja, das hatte Lydia sich sicher ein klitzekleines bisschen anders vorgestellt, aber daran kann ich jetzt auch nichts mehr ändern.

«Am Ende hat sie sogar geweint», füge ich noch hinzu. Wie schlecht Lydias schauspielerische Leistung dabei war und dass sie damit bei Frau Schröder-Reubesberg garantiert nicht hätte punkten können, lasse ich lieber unter den Tisch fallen.

Urs scheint beeindruckt. «Wirklich?»

«Ja, wirklich. Lydia liebt Sie, das hat sie mir selbst gesagt.» Nur fürs Protokoll: Dies war eine Notlüge! «Und ich liebe *diese* Frau.»

Ich will auf Elisa zeigen, als mir auffällt, dass sie ja immer noch zwischen uns am Boden liegt. Oder vielmehr hat sie sich inzwischen aufgesetzt und verfolgt unser Duell mit offenem Mund. Aber sie ist keineswegs überrascht. Eher ein bisschen sauer. Stinksauer, um genau zu sein.

Ich reiche ihr die Hand, die sie nur zum Aufstehen ergreift und anschließend wütend wieder abschüttelt. Kommentarlos streicht sie sich die Knie sauber, schnappt sich den Hund und stolziert kopfschüttelnd hinein ins Hotel.

«Dann ist es wohl besser, Sie laufen der jungen Dame hinterher», klugscheißert Urs und lässt sich zurück auf seinen Stuhl plumpsen. Coaching hin oder her – das war heute definitiv zu viel Aufregung für ihn.

«Sagen Sie mir gefälligst nicht, was ich zu tun habe», brause ich wieder auf, obwohl ich natürlich weiß, dass

er recht hat. Allerdings wäre ich da auch von selbst drauf gekommen. Genauso kommentarlos wie zuvor Elisa, inszeniere ich jetzt meinen Abgang und lasse den verwirrten Urs vor seinem geschmolzenen Eis sitzen.

Weit komme ich allerdings nicht, denn in der Hotellobby erwartet mich bereits die nächste Episode meiner ganz privaten Horrorshow. Kaum bin ich über die Türschwelle getreten, zischt jemand in mein rechtes Ohr.

«Psssst, Tom!»

Hä? Ich kann niemanden erkennen.

«Hier bin ich. Hier drüben!»

Ich drehe mich erneut um die eigene Achse und schaue noch einmal in die Richtung, aus der die Stimme kam.

O nein! Hinter dem Werbeaufsteller *Einmalig schöne Bootstour zur magischen blauen Grotte* kauert meine Mutter und winkt mich zu sich.

Arrrgh. Die Art, wie sie hinter dem Schild Deckung sucht, kann nur Folgendes bedeuten:

1. Sie hat auf ihrer Kräuterexpedition eine Pflanze gerupft, die unter Naturschutz steht, und wird nun von dem bärtigen Grenzbeamten gesucht.
2. Sie ist mit überhöhter Geschwindigkeit auf der Gewürzgurke durch den Pool gesaust und muss eine Geldstrafe zahlen. Dafür will sie sich nun Geld von mir borgen.
3. Man hat bei ihr Nase Usluge diagnostiziert und möchte sie unter Quarantäne stellen, was sie aber nicht will, ehe sie mich nicht auch noch infiziert hat.

«Mama, was zum Teufel –»

Weiter komme ich nicht, denn sie reißt warnend die Augen auf und zischt: «Psssst! Nicht so laut!»

In gebückter Haltung greift sie nach meiner Hand, rennt los und schleift mich hinter sich her.

«Mama! Was soll das? Wo willst du –»

Das letzte Wort bleibt mir im Halse stecken, als ich sehe, dass sie die Damentoiletten ansteuert. Was soll das denn werden?

«Mama! Lass mich sofort los! Ich kann doch nicht –»

Mutters Griff verstärkt sich, und ehe bei mir wieder die Angstschweißproduktion einsetzen kann, bin ich auch schon auf dem Damenklo verschwunden.

Drinnen pudert sich gerade Sonja Zietlow die Nase. Jedenfalls sieht ihr die Blondine, die mich nun empört mustert, zum Verwechseln ähnlich.

«Ich bin ein Mann, hol mich hier raus», sage ich testweise zur Begrüßung, aber sie versteht die Anspielung nicht. Stattdessen räumt sie kopfschüttelnd das Feld, nicht ohne vorher noch ein quietschiges «Unverschämtheit!» loszulassen.

Als die Tür hinter ihr zufällt, atmet Mutter erleichtert auf.

«Liebes, reg dich bitte nicht auf», sagt sie beschwichtigend, und ich weiß jetzt schon, dass mir ihre Erklärung nicht einleuchten wird. «Ich kann dir das erklären.»

«Sag nicht *Liebes* zu mir!», gifte ich sie an und laufe mit gesenktem Kopf die angrenzenden Kabinen ab, um sicherzugehen, dass außer uns niemand anwesend ist.

Mutter rollt mit den Augen. «Tom, ich habe wirklich größere Probleme als deine Eitelkeit. Bitte hör mir kurz zu.»

Sie lässt sich auf einem der Hocker nieder und sieht mich hilfesuchend an.

Ich habe jetzt schon Angst vor dem, was sie mir gleich sagen wird, und würde mich am liebsten ebenfalls hinsetzen. Allerdings kenne ich keinen Mann, der freiwillig auf einem rosa Plüschhöckerchen Platz nehmen würde. Erst recht nicht, wenn sich direkt davor ein riesiger Spiegel und eine Ablage mit diversem Frauenkrams – Tüchlein, Tupfer, Sprays und Parfums – befindet.

Eigentlich will ich nur hier raus.

Mutter betrachtet mich im Spiegel. «Also heute Morgen bei dem Ausflug mit Rolf, da –»

«Bitte? Ich höre wohl nicht richtig. Hast du eben *Rolf* gesagt?»

«So heißt doch dein Chef, oder?»

«Nein, für dich heißt er eigentlich immer noch *Herr Siegelmann.*»

Ich ahne bereits Fürchterliches.

«Ja, gut, dann eben Herr Siegelmann – das ist doch jetzt egal.» Mutter ist genervt.

«Nein, das ist ganz und gar nicht egal. Das ist ein himmelweiter Unterschied. Das ist –»

«Tom!» Mutter springt auf. «Er hat mir das *Du* angeboten, das ist ja wohl nicht so schlimm.» Ihr Blick duldet keinen Widerspruch, und ich halte meinen Mund. «Viel schlimmer ist», sie macht eine Pause und stützt sich auf der Schminkablage ab, «was dann passiert ist.»

Ogottogott. Will ich das hören? Nein, eigentlich nicht.

«Mutter, ich –»

«Er hat mir von seiner Ehe erzählt, und dass es zwischen ihm und seiner Frau wohl schon seit längerem kriselt.»

Sie macht erneut eine Pause, in der ich bete, dass nicht das passiert sein möge, von dem ich denke, dass es passiert sein könnte.

«Er meinte, ich würde ohnehin viel besser zu ihm passen, weil ich so gut zuhören würde, und dass ...» Sie sieht mich schuldbewusst an. «... er sich zu mir hingezogen fühlt.»

Naaaaiiiiin!!! Ich habe es gewusst! Erst verdreht meine Mutter meinem Kumpel Luke den Kopf und jetzt auch noch meinem Chef. Macht diese Frau denn vor nichts halt?

«Und dann», fährt Mutter fort, «hat er versucht, mich zu küssen!»

Ungeachtet aller Vorurteile lasse ich mich auf eines der rosa Hockerchen plumpsen. Angesichts der Geheimhaltung und dieser außergewöhnlichen Location fürchte ich, dass Mutter den Höhepunkt der Geschichte noch nicht erreicht hat. Ob ich zur Betäubung mal einen Schluck Haarspray nehmen sollte?

«Mama, falls du mir jetzt eine Geschichte von wildem Sex unter freiem Himmel erzählen möchtest, sage ich dir gleich: Ich will sie nicht hören.»

«Sex?!?» Mutter ist ehrlich entrüstet. «Mit deinem Chef?»

Aha. Jetzt ist er plötzlich wieder *mein Chef*. Eben war er doch noch *Rolf*.

«Du hast mich anscheinend nicht richtig verstanden, Tom. Was ich versuche dir zu sagen ist ...»

Ich halte die Luft an. Was jetzt wohl kommt? *Dass ...*

1. die beiden heiraten werden,
2. sie schwanger ist,
3. Rolf mich adoptieren möchte.

Na los, sag es schon. Der Tag verläuft ohnehin völlig schräg. Da macht es auch nichts mehr aus, sollte ich ein Geschwisterchen bekommen. Ich presse verkrampft die Zähne aufeinander, verziehe das Gesicht und sehe, wie Mutter ansetzt.

«... dass mir der Typ so dermaßen auf die Nerven geht, dass ich ihn am liebsten umbringen würde.»

Uuuups. Damit habe ich, ehrlich gesagt, nicht gerechnet. Aber jetzt, wo sie es sagt ... ja, das Gefühl kenne ich.

Überrascht sehe ich Mutter an. «Du meinst ... Ihr wollt nicht heiraten?»

«Heiraten? Ich??? Und dann noch deinen Chef?» Sie wirft mir einen Blick zu, der nicht überraschter hätte ausfallen können. Etwa so, als hätte ich vorgeschlagen, mal gemeinsam einen Swinger-Club zu besuchen.

«Diesen Mann einen ganzen Tag um sich zu haben, das ist ja schlimmer als …» Ihr fehlt der Vergleich. «Glaub mir, Tom, du tust mir wirklich leid.»

ENDLICH SPRICHT DAS MAL JEMAND AUS!

Ich kann mir ein Grinsen nicht verkneifen. Zugegeben, Rolf ist schon sehr speziell, aber immerhin hält er meine Mutter für krank. Umso erstaunlicher, dass er trotzdem beabsichtigt, sein Leben mit ihr zu verbringen. Der Typ muss wirklich einen außergewöhnlich großen Gesprächsbedarf haben!

«Und was genau möchtest du jetzt von mir?» Mir ist nicht klar, was daran so wichtig ist, dass Mutter mich in diese Plüschbutze bugsieren musste.

«Ich wollte ja nur», fährt sie fort, «dass dein Chef einen guten Eindruck von dir und deiner Familie bekommt. Aber mittlerweile will ich ihm einfach nur noch aus dem Weg gehen. Und dafür brauche ich deine Hilfe.»

Also, das ist ja wohl die Höhe! Ich bin fünfunddreißig Jahre alt, habe meinen Job und mein Leben bestens im Griff (jedenfalls meistens), und Mutter meint, um meinen Ruf besorgt sein zu müssen? Da muss man sich ja wohl um sie größere Sorgen machen!

Offenbar ahnt sie, dass ich kurz davor bin, vor Wut dem Hocker das Plüschfell abzureißen, denn sie versucht es nun mit der Mitleidstour.

«Du musst herausfinden, wann dein Chef abreist, Tom.» Sie sieht mich flehend an. «So lange beabsichtige ich nämlich, mich mit Migräne auf meinem Zimmer zu verstecken. Dort habe ich wenigstens meine Ruhe. Schließlich war ich eigentlich hierhergekommen, um Urlaub zu machen.»

Ach so, und ich dachte, sie sei hierhergekommen, um mir das Leben zur Hölle zu machen.

«Äh, soweit ich weiß, geht Rolfs Flieger morgen Vormittag», sage ich und sehe die Erleichterung auf Mutters Gesicht. Eigentlich hätte sie ja noch ein paar Tage Folter verdient.

«Wirklich?» Sie strahlt mich an. «Und wie lange bleibst du noch?»

«Ich fliege übermorgen.» Und bis dahin hätte ich gern meine Ruhe, füge ich im Geiste hinzu. Und ein paar entspannte Stunden mit Elisa.

O Gott, Elisa!

Schnell ziehe ich Mutter hinter mir her in die Halle. Plötzlich haben wir es beide sehr eilig, auf unsere Zimmer zu kommen.

Ich finde Elisa und Melanie schmollend vor dem Fernseher sitzend. Das heißt, eigentlich schmollt nur Elisa. Melanie hat ihren fetten Kopf auf den Vorderpfoten abgelegt und döst vor sich hin.

Als der Klopsmops mich kommen hört, öffnet er nur matt ein Auge und schnauft vorwurfsvoll, etwa so, als wolle er sagen: Das wurde aber auch Zeit.

Das nennt man wohl Frauensolidarität.

«Lisa, ich ...», beginne ich wie so oft planlos.

Elisa würdigt mich keines Blickes, stellt aber, als Reaktion auf mein Erscheinen, den Fernseher lauter.

Aha! Nun bin ich zwar kein Experte in Gefühlsdingen, aber Fernseherlauterdrehen bedeutet schon mal: Die Lage ist nicht aussichtslos. (Im Gegensatz zu Fernseher-ausdem-Fenster-werfen.) Fernseherlauterdrehen bedeutet genau genommen: Hier ist jemand bockig, wütend oder eingeschnappt. Eigentlich ein gutes Zeichen, denn es bedeutet nicht, dass hier jemand todtraurig oder mordlustig ist.

«Lisa, jetzt stell doch das Ding wieder leise.» Als sich nichts tut, gehe ich direkt zum Apparat und schalte ihn aus.

«Spinnst du? Ich wollte das sehen», ruft sie empört.
«Ach wirklich? Seit wann interessiert dich denn die Herstellung von Christstollen? Noch dazu im Hochsommer!»
«Seit zehn Minuten.»
«Würdest du mir jetzt bitte mal zuhören?»
«Tu ich doch. Aber du sagst ja nichts. Du sagst sowieso meistens nichts. Und neuerdings scheinst du stattdessen lieber gleich zuzuschlagen.»
Aha, daher weht der Wind.
«Ich kann den Kerl nun mal nicht ausstehen», verteidige ich mich.
«Der ist aber total nett!»
«Ach, und ich dachte, *nett* wäre der kleine Bruder von scheiße.» Ha! Damit habe ich sie ja wohl mit ihren eigenen Waffen geschlagen. «Meiner Meinung nach müsste *nett* sogar der *große* Bruder von scheiße sein!»
«Jetzt red doch keinen Quatsch», brummt Elisa und macht ihre eigene Logik zunichte.
«Weißt du, was er getan hat?» Sie dreht sich zu mir um und sieht mich mit funkelnden Augen an. «Er hat die halbe Nacht vor dem Zimmer seiner Frau Wache gehalten, damit er bei ihr ist, falls die Wehen einsetzen. Findest du das nicht nett?»
«Nein, das finde ich verrückt. Warum hat er denn nicht *im* Zimmer seiner Frau Wache geschoben? Dann hätten die beiden sich wenigstens unterhalten können.»
«Weil sie ihn weggeschickt hat.»
«Siehst du? Nicht mal die will ihn bei sich haben.»
«Tom! Sie hat ihn weggeschickt, damit er sich ausruhen kann. Sie sagte, sie schafft das schon allein.»
«Und was hat der nette Mann sonst noch so erzählt?» Doch hoffentlich nichts über gestern Mittag?

Elisa rollt mit den Augen. «Mach dich nicht lustig, er hat echt die Hölle durchlitten. Während der Geburt stand er die ganze Zeit tapfer bei ihr. Ich meine, du schaffst es ja nicht mal fünfzehn Minuten, tapfer neben mir bei Douglas an der Kasse anzustehen!»

«Weil ich nun mal nicht nachvollziehen kann, warum du ausgerechnet am Samstagnachmittag noch in den Besitz eines Chanel-Lidschattens gelangen musst. Als würde dein Leben davon abhängen.»

«Weißt du, Tom, jetzt, da du es aussprichst, ist es mir auch ein Rätsel. Schließlich bemerkst du nicht mal, wenn ich mich schön mache.»

Harrrr. Sackgasse! Diese Diskussion kann ich nicht gewinnen. Und eigentlich will ich sie auch gar nicht führen. Deshalb kommt jetzt – aufgepasst! – die Weichspülnummer, die zieht immer.

«Aber Schatz, du hast es doch gar nicht nötig, dich extra hübsch zu machen. Du bist doch immer schön ...»

«Tom! Hör mit dem Scheißgesäusel auf.»

Herrje, die Lage ist doch ernster als zunächst angenommen. «Also», frage ich sanft, «was hat denn der *nette* Urs, der so viel geduldiger und besser ist als ich, dir sonst noch so erzählt?»

Elisa sieht mich misstrauisch an. «Dich interessieren Details von der Geburt?»

«Äh ...»

«Er hat die ganze Zeit von nichts anderem erzählt.»

«Wirklich? Von nichts anderem?»

«Also, mir hat das ehrlich gesagt gereicht. So eine Geburt – Puh! Ich sag dir, das ist kein Kinderspiel!»

Hat ja auch keiner behauptet. Allerdings verstehe ich nun langsam überhaupt nichts mehr. Wusste Urs vielleicht nicht, dass Elisa meine Freundin ist, und es war purer Zufall, dass

die beiden gemeinsam Eis gegessen haben? Oder ist er am Ende doch gar kein so übler Zeitgenosse?

«Warum bist du denn nur so auf ihn losgegangen?» Elisa schiebt den Mops ein wenig zur Seite und richtet sich auf.

«Ich äh ... ich ...»

«Ja?»

«Ich ... Also, ich dachte ...»

«Was?»

«Na ja, ich dachte ... Ich dachte, er baggert dich an. Von weitem sah es jedenfalls so aus.» Vorsichtshalber setze ich auch noch einen bockigen Blick auf.

Elisa entgeht das nicht. «Aber ... du kannst doch nicht einfach jedem eine reinhauen, der mich anspricht. Ich meine, hey, Tom – du bist ein Mann. Du solltest dir in etwa vorstellen können, wie oft man als Frau angemacht oder einfach nur angequatscht wird. Wenn du die alle schlagen willst ...» Sie seufzt. «Dann viel Spaß!»

WIE BITTE? Meine Freundin wird angebaggert? Oft? Ich glaub, ich flippe aus!

«Soll das heißen, es vergeht kein Tag, an dem du nicht blöde angegraben wirst?» Ich muss an Marcs Blick denken, mit dem er Noemi und Vivian ausgezogen hat, und bei der Vorstellung, dass jemand *meine* Freundin so ansehen könnte, wird mir speiübel.

«Na ja ...», Elisa spielt mit ihren Haaren, «im Sommer ist das definitiv so.»

Also, Männer sind wirklich das Allerletzte. Die können sich doch wohl an ihren zehn Fingern abzählen, dass eine Frau wie Elisa in einer festen Beziehung lebt. Die gräbt man doch nicht so einfach an!

Plötzlich fällt mir Hammerbananen-Alex ein, und meine Laune saust Richtung Erdmittelpunkt.

«Ich habe dich übrigens gesehen. Neulich. Auf dem Schiff.

Da hast du dir halbnackt von Hammerbananen-Alex den Rücken eincremen lassen.»

«Von wem?»

«Alex. Der Typ mit der Hammerbanane. Du weißt doch genau, wen ich meine.»

«Also, Tom, wenn ich mich recht erinnere, hast du mir doch sogar nahegelegt, ich solle mit ihm schlafen. Und auf dich keine Rücksicht nehmen. Wo ist dann jetzt das Problem?»

Harrr. Das gehörte immerhin zu einer gut durchdachten Strategie.

«Aber das habe ich erst gesagt, *nachdem* du bereits barbusig mit dem Idioten in See gestochen bist.»

«Und was, bitte schön, macht das für einen Unterschied?» Elisas Augen blitzen schon wieder. «Außerdem habe ich ja nicht mit ihm geschlafen, sondern mir lediglich den Rücken eincremen lassen. Jetzt erzähl mir bloß nicht, du würdest eine attraktive Frau in der Sonne verbrutzeln lassen.»

Wieso sind Frauen nur so gut im Diskutieren? Dieses Talent bekommen sie definitiv schon mit der Muttermilch eingeflößt.

Erschöpft lasse ich mich neben Elisa aufs Bett plumpsen und schwenke die weiße Flagge. «Wollen wir Frieden schließen?»

Ich habe keine Kraft mehr für diese Diskussionen. Außerdem möchte ich meine letzten beiden Tage hier vor Ort noch ein bisschen genießen.

Elisa sieht mich an, als bedauere sie es, mir mit ihrer weiblichen Logik nicht noch ein wenig auf die Nerven gehen zu können. Doch dann nickt sie.

«Okay.»

Ich lege meine Hand an ihre Wange, lasse sie hinter den Kopf wandern und betrachte ihr Gesicht. Ihre Augen sind so

blau und tiefgründig wie das Meer und die dichten, schwarzen Wimpern ... Ich schließe die Augen und küsse sie vorsichtig.

Hmmmm, sie schmeckt nach Sommer, Sonne und – Sünde. Wieso nur habe ich das nur jemals woanders gesucht?

Gierig greife ich mit einer Hand unter ihr Kleid. Elisa stöhnt auf und flüstert: «Tom, der Hund! Er sollte das nicht mit ansehen.»

Ich werfe einen schnellen Blick über meine Schulter und sehe Melanie, wie sie – alle viere von sich gestreckt – auf der Seite liegt und schnarcht.

«Jetzt vergiss mal den Hund», sage ich wie einer, der hier das Sagen hat. «Wir sollten endlich mal mit dem Urlaubmachen anfangen!» Und es funktioniert! Elisa schmiegt sich an mich und lässt sich von mir das Kleid ausziehen.

Zwei Stunden später werde ich von einem fiesen Geräusch geweckt. Es klingt so, als hätten mich die Straßenköter des gesamten Balkans ausfindig gemacht und würden nun jaulend vor der Tür stehen und ihre Schokoladenration einfordern.

Aber es ist nur Melanie, die unbedingt rauswill.

Elisa ist bereits fertig angezogen und bindet gerade ihre Haare zum Zopf.

«Los, du Faulpelz!» Sie wirft mir einen auffordernden Blick zu. «Wir müssen mit Melli noch eine Pipirunde drehen.»

Arrrg, wie kann ich ihr diese Un-Worte nur abgewöhnen?

Als wir kurze Zeit später durchs Foyer laufen, habe ich ein Déjà-vu.

«Psssst!»

Irritiert bleibe ich stehen und starre zum Grottenplakat. Fehlanzeige. Dort ist keiner. Elisa scheint nichts gehört zu haben. Sie folgt der hechelnden Melanie unbeirrt nach draußen in die Sonne.

«Psssst, Tom! Hier!»

Dieses Mal kommt das Zischeln vom Postkartenständer am Empfang her.

Als Rolfs Gesicht dahinter hervorschaut, fürchte ich schon, sein geheimnisvolles Verhalten ließe auf eine neue Borat-Badehose schließen.

Aber nein. Dieses Mal besteht sein Outfit aus einer schwarzen Hose, einem flamingofarbenen Hemd, einer farblich passenden Krawatte und dazu flamingofarbenen Crocks.

Ich stöhne auf. Eventuell wäre mir die Borat-Kostümierung doch lieber gewesen.

Anscheinend hat er nach dem *Schatz im Silbersee*-Outfit und dem *Bravehart*-Look heute das *Miami-Vice*-Thema am Wickel. Oder sagen wir mal lieber: *Miami Vice* meets *SOKO Leipzig*. Das trifft es wohl eher.

«Rolf! Warum um alles in der Welt versteckst du dich?», will ich von meinem Chef wissen und denke gleichzeitig, dass ich mich mit den Klamotten vermutlich auch versteckt hätte.

«Ich wollte dich nur kurz allein sprechen.»

«Okay, solange wir dafür nicht aufs Frauenklo gehen müssen.»

Rolf sieht mich verständnislos an, beschließt aber offensichtlich den Einwand zu ignorieren und gleich zur Sache zu kommen.

«Ich kann deine Mutter nicht finden. Weißt du, ob sie schon abgereist ist?»

Fast habe ich ein wenig Mitleid mit ihm.

«Nein, äh ... ich glaube nicht. Sie hatte einen Migräneanfall und wollte sich etwas hinlegen.»

Also wirklich – jetzt lüge ich sogar schon für meine verrückte Mutter! Wie weit ist es nur mit mir gekommen?

Ein flüchtiger Schatten zieht über Rolfs Gesicht. Hoffentlich fängt er jetzt nicht gleich an zu heulen, denn ich weiß nicht, wie lange ich das Schauspiel durchhalten kann. Aber nein. Das Gegenteil ist der Fall.

«Ach, so ein Glück!» Rolf strahlt mich an.

«Bitte?» Ich verstehe gar nichts mehr.

Rolf beugt sich zu meinem Ohr und haucht: «Ich verrate dir jetzt ein Geheimnis. Aber das muss unter uns bleiben.»

Bitte keine Sex-Beichte! Das halte ich nicht aus!

Rolf versteht mein Schweigen als Zustimmung und fährt im Flüsterton fort: «Ich habe nämlich umgebucht!» Beifallheischend sieht er mich an. «Ich wollte doch eigentlich morgen früh abreisen, aber dann hätten deine Mutter und ich ja kaum noch Zeit füreinander gehabt.»

«Ach so.» Ich weiß ehrlich gesagt nicht, was ich dazu sagen soll. Haben hier jetzt alle den Verstand verloren?

«Und jetzt haben wir noch die ganze Woche für uns!» Mein Chef reibt sich vor Begeisterung die Hände.

Gerade als ich Rolf mit sanften Worten über das wahre Wesen meiner Mutter aufklären will, höre ich draußen vor dem Hotel wildes Geschrei.

Und mittendrin erklingt das mir inzwischen gut bekannte panische Kläffen von Melanie.

28. Kapitel

«Hilfe!!!»

Als Rolf und ich aus dem Foyer vors Hotel gelaufen kommen, bietet sich uns ein Bild des Grauens.

Vor uns steht – wild gestikulierend und konsonantenspeiend – Dimitri. Und der Grund seines Wutanfalls ist mir auch sofort klar: Elisa. Oder sagen wir lieber: Melanie.

«Russischrussisch!!!», ruft Dimitri empört und deutet auf den Hund. Er kann sich gar nicht mehr beruhigen. Und langsam dämmert es mir. Er hat die fehlenden Flecken bemerkt!

Aus der Traum vom adeligen Chagoi.

Er muss sich vollkommen verarscht vorkommen und dürfte der Siegelmann-Werbeagentur vermutlich noch in dieser Stunde eine Rechnung überreichen, die meinen Chef endgültig in den Wahnsinn treibt. Und den Hund wird Dimitri vermutlich trotzdem behalten wollen.

Ich weiß nicht, was schlimmer ist. In jedem Fall habe ich ein Problem. Ein Monsterproblem!

«Lassen Sie meinen Hund in Ruhe, Sie grobschlächtiger Idiot!» Elisa hat inzwischen schützend die Arme um Melanie geschlungen und sieht den Russen bockig an.

O-oh, hier braut sich was zusammen.

Vorsichtig checke ich, ob Dimitris Halbaffen irgendwo zu sehen sind, die darf man schließlich in diesem Szenario nicht komplett außer Acht lassen. Aber ich kann sie

 nirgends entdecken. Das ist immerhin schon mal eine gute Nachricht.

«Russischrussisch!»

Vermutlich hat Dimitri seine *Melanie vom wehenden Winde* bereits einem rücksichtslosen Moskauer Oligarchen versprochen, der noch in dieser Stunde eingeflogen wird, um zu beobachten, wie mir die Fingerkuppen abgehackt werden. Und sicher nicht nur das. Ich erinnere mich noch sehr gut an einen Film, in dem man Verrätern, Versagern oder sonstigen Idioten die Ohren abgeschnitten hat. Und die Zunge. Uaaaah.

«Was ist passierrrt mit Chagoi?!?»

Tja, das lässt sich in ein paar kurzen Worten nicht so recht ausdrücken.

«Was mit Chagoi passierrrt ist?!!», fragt Dimitri erneut.

«Also, äh ...», stottere ich, «also, der Chagoi, der ist ... äh, das war ...»

Empört mischt Elisa sich jetzt ein. «Tom! Was für ein Chagoi? Was meint der Kerl?»

«Nun, der meint, dass –»

«Wo. Ist. Chagoi?»

Jaja, ich hab's ja verstanden. Dimitri sieht aus, als würde er gleich explodieren.

Also, das finde ich nun wirklich etwas übertrieben. Schließlich habe ich seinetwegen auch schon einige Strapazen durchgemacht. Und gegen seinen Auftritt hier habe ich die Tortur an der Grenze ja geradezu weltmännisch gemeistert.

Rolf, der bis eben noch sprachlos neben mir gestanden hat, meint nun helfend einschreiten zu können. Leider macht er die Sache dabei vorerst nur schlimmer.

«Tom! Was ist mit Chagall? Hast du Dimitri etwa ein Bild gestohlen?»

«Ich soll *was* getan haben? Wie kommst du denn jetzt darauf?» Irritiert sehe ich Rolf an.

«Na, er hat doch gefragt, wo sein Chagall ist.»

«Chagoi!» Dimitris Augen spucken Feuer.

«Cha– *was?*», fragen Rolf und Elisa wie aus einem Mund.

«Weiß ich doch auch nicht.» Ich zucke mit den Schultern. Offenbar wird man von seinem Chef nicht mehr ernst genommen, wenn man eine demenzkranke Mutter in der Familie hat. Jedenfalls beschließt Rolf nun, dass es für alle Beteiligten besser wäre, wenn er die Sache persönlich klärt.

«Also, Dimitri, es tut mir aufrichtig leid, falls sich herausstellen sollte, dass mein Mitarbeiter ein wertvolles Gemälde aus Ihrer Villa entwendet hat. Natürlich werde ich alles in meiner Macht Stehende tun, um den Chagall wiederzubeschaffen. Vermutlich –»

Weiter kommt er nicht, denn jetzt platzt es aus Elisa heraus: «*Das* ist der Typ mit der Villa?» Sie sieht mich streng an. «Und warum hast du sein Bild gestohlen, Tom? Du interessierst dich doch überhaupt nicht für Kunst.»

Unverschämtheit! Wie kommt sie denn bitte schön auf die Idee, dass ich mich nicht für Kunst interessiere? Nur, weil ich neulich auf einer Vernissage über die Bilder ihrer Freundin Mashavna gesagt habe, sie sähen aus wie die psychedelische Interpretation eines Fischteichs? Ich meine, man wird doch wohl noch eine eigene Meinung haben dürfen!

«Also, das wollte ich ja gerade erklären», setze ich an. «Es ist nur leider etwas kompliziert.» Am besten, ich wahre erst einmal die Höflichkeit.

«Elisa, das ist Dimitri, auf dessen Yacht wir freundlicherweise unsere Fotos shooten durften.» Ich mag den beiden gar nicht in die Augen blicken. «Und diese junge Dame», jetzt umschlinge ich Elisas Taille und ziehe sie ein Stück

dichter an mich heran, «ist Elisa, meine Freundin. Diesmal mit Oberrrrrteil ...»

Mit der lustig betonten Äußerung hatte ich gehofft, Dimitri wenigstens ein Grinsen entlocken zu können, aber es tut sich nichts.

Und anstatt sich freundschaftlich die Händchen zu schütteln, starren mich jetzt auch noch alle an, als hätte ich komplett den Verstand verloren.

«Was meinst du damit?», fragt Elisa entrüstet und lässt die strampelnde Melanie auf den Boden.

Ich ignoriere ihre Frage, da ich immer noch auf eine Reaktion von Dimitri hoffe. Doch der schweigt beharrlich. Vermutlich benötigt er seine volle Konzentration, um Elisas nackten Busen aus seinem Gedächtnis zu löschen.

Mir wird schon wieder schlecht. Und dann diese feuchten Hände ...

«Also, Dimitri, äh ... dieser Hund ...» Ich deute auf Melanie, die jetzt einigermaßen elegant auf ihren Hinterpfoten Platz genommen hat. «Das ist ein ganz normaler, deutscher Mops. Kein Chagoi. Und einen elitären Stammbaum hat er auch nicht.» Ich senke schuldbewusst den Kopf, und mir fällt ein, dass ich ja noch etwas vergessen habe. «Außerdem gehört er mir eigentlich gar nicht, sondern Elisa, und die ...»

Die liebt ihn abgöttisch, wollte ich eigentlich sagen. Aber ich gerate aus dem Konzept, da Elisa die Hände in die Seiten stemmt und mich wütend anstarrt. Über ihre Wange kullert bereits die erste Träne.

Harrr, ich Vollidiot! Aber was hätte ich denn machen sollen?

«Also, äh ... genau genommen», stottere ich weiter, «war das alles ein riesengroßes Missverständnis, und wenn ich Ihnen jetzt Geld schulde, Dimitri, dann ...»

Dann *was*? Dann werde ich für den Rest meines Lebens unentgeltlich in seiner Leibgarde von Halbaffen dienen? Wie soll ich denn bitte schön in den mir schätzungsweise noch verbleibenden fünfzig Lebensjahren einen geplatzten Chagoi-Deal, die beiden Shootings und eine Kaviarbeköstigung abarbeiten?

«Auf jeden Fall war das alles keine böse Absicht.» Resigniert senke ich den Kopf. Mehr fällt mir dazu jetzt auch nicht ein.

Eine Weile geschieht gar nichts.

Irgendwann wage ich es, kurz den Kopf zu heben. Es hat sich aber immer noch nicht viel getan. Rolf spielt verlegen mit seiner Flamingokrawatte. Elisa starrt Melanie an und kämpft nach wie vor mit den Tränen. Selbst Dimitri sieht aus, als würden bei ihm gleich die Dämme brechen: hochgezogene Augenbrauen, tiefe Stirnfalten, die Arme vor der Brust verschränkt – das ganze Programm. Nur dass man bei ihm weit mehr erwarten muss als ein einfaches Donnerwetter.

Plötzlich fängt sein Oberkörper an zu vibrieren; die Schultern heben und senken sich.

«Hahaha!»

Was gibt's denn da zu lachen?

Ich bin verwirrt. Auf einmal sieht Dimitri nicht mehr so aus, als erwarte er jeden Moment die Kollegen vom Zerstückelungsamt, die mich in meine Einzelteile zerlegen sollen. Im Gegenteil. Er legt den Kopf in den Nacken und lacht aus vollem Halse.

«Hahaaaa! Mein Frrreund», sagt der Russe in einer Lachpause und schlägt mir mit voller Wucht auf die Schulter, «selbst wenn du Midorrigoi-Koi unterrr Möpsen hättest, sagt mirrr Blick in Augen von dieserrr Dame», er deutet auf Elisa, in deren Augen man außer Tränen eigentlich gar nichts mehr erkennen kann, «dass ich ihn nicht bekommen wurrrde.»

Ach ja, ich vergaß: Dimitri kennt sich mit Frauen aus ...

«Jedenfalls noch nicht.»

Was soll das denn jetzt wieder heißen?

«So etwas darrrf man zarrrterrr Frrrau nicht antun!»

Na ja, also soooo zartbesaitet ist Elisa ja nun auch wieder nicht. Im Gegenteil, ich kann mir sehr gut vorstellen, wie sie mir nachher auf den Zahn fühlen wird. Ein Blick genügt, und ich weiß, die Sache wird ein Nachspiel haben.

«Zwarrr hättest du mir Hund naturrrlich niemals versprrrechen durrrfen», rügt mich Dimitri, «aberrr ich bleibe guterrr Dinge, mein Frrreund. Weißt du auch warrrum?»

Nein, keine Ahnung. Hoffentlich hat es nichts mit Wodka zu tun.

«Es gibt rrrussisches Sprrrichworrrt», erklärt er und zwinkert Elisa zu, «das besagt: *Auf Verrrsprrrochenes warrrtet man drrrei Jahrrre.*»

Also, entweder hat Dimitri die vorgeschriebene Dosis Alkohol für heute schon intus, oder aber er ist wahnsinniger als Rolf und meine Mutter zusammen.

Auf jeden Fall hat er sich geirrt. Das ist nie im Leben ein russisches Sprichwort.

Das ist definitiv von Konfuzius!

29. Kapitel

Ich blicke aus dem Fenster und sehe die Frauenkirche. Ob die wohl so heißt, weil dort Frauen dafür beten, dass ihre Männer unbeschadet vom Oktoberfest heimkehren?

Eigentlich unglaublich: Da habe ich extra eine demente Mutter erfunden und auch ansonsten allerlei Unannehmlichkeiten in Kauf genommen, nur um nicht hierher, nach München, gehen zu müssen. Und alles war umsonst.

Falls mir vor zwei Monaten in Budva jemand prognostiziert hätte, dass es mal so weit kommen würde, hätte ich ihn definitiv für verrückt erklärt.

Aber Konfuzius sagt: Erstens kommt es anders und zweitens als man denkt.

Eventuell war das aber auch von Mutter.

Mein Blick wandert weiter und bleibt auf der Kirchturmuhr hängen. Scheiße! Halb elf schon! Das bedeutet wohl, ich werde mich verspäten. Lydia wird durchdrehen. Bestimmt ist sie bereits auf dem Weg zur Kirche. Frauen sind ja gerne überpünktlich. Und ich glaube, dass sie es nur sind, damit sie einem später vorwerfen können, sie würden bereits seit einer Ewigkeit warten. Typisch.

Zugegeben, heute wäre es in der Tat ziemlich unpassend, sich zu verspäten. Lydias kompletter Freundes- und Bekanntenkreis sowie alles, was in München Rang und Namen hat, sitzt sich bestimmt schon seit Stunden auf den harten Kirchenbänken den Hintern platt. Auch der Pastor dürfte ungehalten sein. Schließlich weiß man ja, wie der Laden läuft: Wer die meisten Schäfchen ins Trockene bringt, kriegt den größten Segen.

Harrr. Das war aber auch mal wieder so eine Schnapsidee von Lydia. Warum nur lasse ich mich jedes Mal von ihr bequatschen? Und wie immer ist eigentlich Rolf derjenige, der am meisten von der Sache profitiert.

Gut, so ein neuer Etat, der sichert natürlich auch meinen Arbeitsplatz. Wobei man das bei Rolf ja eigentlich nie so genau weiß. Das im Urlaub neuentwickelte Bedürfnis nach ausgefallenen Klamotten geht sicher ganz schön ins Geld. Da kommt der neue Joghurt-Etat, den Lydia ihm zugesichert hat, natürlich wie gerufen.

Na, jedenfalls lenkt ihn das ein bisschen von meiner Mutter ab. Sie war nämlich nicht mehr bereit, sich pausenlos von Rolf besabbeln zu lassen, ist frühzeitig abgereist und hat ihm damit fast das Herz gebrochen. Eigentlich schade, dass er heute nicht dabei sein kann.

Allerdings wäre Mutter dann vermutlich durchgedreht. Sie wird auch sicher so schon langsam nervös. (Ich tippe auf einen Sitzplatz in der ersten Reihe.)

Puh, jetzt muss ich mich aber echt beeilen. Hastig stopfe ich mir das Hemd in die Anzughose und halte gleichzeitig nach der Krawatte Ausschau. Hoffentlich habe ich die nicht zu Hause vergessen! Zur Not muss mir Dimitri seine leihen. Er und Marija sind ja schon zur Kirche vorgegangen.

Ob Dimitri tatsächlich glaubt, dass er in drei Jahren einen wertvollen Mops mit Stammbaum erhält? Oder hat es sich dabei doch nur um eine russische Binsenweisheit gehandelt? In meinem Konfuzius-Buch war jedenfalls nichts Derartiges zu finden. Und eigentlich sollte er mir auch mal erklären, was ein Chagoi eigentlich genau ist. Eventuell hat er Melanie einfach mit einem Karpfen verwechselt?

Harrr. Da ist ja die Krawatte. Jetzt schnell noch den Knoten binden, und los.

«Beeil dich, Schatz, ich müsste auch mal ins Bad.» Nervös laufe ich auf und ab. «Hier draußen gibt es keinen Spiegel, und ich kriege das mit der Krawatte sonst nicht hin.»

Sekunden später fliegt die Badezimmertür auf, und ich falle fast in Ohnmacht. Zum einen hätte mich das Ding um Haaresbreite am Kopf erwischt, und zum anderen steht jetzt Elisa im Türrahmen, die aussieht, als würde sie heute die Oscar-Verleihung moderieren. Sie trägt ein elegantes, schwarzes Spitzenkleid mit Blumenapplikation und hat sich seitlich eine Spange mit Federn und einer Menge anderem Chichi ins Haar gesteckt.

Ich bin wie geblendet. Wie wunderschön sie ist! Dagegen fühle ich mich in meinem Armani-Anzug ja beinahe schäbig. Und der Fummel ist immerhin nagelneu!

Die Kirchturmuhr schlägt halb zwölf, und das bedeutet, dass wir mächtig in Verzug sind.

«Scheiße, Lydia flippt aus, wenn wir zu spät kommen.» Ich versuche, mich an Elisa vorbei ins Bad zu drängeln, aber sie bleibt einfach im Türrahmen stehen.

«Beruhige dich, Liebling, sie werden schon nicht ohne ihren Taufpaten anfangen. Und außerdem –» Sie macht ihr berühmtes Ich-habe-schon-dein-Weihnachtsgeschenk-und-du-rätst-nie-was-es-ist-Gesicht. «Außerdem haben wir die beste Ausrede aller Zeiten.»

Ich schiebe sie mit Nachdruck zur Seite und wurstele vor dem Spiegel an dem Schlips herum. «Und welche soll das sein?»

«Du könntest behaupten, dass deiner Freundin den ganzen Morgen übel war und sie sich andauernd übergeben musste.»

«Und du glaubst, das kaufen die uns ab? Ich meine –» Mist,

 jetzt ist die Krawatte zu kurz, also nochmal von vorn. «So gut, wie du aussiehst.»

«Natürlich glauben die uns das. Jedenfalls Lydia. Frauen *fühlen* so etwas.» Sie grinst.

Hä?

«Frauen fühlen, wenn andere Frauen sich eine Stunde zuvor übergeben haben? Also, Lisa, ich weiß nicht ... Das ist ja wie mit dem Quatsch der gefühlten Temperatur.»

«Idiot! Sie fühlen doch nicht, dass sich eine andere Frau übergeben hat. Aber dass sie schwanger ist.»

Im Zeitlupentempo lasse ich die Krawatte sinken und blicke Elisa im Spiegel an. Sie wedelt mit einem Schwangerschaftstest durch die Luft.

«Dass sie *was?*»

Meine Frage ist rhetorischer Art und dient einzig dazu, Zeit zu gewinnen. Zeit, um mir ein geeignetes Sitzmöbel zu suchen (in diesem Fall der Klodeckel) und mich darauf niederzulassen.

Puh!

Also, als Mann macht man sich im Leben ja schon so seine Gedanken. Über alles Mögliche. Und auch, wenn Konfuzius und die Frauen behaupten, es ginge dabei nur um Sex und Essen, stimmt das nicht. Jedenfalls nicht ausschließlich.

In den letzten zehn Jahren habe ich zum Beispiel intensiv über die folgenden Fragen an die Zukunft nachgedacht:

1. Wo werde ich die Jahrtausendwende verbringen? (Trotz jahrelanger Vorbereitung habe ich letztlich alleine zu Hause auf dem Klo gesessen, da ich mir ein fieses Virus eingefangen hatte und ich mich tagelang keine acht Schritte von der Kloschüssel wegbewegen konnte.)
2. Werde ich die nächste Meisterschaft des HSV noch erleben? (Und wenn ja, wie wahrscheinlich ist es, dass ich die Spieler ohne Brille noch erkennen kann?)

3. Wo sind eigentlich all die alten Werber hin? (Ich meine, in jeder Agentur sind höchstens zwei Prozent der Mitarbeiter über sechsundvierzig Jahre alt. Wo zum Geier sind die anderen? In Albanien?)
4. Was ist mir in Zukunft wichtiger: volles Haar oder ein volles Konto?
5. Warum kann man sich seine Rente nicht mit fünfundsechzig auf einen Schlag auszahlen lassen? (Dann würde ich mir zumindest nochmal drei wirklich glamouröse Monate machen können.)
6. Was werde ich zuerst finden: die Frau fürs Leben oder ein gutsitzendes Paar Boxershorts?

Na ja, um ehrlich zu sein, hat mich der letzte Punkt bisher nicht wirklich stark beschäftigt. Denn nach der Frau fürs Leben habe ich im Grunde genommen ja gar nicht wirklich gesucht. (Im Gegensatz zu der gutsitzenden Boxershorts!)

Ich schließe die Augen, stütze den Kopf in die Hände und lasse Elisas Sätze auf mich wirken.

Ich. Werde. Vater!

Man könnte sagen, so langsam entwickele ich eine gewisse Routine im Umgang mit dieser Information. Aus Elisas Mund klingt es aber irgendwie ganz natürlich. Als hätte sie gesagt: *Ich bin satt* oder *Ich bin erkältet*. Und ihr Blick war dabei auch kein bisschen apokalyptisch. Es war ein ganz normaler Elisa-Blick. Vielleicht einen Tick liebevoller als sonst.

Ich öffne die Augen, betrachte meine Handinnenflächen und stelle überrascht fest: Sie sind trocken. Kein Angstschweiß weit und breit! Und was das bedeutet, wird mir auf einmal sonnenklar: Ich habe sie gefunden, die Frau fürs Leben. Und das fühlt sich gut an. Sehr gut sogar.

Von irgendwoher ertönt ein Grunzen, und gleich darauf

biegt Melanie schnaufend um die Ecke, um ihren fetten Körper auch noch zu uns in das Badezimmer zu zwängen. Vermutlich hat sie Angst, hier etwas Wichtiges zu verpassen.

Elisa geht in die Hocke und streichelt sie liebevoll.

Ich betrachte die beiden, und plötzlich erscheint vor meinem geistigen Auge das Bild, wie ich mit Mops und Kinderwagen die Alster umrunde und dabei schräg angeguckt werde. Aber da stehe ich drüber. Hundertpro. Ich kaufe mir einfach den größten Kinderwagen unter dieser Sonne und baue darauf, dass er zumindest von dem Hund ablenkt. Und praktischerweise könnte ich so meinem Sohn (unwahrscheinlich: meiner Tochter) auch gleich noch das Wichtigste mitgeben, nämlich: Auf die Größe kommt es an!

Legende

Die Autorin distanziert sich von der Meinung und den Behauptungen des Protagonisten und weist darauf hin, dass

(1) Kroatien ein schönes Land ist, das auf jeden Fall eine Reise wert ist, ob nun mit oder ohne Auto;

(2) Kölner nach dem Verzehr von Cevapcici und Bier auch nicht schlimmer aus dem Mund stinken als beispielsweise Aachener, Cottbusser oder Menschen aus Reiskirchen – und Dialekt zu sprechen ist nun wirklich wahnsinnig romantisch;

(3) Werber tatsächlich total schräge Dinge tun, wie zum Beispiel einmal im Jahr kreischend zusammenzubrechen, wenn sie vom Art Directors Club für ihre eingereichten Kampagnen einen der begehrten Nägel in Gold, Silber oder Bronze überreicht bekommen;

(4) man Hunden selbstverständlich keine Kekse füttern soll. Weder mit noch ohne Schokolade;

(5) das Überqueren der Grenze zwischen Kroatien und Montenegro eine harmlose, aber gleichzeitig komplizierte Angelegenheit ist. Man muss das Strahlelächeln nämlich zweimal aufsetzen: beim Ausfahren aus Kroatien und zirka zwei Minuten später beim Hineinfahren nach Montenegro;

(6) der Russe an sich kein schwieriger Zeitgenosse ist und sein Geld auch nicht ausschließlich durch kriminelle Machenschaften verdient;

(7) die Bezeichnung Zigeuner an sich ja schon politisch inkorrekt ist, aber die Behauptung, sie könnten mit Einbrüchen oder Diebstahl zu tun haben, schlichtweg an den Haaren herbeigezogen ist;
(8) die Montenegriner nicht faul sind, Kotor eine hübsche und saubere Stadt ist, deren Mülleimer regelmäßig geleert werden, und dass der Kaffee im Land immer besser wird;
(9) der balkanische Latin-Lover ein Gigolo vor dem Herrn ist;
(10) Alkohol keine Lösung ist, auch wenn das manchmal irrtümlicherweise so rüberkommt;
(11) Folkloremusik durchaus schön sein kann;
(12) nicht alle Neugeborenen hässlich sind. Wobei hässlich ja ohnehin ein relativer Begriff ist.

Am allerwichtigsten scheint in diesem Zusammenhang jedoch folgende Warnung:

Hunden bitte ausschließlich in Absprache mit dem Tierarzt Abführmittel verabreichen und das auch nur, wenn hierfür eine medizinische Indikation vorliegt. Ein gesunder Mops kann je nach Alter und Statur alles Mögliche wiegen, in den seltensten Fällen wird er jedoch als Handgepäck durchgehen. Also bitte: keine Modelmaße erzwingen!

Grenzübergang leicht gemacht

Dobar dan! – Guten Tag!

Imate li nešto da prijavite? – Haben Sie etwas zu verzollen?

Ne, nemam. – Nein, habe ich nicht.

Screćan put! – Gute Fahrt!

Hvala! – Danke!

Pristrojite se desno i izađite iz kola. – Fahren Sie rechts ran und steigen Sie aus dem Auto.

Izađite iz kola i otvorite gepek. – Steigen Sie aus dem Auto und öffnen Sie den Kofferraum.

Polako. – Langsam.

To nije dozvoljeno. – Das ist nicht erlaubt.

Gospodine, molimo vas, izađite iz kola i pođite sa nama u stanicu. Tamo će vam neko spremiti kafu ili nešto drugo šta želite. – Mein Herr, bitte steigen Sie aus dem Wagen und folgen Sie uns auf die Wache. Dort wird Ihnen jemand einen Kaffee zubereiten, oder was Sie sonst möchten.

Slušajte gospodine, skoro će vam biti veoma vruće, jer nam klima uređaj ne radi dok je motor ugašen. Tamo možete sesti u hladovinu i popiti nešto osvežljivo. – Hören Sie, bald wird es Ihnen hier sehr warm werden, da unsere Klimaanlage nicht funktioniert, solange der Motor nicht läuft. Dort können Sie im Schatten sitzen und etwas Erfrischendes trinken.

U redu. Ako se predomislite, pođite za nama. – Na gut. Aber falls Sie es sich anders überlegen, kommen Sie einfach nach.

Ich danke

meiner Freundin Anja, die nicht nur 1-a-Mützen, sondern zeitgleich auch noch prima Geschichten stricken kann;

Zico, der im vergangenen Jahr nicht müde wurde, Weihnachtslieder singend meinen Schreibtisch vom benutzten Geschirr frei zu räumen;

Mops Kalle, der so schön pummelig, glubschäugig und überaus inspirativ war;

der lieben Ditta Kloth, die nicht nur wahnsinnig geduldig ist, sondern mich auch noch mit den wundervollsten Mops-Accessoires bei Laune gehalten hat;

meinem Agenten Georg Simader, weil er sich immer freut, wenn ihm gedankt wird;

und zu guter Letzt meiner Mutter, die nicht aufhören konnte, mich zu fragen, ob ich nicht bald mal fertig bin. Siehst du, Mama, jetzt ist es so weit!